深圳新锐小说文库

主编　杨争光

总策划　邓一光　尹昌龙

潮湿的春天

俞　莉／著

海天出版社（中国·深圳）

图书在版编目（CIP）数据

潮湿的春天 / 俞莉著. — 深圳： 海天出版社，2016.1
（深圳新锐小说文库）
ISBN 978-7-5507-1510-3

Ⅰ. ①潮… Ⅱ. ①俞… Ⅲ. ①短篇小说－小说集－中国－当代②中篇小说－小说集－中国－当代 Ⅳ. ①I247.7

中国版本图书馆CIP数据核字(2015)第280351号

潮湿的春天

Chaoshi De Chuntian

出 品 人：聂雄前
书稿统筹：于爱成
责任编辑：涂 俏 蒋鸿雁
责任校对：景振航
责任技编：蔡梅琴 梁立新
装帧设计：李松璋书籍设计工作室

出版发行：海天出版社
地 址：深圳市彩田南路海天综合大厦（518033）
网 址：www.htph.com.cn
订购电话：0755-83460293（批发） 83460397（邮购）
排版制作：深圳市思成致远创意文化有限公司 0755-82537697
印 刷：深圳市顺帆达印刷有限公司
开 本：787mm×1092mm 1/16
印 张：18.75
版 次：2016 年 1 月第 1 版
印 次：2016 年 1 月第 1 次
定 价：29.80 元

序　言

主编这套文库，是一种享受。

阅读十二位青年作家的作品，更是一种享受。

还有鼓舞。

边鼓边舞——兴奋！

十二位文学新锐，是从几十位符合条件的作家中推选出的，也许并不能代表深圳文学的高度，却能真切地感受到深圳文学滋养、生成的元气、生气、意气。有这三气在，新的高度是可以预见的——不仅是将来深圳文学的高度，也许还是将来中国文学的高度。

三十多年，能聚集如此整齐的文学集群——我实在不愿使用“新军”这个词，文学实在不是因为利益或信仰而生发的战争，文学群体也实在不是军事组织——也只有深圳能够。

我从来都认为，“文化沙漠”是对深圳的误判。面对这种误判，深圳以它包容开放的胸怀和着眼未来的视界，踏实、稳健地建设着自己的文化。来自五湖四海的深圳人，携带着他们各自的文化之根，就地栽培。移民，遗民，夷民，互不嫌弃，互不抵牾，欣然接纳，不拒杂交——深圳就是这么任性！养性之后的任性。现在完全可以说，深圳不仅是个经济奇迹，也创造了文化培育、积累和健康生长的奇迹。

文学是文化的组成部分，并处于文化最敏感、最精致的部位。深圳文学曾有过短暂的浮躁。浮躁是一种内在焦虑导致的精神和行为变形。很快，这种浮躁就成为浮云而升天，留下的是平稳的文学耕耘。而且，这种文学耕耘的主流是非职业的民间写作。本文库中的十二位小说新锐，都不是所谓的专业作家。仅凭这一点，不仅这十二位，整个深圳文学的生态，也可以是未来中国文学生态在当下的一个试水，或者说是一个示范也成。这就是深圳的见识。也是深圳的性格：有健康理性为根基的见识，就付诸行动，创造成果。

深圳有“打工文学”“青春文学”“网络文学”，但以为这就是深圳文学的标志，也是一种误判——对深圳文学的误判，正如“文化沙漠”说对深圳的误判一样。每一位作家都是打工者；许多作家都可能以“打工者”作为他们的文学形象。每一位作家都有或有过青春期；过了青春期的作家也可能叙写“青春”。在互联网时代，每一位作家都不可能或很难拒绝网络，“网络文学”作为一种瞬间现象，已经成为过去时。深圳文学将不在所谓的“打工文学”“青春文学”“网络文学”等等标签的框定里打转。

文学就是文学，不是别的。文学和“打工”“青春”“网络”遭遇，将是日常性的。深圳文学要的不是有形无义的标签，而是真正属于文学的品相。这品相既是深圳的，也是中国的、人类的。福克纳以一块“邮票大的地方”为文学地盘，写出了人类的精神境遇，以及充盈于胸的悲悯情怀。鲁迅以“未庄”为文学地盘，塑造出了可与堂吉诃德相媲美的人类精神形象。本丛书中的十二位作家，性格不同，文笔各异，却都有着不甘平庸的文学野心。他们守着深圳，一个现代与后现代并存、移民与遗民甚至夷民杂居、物质与精神厮杀、灵魂与肉体纠缠、解构与建构时刻都在发生的地盘上，文学野心能否成为文学现实，我不敢妄言，但深圳应该有着它足够的耐心，等待和期盼。

说得似乎高亢了点。那就降低调门，轻声说几句：由于先天性营养不足——比如，长期缺乏不断发展的自然科学和人文科学的后援与支持；比如，白话文写作至今也不足百年的实践，等等——从整体来说，中国的叙事文学，包括小说艺术的家底，并不丰厚。五千年中华文明固然伟大，但仅以此作为现代小说艺术的滋养，我以为是不够的，因为小说艺术要抵达的是整个人类。

鲁迅是清醒的：“过去的生命已经死亡。我对于这死亡有大欢喜，因为我借此知道它曾经存活。死亡的生命已经腐朽。我对于这腐朽有大欢喜，因为我借此知道它还非空虚……”以汲取营养论，鲁迅是母奶和狼奶通吃的。正因为清醒，还在中国现代文学起步的时候，他的心血书写，创造了中国文学的高标。

精神荒芜，思想枯竭，是人的穷境，文学的死境。

在生命的关口，守住了人的底线，也就站在了人的高点。在文学的关口，守住了写作的底线，也就守住了文学的高地。

我愿以此与年轻的同道们共勉。

末了，还有几句说明：

本“文库”又称为“12+1”，即十二位文学新锐的作品，并一本文学批评专著。相信批评专著能对十二位青年作家作品——或许还有深圳文学，有精到的解析。

本“文库”由邓一光先生提议，他和尹昌龙先生任总策划，由我担任主编。具体的联络、协调及编务工作，是由工作室的几个年轻朋友做的。

本“文库”的作家年龄均在四十五岁以下（含四十五岁）。吴君、盛可以诸位应在此列，因事先议定的原则，未进入本文库，是一个遗憾。

本“文库”由深圳市宣传文化基金全额资助，海天出版社独家出版发行。

为深圳文学祝福。

杨争光

2015年6月26日

目　录

潮湿的春天

1

刘诗诗什么时候从教室里离开的，谁也没在意。大家都在安静地晚修，白亮的节能灯下，36张桌椅，每张小桌上都堆放着厚厚的一摞书本，间或还夹有笔筒、水杯和小茶叶罐等常备物什，留出的空间只够容一颗头颅。抽屉里也溢满了书和文具。教室很大，对于只有36人的小班来说显得有些阔绰。前后各有一台柜式空调，眼下是三月，空调还没派上用场。左右墙壁上分别对称挂着几幅楷书写就的励志帖——“不问耕耘，但问收获，天道酬勤”“滴水穿石战高考如歌岁月应无悔，乘风破浪展雄才折桂蟾宫当有时”“造物之前，必先造人”“与其临渊羡鱼，不如退而结网”。米色条纹布窗帘半拉着，靠过道的那一面墙有一排三合板木头柜，每人一格，放着各自的书本资料以及属于自己的杂物。日光灯静静地照着，仔细聆听，有笔落在纸上细微的沙沙声，有翻书的摩擦声，有苦思冥想的叹息声，有吞咽唾液的喉咙滚动声，有做完一道难题如释重负的呼吸声……这些声音交织在一起，更凸显出教室的安静。不愧是火箭班的孩子！

在这个班，你见不到交头接耳，见不到躲在抽屉里偷偷读小说、玩手机的现象，也不会有不学习，眼睛痴傻地盯着窗外，与你碰个正着的令人生气的景象。

班主任冯贞屏老师每每经过自己班门口，打心眼里就高兴，她觉得这些埋头学习的孩子太可爱了，她爱他们！教了快30年的书，像她这样的年龄，还当班主任的，学校已经找不出第二个。快退休的老师一般都能享受到特殊照顾，少教一个班，少带点课，或者去图书馆资料室等闲职能部门，享享清福。但冯老师从不觉得自己老，学校领导也不觉得她老，高一刚组建火箭班时，曹校长钦点冯老师为这个班的班主任。“我希望你能为自己的职业生涯画上一个完美的句号。”曹校长是重托。冯老师是不辱使命。

冯老师是木棉中学出了名的拼命三郎，她40岁从湖南到深圳，之前已成绩卓著：学科带头人，全国教育系统劳模，职务上做到校党委书记。她到深圳属于特招，一年就解决了户口，第一届高考，她带的班级出现了全市最高分，数学平均成绩跃居全市第二，这在木棉中学历史上是绝无仅有的。木棉中学不是深圳名校，总在二流堆里徘徊，生源基本都是人家挑剩的。能冒出一个全市前列，木棉中学大大红了一把，冯老师因此而荣获当年的高考先进个人。一开始有人认为她碰巧，后来实践证明，她所带的每一个班，平均成绩每次都要甩平行班好多。大家无话可说了。不服不行，她是真干出来的，大家看在眼里，你能像她那样起早贪黑？一天到晚做题，钻研，一丝不苟，给学生的作业从来也都是精挑细选，绝不是网上随便找来下载剪切复制粘贴拼凑而成；你能像她那样，每天除了几小时的睡眠，其余大部分时间都泡在学校，泡在班级？乐此不疲地给孩子们辅导讲解，处理他们遇到的各种问题？

有记者采访她时，曾问，“您不觉得累和苦吗？”冯老师笑道，“其实哪个人愿意自找苦吃啊，只是我一点不觉得苦罢了，我喜欢和孩子们在一起。”老师们最佩服她的就是这个。怎么没有职业倦怠感呢？日复一日的教学，改不完的试卷，做不完的题，各式各样的学生，层出不穷的问题，烦人的家长，比不完的升学率……

冯老师不是“春蚕到死丝方尽，蜡炬成灰泪始干”，她是百炼化成绕指柔，真心实意地爱这个职业，爱她的学生。

今天的晚修，是化学小杨老师看班，他跟学生一样趴在讲台上认真做题。冯老师在办公室备完课，准备好第二天要发给学生的作业，已经8点半了，从早上6点半来学校到现在，14个小时过去了。她直起身，揉揉僵硬的老腰，收拾好要带回家的东西，准备一会儿搭乘学校9点20

的班车回家。她没买车，年纪大了，不学车了。回去之前，照例去班上看一眼。学生都在安安静静地学习，冯老师一眼发现刘诗诗的位子空了，脑袋“嗡”地一下，脸色突变，立即走进去，弯腰问刘诗诗的邻桌陈然，她去哪儿了。陈然做梦一般睁大眼睛，她也不知道刘诗诗去哪儿了，好像出去有一会儿了。她以为是上厕所，怎么还没回呢？陈然说我去厕所看看。全班同学都醒过来了。陈然在厕所没有找到刘诗诗。小杨老师焦急地从讲台上走过来，搓着手。太大意了，怎么没有留意刘诗诗呢？她什么时候出去的？万一……大家都不敢联想。前两天刚出一个新闻，浙江的一名高三男生，在课堂里，好好地突然跑出去，冲到阳台跳了楼。这类消息最近听了不少，某市重点中学一开学，连续跳了两个。深圳不久前也闹出一起，一名男生因考试帮人作弊被老师发现，跳了下去……

冯老师指挥几个班干分头去找。学校各个角落都有监控。

木棉中学今天晚上比平时热闹，高一年级召开家长会。报告厅还亮着灯，家长会从7点开始，到现在还没有结束。容纳千人的报告厅座位都坐满了，有的一个家庭还来了两个，篮球场上也站着零星的家长。领导讲话时间太长了，接下来还要分散到各班，估计不到晚上10点11点也收不了场。高一年级的家长是出了名的热情负责，他们成立了家委会，设有会长、秘书长、理事，除了协助老师处理学生问题，组织家长研讨交流，还轮流义务值班，每天晚上有一名家长来学校看守晚自习，让高一的老师分外感动，也更加不敢松懈。高一的势头这么好，冯老师颇有压力，她除了是火箭班的班主任之外，还是高二的年级长。其实高一家委会的做法，冯老师班早就走前头了。去年，她曾跟学校申请，以培优的方式让火箭班的学生周天来学校补课，上午各科老师轮流来辅导，下午家长轮流看班。这个举措得到大部分家长的拥护，双休时间太长了，学生在家效率不高，老师们既然都这么乐于付出，家长自然更责无旁贷。不过，这做法只坚持了一学期就停掉了，倒不是家长怕麻烦，也不是老师不愿意来——火箭班的老师都是精挑细选的，在铁人冯老师的带领下，个个都成了拼命三郎。歇掉的原因是一起突发事件。就是在那个暑假，一名高三学生在补课的头一天，突发心肌梗塞，不幸身亡。那真是学校灾难的一天。校长当时在老家，连夜从山东赶回，紧接着开校委会，去教育局汇报交代情况。幸而学校有监控显示，学生老师积极采取救助措施，校医到位，120也及时拨打，才免于问责。就这样还麻烦不断，家长伤心过度，要告学校，说学校没有教会学生正确的抢救方法，急性心肌梗塞不能乱搬乱抬，要按压帮助呼吸，它的最佳抢救时间只有8分钟，而校医从办公室赶到还绕了几个楼层……家长向学校索要90万赔款。近乎无理取闹了，心情当然可以理解，那个爸爸50多岁了，是某企业的老总，就这么一个独子，早上出门还好好的，他开车送来的，转眼人就没了，任谁也接受不了。学校深表同情，也决定给些抚恤金，但90万，太过分了。要打官司，学校奉陪，请了律师。已经掌握到有利证据，那名不幸的学生当天没有吃早饭，早读课就趴在位子上，第二节课间，起身准备去小卖部买点东西来吃，走到过道没两步就倒在地上了，学生立即过来搀扶，叫校医。又有学生爆料，他前两天就感冒生病，连“宏图”培训班的课都没上完。“宏图”是遍布深圳的课外培训班，许多同学都在那里补课。有人把假期上“宏图”称为念第三学期。自然官司后来没有打，家长是企业老总，不差钱，孩子没了，再多的钱，又有什么意义？

这件事后，学校自然不敢假日来补课了，教育局明文下达，补课一律叫停。连高三都不补了，高一高二就更不用说。高三的老师很着急，就像广东荔枝有“大年”和“小年”之分，他们这届就是“小年”，生源前后都比不上，也没有用重金吸引高分学生搞出一个火箭班，他们现在的尖子班跟名校相比，中等都排不上，校长心心念念的北大清华想都不要想。

寒假快到的时候，高三年级长沉不住气了，准备在学期结束后再多上一周课，课表刚排出来，就有学生投诉到电视台第一现场。记者追到学校，办公室主任赶紧辟谣说，我们还没补，课表是某个年轻老师自己排着玩的。无可奈何，计划就这么泡汤了。高三年级长气得七窍生烟。

还是高一有办法，家长承当起责任来，除了晚上轮流看自习，他们主动要求双休日也来守半天自习，是以家委会的名义。冯贞屏一直在考虑要不要在高二引进这种模式，若不是刘诗诗的事，她大概早就行动了。唉，刘诗诗！

2

就在大家焦头烂额遍寻刘诗诗不着的时候，刘诗诗拿着手机若无其事大摇大摆回到了座位。晚自习已经结束了，除了个别回家的走读生，其余都在教室里等她。冯老师当然也没赶上9点20的班车，她搭小杨的车回去的，到家快11点了，也没怎么批评刘诗诗，只是让陈然等几个同宿舍的多留意和关照她，有什么情况及时汇报。

陈然没有告诉冯老师，刘诗诗在宿舍里得意洋洋地说，她混进高一家长会场，在里面一个劲地打手机，周围的家长都看着她，好过瘾。冯老师要是听见一定气晕过去。学校三令五申不允许学生带手机，家长会上领导肯定会说到这条纪律的，刘诗诗就在那儿公然打给家长看，是什么意思？

简直不可理喻！用曾逸凡的话说是发生了基因突变。的确，刘诗诗最近以来的表现太令人讶异了，这学期一开始，刘诗诗就有点反常。

首次让大家瞠目结舌的是开学不久的一堂化学课，刘诗诗上台发言。小杨是这个学期新接手火箭班的，原来的肖敏老师怀孕生孩子去了，杨老师有条新规矩，每节课的课前5分钟让一名学生上讲台来讲述上一节课的知识要点。刘诗诗是化学课代表，老师让她最先发言。

那天，刘诗诗不紧不慢地走上讲台，她个子不高不矮，短发，方方脸，戴着眼镜，偏瘦，站在讲台上，没有丝毫紧张。身为班长，又是化学课代表，她是经常上讲台的。尽管在火箭班，她的学习不算好，但工作能力强，认真负责，天生一副干部相。火箭班的班干都是民主选举的，唯有她是冯老师亲自点将。从高一起就当班长，她的干部履历很长，可追溯到小学一年级。火箭班能人多，当过班长的也不止刘诗诗一个，但冯老师还是义无反顾地相中了她。实践证明，冯老师的确是慧眼。整个高一，刘诗诗管理班级表现突出，帮了冯老师不少忙。冯老师欣赏她，因为刘诗诗身上有跟她一样铁面无私的敬业精神，她不怕得罪人，也敢管。学生私下称她“冯二”，曾逸凡则叫她“刘狗”，因为他被刘诗诗严重罚过。

说来话长，曾逸凡是高一下学期进的火箭班。火箭班是动态的，实行末位淘汰制，每次大考之后，成绩落在后面的同学就进到下一阶梯

"实验班"，若实验班还不行，再下到普通班。相反，考得好的也可成功晋级。曾逸凡原先在普通班，高一上学期期末区统考，一跃年级第五，连跳三级进了火箭班。像曾逸凡这样的特例，木棉中学几年也冒不出一个。这孩子太聪明了，潜力无穷。但也正是他，一度让爱才的冯老师头疼莫名。曾逸凡学习虽好，却一身毛病，行为习惯与火箭班格格不入。

他进来的时候，冯老师跟他再三交代，不仅要好好学习，其他方面也要跟上，"我不要求你马上能做到一点错误不犯，但起码的规则要遵守，否则，哪里来的再回哪里去。"冯老师话语体贴，又透着威严。全年级的孩子都知道老冯的威名。曾逸凡头点得郑重其事。能进火箭班是他的光荣，早在普通班时，他就不服气那些神气活现的火箭班同学。曾逸凡天资聪颖，中考没考好，是因为他缺考了一门课，当时他妈妈跟学校说了他的情况，想进火箭班，冯老师没同意，说一切按分数来。这不，还是进来了嘛。

曾逸凡虽然信誓旦旦地跟冯老师做了保证，可是，积习难改。开学头一天，升旗礼就迟到了，迟到是要扣班分的。至此，火箭班零扣分的神话纪录随着曾逸凡的到来被打破了。

不仅迟到，曾逸凡的诸多毛病也次第显露。英语课堂上，他偷偷吃泡面，香味刺激得英文老师胃疼，她气愤地说，我也没吃早饭，从早读课空腹上到现在，你却在这里吃得快活，像什么话！给我站到后面去。曾逸凡很听话地自动站到后面墙角，一米七几的个子，一点也不害臊，他是被罚站惯了的人。墙后面有张空桌子，曾逸凡站着站着就靠到桌子上了，还一条腿舒服地压着另一条腿借力，把英语老师气得不行。

科任老师纷纷都找冯老师投诉，曾逸凡上课讲话，吃东西，不交作业，写字鬼画符……

冯老师是个铁腕人物，她当然不允许好好的班级出现"一粒老鼠屎带坏一锅粥"的现象。

整治曾逸凡费了她不少心血，这孩子自由散漫，偏又人缘好，点子多，会玩，在同学中挺有号召力，有时他的犯规居然能逗得大家开心大笑。他一来，就拉了一帮人打篮球，天天疯到一身汗，晚修都迟到。过去班上同学哪敢啊。

必须拿他开刀。对付不了他，她还是冯贞屏吗?

她知道，猴子性躁，扭也得有个过程。

曾逸凡也是个老油子，在多年和老师的斗智斗勇中积累了不少作战经验。他善于承认错误，且态度很诚恳，让老师相信，他真的想改好。又善于找理由，为自己开脱。最要命的是，他很会赖账，若你没掌握到十足的证据，他会装得很无辜，把自己撇得一干二净。

有一次，周一升旗礼，他又迟到了，冯老师很生气，拿出他上次写的保证书给他看。他摸着脑袋很无辜懊丧的样子，说，早上妈妈开车送他，路上堵，还出了车祸，车撞坏了。冯老师打电话给他妈妈求证，他妈妈电话里先是一愣，然后就说，确实是撞车了，耽搁了一些时间，责任在她。

冯老师心里叹道，家长惯孩子，惯成这样。

收拾他还得靠学校。

有一节晚修，看班老师临时有事出去一会儿，曾逸凡不知从哪儿弄了副乒乓球拍，对着后墙拍打了几下，恰巧被对面高一教室的一位值班家长看到，那家长好事地跟当天的巡查领导说了。巡查领导找到冯老师，冯老师找到曾逸凡。曾逸凡说他没有玩，冯老师问同学，同学都说没看见。冯老师第二天请电教老师打开教室监控，证据面前，曾逸凡无话可说，他乖乖地打扫卫生一周，并从后排位置调到最前面，单独一座，横在老师眼皮底下。这种处罚，曾逸凡小学就挨过，现在是高中生了，重温旧梦，曾逸凡好几天情绪不佳，蔫蔫的，乖了很多。惩戒了好一段时间，才让他回了原位。

除了监控，冯老师还有一个可依赖的得力助手，那就是刘诗诗。尽管冯老师下班级下得勤，但总不能无时无刻盯到学生，她不在的时候，刘诗诗就是她的耳目，她的喉舌，她的化身。

有几天曾逸凡上课总打瞌睡，无精打采的，与他平时活力四射的样子很不称。冯老师得知后，顺藤摸瓜一调查，原来是晚上在宿舍里玩手机游戏玩得辛苦。打电话给家长，禁止让孩子带手机到校，并让曾逸凡再次写下保证书——这是冯老师最常用的一招。其实，老师能用的招数也并不多。“若再带手机，愿罚回原班。”曾逸凡在保证书中按老师的要求承诺。

手机其实在木棉中学屡禁不止，每学期缴获上来的不知有多少部，有的学生收了一部，又带一部，还大都是三星、苹果的，不知怎么那么有钱。好在火箭班是没有这种现象的，也绝对不允许这种现象出现。

保证书压在冯老师的玻璃板底下，家长也十分的配合，曾逸凡妈妈感激地说，我也不想让他带手机到学校，他不听我的，现在好了，他不敢带了，手机到周日晚上就交给我保管。

然而，就在保证书写了不到一个月，曾逸凡手上又惊现手机，是刘诗诗发现的，他课间在楼道的拐角处，偷玩手机。

常在河边走，哪有不湿鞋。只怪他一时大意，玩嗨了。他的手机其实一直都带在身边的，交给妈妈的不过是淘宝网上买来的不值钱的手机模型，跟他的三星一模一样，骗妈妈太容易了，冯老师其实也好骗，她以为班上没有人带手机，都那么怕她，实际上光他们宿舍里8个人中就有4个人带，只不过大家都很默契，不会像“刘狗”那样告密而已。最近大家对一款3D建筑游戏着迷，每天晚自习回来要玩一会儿，大家比赛自己设计搭建的作品：摩天大楼、古代宫殿、航母、三国城……曾逸凡为自己设计了未来的SOHO，超气派豪华，有办公区域、宴会厅、会议室、商务中心、接待室、咖啡间；生活区域，卧室、客房、儿童房、工人房、衣帽间；休息区域，书房、影院、KTV、酒吧、游泳池，还有地下室、车库、花园、跑道……他像个一丝不苟的建筑大师，精心打造自己的作品。那天，他有个新想法，想修正一下玻璃阳光房，就偷偷拿出来，没想到，那么倒霉，竟无巧不成书地落在女克格勃眼里。

冯老师板着一张脸，她很气，曾逸凡挑战了她的权威，他简直没把老师放眼里。而且，最不能容忍的是，他还撒谎，欺骗父母和老师。

冯老师拿出保证书，没什么好说的了。

曾逸凡低估了冯老师的狠劲，他以为罚回原班不过是吓唬吓唬而已，不会真那么做，他可以用扫地，哪怕扫一个月，站黑板、背书、做俯卧撑等等代替，只要不那么丢脸地回到原班就行。他向老师提出这些处罚办法。

冯老师黑着脸，没有挽回的余地，姑息就会养奸，学生像弹簧，你弱他就强，你没有原则，他就有漏洞可钻。曾逸凡太胆大妄为了，制不住他怎么能让别人信服呢？她不能给他任何侥幸的机会。

对于曾逸凡来说，他很不愿意回忆被发配回去的那一幕。虽然是他曾经的班级，在那个班里，他曾如鱼得水，独占鳌头，是大家羡慕的对象，现在他又可耻地回来了，灰溜溜地坐在最后一排。大家用异样的眼光看着他，每一科的老师上课，都会朝他投来奇怪的一瞥。曾逸凡忍辱负重痛苦不堪地待了两周，才在妈妈和原班主任的求情之下，重新回到火箭班。

至此，曾逸凡老实了很多，他终于知道了冯老师的厉害，为此也恨透了刘诗诗。

3

刘诗诗笔直地站在讲台上，拢了拢齐耳的短发，开口道，“你们，大家，都以为我是好学生——”

大伙儿被震到了，这是什么节奏？曾逸凡轻蔑地“嘘”了一声，谁以为你是好学生？自我感觉良好吧？成绩在班上倒数，上学期期末考跌出前四十，按照道理该滚出火箭班的，冯老师对她网开一面，说她工作负责，为班上做出很多贡献，火箭班需要她这样的人，硬是没把她弄走。哼，冯老师也有不讲原则的时候。现在自食其果了吧，她的爱将这学期屡屡给她找麻烦来了。

“你们以为我是好学生，乖学生，NO！其实，你们都错了，我骨子里不是好孩子，我很坏，你们被我骗到了。”刘诗诗嘴角绽出一个得意而又诡异的微笑。

班上一阵哗然，杨老师惊愕地望着她，她讲的内容完全偏离了轨道。他刚接手这个班，不太了解这些学生，带火箭班，本身就有压力，又是半途接，他都能感觉到同学们对他的排斥。

“我不是好学生，以前的好都是装的，我装累了，以后不装了，我要活出真实的自己来。一个人为什么不能自由自在做自己？干吗要伪装？你们大家别笑，其实，你们也和我一样，你们难道不是在伪装吗？你们是真正的自己吗？”

大家笑得更厉害了，这节课变得有趣起来，他们班还从来没有这么有趣过。

“我说的不对吗？做回自己，只要不犯法，想怎样就怎样，干吗要有那么多约束？你们留意过没，我们一进校门的墙壁上贴着的两句校训吗？‘千教万教教做真人，千学万学学做真人’，扪心自问，你们做到了吗？你们不虚假吗？杨子豪，你别笑，你是什么样的人，我一眼就看得出。”

被点到名的杨子豪摸摸脑袋，笑得很不好意思，同学们就起哄，让刘诗诗说说他是什么样的人。

“杨子豪嘛，貌似洒脱，不拘小节，其实，心比谁都细，又自恋，很在乎别人怎么看他，尤其在乎×××。”

大家再次哄笑起来，×××是隔壁班女生。杨子豪恼羞成怒地“靠”了一声。

刘诗诗仿佛得到鼓励，又点评起其他同学来，被点评到的很兴奋，没被点评到的盼着给她点评。这节课不用上了，玩吧。杨老师在一旁瞪着眼，这个牛皮哄哄的火箭班，到底有些什么样的奇葩孩子？刘诗诗是班长，他目前真摸不准该怎么办，是制止还是听任？已经无法制止了，学生们现在都很起劲地听刘诗诗发表即兴演说，半节课都没了，索性，他也了解一下这些学生吧，听听刘诗诗还放什么厥词。落下的课，找其他时间再补。

“……学校规定有些不合理，不让我们带手机，凭什么不能带手机？手机现在是我们和世界沟通的唯一方式。”这话从刘诗诗嘴里出来真是太逗比了。曾逸凡不由想起心头之恨，刘诗诗的眼风扫射到他脸上，仿佛完全知晓他的心理活动，发出会心的一笑。

“我们早上6点半起床，到晚上11点熄灯，扣除吃饭、睡觉的时间，全天候都在学习学习学习，没有一点点自由和空闲。大家观察过我们的宿舍吗？从外面看像不像牢笼？有时候，趴在封闭的阳台上，我真想飞出去看看。对面就是华润大商场，你们能听得到夜深人静街市上的人声吗？”

“据我所知，在国外，学生是比我们自由的，可以发表任何观点，可以带手机，带电脑——本来这些东西发明出来就是给人使用的，为什么不相信我们呢？把我们当贼一样防范，管头管手管脚。再比如说吧，为什么我们不能穿自己的衣服，非要穿校服不可？什么都得统一，不能有自己的个性？校服要是好看也罢了，像有的国家，那校服真是好看，哪像我们这种，丑死了，显不出身材，分不出性别，无美感无品位，甚至还不如民国的校服好看。穿也罢了，还天天派人查，不准改腰身，不准改窄脚裤，现在更过分了，还非要人家贴上木棉中学的校徽，把精力都放在这些形式主义上……”

即兴演讲变成了刘诗诗的吐槽脱口秀，她想到哪里讲到哪里，兴之所至，滔滔不绝。这些话真是亮瞎了大家的眼。作为学生干部，作为学校规章制度忠实执行者，她现在站到了对立面，猛烈抨击。这简直太滑稽，太搞笑，太不可思议了！连曾逸凡都觉得吃惊。她那些话应该由他说才对，他就改过校服，被查处过写过检讨呢。刘诗诗简直说出了他的心声，可是，连他也不敢这样明目张胆地吐槽啊！这话要是传到老冯耳朵里，可吃不了兜着走。

刘诗诗似乎并不怕传到老冯耳朵里去，甚至，她就故意要传到老冯那里。

在石破天惊那番宣言之后，刘诗诗果然身体力行地做真实的自己了。

第二周的升旗礼，刘诗诗穿了件宽大的黑风衣很扎眼地站在清一色的校服队伍里，像一只不协调的大黑色垃圾袋。

从来都是对老冯服服帖帖的刘诗诗，在办公室跟班主任争辩起来，她说她没错，没有哪一条法律规定她不能穿风衣。冯老师感觉到刘诗诗是故意这样的，她变了个人，难道是受了什么刺激？抑或青春叛逆期来得晚？爆发得更凶猛？

刘诗诗的爸爸被请到学校。这学期他已经是第二次来冯老师办公室了，自己也觉得过意不去。往常，他都是带着骄傲和感激来的，如今却是心怀忐忑，头皮发麻。

“诗诗寒假过得怎么样？没有遇着什么事吧？”冯老师给刘父泡了杯茶，让他坐在沙发上，慢慢聊。

冯老师是名师，单独一间办公室。

“没有什么事，寒假学习也很认真，还报了‘宏图’，培训物理和数学，就过年几天放松了一下。”

“在培训班怎么样？没遇到什么刺激吧？有没有交什么不良朋友？”

“没有，没有，她很乖，每天都是她自己坐地铁去，地铁回。在家里就关着门在里面学习，还说，下学期一定要考好一点。”

“诗诗想过将来上什么大学吗？有没有定目标？”

“我跟她妈妈给她分析，按照她那个成绩上国内一本应该没太大问题，当然，一流的好大学肯定上不到，她自己以前想上中大，最近又改变主意了，想出国，去国外念书。这是受她表姐影响，她表姐在美国伊利诺香槟大学读书，这次寒假回来了，给她讲了很多国外见闻。她现在心心念念也想出国。说实话，我们家庭经济不瞒您老师，也不是十分好，要供她出国，把房子卖了也不够。这些情况她也知道。不过，我还是鼓励她的，真要出去，我们砸锅卖铁也给她凑。就这一个女儿。供不起也得供，是不？”刘父40多岁，看上去有50多的样子，比别的同龄父亲老相，瘦削的脸，布满皱纹，头发灰白，也没染，刘诗诗长得像他。每次家长会都是他来，冯老师从没见过她妈妈，想必是忙。

“诗诗也很见谅，就说出国的事等以后再说，等将来上了大学，争取拿奖学金出去，可是，你看她成绩又掉队了不是？她自己也急，假期很认真在补。唉，没想到开学是这个样子。”刘父唉声叹气。现在许多家长都是他这个样子，面对小孩超级无能，管又管不到点子上。冯老师见得多了，只是没料到曾经最让老师和父母省心的刘诗诗也令人束手无策了。

刘诗诗也被叫到办公室，她瞟了一眼父亲，脸微微发红。

“你是班长，一直以来都能起表率带头作用。老师相信你只是一时情绪不佳，学生穿校服，这是学校的规定，没什么好说的，全深圳市都这样。”

“也有不是这样。”

“这个，我也知道，个别重点中学，比较特殊，他们相对宽松，但是，你也知道，人家的学生素质高，考进去的都是好学生，他们的自控能力也强，像我们这样的中学，肯定不能比。退一步讲，学生穿校服也是应该的，有归属感，也能杜绝攀比，是不是？”

刘诗诗不以为然地撇撇嘴，衣服不能比，难道鞋子袜子文胸底裤不能比？还有手表、发卡、洗发水、零食，可比的东西太多了。

刘诗诗想要反驳，看见父亲可怜巴巴的眼神，皱了一下眉，把话吞咽了回去。

4

吴春找宿管申请，要求回家住，那天中午，她跟刘诗诗吵了一架。午睡的时候，刘诗诗一个人不睡，把窗帘拉得开开的，借着外面的阳光看书。吴春在刘诗诗的上铺，阳光亮眼，晃得她睡不着。对吴春来说，这半个小时的午休特别宝贵，可以支撑她熬到晚上12点。她起身将窗帘拉上，刚躺下，没睡两分钟，窗帘又给拉开了。

“你什么意思？还让不让人休息？”吴春憋着气，小声地质问，怕惊动其他熟睡的人。

“你睡你的呀，谁不让你睡了？”

“那你在这里看书！”

“我看我的，又不出声音，碍你什么事？”

“你窗帘开着，这么亮，叫人怎么睡？”

“我这是节约电呐，我都没开灯，这是自然光，怎么啦？你怪太阳去啊！”

“你讲不讲道理？！”吴春哗啦一下坐起来，声音也大了。其他同学醒了，有的根本也没睡着。

“好了，好了，别闹了，刘诗诗你不困吗？要不你去阳台看书也行，窗帘开着确实太亮了，我也没睡着。”陈然爬起来打圆场。陈然在班里也是很有威信的一个人，女学霸，每次考试都是年级数一数二，老冯对她器重有加，冲击北大清华的好苗子。她是班上的学习委员。老冯让她多留意和关照刘诗诗。

“阳台风大，要是感冒了，得了甲流什么的，传染你们岂不是更不好？”刘诗诗捧着物理书，屁股动都没动，眼睛也不抬。

陈然相信她一个字也没看进去的。用功也不是这样用法，刘诗诗现在就像打了鸡血一样，晚上熬夜，中午也不睡觉。本来宿舍里最刻苦的是吴春，每晚熄灯后，总要躲在被子里亮个小手电，再看一会儿书。现在晚睡纪录被刘诗诗打破了，她能熬到深夜一点。陈然打心眼里瞧不上这样卖命学习的。宿舍里人其实都很有意见了，一天学下来，谁都很累，睡个囫囵觉都被打扰。

“大家住集体宿舍，不是一个人一间，还是应该谦让点，不管怎样不要影响别人才好。”陈然说道。

“那好吧，我让你们，我出去。”刘诗诗摔门而走。

大家面面相觑。陈然正准备出去找她，刘诗诗又折返回来，拿她的书本。快2点了，没法睡了，吴春恨恨地骂了一声，“神经病！”

冯贞屏现在头疼极了，不仅学生投诉，老师也被搞得心神不宁，小杨老师继上次给刘诗诗搅黄一节课之后，再次收到她的“礼物”——被劝下课。

那天，刘诗诗来到小杨老师的办公室，郑重其事地对他说，我们班同学都喜欢以前的肖老师，你的教法，大家不能适应和接受。

小杨老师30岁出头，还是临聘老师，在木棉中学教了4年书了，有两年连续在高三，教学不俗，才被老冯挖到火箭班来的，小杨自己也想出成绩，好早日正调进来，没想到受到这样的迎头打击。刘诗诗是班长，她的话在他看来是代表全班同学的意见。这让小杨老师既伤心又委屈，他那么战战兢兢，努力教学，一丝乱子都不敢出，也不敢得罪学生，竟受到这样的待遇。当天，他到教室上课，心情沉重，对大家说，“我带你们班，是学校对我的信任，我自己也会很努力，一定不辜负大家。请你们相信我，我……”杨老师停顿了一下，眼睛都快红了。

同学们丈二和尚摸不着头脑，怎么好好的，老师上来说这些？待得知是被刘诗诗“代表”了之后，纷纷跑过去安慰杨老师。

这件事冯老师在班上不点名地批评了刘诗诗。“对老师教学有意见和建议可以提，但要实事求是，不能伤人，更不能把一己的想法绑架给所有人，杨老师的努力大家有目共睹。与老师和谐相处，对我们的学习非常重要，希望以后不要再出现这种事情了。”

刘诗诗不以为然。她说大家虚伪，明明都是希望肖老师来教，现在又故意讨好杨老师。“中国人就是不敢说话，不敢表达自己的意见。”刘诗诗现在俨然众人皆醉我独醒的样子，愈加愤世嫉俗起来。

政治课上，老师讲经济生活，分析书中的一个案例。

79岁的张大爷在家中开了个经销店，本小利微，但他时刻不忘纳税，年年被评为“纳税标兵”。这年12月1日，病危的张大爷把儿子叫到床前，嘱咐说，“我一生从没拖欠过国家一分钱税款，你替我到税务所把11月份的税款交了吧。”儿子交完税款，张大爷安详地离开了人世。

请问，张大爷积极纳税，给我们什么启示?

刘诗诗站起来说，“老师我有个疑问，这个案例不符合人之常情，一个病危的老人死前最挂念的不应该是自己的子女亲人吗？难道不交税就死不瞑目啊？太假了吧！”

全班都哄笑起来。政治老师给问愣住了，干咳了一声，敲敲桌子说，大家看题目，不要扯没边的东西，我们搞清楚问题要问的是什么，这里讲的是税收和公民依法纳税的义务……

理科班的学生学政治本来就是不上心，要不是高二有个会考，课都不开了，刘诗诗一搅和，大家都来劲了。政治老师收他们的作业，看到五花八门的答案。

不交税张大爷就死不了，不孝的儿子，别偷税了，赶紧交去！

赋税严重，都逼死人了！

大爷知道做事须谨慎，不能授人把柄。

张大爷真心是个艾斯比。

张大爷的退休金比屌丝们的工资高。

欠谁的钱也不能欠国家的钱。

……

简直就是瞎胡闹了。这些熊孩子，只会在他的文科课上轻松轻松，他们是有恃无恐，会考不过是个形式，肯定都能过。他惊讶的是，一直乖巧的班长怎么变得这么放肆大胆起来。

不止如此，语文老师也被刘诗诗给闪到了。那天是作文课，语文老师布置大家写一篇作文，是某地考过的高考作文——坐在路边鼓掌的人。这篇文章大意讲的是，一个总是考第23名的学生，并不自卑，她乐于助人，乐于为别人鼓掌喝彩，她说，“妈妈，我不想成为英雄，我想成为坐在路边鼓掌的人。”

这是一篇话题作文，命题内容让大家，尤其是学困生更有话说，体现了素质教育课改要求的理念。“教育的实质，是让每个人的生活更美好。因此它不要求学生与学生之间比高低，而让学生每天都有进步，从进步中感受到快乐。”语文老师启发道。

刘诗诗笑出声来，老师的思路被打断，怔怔地看着刘诗诗，刘诗诗道，“这个妈妈真虚伪，她说她不在乎孩子名次，其实越这样说，越说明她在乎。她是吃不到葡萄不敢说葡萄酸。再说了，大家都在路边鼓掌，谁去跑啊？”

这个岔子一打，语文老师半天回不过神来，同学们在下面七嘴八舌地议论起来。语文老师说，你们可以有不同观点，但注意了，高考作文题，你们在考试的时候千万不可造次，不要乱质疑，要按照规范去写，尽量正面。

大家安静下来，只有刘诗诗一个人不以为然地撇着嘴。

5

小白兔变成一只小刺猬，冯贞屏不知拿刘诗诗怎么办。她不是曾逸凡，皮实，打一下，骂一下，甚至罚回原班都没事。她是一个女生，一个一直优秀的女生，她的得力助手左膀右臂。刚带这个班的第一天，刘诗诗就给她留下突出的印象。那时大家都刚来，彼此都不熟悉，跟老师也不熟。新生报到完毕，老师交代了些事情，就各自散去。刘诗诗却没有立即离开，她在教室里拾捡那些废弃的纸张，垃圾。冯老师很感慨，现在的孩子都比较自我，注意不到别的事，刘诗诗却能想到这一点，而且做得十分自然，仿佛天经地义。一问，果然过去在班里当班长。

刘诗诗跟冯老师很亲，每逢教师节、元旦、妇女节、母亲节，都会自制手绘贺卡给老师。她也很心细。高二上学期参加社会实践，去广东梅县一周，参观叶帅故里，去山区学校结对子，听报告。一周下来，个个都像累坏了的残兵败将。回到深圳，各自拖着行李箱作鸟兽散。谁也没有注意到冯老师的狼狈，虽一直以来都给人以精力无穷、拼命三郎形象，在同学眼中也如此，却毕竟年过五旬，又比较矮胖，累了一周，到底体力不济了，她也拉着个拉杆箱，笨重地走在最后。刘诗诗本来是走在前面的，她突然停了下来，等老师，正好看见曾逸凡，立即叫住他，帮老师拉一把。

回忆这些细节，让冯老师越发地心疼。

现在的刘诗诗跟她好像隔着千山万水，她走不进这孩子的心了。跟她谈了几次话，刘诗诗不像过去那样，亲密地偎在她身边，也不像过去那样，跟她同声共气地分析班级问题，替她分忧解难，出谋划策。如今站在对面，像块冬天的坚冰，又冷又硌人，眼睛躲闪着，都不看老师。跟她说什么，她就被动地应着。只有说请父母的时候，她才抬头略带惊恐和怨怼地瞟一眼。她怕家长？

“她哪里怕我们，是我们怕她呢。”刘诗诗的父亲在电话里说道，他也发现到女儿的问题，在家里也不跟父母说话，“一个星期没见面，双休日回来，我们想问问在学校的情况，跟她交流交流，她一句话没有，吃饭就盯着手机看，说她，她就发火，不耐烦。吃完饭，过去她还抢着洗碗，现在她妈也不让她洗了，说学习紧张，让她多点时间看书。她就门一关，躲在房间里。老师你说过，孩子学习，最好不要让她关门，家长可以看得到。可是，你要是让她开门，她火气就很大。说我们外面有声音吵到她学习。哪有什么声音啊，我和她妈现在连电视都不开了，说话也不敢大声，家里安静得不得了呢。”刘父在电话里诉苦。

家长被孩子折磨，冯老师见得太多了，教了一辈子书，发现现在家长是越来越难当了。亲子之间彼此像寇仇的不在少数。前几年，有一次开家长会，一个妈妈当场哭了起来，她看到儿子在给家长的一封信里，只有一个字“滚”！是什么使得世上最亲密的关系变成这样？

“我跟孩子她妈说，诗诗现在有点不正常，她妈反怪我，说，刘诗诗只是上次没考好，学习压力大，如果她不正常，那不正常的也太多了。她说她那个电子厂的同事都羡慕她，女儿在火箭班，又是班长，那么优秀，不像他们的小孩，有的考不进高中，读职校的，吸烟酗酒，打架，沉迷游戏，乱交网友什么的，比起来一个天上一个地下。诗诗还有什么可挑剔的？唉，说的也是，她比过去还要认真。唉，我们也不知该怎么办？老师您就多帮帮她吧，多开导开导，她听你的。”

冯老师放下电话，心情很沉重，球还是踢到她这儿来了，她可以感觉到刘父的心力交瘁，把她视为救命稻草。

“我看啊，就是惯坏了，得狠狠敲她一棒，把她敲醒。”语文老师说道。其他老师也有同感，没吃过什么苦，父母一直当宝贝，在学校也总被表扬，太骄了。得给她清醒清醒，否则，到高三怎么办？

大家建议把她的班长职务给下掉，她目前的样子，再让她当班长是说不过去了。

冯老师说要慎重，还没来得及实施，刘诗诗仿佛听到了老师们的咬耳一样，主动提出了辞职。

当然，她没有听到老师背后的议论，她辞职，是因为另一桩事。

那天是周五，周五是住校生返家的日子，不用上晚修，平常下午三节课后就可以走了。但那天，学校有个庆祝活动。曹校长当校长30周年，搞了一个座谈会，嘉宾有教育局领导，还有兄弟学校的代表、媒体记者，木棉中学也有很多老师自愿参加，会议厅的人都溢满了。场面很温馨，曹校长充满感情地回顾了自己一辈子的教育生涯，他说，木棉中学将成为他人生最具意义的一笔。座谈会一直开到日落，当他在老师们簇拥之下出来的时候，一排学生打着横幅迎上前去，他们高声说道，“曹校长好，祝贺曹校长教育三十周年，桃李满天下。”曹校长一下子被感动了，热泪盈眶，和学生们握手合影。他没想到，同学们那么有心，这一辈子值了，曹校长老泪纵横。

在这群举横幅的学生中，就有刘诗诗。她本来可以五点多就回家的，结果等到六点半。她认为学校的这种做法虚伪，故意制造感动，讨好校长。她没想到一向刚正不阿、不会溜须拍马的老冯竟也参与，让他们几个班干留下来，害得他们在多功能厅外面苦等了整整一个多小时。

仪式一结束，她就跑到老冯办公室，请求辞职。

冯贞屏也有点无奈，确实等得久了一点，当时没想到会议有那么长，这个创意是中层会议上几个部下一起动议的，要给曹校长一个惊喜，因为任何礼物都比不上孩子们的热爱。火箭班本是曹校长的心头肉，又多次去他们班听过课。所以，就由高一高二两个火箭班的学生承担了。

“我不想当班长了，以后这样的事，我坚决不参加。”刘诗诗在路上口气很冲地对陈然说。

“有什么哉，偶尔为之。今天是周五，也没什么关系。”

“我的时间很宝贵，我不像你，学习那么好。”

冯贞屏同意了刘诗诗的请辞。

6

清晨，天还没有完全亮透，风凉飕飕的，路面半干，小区里茁壮的阔叶草、矮棕榈、散尾葵湿漉漉的，积着水珠。春节之后，这一个月来，寒流连续来了几波，比冬天还难受，气象部门统计本月日照时间加起来不足5小时。

深圳的春天用春寒料峭来形容一点不为过，在北方人眼里，这个城市终年无雪，一年到头花红树绿、喜大普奔的样子，要是说冷，倒被笑成矫情。只有在这里真正生活过的人，才能体会到那种蚀骨的寒意。

冯贞屏走在清冷少人的路上，背着一只大黑包，包里鼓鼓囊囊地装着钱包、手机、餐巾纸、老花镜和近视镜等这些离不开的必备用品，还有一把折叠伞，手里另外还拎了一只印有木棉中学字样的环保袋，里面放着数学试卷什么的，是她晚上带回去做的。环保袋里还备了一件蓝色卫衣，白天热起来的时候可以换。春天温差大，这样的季节，穿短袖的和穿棉袄的有时会同时出现，一日四季都不奇怪。像她这样家离得远的，出门又早，衣服得多备一点，年纪大了，体质不如以前，得自个儿多注意，不能生病，生病就把学生给耽误了，也给别的老师添麻烦。

雨后的空气很清新，早起的黑头小鸟快活地一声接一声啼叫着，从枝头飞到草地，又从草地跃上枝头，神气活现。看样子今天不会再下雨了吧？

路边的木棉树红了，一朵一朵硕大的花簇拥着，累累地压在枝头，天天走这条路，竟没有留意到花苞是什么时候绽放的，大叶榕也仿佛一夜之间推陈出新换了新装，碧绿青翠，新生的绿叶可看得见绒绒的细毛，像初生的胎儿。地上跌落的是陈年旧叶，它们挨过了整整一冬，终于无愧地躺下了。春天也落叶，这番景象大约也只深圳看得到吧。

冯贞屏走在厚厚的落叶上，好像第一次发现这触目惊心的景象，这满地的落叶，让她想到故乡的秋天，也让她想到自己的衰老。她是近来才有这感觉，岁月不饶人，到底有些力不从心了。腰酸背痛，早上起来，枕头上盘旋着一根根混乱纠结的头发，是不是这些天睡不踏实的缘故，头发掉得越发厉害，还是更年期趁机袭来？对于衰老，她保持着从容心，这是自然规律，但她从没有想到，自己真的会衰老。过去，她走这一条路，步子是轻盈的，心情是欢快的，早些年，女儿在她的学校，她和女儿一道走，一路听女儿用柔柔的声音背英语课文，尽管一句也听不懂，在她也是享受。女儿上大学，出国了，她的心就全在学生身上。她喜爱小孩子，喜欢跟他们在一起，感受他们的朝气，这让她觉得自己年轻，她也能感到孩子们对她的爱和信赖。有什么比看到学生的成长更能让人欣喜呢？不知不觉这一辈子教学生涯就要走到尾声了。她终于有累的感觉了。她没想到，在她准备完美收官的这一届，竟然出现不可预料的惊险一笔。刘诗诗那天晚自习的失踪着实吓得她一身冷汗。万一，她有什么意外，她的余生如何度过？好几个晚上都睡不好觉，总是从噩梦里醒来，梦里刘诗诗的眼神充满哀怨。她恨她？

冯贞屏上了学校的班车，这辆中巴车乘客并不多，绝大部分是还没买房子的小年轻，或租住在附近的临聘老师。年轻人瞌睡大，有的还打着哈欠。半个小时的车程，够他们在车上补个回笼觉。

进到校门，在门口的手模仪上，按一下手印，这是木棉中学的考勤方式。她刚来深圳时，还不太习惯按手印，这个以现代工业文明著称的城市，把工厂管理模式也运用到学校了。进门出门都打卡考勤。一开始，她记不住，大会多次强调后，也就慢慢习惯了。一进门就自动化按一下手印。时间显示7点15分，离早读还有一刻钟。冯贞屏沿着校道快步走到她所在的教学办公楼层，打开门窗、电脑，把包先放好，来不及泡茶，就先走到同一楼层的教室，她的火箭班。语文老师已经来了，正带领学生早读，同学都已到齐，刘诗诗也在，她低着头看书，头发遮住了整个小脸。冯贞屏松了口气，又一路巡视了高二所有年级。然后去食堂吃了早餐，再回到自己的办公室，泡了茶，把书籍试卷资料拿出来。第二节课，学校还有个临时会议，省教育督导评估团明天要来学校检查工作，领导要布置相关事宜。她的备课时间经常要从这些事务性工作中挤出来。

办公桌前方有个黑色监控头，一打开，就可以看见她的班级。这是上学期期末才装的，学校采买了一批新的监控头，多出的就给领导和名师办公室装上了。

小工安装的时候，刘诗诗恰好在办公室。冯老师当时在找她谈话，因为期末考试跌出年级前四十，刘诗诗情绪不太好，冯老师安慰她，并保证不会给她降班。刘诗诗当时说，她愿意去2班，省得老师工作不好做，她自己也不好意思。这孩子总是很体贴。冯老师说，你是班长，为班级做了许多事，虽然这次退了一点点，问题也不是很大。我已经跟学校说了，火箭班尽量不退人出去了，除非差得太远，跟不上。

那当儿，她看见小工，就问老师那是装什么。

冯贞屏笑道，监控头。刘诗诗愣了一下。冯贞屏道，以后你的工作就减轻了，老师在这里就可以看得到，省得你委屈，老师知道你管班得罪了些人。

刘诗诗身体好像被谁猛推了一下，朝后仰了仰，眼神复杂。

你是为班级工作，不必担心，咱班同学还是明事理的，你看，期末评优秀班干，大家不还都选你了吗？

刘诗诗点点头。但她的眼睛不时瞟在监控头上，仿佛那是什么值得让人玩味又令人恐惧的怪物。

现在回想起来，那眼神就是冯老师梦里出现的眼神。

冯贞屏打开监控头，看见刘诗诗正好回头找人讲话，还露出一个得意洋洋的笑容。

自从辞退班长职务之后，刘诗诗似乎更加不在乎自己行为举止了。

冯贞屏不知道，刘诗诗回头找后排同学说的一句话是，“我现在有一种犯罪的快感。你们要不要也试试？”

刘诗诗现在经常口出狂言，她的活出自我，就是口无遮拦。她还说，“你们看，连曾逸凡见到老冯都唯唯诺诺，我现在才不怕呢。”

被她点到名的曾逸凡对她很不屑。刘诗诗总是在他面前耀武扬威，好像要跟他比试谁更能气着老师似的。看到老冯布满血丝没睡好的眼睛，曾逸凡现在由衷地同情老冯。唉，什么叫心腹大患，这就是了！上次刘诗诗晚修出逃，害得大家一顿好找。她竟然若无其事半开玩笑半认真地对曾逸凡说，“哼，担心我跳楼？我要是跳楼也会拉上老师的。”

真是白眼狼，这话要是给老冯听到，一定会气出心脏病。

7

3月末，学校组织第一次月考。每一次考试都是高考的一次模拟演习，包括考场的安排都跟大考一样。单人单座，40人一个考场。

刘诗诗在第二考场。他们是按考试名次顺序排座位的，这个做法从初中就开始了，说是有利于促进学生的竞争意识，也便于管理。

这个教室只有她一个是火箭班的。六门功课考两天，安排在周四周五，那两天天气照例不是很好，阴沉着，跟刘诗诗的脸色差不多。上午考完数学，回宿舍，几个女孩正围着陈然对答案，她把卫生间的水放得大大的，洗脸洗手，然后重重地脱鞋，上床，抱着书看，看了没一会儿，把书狠狠地朝地下一掼。大家吓一跳，也不敢对答案了，各自散开，有的睡觉，有的躺床上看书，有的干脆去了教室。老冯让大家多担待些，不要跟她计较。有两个人已经要求回家住了。

月考卷子很快就改出来了，排名和各种数据曲线都也跟着出来，刘诗诗这次第36名，居然进步了。在班会上，冯贞屏特地表扬了她。晚自习的时候，陈然坐在刘诗诗旁边，她发现刘诗诗似乎并不太开心，好像还在悄悄地抹眼泪。陈然写了张纸条给她，问怎么了？打了一个大大的问号。刘诗诗没有回应。放学的时候，刘诗诗主动走到陈然身边，好像有什么话要说。

“有什么事吗？谁欺负你了？”

“曾逸凡。”

陈然吓了一跳，他欺负她？

“他嘲笑我，看不起我，他恨我……我可是为他……”刘诗诗咬着嘴唇，眼里忍着一眶泪。

啊？陈然吃惊不小，她那么在意曾逸凡，难道刘诗诗看上那个家伙不成？太不可思议了，曾逸凡不可能喜欢她的，那家伙女孩缘好，绯闻女友好几个，目前似乎正跟文科班的某个女孩拍拖。班里许多人都知道，除了老冯。刘诗诗不可能不知道吧。何况，她还得罪过他。

刘诗诗不再说话了，任陈然使出浑身解数，她突然就关闭了好不容易开了一点点的窗口。

难不成刘诗诗的种种反常是因为早恋？陈然留心起来，越发觉得怀疑得对。刘诗诗的眼神常常长久地盯着曾逸凡，曾逸凡写字笔水写没了，她第一时间递过去。那家伙有时起晚了，忘吃早饭，刘诗诗竟打包帮他带来，放到曾逸凡桌上，她讨好他的样子十分明显。大家都起哄曾逸凡走了桃花运，被刘诗诗看中了。曾逸凡很恼火。

刘诗诗并不在意别人的眼光，若哪个女生和曾逸凡在一起说笑，她脸上就流露出一种受伤的神情。她刻意打扮起自己来，齐耳的短发用两个粉红的发卡夹起来，手腕上也换了只粉红时尚的电子表，她过去是最不讲究这些的。最过分的是，竟然还打了耳钉。这已经违反校规了。好在被她的头发遮住了，只有在曾逸凡面前，她才会不经意一样，撩起头发，露出亮晶晶的银色耳钉。只可惜曾逸凡对这一切视而不见。

有天晚自习，刘诗诗迟到了，值日老师叫陈然赶紧去宿舍找找，她一没来，大家都提心吊胆。宿舍没找到，陈然回到教室，发现刘诗诗已经来了。晚修下课，陈然要和刘诗诗一起回，刘诗诗却故意去厕所磨蹭，等了半天，陈然只好先走。

刘诗诗回宿舍的时候脸色很不好。大家都睡了，她一个人躲在被子里不知在写什么。有人说她今天被曾逸凡耍了，白天，她收到曾逸凡的约会条，约她晚饭后去图书馆聊一下。结果等到晚自习铃响，曾逸凡也没来。晚自习后，她约曾逸凡一起走，把话讲清楚，自然，曾逸凡又逃之夭夭。

陈然很生气，这个曾逸凡也太不地道了，就算看不上人家刘诗诗也犯不着这样。面对陈然的指责，曾逸凡丈二和尚摸不着头脑，他羞恼地说，谁约她那个三八了！看样子不像撒谎，难道是有人故意逗刘诗诗？谁会逗她？现在大家都不太敢招惹她呢。该不是她臆想出来的吧？

陈然抽了口冷气。她想起前天吃饭时，刘诗诗叫外卖“必胜客”，校后门对着马路商场，许多学生都隔墙在那里叫外卖。刘诗诗一边吃一边对陈然说，你还敢吃食堂，地沟油来的。她说她那天亲眼看见食堂师傅从外面运来一桶地沟油。

陈然当时以为她是开玩笑。现在看来，是不是真的有妄想症？

8

雨暂时停了，一大早，天黑得像黄昏，乌云翻滚的天空充满着诡谲叵测的意味，看样子还得下。大风吹得树枝摇曳，地上满是跌落的黄叶。木棉花也开始落了，一朵朵，鲜红醒目地摔在路中间。它们才开多久？这么快就轰然倒地了。深圳的春天真是奇绝，不仅落叶成堆，也落花满地。人们往往只看见它们的盛开，却看不到它们的凋落。老冯感叹着，好像第一次发现一样。

昨天她收到陈然转发的短信，“叫老冯快来救我。”是刘诗诗半夜一点发给她的，陈然吓坏了，赶紧转发给班主任。

孩子们并不知道刘诗诗已经住院了，住的是深圳精神疾病防治中心。上周家长会之后，她就没来上课了。她父亲领她回去的。仿佛一夜之间，她父亲头发就全白了。他多么不愿意承认不愿意证实啊！他不相信，这个一直斯文懂事优秀的女儿，会变成……一个疯子？

诗诗在学校整夜整夜不睡觉，总是精神百倍地在宿舍里忙活，一会儿把所有人的水桶接满，说学校要停水；一会儿又在前门和后门挂满不知哪里弄来的水果刀，还有一把随身别在自己腰间，说，有坏蛋要来搞恐怖活动，她是要保护大家。她在宿舍来回走动，听到远处的牛蛙鸣叫，就大喊“坏蛋来了”……

哦，他不相信，不相信冯老师说的这些，他的好端端的女儿，他的给他们带来那么多喜悦和骄傲的女儿，他的笑起来阳光明媚的女儿，他的小时候骑在他脖子上的掌上明珠……怎么会变成这样？哦，他的女儿啊！

冯老师在班里没有多说什么，她只告诉大家，刘诗诗身体不好，需要休息调养一段时间。她跟诗诗父母一样，无法接受这样的事实。

昨天夜里，她又梦到刘诗诗，梦到她惊恐的大眼睛，求救似的望着她，“冯老师救我——”喊声惊醒了她，然后就再也睡不着了。

哦，诗诗，亲爱的孩子。我会的，我一定会的。

冯老师失声痛哭起来。老公在隔壁房间，没有听到她的哭声。

这是周一的早晨。气象报告，有橙色暴雨，还有大风。

冯老师走在湿漉漉布满黄叶和落花的清冷街道上，包里搁着昨晚加班改完的周考试卷。远处传来轰隆隆雷声，是春雷，像擂起的战鼓，很快，四面八方响起了号角，雨神驾到，冯老师还来不及撑开伞，大雨就瓢泼而下。

剖　心

1

9月的一个晚上，妈妈从老家打来电话，她告诉我一个惊人的消息：小姨父死了。

啊？！天呐！我不相信自己的耳朵。

马上联想起之前发生在小姨父身上的车祸。难道，两者有什么关联？——可是，又满腹狐疑，不是说，车祸并无大碍吗？

半个多月前，小姨父骑电单车出门，在一个丁字路口的拐角处，被一辆小轿车撞倒，据说，当时人撞飞了。所幸，伤势并不太严重，只是额头挂彩，眉骨破裂，还有一条腿膝盖处断裂。“还算好，捡了一条命！”家人庆幸地说。

肇事方承担全部责任，带姨父去医院检查治疗，做接骨手术。

“都快出院了，没想到……”

“是不是有什么内伤，没有查到？比如心脏啊什么的。”我惊疑地问。

“都全面检查过的。心电图、B超、CT都查了，一进医院就查的，没有问题啊。”

谁也想不通，谁也无法接受。小姨父，他才50多岁！

不是说大难不死，必有后福吗？小姨父侥幸逃过了车祸，怎么到头来还是没有逃得过鬼门关？

“死”就是“没有了”，“不存在”了，从这个世界彻底“Out”了！

或许年岁渐长的缘故，这些年，不断地有相熟的人离开，正常的和非正常的都有，让我对人生的无常有了深刻的体会和惧意。甚至会禁不住地不受控制地发抖地想，“下一个会是谁？”这样的猜测未免残酷又无聊。然而，人生之谜就在于你永远都猜不透。我怎么会想得到，小姨父会成先走的“下一个”。

去年，我外公去世，他是老死，活了91岁。在外公的葬礼上，我还见到了小姨父。他忙前忙后，请送葬司仪，布置灵堂，安排车队，置办酒席，和我的几个舅舅一起指挥调度……小姨父是个能人，妈妈家这边的事从来都少不了他。尽管有一度，他们对他颇有微词。但那是老早以前的事了。

外公去世的时候正是盛夏三伏天。小小的春谷县像一个巨大的蒸笼，我们每个人头上都冒着热气，口袋里都备着人丹。那是我第一次去火葬场，非常震撼。想到外公的肉身要在那儿付之一炬，心疼莫名；又想到人生的结局，大抵都逃不过若此，更觉无限悲哀。

送葬司仪们吹着乐曲，那曲调如泣如诉，似悲又似喜。在外公火化的时候，礼炮放了9响。据说，只有年岁高，寿终正寝的人，才得享这样的礼遇。外公活过了90。他得到了9响。

亲戚众多，外公犹如一棵老树，开枝散叶，盘根错节。戴着黑袖章的是子辈，黑袖章上别着红布的是孙辈，别着绿布的是重孙辈。老喜丧。除了家里亲眷来之外，还有许多晚辈朋友也来了，送花篮花圈，过来掏老孝戴。

我从未见过这么多人。不是外公去世，我还真见不到来得如此齐整的亲戚们，像一场盛大的家族聚会。

许多和我同辈的表姐妹兄弟，都不怎么认识了。常年在外，一年几乎都回不了一次。妈妈家亲戚又多，我一般也不爱见人。尤其是我至今独身，更怕人关心。只和小姨一家还有些来往。

小姨是妈妈最小的妹妹，比我只大11岁。我和她交往多一点，因为她从不摆长辈的谱儿，不像其他人那样，爱询问我婚姻大事，在她那里我很自在。

妈妈说小姨傻，是姐妹中最缺心眼的。但傻人有傻福，小姨嫁得姨父，不仅长得一表人才，而且精明能干。凡遇到大事，都由姨父操心。

命运啊！当去年小姨父在殡仪馆忙前忙后操办外公的丧事时，哪里会想到，今年轮到他去了那儿。

2

“你小姨都哭昏过去几次了。”妈妈说。

哦！可怜的小姨。可怜的姨父！

“怎么都快出院了，突然这样呢……”我像个祥林嫂一样，反反复复重复这句话。

“前后不到半个小时，医生来晚了，抢救不过来，按压肚子、还做了电击，都没有用。我们去的时候，手脚都冰凉了。”

“医院有责任！人在医院好好的，怎会突然死的？”我气愤地说。

“他们都在医院闹，要求院方给个说法，院长办公室的门都被堵了……”

“小姨她……”

“虚弱得很……唉，太突然了，谁想得到？！你小姨父去的前一天，我还去医院看过他，给他送骨头汤，他有说有笑的，还拿出表弟去新疆支教上的报纸给我看……”妈妈在电话里唏嘘不已。

“当时发作的时候，姨父身边没人吗？”我问。

“怎么没人？护工也在，他说胸闷难受时，小姨就赶紧叫医生了。可是，到底来晚了一步。”

放下电话，我心里良久不能平静。

妈妈说，小姨父的尸体摆放在医院那间病房里，上面罩了个水晶棺一样的东西。院里召开了几次紧急会议，却不肯承认自己有责任。医院说，你们可以去做尸体解剖，请第三方来鉴定。

医疗鉴定的事，我听过。这年头，让我相信这个，除非太阳西边出。

可是，此外又有什么办法呢？小姨父家的兄弟姐妹协商后同意尸检。他们需要一个真相，来为死者讨个说法，不能就这么不明不白地火化。

然而，决定做出后，小姨抱着尸体死活不同意。他活着没开过刀，死了，还要解剖，太残忍了。小姨坚决不让。

事情就这样僵住了。

小姨牛劲上来，谁也奈何她不得。

“小悟，你回来不？”妈妈问。

我自然很想回。小姨让我不放心，我也想见小姨父最后一面。这个世界将再也没有活着的小姨父了。怎么想，心里都是一阵怅然。

眼前总是浮现出小姨父的音容笑貌。

说起来，在我6、7岁的时候就认识他了。那个时候，他刚刚和我的小姨许亚妹交往。小姨才18岁，在百货公司当营业员。

小姨拿工资了，就带我去大戏院看戏。她像个戏迷，后来我才知道，她看戏主要目的是看沈卫生。即，我后来的小姨父沈卫生。

沈卫生是庐剧团演员。庐剧团离百货公司不远。有一次，沈卫生去那儿买铝合金饭锅。小姨认出他，“喂，你莫不是台上那个演戏的？”她眼这么尖，倒令沈卫生惊讶。因为，他不是名角儿。

沈卫生长得帅，用我母亲的话来说，有横有直，一表人才。这样的人才不唱主角，可惜了。沈卫生说，他被招进剧团的时候还不到14岁，算晚的了，练功练得辛苦，嗓子在倒仓的时候，没倒过来。所以，就演不了主角了。他们这一行，吃的是开口饭。

即使是个配角，许亚妹也满心欢喜。我怀疑小姨对沈卫生是一见钟情。每次沈卫生来买东西，小姨都激动得很，给他挑选最好的，甚至还偷偷地塞上自己特制的小礼物。

小姨的手工真不怎么样。那时候姑娘家喜欢绣花，绣手绢，或者用彩色细塑料线编各种小玩意儿，用钩针钩花纹台布，织毛衣，等等。

小姨这些都不在行。她就像个烧火丫头杨排风，做不了细活儿。自己身上的毛衣还是我妈给织的呢。

可是，小姨却笨手笨脚地给沈卫生织起毛衣来。她买回毛线一圈一圈地绕，我给她双手绷着。终于织成了一件鸡心领套头衫。那件外套竣工时，小姨如同完成一项伟业，喜不自禁，我却一眼发现，胳膊袖子那儿明显两个洞洞眼。针脚也不匀，不时有线头露出来，跟妈妈相比差老远。

我不知道沈卫生后来穿了没有。不过，显然，沈卫生接受了小姨的好意。作为回报，沈卫生给小姨戏票，请她看戏。

小姨看戏常常带上我，那个时候，女的谈恋爱还比较害羞，喜欢找个人做幌子，我就是那个幌子。一张票，后面可以跟一个小孩。我和小姨挤在一张位子上。

大幕徐徐拉开，我们如醉如痴。

沈卫生给我们的票，通常都是楼座，离舞台较远。演员们化着彩装，分不清谁是谁。小姨却能准确地于众人中认出沈卫生来。每次沈卫生出场，小姨就眼睛发亮地指给我看。

小姨是对沈卫生感兴趣，我对唱戏感兴趣。为了满足我的好奇心，沈卫生带我去后台，看演员们怎么抹脸、上油彩、吊眉毛、涂胭脂、贴片、上发套。人家问他，这个小孩是谁。他说，我侄女。

我真的成为他的侄女是在两年之后。

我常想，沈卫生是不是对我小姨也是一见钟情？否则，怎么就毫无悬念地好成了呢？小姨固然没有花容月貌，可是，青春年少的许亚妹自有一种朴素之美。浓眉大眼大脸庞，厚厚的嘴角微微上翘，总像在笑，有种喜感。

但姨父实际上并不是对小姨一见钟情。那之前，沈卫生谈过一个女孩子，那女的听说很漂亮，都要谈婚论嫁了，不知怎么就黄掉了。似乎是嫌沈卫生的职业，不过一个唱戏的，没什么发展前途。

那件事对沈卫生打击很大，和小姨认识的时候，他已经25岁了，却还在发奋自学，准备搏击高考。

沈卫生是“文革”时上的学，初中没毕业就停了学。他们家成分不太好，兄弟姐妹也多，很穷。剧团招人，就进去了。以这样的底子想考大学，真是难上加难。

沈卫生连续考了3年，一边在剧团演戏，一边暗自复习。怎奈基础太差，数学每次只得几分。沈卫生就彻底死了这颗心了。

3

到春谷已是傍晚时分。风凉凉吹过，故乡已是秋天了。

从北站到我们家的这段路，又起了许多高楼，有新的小区落成，还有过去所未曾见过的新商场、酒楼、养生馆等。

快到家门口了。东门的三岔路口，大花园转盘还在。这里最显著的建筑是国际华侨宾馆，五星级酒店。小城独此一家。打国际的牌子，可见小城的野心。华侨宾馆的对面以前是破落的体育场，现在改成了花园广场，错落有致地分布着树木、翠竹、凉亭、石凳，中央是巨大的液晶电视。暮色降临，广场上的人多了起来。最热闹的地儿是一群动感女人组成的，正随着音乐节奏，点脚、摆腰、扭屁股跳舞。这真是春谷最动人的风景，人们都活得分外起劲。

充满活人的世界是多么强大，谁也不会在意一个人的离开！

新建的体育馆移至城东新开发区，很远。小城贴着海报，不久将有著名歌星韩红、刘若英等来此演出，就在新体育馆。春谷县的人很赶时髦，也喜欢讲排场。也不知他们哪来的钱，1000块钱的票也有人看的。难怪歌星们走穴走到这儿来。

说起来，还是春谷县的文艺消遣太缺乏啊！

在我小的时候，有大戏院，电影院。我跟着小姨沾沈卫生的光，看了许多老戏。也不知打什么时候开始，它们都消失了。

小姨结婚后没两年，剧团就解散了。剧团不是国营单位，难怪沈卫生的前女友看不上他。那些红极一时的演员们一下子失去了舞台，无所归依，飞鸟各投林，除了最红的那一位女角，靠丈夫的关系进了税务局，其余也都不怎么样。听说那个当红小生徐有余进了送葬队，沦为吹鼓手。

小姨父还算好，他进了轴承厂。轴承厂当时效益不错。前面说过，小姨父很能干，能写会画，也会处关系，不久就升为厂里的工会主席。

“小姨还真是看对了人，挑了好夫婿。”家里亲戚说。沈卫生里里外外一把手，小姨啥事都不操心。或许一个聪明人总要搭配一个不怎么聪明的人吧！

小姨向来粗枝大叶，缺心眼儿。不过，她相夫教子，也算得上贤妻良母。不仅伺候丈夫，对沈家人，她也是尽心尽力。公公婆婆卧病在床，她端茶倒水，送了婆婆终，又送公公终。

沈卫生曾参演过一出戏《秦香莲》，里面有个被万人唾骂的陈世美。我们都没想到，那么完美的沈卫生居然也会变成陈世美。

事情是这样的。小姨父在他们儿子出生后的第十二个年头里，和财政局一女的好上。那妖精姓林，人家叫她“小林子”。小林子跟沈卫生同岁。两人好得如胶似漆。一开始是偷偷的地下情，大约双方都没有良好的遮掩功夫，蛛丝马迹很快就被小林子的老公及诸多好事之人发觉。小林子老公是政府的一名司机，在一次出差未遂中（很有可能是设计），捉奸在床。司机震怒，挥拳猛击沈卫生，小林子挺身相护，被打得趔趄，也不松手。沈卫生冲上去，挡住情敌，说，“有什么你冲我上！是我找的她！”司机看这对奸夫淫妇没有丝毫羞愧，反而更加情坚，不由仰天长啸了一声，收了手。小林子很快离了。沈卫生也不能不离。与在小林子老公面前的大无畏的表现相比，他面对小姨顿时矮了三分，怎么也开不了口。他想等小姨先提出，他希望许亚妹也和小林子老公一样，跟他大闹一场，打一架散伙。但是，我小姨，都满城风雨了，她似乎还蒙在鼓里。沈卫生终于开口了，承认自己外遇，他让小姨原谅他，开除他。据我妈说，小姨就会傻哭。可是，她的眼泪抵不过小林子的眼泪。沈卫生干脆不回家了。沈卫生的意思是，你什么时候跟我离，我什么时候回家。我妈义愤填膺，她最疼小姨，骂她没用，纠结姊姐妹弟兄要去教训沈卫生。小姨死活拦着不让。“那你就拖住他，拖死这狗日的！就不跟他离！”他们的劝阻起了反作用。为了让沈卫生回家，小姨同意了去民政局。沈老爷子气得七窍生烟，他敲着拐杖大骂沈卫生忘恩负义，“这个家要走你走！”他认媳妇不认儿子。就这样，离了婚的小姨并没有离开沈家，她照样在沈卫生兄弟店里打工——百货公司也早倒了，她一直给做个体户发了财的小叔子做事。沈卫生回来，她也照样伺候沈卫生吃喝，照料沈家卧病在床的老父亲。

妈妈骂她死心眼。

沈家老爷临终前，沈卫生和小姨复了婚。其实，那张婚纸没什么意义。他们一直都没有真正分开过。沈卫生也早断了和小林子的关系。

这事儿已经过去十来年了。人这一生中大约总会有一些波澜吧。演过戏、情感丰富、长相俊朗的沈卫生发生点故事，也难免。大家原谅了他。我每次回老家，去小姨家，沈卫生对小姨还是像我从前小时候见过的那样，事事操心，很体贴。

就像小姨离不开沈卫生，沈卫生也不能没有小姨。这世上没有让他操心的人，怎么过？小姨是那样一个没有主见没有头脑的人。

然而，现在，他终于不再操心了。

4

我平生第一次近距离面对一个死者，是在去年8月。

那会儿，小姨父还在，他是主力，忙碌着。

而现在，我面对的是小姨父的遗容。

他躺在医院的这张病床上，自从车祸后，就再没有离开过。

现在，这已经是第4天了。

沈卫生，我的小姨父。他一动不动，如同劳累过度一般，沉睡了去，眼是闭的，前额乌青，有疤痕，是车祸的痕迹，嘴巴略张，似还有话要说。

腹部略略鼓胀，这很奇怪。因为小姨父身材一直很标准，并没有像一般上了年纪的男人那样发福，有个将军肚腩。

手垂放在身旁，手心是窝着的。

他的身上罩着水晶棺一样的东西。生死永隔。

他见不到我来看他了。他再不会说，“小悟，你回来了。”

这个我六七岁就认识的人！他在台上栩栩如生地演戏，他带我去后台看演员化装，他给我们讲故事，他和小姨大婚时举杯敬酒的模样……

我的脑海里就像放幻灯片，小姨父过往的形象一副副历历在目。

我披着床单，模仿戏台上的青衣，摇摇摆摆地甩着水袖。沈卫生在一旁哈哈大笑，“小悟，你想学戏啊？”

我用劲地点头。

他笑着纠正我甩水袖的动作。一抖，一掷，一挥，一抛，一扬，一荡，一甩。

每次，小姨带我去沈卫生的剧团宿舍里，我都要闹腾一番。学唱戏，涂油彩，还练劈叉。在他那儿，我没什么拘束。

除了模拟舞台表演，我还喜欢听沈卫生讲那些老戏，三皇五帝，西游，水浒，还有封神演义。

比干挖心那一节，真是惊心动魄。

商纣王被妲己所迷惑，丧德败行，比干身为纣王叔父，秉公力谏，被妲己视为眼中钉，设下毒计杀害比干。

她对纣王假说自己心病复发，绞痛难当，须得玲珑人心一片，煎汤吃下，但若无玲珑心则此命休矣。而比干恰有一颗七窍玲珑心。纣王信以为真，命比干剖心。

比干因姜子牙的法术保护，服食神符后可以保护五脏六腑，剖出心脏后仍然不死；但剖心后若在路上遇见人卖无心菜，比干必须问他“人若是无心如何？”，若卖菜人回答“人无心还活”则比干可保不死；若卖菜人回答“人无心即死”，比干就会立即毙命。结果比干剖心后遇见卖菜妇人，询问后妇人回答“人无心即死”，比干登时血流如注，大叫一声一命呜呼。

那个卖菜人是谁？小姨愤恨地问。她也听得起劲。

“妲己变的。”

比干是在劫难逃。即便姜子牙也保护不了他。

“后来，姜子牙助周灭纣成功，奉元始天尊的法旨封神，而比干被追封为‘文曲星君’。”

对这个故事，我念念不忘。

烧火丫头许亚妹婚后就像个妇人了，她的脸更加饱满，结实的身体如熟透的果实。她做饭，做菜，认真伺候丈夫。

他们的婚房就是剧团的宿舍，一个单间，用一道布帘隔开。最豪华的奢侈品就是一张双人床，找木匠打的，那时都作兴打家具，还有一台彩色电视。房间虽小，布置却精巧，沈卫生是总设计师。墙壁上挂着几幅字画，是沈卫生自己的作品，狂草不羁，跟他谨慎的为人反差极大。墙壁上挂着他们的结婚照。12寸的相框，青春鲜亮的男女，他们的头挨在一块，男的英气逼人，女的胸前垂着两根乌黑的发辫，表情有些娇憨有些傻愣。小姨不善照相，这是她最好的一张。年轻、喜悦。这张黑白照无论他们搬到哪里都被高高悬挂着。

沈卫生早就没有工夫跟我说戏了，他忙得很。剧团解散，他正在找着出路。他家离我的学校很近，我有时中午不回家，就跑小姨家蹭饭。偶尔才能见到沈卫生。他大约费了不少劲，才进了轴承厂。

我上大学后，回来都要到小姨家来玩。我一来，只要有空，小姨父总要请我吃饭，他亲自下厨。

但后来，他和小姨闹出婚变之后，我就不理睬他了。我觉得他不仅背叛了小姨，也背叛了我。

直到他们重归于好。

我喜欢来小姨家，不仅因为喜欢小姨，也是因为小姨父。他像个亲切而睿智的导师。从小到大，我跟父母不能说的心事，他都知道。

小姨父曾说这世上人力最没有办法的就是感情。他经常会不由自主哼唱《牡丹亭》里的那几句："情不知所以起，一往情深，生可以死，死可以生……"

他和小姨这一对儿，一个没心没肺，一个有着比干一样的七窍玲珑心。

他们家早就从原来的小房子换成100多平方米的大房了。家里布置得很中国风。来客人时，小姨坐在八仙桌的上首方，端的一个诰命夫人架势。她不再是过去那个打着两根长辫的烧火丫头了。

过日子，小姨还和过去一样朴素。她在沈卫生兄弟的店里打工，一个月挣个千儿八百的工资。春谷物价高，小姨和妈妈一样节省惯了。丈夫不在家，她吃得很简单。轴承厂风光一时，最终也免不了倒闭的命运。沈卫生也去了兄弟开的公司，专门跑销售。小姨体谅他辛苦，装修这么漂亮的房子，通常只有自己一个人享受。

出车祸那天，正是他从外地赶回来，准备参加老丈人的周年祭。

他是那么周到的一个人！对小姨家的事都挂在心上。

而此刻，他什么也顾不上了。世界于他再无关系。

5

小姨也躺在病床上，在沈卫生的旁边。医院催促多次，床位紧张，不能老这样摆着。协商会开了好几次。病房里的窗帘都被扯了，是家人激愤时的痕迹，现在大家都平静下来，同意了医院的建议，准备由第三方进行尸检，连我的小表弟也同意了。可是，小姨不同意，她睡在丈夫的旁边，谁劝也不动。

和去年相比，小姨又憔悴了许多。外公去世，小姨虽然悲伤，但毕竟有心理准备。这次，丈夫的突然离世，将她击垮了。丰满富态的身体一下子瘪了下来。

病房里有几个女眷，在聊天。

“这是小悟吧？你来看你小姨父，好！劝劝你小姨，想开点。”跟我说话的是小姨的妯娌，小姨和沈卫生就在他们家公司，给弟弟和弟妇打工。

沈卫国是春谷县响当当的人物。从小就是个混世魔王，除了没要过饭，啥都干过。可就是他，却成了沈家最有钱的一个。他从个体做起，是春谷县最早的万元户。发展到今天，已经有好几家连锁店了。沈卫生工厂倒闭后，就被拉进公司，帮他跑销售。生意如战场，上阵父子兵，打仗亲兄弟。沈卫生是很好的帮手。

有次回家听妈妈和小姨聊天，小姨说，卫生累死累活，给他跑，要回了多少外账，卫国他老婆还说闲话，好像我们拿了多少回扣。

小姨突然说话了，幽幽地，“他那天还跟我说，你快五十了，不想干就不干了，我还有些退休金，够你用的。”

“我给他洗脚，他的脚肿了，说疼。奇怪啊，他怎么会脚疼？一定是跑得太辛苦了。”

我听了，心里怔了怔。去年外公去世前，脚肿得好高。妈妈说了句民间谚语，“男怕穿靴，女怕戴帽”。就是说女人脸肿不好，男人脚肿不好。年纪轻轻的小姨父怎么也会脚肿？他车祸后都躺着的，没有走路。难道真如妈妈小时候告诉我们的传说，一个人临终前，魂魄会脱离肉身去收脚印，所有他走过的路，去过的地方，都要再去一遍？才使得脚肿？

“我哥去世前的那天夜里，我做了一个梦，房子里悬挂着许多许多的白布……”接话的是沈卫生的妹妹。

女眷们开始说起一些异象之兆。

如此看来，此番劫难也是命定的了。大家希望小姨不要那么倔了。节哀，认命。事情该怎么办就怎么办。

我坐到小姨身边，握住她冰凉的手。我要告诉一个可以稍稍安慰她的消息：小姨父可以不用解剖的。

6

肺血栓。

急性肺血栓栓塞症造成肺动脉较广泛阻塞时，可引起肺动脉高压，至一定程度会出现急性肺源性心脏病。

肺动脉发生栓塞后，若其支配区的肺组织因血流受阻或中断而发生坏死，称为肺梗死。

骨折后由于长时卧床，导致血流不畅，会并发肺血栓。

我的一个朋友是医学专家，他给出了这样的答案。

我骇异不已。怎么会这样？

“不要说骨折了，就是小小的感冒也可以置人死地的。”医生说。

“那——也就是说医院没有责任？”我问。

“应该说是这样。这不算医疗事故。”

“可是，医院怎么会没责任呢？人死在这里的呀！”

“这种情况在大医院是常见的。可能小医院见得少吧。”

“起码医院应该告诉家属，要注意些什么呀！”

“你们可以让医院出具相关医学证明，如果论责任的话，还是车祸肇事者的。没有车祸，也许就能避开这场劫难了。”

我无语。唯一可以安慰的事，事件真相已经清楚，可以不用解剖了，保住她心爱丈夫的全身，也算夫妻一场吧。小姨的坚持是对的。

我把这消息告诉小姨。

家里炸开了锅。

尸体解剖原计划送到上海，结果最快也要一个多月后才能出来。如果医检还是这个结果，医院没有责任，那么这笔费用就得自己出。既然如此，不如让医院出具证明，可找肇事方补偿。听说，车主很有钱，在春谷开宝马的并不多。

不要去挨那一刀了。让沈卫生尽快入土为安吧。

与小姨父没有直接血缘关系的我，带去的消息得到了大家的一致认同。也许各人都忙，谁也没工夫这么耗下去。

不用解剖了，如了小姨的愿。大家也算多少获得安慰。

7

讣告已经发出去了。

遗体计划第二天上山，运往殡仪馆火化。将在那儿摆设灵堂3天，供人吊唁。

然而，接下来的事件太戏剧化了。谁也没料到会这样地节外生枝。

就在我去看望小姨的当天，大家都做好了撤离医院的准备。一个女人的到场，改写了故事的走向。

那个女人就是十几年都没有被再提起过的小林子。

她一袭黑衣，面容苍白，身形孱弱，在一个女伴的陪同下来到医院。当时医院里只有小姨，其他人各自回去处理一些家事去了。

这女人对小姨视而不见，她一进门就跪倒在沈卫生遗体前，恸哭。

一边哭，一边诉说。

在她的哭诉里，她和沈卫生的点点滴滴往事被一一追忆出来。那些恩爱、那些欢愉、那些缠绵……她记得那么清楚，那么详细，那么生动。这些记忆，她也许从来没有讲出来过，只属于她和沈卫生之间的秘密。然而，沈卫生去了，再无人共知共享！

就在小林子旁若无人绵绵不绝的哭诉当儿，我的小姨，她坐在丈夫的身旁，呆若木鸡地看着，听着，完全傻掉了。

直到沈卫生的妹妹进来。

彼时，小林子还在哭诉，追忆，她的追忆已经进行到当下。

在她的叙说中，大家得知，沈卫生一直和她保持着联系，甚至每次出差回来，都要去看望她。

哭到最后，小林子要去掀开罩在沈卫生身体上的水晶盖。

沈卫生的妹妹及时制止了。

“够了！够了！你可以走了！”沈卫生的妹妹下了逐客令。

在那个女同伴的协助下，小林子终于被带出了医院。

从表面上看，我的小姨没有任何异常。数十年前的情敌，已经消失多年的情敌，突然出现，并没有让她太过伤心惊讶。

沈卫生的遗体按原计划撤离了医院，送到火葬场。

可是，在山上，小姨这个未亡人向大家宣布了一个新的决定：沈卫生的尸体暂不火化，必须解剖！

大家都傻了眼。

小姨说，不做尸检，不知道真相。到底是不是肺血栓，尸检了才能明白。

对于小姨态度前后180度的大转弯，所有人都面面相觑。

沈卫国尤其恼火。当初死活不让做尸检的是她，现在说好了又反悔。真是妇道人家，不可理喻！活着的人，还有很多事，谁有时间老陪着她这样耗？

然而，我的小姨，我前面说过了，你知道的，死心眼一个。一旦认定了，谁也休想让她改变主意。

8

我只请了几天假。走的时候，沈卫生的丧事还没有举办。尸体到底是被送去了上海，进行医学解剖，结果要到一个月之后才能出来。

怕小姨受不了，不让她去，由沈卫国代为操办。但小姨死活要去，她一定要亲自陪伴。

我不放心，有天晚上，拿起电话，给小姨打过去。那天，我们通了很久。我和小姨这么多年，从不怎么谈心。在我眼里，她是个没有心思，粗枝大叶，感情也比较木的人。可是，我错了。

小姨的爱与恨那么浓烈。

她说，她就是要看看，躺在她身边30多年的丈夫，他的心，他的肺，是什么样的。

我浑身一阵发冷，汗毛顷刻倒竖起来。

我的小姨，她坚持要解剖，原来就是想剥开丈夫的心看一看。

宝　贝

1

一到周末，施文就像被按了快捷键一样，异常忙碌起来。住校念高一的宝儿要返家。一周只有这么两天能和儿子在一起，忙碌是必需的！

周五白天，她从办公室溜号出来，去一趟马路对过的山姆会员店，采购一大堆食物：香煎调味牛扒、猪手、鱼丸、上好的排骨、鱿鱼丝、夏威夷果、山核桃、韩国烤紫菜、好丽友派、鸡翅、酸奶、进口提子、苹果、梨、奇异果……有些是宝儿指定的，有些是她自己认为必须的，还有的是迫于无奈不得不买的，比如鸡翅。她素来深恶痛绝宝儿吃这种东西，茵茵妈说，现在的鸡都是激素催大的，吃了性早熟。可是，架不住孩子嘴馋，与其他自己去家门口那可疑的小食店买，还不如在正规的大超市先买好。现在的食物，没有放心的，只有更不放心的。

宝儿通常会在7点钟新闻联播的时间到家。周五下午不到5点就放学了，不用像平时那样，再加一节课，也不用上晚自习，比起高二高三相对轻松。高二双休只有一天，高三半天。宝儿会充分利用这放学后的一小段自由时光，不玩到天黑，不会归家。通常是和同学一起打篮球。这是他最爱好的一项体育运动。宝儿的个头这两年蹿得贼快，已经超过一米七五的老宋了。父子俩有时比个子，施文要搬起凳子当裁判。当她宣布儿子已经超过老子时，语气又是欣慰又是叹息。曾几何时，儿子还小得只能抱着她的腿，也就是一眨眼的工夫，就把她远远甩到后面去了。有时候，她真宁愿宝儿回到小时候的样子。已经记不住过往的辛苦了，那时她曾经说过，唉，什么时候长大了就好了。现在，宝儿大了，大到再也不会抱着她的腿，扑向她的怀抱。偶尔她拉着宝儿，想亲一下，宝儿头一偏，让开来，不拿正眼瞧她。唉！

她不愿意错过宝儿成长的每一个阶段，即便如此，她还是觉得，他快得她跟不上步伐。那空缺的5个月，是她心中永远的遗憾。

瘦！太瘦了！电线杆一样。上次体检营养状况一栏写的是“中”，施文自责得要命。她觉得自己不是合格的妈妈，甚至有些后悔让孩子住校。学习强度那么大，一天9节课，外加3个小时的晚自习，一日三餐吃食堂，哪有什么油水？马无夜草不肥，郭春红的儿子高中三年都陪读，晚上还要再做顿夜宵。相较起来，施文做得实在太不够了，把儿子交给学校，自己图省事，想起来就愧疚。施文打算过完高一这一年，怎么着也得让宝儿回家住了，大人辛苦点接送，或者包辆车也行，她可以在家给他加加餐。尽管，她的厨艺实在不敢恭维——这也是宝儿住校的原因之一。以前，家里做饭请了阿姨，更早的时候是有奶奶。自打宝儿上高中后，施文就将阿姨辞退了，深圳保姆紧俏，薪水年年看涨，这十年来，施文也不知换了多少位阿姨了，钱也撒了大把。好不容易熬到高中，一日三餐学校可以解决，终于可以不用再看钟点工脸色了，不用担心钟点工提价、辞工、偷奸耍滑了！至于她和老宋，两个人简单。白天都不在家，晚上老宋经常有酒局，一周在家吃不了几回。老宋不在家，她晚上吃点水果、冲杯燕麦牛奶、下点面条，或者在外面快餐店随便对付一下就行了。真自由啊！然而，这自由是伴随着内疚一起而来的。每当想起宝儿在学校那么辛苦，营养跟不上，她就高兴不起来。宝儿说，他们宿舍的郑国祺妈妈每天晚上给儿子送煲好的粥过来，今天皮蛋瘦肉粥，明天猪肝青菜粥，后天腰花枸杞粥，转着吃。宝儿是当笑话讲给她听的，施文却笑不起来。人家妈妈多尽责啊。即便不住校，也可以做夜宵，去探望啊。可是，宝儿警告她，不许去学校见他。这孩子怪得很，仿佛妈妈去找他，是给他丢脸。

只有靠周末，加倍地补偿。

5点半从单位火急火燎赶到家，将采购来的一大堆东西分门别类捡好，水果、熟食、饮料放进冰箱，饼干、坚果、紫菜、鱿鱼等先藏在厨房储物柜，防止宝儿一下子吃光，要留一些给他带到学校当一周零食用的。既然不能亲自去煲粥送汤，只好多买点带着了。唉，那一大堆的添加剂、防腐剂啊！可怜的宝儿！

接下来围上围裙开始淘米洗菜做饭。青菜搁淘米水中先浸泡着，去农药，最好能泡上半个钟。调味牛肉切成片，再配上胡萝卜片，少许的灯笼红辣椒片，炒的时候加上番茄酱，这种牛肉片是宝儿最爱吃的，也是施文练就的几道拿手好菜之一。自从辞退阿姨之后，施文虚心讨来不少菜经，现学现卖。再做一个西红柿炒鸡蛋，这个简单，宝儿也爱吃。超市里买来的脆肠切成片，加一下热，浇上小磨麻油，也是道可口的菜。最后炒一盘蒜蓉上海青，外加西红柿肉丸汤。周五是来不及煲老火汤的。一个小时不到，四菜一汤弄好了。家庭主妇的成就感油然而生。

汗涔涔地走出厨房，一看钟，7点了，宝儿也该回了。果然对讲门铃响了，施文从对讲视频里看见楼下宝儿乱蓬蓬的脑袋。门打开，迎接宝儿到家。头发湿漉漉的，汗水沿着鬓角流下来，蓝色短袖校服也洇湿了一大片，像画了一张中国地图。施文接过宝儿的大号拉杆箱。他就像个小小的旅行者！又像个前线铩羽归来的疲惫战士。行李箱里除了书包放不下的课本，吃剩的零食，就是5天积累下来的脏衣服，用一个绿色的大环保袋包着，发出一股汗馊味。宝儿宿舍是9人一间，10点下晚自习，11点熄灯，为了节约时间，施文就让他一天一套，也不用洗了。只是，深圳湿热，脏衣服搁几天真的很不好闻。施文捏着鼻子将脏衣服抱到卫生间，晚上得洗出来，晒两天，再带走。深圳雨水多，若不及时洗，干不了就麻烦了。虽然家里的校服还很多，但那些都是宝儿不爱穿的，他喜欢穿窄窄小小的那种，曾擅自将正常的校服拿到裁缝店改小。他的审美观施文很不以为然，那么细高的个子穿着窄窄小小的衣服，猴在身上，好看吗？还有那发型也是，干干净净的寸头不是很好？偏喜欢留长，尤其是刘海，把眉毛都遮住了。为此，班主任邓老师都投诉了，还让宝儿写过检讨。“宝儿妈妈，你给他买多几件校服啊。”施文连连点头，她不敢说家里其实有一大堆校服，不敢说儿子不听她的。邓老师有威信，宝儿校服不改了，但他还是只穿与身高不相匹配的小号校服。头发也是剃得刚好打擦边球，过一点点就突破学校要求的界限了。施文拿儿子没什么办法。跟过去相比，他现在这样子已经算收敛不少。

“这周学习有什么收获？有小测吗？有没有打篮球比赛？”“食

堂的菜好吃吗？有没有瞎吃泡面？”“晚上睡觉宿舍吵不吵？没有夜聊吧？不能熬夜啊！”吃饭的时候，施文不停地找儿子说话，语气讨好的要命。宝儿边吃边看手机，好像听不到妈妈的问话，偶尔回答一个字，“有”“没”。“吃饭不要看手机。”施文提高声音。但她的呵斥不管用。宝儿身上仿佛装了一个装置，它能屏蔽掉所有他不爱听的话。饭粒撒在桌上。施文不想发火。她谨记书上以及和其他成功妈妈交流经验时的话，要多和孩子沟通，要主动，不要老骂孩子，要抓住孩子闪光点，好孩子是夸出来的。她过去数落孩子数落得太多了。得改！

但是她的努力，她的殷勤得不到响应，这让她有些气馁。宝儿根本不看她，他的表情：微笑、皱眉、专注，全都给了手机，当然接下来还包括电脑。周五的晚上是他最放松的时候，这个晚上，他除了吃饭、冲凉，其余时间都耗在电子屏幕上。刷微博、看视频、聊天、打游戏，没完没了。施文痛恨这个新媒体时代，网络就像个恶魔，无所不在和她争夺孩子。茵茵妈说，你要限制啊，把网线掐掉不就得了。不是没试过，那是宝儿小学六年级时候，就要小升初了，迷上了网游“穿越火线”，只要父母不在家，就玩得天昏地暗。施文一气之下拔掉网线，宝儿竟以离家出走相威胁，最终投降的是施文。施文觉得自己很失败，茵茵从不玩游戏，电视也不怎么看。她妈妈说她一有空就看书，世界金奖大赛作品、古希腊神话、读库推荐书目、少儿版四大名著都看完了。郭春红的儿子也不玩游戏，高中三年，家里的电脑就是摆设，偶尔查查资料。高考以优异成绩上了上海一所名校。人家这么乖，怎么宝儿就做不到呢？

好在到了高中住校，他想玩也玩不了。这也是住校的好处。自己管不了，学校管。学校禁止带手机、电脑。

“落后！人家深圳中学都可以带电脑，带手机，甚至也不用规定穿校服，女生还可以戴耳环。”宝儿也不知在哪儿听到的消息，无比羡慕。

“那谁叫你没考上？人家允许，看人家学生什么素质！你有那自觉性？自制力？所以，你合该进不了深中！”施文回击得很有力。没考进深圳四大名校，是宝儿的遗憾，更是施文的心头之痛！多少希望寄托于此啊！

流落到这间二流高中，施文现在也想通了。虽然学生生态环境比不上重点学校，硬件也比不上，名校宿舍4人一间，他们挤了9人。但二流学校也有好处，他们没有别的花样，管理严格，一心一意专搞高考。

唉，一周学习辛苦了，周末就让他放松一下吧，也就这一个晚上。

吃完饭，收拾碗筷。然后洗衣服。真脏啊！水都黑了。搓好再扔到洗衣机里。忙完这一切，9点多了。坐沙发上歇口气。老宋也回家了。他在外面吃过了，摸了一下正聚精会神趴在笔记本电脑上的宝儿的头，脱去外衣，跷起二郎腿看起电视来。施文又去洗水果，拼了一碟子果盘，用牙签插好，送到儿子面前。她觉得自己就像个忠心耿耿的老仆人。老宋笑话她，贱兮兮的，要吃让他自己弄，哪有这样喂到口边的？施文说，他自己哪里会想起来吃？一周都在外面，周末为他多做点是应该的。对儿子，施文总有一种挥之不去的愧疚感。

一下子就到了10点多了。“不早了，该下电脑了！已经玩了几个小时了！”施文提醒道。她心疼宝儿的身体，看他眼睛里的血丝，就知道睡眠不够。也担心宝儿的视力，那晃动的显示屏多伤眼睛啊！宝儿眼睛先天基础好，小学时都还2.0呢，是飞行员的视力，现在给糟蹋得不得不配上眼镜了。去年还不到200度，今年又长了100，重新换了镜片。施文把保护视力健康说明书打印出来，贴在他小房间书桌前。睡前要做眼操，看书看电脑半个小时，就要休息一下，多转动眼球，多看远处。唉，这些老生常谈的话，说了也是白搭，在做无用功。为什么好话听不进呢？施文恨不得自己变成宝儿，代他过生活。

“把这局打完。”这是宝儿的回答。施文叹了口气。按惯常的经验，这局打完少则半小时，长则就说不清了。她也曾给宝儿限定过玩游戏时间，没有一次宝儿不超时。“你为什么就不能提前下呢？你上一局打完，就不该打了！”这样的训斥不下千遍。有时施文干脆就坐在边上守着看他把一局打完。宝儿坚决反对妈妈在场，那样他会玩得很不尽兴。有时打败了，他一生气还会偷偷再开一局。

施文觉得和儿子就像是在博弈。她必须撑着，死撑到底，不能垮。这么多年，内功已经修炼出来了。

“你们先睡嘛！我再玩会儿。反正明天又不用起早。”

施文也想算了，管不动就不管了。可是，内心知道，算不了。宝儿不睡，她根本睡不着，哪怕再困，也不行。

这是施文的强迫症。

“你玩吧！我就站这里等你！”电视关了，老宋也被她赶去冲凉睡觉，她努力营造睡觉的氛围。自己穿着睡衣，一脸夸张的困倦地靠在书房门边。

“神经病！”宝儿开始出言不逊了。“你爱等就等去！”空气仿佛都凝固了，看不见的火星在飞舞，一触即燃。施文靠在门边门神一样不动。最终宝儿还是气汹汹，心有不甘地下了电脑。

他也怕她的唠叨——跟大话西游里的唐僧一样，不可理喻的神经质，动不动摆出一副为你好的态势。比起过去她的火山爆发、摔东西、扯网线，她现在这种拼比内功的战斗更令他心烦。受不了！

何况，也确实不早了。困意袭来，一看钟已经快一点了。

2

施文躺在床上，心潮起伏得厉害。

“何必呢？折磨自己，他爱怎样就怎样，讲一遍不听，就不要再讲了。”

“哪有你这么潇洒！儿子不是你身上掉下来的，他睡眠不够，身体不好，视力下降，你不揪心！”

“揪心有什么用？他这么大了，道理应该都懂。”

“都像你这样，指望孩子讲道理，那家长也太好当了。就是你这么多年不管的结果！你怎么不对他狠？你打他呀！你教育他啊！我一个女人家，他当然不怕！都说子不教父之过！”施文越说越气。

“打他？我哪次打他你不护？跟我拼命一样！我还敢吗？宝儿就是你惯坏的。你不是素来崇尚西式教育吗？要尊重，要平等，现在好了，骑你头上了吧？”

施文最听不得丈夫把责任怪到她头上的口吻。这个家，她做得多，错的多。结果倒反而成了罪人！他不做，却成为指责别人的审判官。

现在深夜，不能吵了，再吵就更睡不着了，也影响孩子。

只能慢慢等自己气平。为什么这样的生活，总是周而复始地上演？她的神经得练就得多坚强！

宝儿这孩子从小到大，睡觉就难。婴儿时期，人家孩子一哄就睡着，她要抱着摇晃，唱很长时间的儿歌，还不肯入睡。大一点的时候讲故事，讲得嘴巴干了，自己都快睡着了，宝儿还圆睁着眼。上幼儿园，中午老被老师罚站，因为人家小朋友都午睡，他不睡，动来动去。小学时午托过一学期，下午上课铃快响了，他才睡着，只得被喊醒。后来就干脆不午睡了，精力旺盛得不得了。

他们这栋楼上，有好几个跟宝儿上下差不了几岁的小孩，都胖乎乎的，脸色红润，一问，都睡眠超好，晚上到点不用催，就自动上床睡了。施文羡慕得要命。

“有人是不需要那么多睡眠的，拿破仑不是一天才睡四五个小时吗？他能熬得住，让他熬去！”老宋道。

“呸！你以为他是铁打的呀？你自己都晓得睡八九个小时，他一个未成年的孩子不需要睡眠？”施文气鼓鼓地反驳。

上等人自成人！中等人打骂成人，下等人打骂也不成人！

难道茵茵、郭春红的儿子都是上等人？

“你要承认人有差异，一母生九子，九子各不同。你说我们不管，要是换个服管教的孩子，也就好办多了。”

有时，施文也觉得老宋说的有道理，但很快就推翻了。还是要管，哪能不管呢？现在一家一个孩子，你没有放弃的权利。

3

周一早上，6点刚过10分，天还没有大亮。刺耳的闹铃突兀地响起，催命一样，将施文击醒。摸摸跳得有点发疼的心口，施文赶紧翻身下床。刷牙洗脸烧热水烤面包，检查宝儿的行李箱，看有没有漏带的东西。乐扣水杯果然没有收进来，还有校园卡、地铁卡，也摆在桌面上。

不得不叫醒宝儿了。昨晚又熬到12点半。施文也陪到那个时候，6个小时不到的睡眠，成年人都扛不住，何况一个孩子！唉，怪谁呢？作业太多，可是，周五的晚上不玩那么长的游戏，周末的学习效率再高一点，白天多做一点，晚上不就可以早点休息吗？非要磨蹭到那么晚！除了周五那一夜，补了一下觉，后面两天基本又还原了。周六下午要上

4个小时的新东方英语，周天上午要去培训班补习数学物理。这些额外的课程使他的周末并不比平时轻松多少。施文像老妈子一样，给他递牛奶、端水果、做夜宵，催促他早睡。一白天的忙碌，层出不穷的家务活，比上班还累。年过40的施文到了晚上整个人都像散了架一样，恨不得一头栽倒在床上。这个时候，她就想，幸亏宝儿住校，在家里只待两天，若天天在家，她一定招架不住。

轻轻敲一下房门，没有动静。推开来，宝儿裹着黄色的方格子被，睡得正香呢。施文喜欢看熟睡中的宝儿，还是个小孩儿模样，无辜可爱，没有一点攻击性，气息均匀，脸上还有睡垫的印纹。真不忍心叫醒他啊，可是，已经没有再多的余地了，时间是掐好的。施文弯下身，捏一捏宝儿的鼻子，被推开，再捏。宝儿醒了，眼睛也睁不开，皱着眉头坐了起来。左胳膊的最上方有一条青色的小龙和一个小十字架，它透着与幼稚身体娇嫩皮肤不协调的狠劲。每次看到这已经变淡的纹身，施文的心都像扎了尖针，疼痛如初。

等完全醒透，洗漱好穿戴整齐，用了不到一刻钟的时间。6点45分，准时下楼。施文替他拿拉杆箱，宝儿背书包，手里提着早餐奶和面包，为了多睡一下，他的早餐在车上吃。施文知道路上吃早餐并不科学，可是有什么办法。

小区门口停着一辆灰色大众，另外一个孩子也过来了，这是两家包的一辆黑的，每周送一趟小孩。

汽车“呜”的一声开走，施文怅望良久，轻松的感觉转瞬就被依恋不舍替代。又将几天看不见他了，他会照顾好自己吗？在学校会乖吗？

唉，成长就是不断地告别。

告别母乳，告别母亲的怀抱。每一次告别都让施文难忘。

宝儿吃了10个月的母乳，正赶上夏天，奶奶逼着她断。胸胀得难受，偷偷抱着宝儿给他喂一口。看他懵懂懂的小嘴巴，将再不会依赖自己，施文好失落。

4岁的时候开始让宝儿独立睡小床，她给他讲故事，为了让妈妈多陪一会儿，宝儿总是延长入睡时间，令施文恨得牙痒。经常，宝儿半夜会醒来，夹着枕头走到施文床边，挤在妈妈旁边睡下。

每次回忆这样的往事，施文都潸然泪下，她为自己曾经发脾气骂宝儿干扰自己睡眠而后悔不已。再也没有，再也没有这样的时候了！

宝儿住校的第二个晚上，施文空落落的，晚上，她一个人坐车跑到学校。门卫问她有什么事，她羞涩地说，给儿子送落下的东西，实际上就是在自习教室的窗口，远远地看了一眼宝儿。

龙应台在《目送》里这样写道：

我慢慢地、慢慢地了解到，所谓父女母子一场，只不过意味着，你和他的缘分就是今生今世不断地在目送他的背影渐行渐远。你站立在小路的这一端，看着他逐渐消失在小路拐弯的地方，而且，他用背影默默地告诉你：不必追。

施文用手背擦了擦眼睛，转身回了家。

4

施文永远不能原谅自己在宝儿11岁的那年，自己的一段空缺。

说起来，她是迫不得已。

单位派她外出培训一学期，是业务进修。

自打宝儿出生以来，施文从没有参加过单位的一次旅游。同事们把祖国大好河山游了个遍，都冲出国门了。施文并不后悔。她想，等宝儿大了，她就自由了，爱去哪儿去哪儿。

但这次是培训，是硬任务，单位里搞数据档案分析的只有她一人。她不去，没有人。接到通知，纠结不已。

老宋也慌神，要是十天半个月还好说，一去那么长时间，宝儿怎么办？

“可是，你要是半年不在家，我可以的。”施文幽幽地说。男人和女人不一样，他们可以甩手就走。

施文那时充满了对老宋的怨恨。她被这个家绑死了，没有自我，没有自由。这次培训，施文其实很看重。单位里，有能耐的人都出去进修过，相当于一次福利，回来开讲座、升迁、晋级。施文也盼望着什么时候轮到自己一次。每次盼，每次落空，落空了也松口气。这么些年，她变得越来越没有斗志。年轻时的梦想一个一个被掐灭。在单位，她沦为搞行政后勤的二线人员。其实，和她文凭一样，甚至不如她的，都混到一线去了，耀武扬威，神气活现，她则是数年如一日原地待着，似乎是被忽略的一个棋子。这次培训是她唯一的机会，也是她最后的挣扎，她的职称，她的位置，也确实该变一变了。

施文拿出了几套方案：一、把宝儿奶奶接过来，或自己妈妈过来；二、请个全天保姆；三、让宝儿午托加晚托。

第一套方案行不通，宝儿奶奶身体不好，小中风后，一直行动不便。自己妈妈在带哥哥小孩，走不开。第二个方案，施文自己否决了。全天保姆能干什么？家里白天没人，上班的上班，上学的上学，等于养着一个外人。只能是第三套方案。家里有钟点工做一顿晚餐。

施文再三交代老宋，晚上要早点回，尽量陪着宝儿，作业要家长签字，要督促他早睡觉，不能玩游戏，每天背一首唐诗……

你这么不放心，你就别去。老宋的话很噎人。

看够了，看够了这副脸色。施文毅然决然地离开了。她多么需要一次逃离，一次放松，一次不管不顾。

那个城市离家有1000多公里，坐飞机要2个小时。腾空而起的刹那，那小下去的楼房、山脉、公路、河流，让施文体验到久违的轻盈和自由，飞机在云层里穿梭，施文被滔天的白云惊得目瞪口呆，仿佛脱离了人间，脱离了凡尘，脱离了一切琐事，升到了仙境。有什么大不了的呢。天空那样辽阔，人间何其渺小。俯瞰下界，真是微不足道啊！

然而，这种放松感片刻就被对宝儿的思念和牵挂取代。开头的日子特别难熬，她每天打电话回去，问长问短。要听到宝儿的声音，才安心一点，然后把交代过的话又重复交代一遍。尤其叮嘱老宋晚上早点回家。

有几次，电话打来，宝儿接的，老宋还没回。施文立即将电话打到老宋那儿，催促他快回家。

老宋显得很不耐烦，我有事情，等下就回。

老宋要是不在家，施文就坐立不安。她其实也知道，要老宋天天按时守在家里，不现实。

有一天，施文晚上8点打电话，老宋没回来。宝儿接的电话，说吃过了，在写作业。

施文不放心，10点钟又打来电话，宝儿说马上睡觉，爸爸还没回来。施文很生气，电话打给老宋，老宋说，过一会儿就回。他大着舌头，手机里有嘈杂的人声。过了半个小时，施文再打电话，电话关机了。立即打到家里，宝儿果然还没睡，说爸爸还没回。

施文一遍又一遍地打老宋手机，疯了一样。最后是打到他要好的一个朋友那里，一问，他们在一起，老宋喝多了，在休息，手机没电了。

施文气得发抖。男人真是指望不上。

培训班的日子很难挨。学习任务并不紧，每天只半天课，还定期参观，外出考察，等于放松休闲。越是这样，施文越心焦，她希望把进程压缩，好早点回家。

培训班像个社交PARTY，厮混熟了的男男女女，有的公开组成了临时伴侣。酒局也比较多。有个来自常德的老陶，对施文很殷勤。

施文不讨厌他，两人还能谈得来，老陶颇有见地，尤其是关于孩子的教育。他也有个儿子，在念高二。老陶说，在家的时候，会陪儿子打球、散步、跑步。一周哪怕再忙，周日都会腾出来，属于儿子的。施文觉得他真是个好父亲。

吃饭的时候，老陶自动坐到她边上，时间一长，两人成了固定搭子。晚上，经常约施文出去散步，或者在宿舍里聊天，他们关系更近一步。在一次爬山活动中，施文一个坡没站稳，差点倒地，被老陶一把抱住，施文脸红了半天，心像揣了小鹿一样，怦怦直跳。

这种感觉好新鲜了，唤起她做姑娘时的记忆。自从有了宝儿之后，男女情爱似乎从生活中消失，夫妻之间不过是乏味的例行公事。

老陶的殷勤、体贴，让施文受用，也是打发时间，避免她胡思乱想的良药。

后来的出轨，与其说是抗拒不了老陶的关爱，不如说是出于对老宋的报复。这个不顾家不让她省心的男人，何必为他守忠？

那个晚上，同宿舍的女伴去了亲戚家，施文和老陶喝了红酒，借着红酒的蛊惑，两个人都大起胆来。比她大10岁的老陶表现得像个勇猛的小伙子……

然而，这是一次不成功的出轨。关键时候，老陶软了下来，他费尽力气，也不能让它举起。

“对不起，我想到儿子。”老陶光着身体，垂头丧气，显得特别可怜。“我觉得他在看着我。我这人，其实也没什么信仰。可是，不知为何，总觉得，要是做了不好的事，会报应到孩子……他就要高考了……”

这一段话，在施文后来的人生中反复响起。

施文并不爱老陶，他的溃退，当时令她悻然，事后却是无比庆幸。这以后，老陶见到她总是有点羞愧，一个男人最隐秘的无能，暴露了。施文反倒对他更好，像找到知音一样的好。他们还一起吃饭，有时单独在相处时，老陶忍不住想再试雄风，施文总是及时制止了他。孩子是悬在头上的达摩克利斯宝剑，可以令一切躁动平息下来。他和她一样，都是无能的人，是孩奴。

培训结束后，他们再无联系。

5

周二的傍晚。

施文下了班径直来到美食广场的“蔷薇食坊”，远远地就看见郭春红已经在外面的藤椅上落座了。林雪莉还没到，她一般都来得最晚，3个人中她是唯一不用上班的，却显得最忙碌。

每隔一段时间，3个女人都要约着聚一次。她们的交情有八九年了，以前都住景园小区。小区里妈妈、阿姨很多，在楼下的儿童游乐园里，交流育儿经、生活经，很快就厮混熟了。施文和雪莉、春红说话投缘，3个人年岁相仿，和春红还是同乡。她们身上有施文喜欢的本分和朴素。

刚认识的时候，春红的儿子11岁，施文的7岁，雪莉的才3岁。

雪莉的女儿茵茵长得特别漂亮，皮肤雪白，眼珠乌黑，看人的时候神情专注，好像你是她的研究对象。“乖乖，不得了，你这闺女眼睛就像X光，五脏六腑都照得出！”两个有儿子的母亲经常逗她，说要竞争娶回家当儿媳。

雪莉看茵茵，像看眼珠子，她得女晚，培养得很精心。胎教工作从肚里就一丝不苟抓起，每个阶段的育儿书，遵照执行。她不上班，全部精力用于带茵茵。除了在伙食营养上精心伺候外，更是对小孩子的智力开发投入了无穷的精力。一岁不到就开始读花钱不菲的早教班。

还在茵茵6个月的时候，雪莉就有意识地给她看图片，稍大一点字图结合，正面是图，反面是字，再大一点，就是字卡片。入小学之前已经认识了3000个汉字。与此同时，英文也走在前面。牙牙学语，还只会发单音节字时，抱在怀里的茵茵就会指着天上的月亮说“木”“木”，别人闹了半天才恍然大悟，原来她发的是月亮的英文音“moon”。

雪莉给茵茵报了各种兴趣班：钢琴、绘画、芭蕾舞、中国舞、游泳、朗诵、书法、外教口语……这就可以解释，为什么虽然不上班，雪莉会比人更加忙碌，她不是在家里干活就是牵着孩子，奔赴在每一条去培训班的路上。

“小孩子，接受能力强，你给她多灌输知识，她就少接受些垃圾。”在她家，电脑网线是限时的，一天只有两个小时，用于做老师布置的网上作业。电视许多频道都没开，她自己以身作则，也不看电视。

施文很惭愧，以前给宝儿念故事，念一会儿就不耐烦，雪莉则是十年如一日，每天坚持睡前讲故事，一直讲到茵茵愿意自己看为止。这是施文最佩服的地方。现在肯读书的孩子真是太少太少了。

除此之外，雪莉还亲力亲为地教女儿。每周一篇新概念英语，一节奥数课。为了让茵茵跑在同龄人前面，5岁就让她上私立中英文学校，念到三年级，又嫌私立学校不够好，转到南山一所外国语小学。为此，特地跑到学校附近重金买下了学位房。

而在这前一年，春红也离开景园小区，搬到了罗湖。她儿子俊文考上了深中。

比起茵茵的精心培育，施文觉得俊文的优秀更像是靠天收。这也是春红毫不避讳沾沾自喜的地方。

“我家俊文自成人，不跟人攀比吃喝穿戴，我常跟儿子说，你爸爸妈妈都很普通，将来没有办法拼爹拼妈的，你必须自己努力。”

在施文眼里，俊文少年老成，在小区里经常独来独往，从不跟别的孩子疯玩厮混。一有时间就学习，春红说，从初中开始，过年过节，你喊他出来，都不出来。

功夫不负有心人，俊文轻轻松松考上深中。

虽然春红不像雪莉那样亲力亲为教导，但她的付出同样值得称道。

深中的住宿条件很好，4个人一间，春红还是没让俊文住校。

“太吵了，各人习惯也不一样，晚上熄灯又早。还是在家里好一些。”

她给儿子收集资料，剪辑优秀作文范文，经常摘录或者自创经典名句鼓励儿子奋发图强。这些名言警句，她也拿出来跟两位妈妈分享——

“最怕的是优秀的人比你还用功！”

“此刻打盹，你将做梦，此刻学习，你将圆梦。”

“地球不曾为谁停止过转动，一分钟的松懈，意味着被千万人超越。”

……

诸如此类。

俊文终于考上了上海一所名校。

蔷薇食坊是她们的老聚点，就坐落在景园小区不远的美食广场上，以江西菜为主，不贵，环境也还清雅。施文喜欢店门口的小盆栽，叠着一层层花瓣的蔷薇花，粉嫩可爱。在这个遍地都是勒杜鹃野火花的亮丽城市里，蔷薇花很少见。

春红穿着银灰色丝织面料连衣裙，脖子上戴着一圈白珍珠，烫的蓬松头发裹在脑后，一根镶着假钻石的银花簪子斜插而过。俊文上了大学，春红更有时间打扮了。她是3个人中最讲究穿戴的，虽然都不是什么值钱货。

“怎么不坐到里面？里面有空调。”施文看春红用纸巾擦汗。

“外面空气好，我也是刚到，坐定了就不热了。喏，又给你找到一本英语参考书《高考英语宝典》。俊文还没用过的。”

施文谢了，儿子的参考书已经够多，但好朋友的好意不能不领。俊文高考一结束，有用的资料都给了她。

“俊文怎么样？还好吧？有没有打电话来？”施文单位的好几位儿子在外念书的妈妈抱怨，孩子从不晓得打电话回家，除非钱不够用了。

春红却无此遗憾，俊文事事都爱跟妈妈汇报。食堂的伙食，老师的表扬，学校的课程……施文很羡慕这对母子关系，那么亲密，不像她和宝儿，青春叛逆期太过漫长，总是和她对着来。

“我手机24小时对儿子开放，从来不会关机，或静音。”

“他夜里会打电话来吗？”

“会啊。有时要考试，紧张睡不着，会打给我。”

施文觉得春红很了不起，要是自己夜里睡觉被干扰，就一夜别想睡了。

“不睡就不睡，没啥大不了的。儿子重要。我们几十岁了，人生也就这样，一切为了小孩。”春红很直率地批评施文不应该让宝儿住校。“你想想，孩子在身边还能待几年？住校人多嘈杂，哪能睡得好？”

“唉，我们宝儿没你家俊文乖。”话虽这么说，施文心里还是充满愧意。她觉得对不起宝儿。

“俊文打来电话，这次评上了一等奖学金。”春红道。

“真不错！俊文到了大学还是这么优秀。”施文由衷地赞扬。

“他这孩子就是习惯好，用功。”

“也聪明，内秀。”“内秀”是引用春红自己的话。春红夸起儿子来向来坦荡。

这也是施文佩服春红的地方。好孩子是夸出来的。施文总做不到，即便说优点，说着说着就变成数落。今天宝儿的这个样子，是她数落出来的原因还是结果？

有时候，施文觉得春红在夸儿子的同时，仿佛自己在出一口恶气，仿佛儿子替自己长了脸，报了仇。春红生活并不如意，老公在一家国企平庸地拿着一份在深圳难以启齿的工资，自己在单位也吃不开，人家评先评优，年年出去玩，她从来没份，“谁比谁优秀多少？还不是仗着有钱，有后台！势利眼！”每每那些女同事在一起谈她所不知道的名牌商品，开的豪车，拥有的第N套房产，就仿佛对她竖起了一道不可逾越的高墙。春红痛心的是，她在深圳打拼了十几年，竟然连一套真正属于自己的房子都没有。景园小区的房是租的，当时手里有点积蓄，没舍得买，等他们想买的时候，房价已经腾腾地涨上来了。为这事，春红没少和老公吵过。那个时候，哪怕借钱，也该买下来，最好多买几套，那现在就发了。自己也穿得起名牌，开得起名车了。这叫没眼光啊！错失良机！从南山到罗湖，她是这个出租之城的资深租客。这种无根的漂泊之感，令她想起来就抓狂。唯一的安慰和自豪就是俊文。儿子真争气啊！她多年的灌输没有被辜负。俊文是她痛击所有看不起她的人的有力武器，是她在单位里唯一可以扬眉吐气的地方。

施文特别理解春红，她觉得自己和春红一样，都是生活的失败者，是这个富丽光鲜城市里拼命挣扎的可怜虫。虽然比春红好一点，景园小区的房子当初果断买下来了，现在已经长了四倍，也属于百万身家的人。可是，这算什么呢？她不能让宝儿去念自己心仪良久的国际班，一年十几万的学费她交不起。房子卖掉的话，他们连立锥之地都没有了。很清楚，她们这样人家的孩子，只能走最常规的搏杀道路。若宝儿也像俊文一样懂事争气就好了。

“拿了一等奖学金，宿舍的同学孤立他。”春红这次有心事，眼圈黑黑的，显然没睡好。

“啊？”

“俊文昨天夜里打电话，说晚自习回去，大家互相说笑，一见他回来都不说话。我知道他心里难受，不然不会那么晚给我打电话。”

“这些大学生怎么会这样？嫉妒心这么强！”

“我想去一趟上海。跟他们老师要求换一间宿舍。”

“那么远！你让俊文自己去跟老师说说。”

“俊文老实，凡事都忍，他不会主动去说的。”

两人说着话，雪莉也匆匆赶到了。

“不好意思来晚了。”

“别不好意思了，你哪次不是晚来？”施文和春红一起笑她。

雪莉自己也笑了，“刚把茵茵送去舞蹈班，等下她爸爸接她，带她在外面吃。”只有在她先生偶尔有空的情况下，雪莉才能给自己放几个小时的假。她穿着七分裤，白T恤，头发长年不变地束成一个马尾。因为瘦，面色显得黄黑，眼角皱纹明显，跟她娇嫩的女儿成鲜明反差。

“老公是大老板，自己也不懂打扮，像个欧巴桑。”春红经常说她。

“我又不像你们那样上班，打扮没用，做事还碍手碍脚。”

“精力都用在茵茵身上了。”施文道。对于曾经外国语学院的高材生雪莉来说，她现在的职业就是相夫教子。

“为什么不多生一个孩子？”许多当老板的都超生。

“没那么多精力了。我要孩子这么晚，最好的资源都给了茵茵。再生一个，年龄失去优生的资格，况且，什么大老板？等于小个体户，朝不保夕的，哪一天说垮就垮。”

“你杞人忧天，所以过不好。”

“你们不知道，现在生意难做。”

仨人坐定，喝茶，上菜。

雪莉也有烦恼。茵茵最近跟她一起去了趟花鸟市场，硬是买了只鹦鹉回家。不给她买就赖着不走。以前要养猫养狗，没让她养，家里有这些畜生，气味多难闻？养一个孩子就够累的了，还要伺候它们吃喝拉撒，哪有那么多精力？关键是还容易传播细菌，非典、禽流感什么的，太可怕了！现在又死活要养鸟！唉，你不知道她犟的！牛都拉不动。想着鸟没那么多麻烦，也就答应她了。结果，现在好了，整天逗鸟，书也不看了，背英语也不专心了，当初真不该心软。

三个妈妈说着自己的苦恼，各自从对方的烦恼中稀释了自己的烦恼。

6

邓老师一周打了3个电话来。

第一个电话是周一下午打来的。每次一看到手机上显示学校的电话号码，施文都要哆嗦一下。这是自幼儿园开始，日积月累形成的条件反射。跟小朋友打架了，不写作业了，不好好做操了，上课讲话了，课余爬树了，拽女生头发了，作文写得不规范了，带领同学搞恶作剧了……

宝儿的调皮不驯服是出了名的。但也确实聪明，不怎么学习，成绩也照样考得好，令老师爱恨交加。

施文一直记得宝儿小时候的一件事，大约1岁多，能走路说话了。教了他一遍阿拉伯数字。牵他出去玩，看一辆车后面的号码，宝儿一字不差地认出来。尾随在后的一位奶奶，很惊奇，硬拉着他去另一辆车，当宝儿准确无误地报出车牌号时，老奶奶竖起大拇指，“人家打一百分，我给你打两百分。”

可惜，宝儿很少打一百分。在学堂里，多简单的试卷，宝儿也不会打一百分。若换个妈妈栽培，比如雪莉那样的，宝儿一定大不一样。

施文的愧疚从来没有消失过。

那年，她外出培训，几个月回来，宝儿似乎一下子长大了。他再不会半夜夹着个枕头，站在她床边，要求跟妈妈一起睡。小房门关得紧紧的，要进去得经过他许可。

更要命的是，他的成绩一落千丈。

回来不久，施文就去了趟学校。那天是下午，四五点。施文找到五年级办公室。班主任阎老师接待了她。阎老师是宝儿五年级新换的班主任，笑眯眯的一张脸，却是全校出了名的铁腕老师，管理学生很有一套。听老宋说，宝儿很怕她。

在阎老师的办公室里，施文见到宝儿。他被罚站在那儿。

“课文默不出，家庭作业到学校来抄，抄都抄错了，一塌糊涂，上课总讲话，做小动作——当然，我的课，他还不敢，都是别的老师告状的，搞得老师上不下去课。昨天叫留下来默写，居然跑掉了。你说气不气？”

阎老师从抽屉里翻出一叠小纸条。“你瞧，差不多每张名单里都有宋宝儿的名字。这是我叫班上同学写的，要他们选出我们班最不守纪律的5位同学。宋宝儿名列榜首。你再看这个，科任老师投诉的。”

施文强作镇定，手脚却已冰凉。她剜了一眼站在墙角的宝儿，眼睛恨不得变成两把飞刀。

“我找过去的班主任了解了一下情况，宝儿吧，调皮虽调皮，学习成绩还是不错的。但这一年却下降得厉害。再过一年就小升初了，很关键啊。”

阎老师指了指办公桌旁边的一副小矮桌椅道，“这是我给他专门配设的。只要哪科老师投诉，他就一天在我这儿坐着，陪我一起办公。”

施文看见宝儿脸上有羞惭之色。

“本来吧，我还不打算让他在这儿陪我，我是给他在教室设了个专门的‘贵宾’席，单独一个人坐后面，不要影响到他人。他可好，总是自动地把桌子移到人家同学那儿。不肯独坐，拼到一起就找人讲话。”

阎老师收起笑容，很严肃地看着施文，“早就想请你过来了，宝儿说，你不在家。让他爸爸来，他爸爸也总忙着，抽不出时间。电话里说不清。教育孩子，家长千万不要以为交给学校就万事大吉。我为你一个孩子，操的心比全班40个孩子加起来还多。”

施文连连点头，赔着不是，感谢老师的辛苦，并表示一定会竭尽全力地配合老师。

施文记不得在哪篇小说里读到这样一句话，“如果你和一个人有仇，就让那个人下辈子当你家长。”

太精到了！

的确，孩子就是今生来讨债的债主。

那天回家之后，她彻底爆发，先痛打了宝儿一顿，将宝儿的作业本撕掉，还有书桌上的PSP也被砸烂，宝儿惨叫着扑过去，捡起砸坏的PSP，哭着朝施文挥动着小拳头。“你还敢反抗，还敢打我？胆子不小。”暴怒之下，施文一巴掌打过去，宝儿的鼻血流出来。

施文不能见血，一见血立马人就晕了，抱着宝儿，泪流满面。

等老宋回来，又是一番恶战。两个人都动了手。

“我不在的日子里，你是怎么管宝儿的？你有看过他家庭作业吗？你签过作业本上的名吗？你知道他成绩一落千丈吗？”

一连串不容辩白的责问，让老宋气急败坏。

“我不要上班吗？我没有事情？一个大老爷们就整天在家看孩子？哪家小孩要这样看？同事都笑话我，经常喝酒吃饭，我就回家了。”

“笑话你！是的！你有事业，你事业辉煌！积极成这样，不还是今天这个鬼样？”

“你呢？你不放心，就别出去培训啊！你不也积极吗？到头来怎么样？不还是什么没捞到！”

施文从来没想到老宋会回击得这么有杀伤力，最厉害的伤害都来自最亲密的人，他知道她痛在哪儿，就如同她知道他的。

五个月的培训的确等于一场白白地浪费，一场笑话。她渴望的升迁晋级都没有得到，而且领导借着她在外培训，又安插了一个年轻的女人。

早知这样，她何必舍弃那么多，去参加这个培训啊！

对着镜子，头发白了一大片，仿佛一夜之间长出来的。

在以后的日子里，施文像是在还欠账。她严格按照老师的校讯通，跟宝儿一起完成家庭作业，做习题，报听写，听录音，完了签字。宝儿的成绩倒是上得很快，但施文总觉得他有一扇门对自己关闭了。他还是爱玩电脑，这是施文绞尽脑汁都没有办法解决的顽疾。

在她没有参加培训之前，宝儿也贪玩，但不迷恋网游，就是在她不在的日子里，他接触到这个恶魔。

施文曾在暴怒之中拔过网线，宝儿冲到厨房举着水果刀。看着陌生的儿子，施文悲痛欲绝。

她请宝儿吃饭，谈条件，只要涉及不让玩游戏，宝儿立即变脸。施文硬，宝儿比她还硬，他话都不让施文说，扭头就走。如果不让他玩游戏，他就离家出走。

施文投降了，只能投降。唯一的妥协是，宝儿保证完成作业。

原来，他学习的目的是为了有游戏可玩。

施文感到深深的悲哀。

那条小青蛇和小十字架是在小学毕业的那一年，偷偷文上去的。

自那次鼻血之后，施文就没有再打过宝儿了，打他，她痛得更狠。一想起宝儿紫涨着脸杀人样的表情就不寒而栗。

“你家这孩子，好就是一条龙，坏就是一条虫。”阎老师说道。那时宝儿的成绩已经能为她班争光了。

宝儿胳膊上的小青蛇，仿佛在向世界宣告，他是要当龙，要当一条恶龙。

任何人都可以放弃，你不可以。施文变得更爱唠叨，就像个上了年岁的老人。

“你为什么就不能像别的孩子那样，让我省点心？你看人家俊文多听话，多爱学习？你看茵茵，多乖，读了多少书？比你大的，比你小的，没有哪一个像你这样！”

这是她数落最多的话。

“我干吗要跟别人一样！我就是我！”有次说得宝儿不耐烦，他圆瞪着眼睛吼道。施文被吓到了，张着嘴一句话也说不出。

这孩子确实不一样，并且好像是故意要以另类的方式彰显自己和别人的不一样。

当她第一次看到宝儿胳膊上的小青蛇，痛彻心扉。老宋跳脚，差点将宝儿胳膊扭脱臼。

施文冲上去护，被老宋也推跌倒。她死命拖住老宋。她知道老宋，要么不发脾气，发起脾气来，相当可怕。

真不知道是怎么拉扯到16岁。不堪回首。

“以他的智商，完全可以学得更好。”所有老师都这样说，在施文听来，等于在指责，是她这个家长没有把孩子调教好，所有的错是她的错，家长是罪人。

“当家长也是个不断学习的过程，没有谁天生会当家长。”专家说。

施文觉得自己很笨，那么努力，却似乎总也找不出正确的路。所有的失败没有比当不好家长的失败更打击她。

为什么带一个孩子这么累？她们这一代，父母都几个孩子，也没这么辛苦。施文记得小时候，妈妈生气的时候，最常说的一句话，“东方不亮，西方亮。你哥不听话，还有你姐和你。”

而她，只有一个宝贝。他是她的生命，她的独苗，她全部的希望。他不能不亮，他没有不亮的理由！

施文也买来不少育儿方面的书。

《如何导正孩子的坏习惯》《培养了不起男孩的100个细节》《好妈妈胜过好学校》《哈佛家训》。这些书越看，越觉得家长难当。

男孩的内心世界是什么样的呢？

书上说：

> 他们淘气，是因为他们更喜欢冒险；
>
> 他们喜欢搞破坏，是因为他们更具探索精神；
>
> 他们学习不如女孩，是因为他们不喜欢被限制、被束缚；
>
> 他们好争斗，是因为他们内心深处总有一种挥之不去的英雄情结；
>
> ……

任何一个男孩，都有着神秘而丰富的内心世界。只有父母真正走入那个世界，才能理解他们那些不可思议的行为。

遗憾的是，她找不到通往他的路径。

“宝儿，我们一起去看场电影，好吗？”

“No Way！”

“宝儿，今天妈妈不做饭，我们一起去外面吃，好不？”

“No Way！”

“宝儿，这篇文章写得不错，你看看。”

“No Way！”

……

“No Way！”“No Way！”“No Way！”就是他给予她的回答。又冷又酷。

施文试着用新式武器跟儿子沟通，她在QQ上给他留言，发有用的信息，跟他说话，摘录好文章。宝儿从来不回。有一次，宝儿一本正经地跟她说，你再啰唆，我就把你列入黑名单了，吓得施文再不敢多话了。起码，他不删，她还可以看到他的个性签名。

唉！她怕他。

7

战战兢兢接过邓老师电话。

“你家宋宝儿今天让我们班扣了五分，这周文明班级评不上了。”

施文的心“咯噔”一下。糟了！“墨菲定律”，你越是害怕的事，它越是要来。邓老师是多么要强多么看重班级荣誉的老师！

“校服不合格，被风纪处查到了。我跟你们家长说过，不能穿改小的校服。”

“他没有改了，改过的都让我做了抹布。”不由自主地辩护。

“穿小号的也不行，上衣必须要过裤子口袋三分之一处，这是规定。”邓老师语气加重。“我已经让他写检查了，你今天就给他买多几件校服上衣，不准再穿小号的了。我教了这么多年书，没见过哪个孩子这样屡教不改的。教育局今天来学校查教风学风，就发现有的同学校服过短，不规范，批评了我们学校。”邓老师很不高兴。

晚上10点。校园门口停了长长的一排车，都是家长等着接晚自习回家的小孩。施文找到宝儿的教室，宝儿阴沉着脸，接过新买的校服，母子俩没有多说一句话。

如果邓老师知道宝儿以前的叛逆，或许不会这么惊讶的。

第二个电话是周三打来的。

“宝儿妈妈，你怎么能让他带手机到校呢？”

“啊？手机？没有啊，我让他放家里的呀。”

“同学举报他，发现他课余玩手机游戏。”

施文怒不可遏。他在哪儿弄的手机？不是明明放家里的吗？他竟然还敢玩游戏？什么时候了？

为了手机的事，也不知冲突多少次。老宋怪她惯他，给他买手机，还买爱疯5！是，都是她的错！她总是抗拒不了宝儿的软硬兼施，总是屈服。在她和宝儿的争斗中，她从来是失败的一方，因为爱，所以失败。可是，宝儿不是也答应她，上课不带吗？这是底线。明明是放家的呀。她周末拿出来，给他解禁，临上学时再收回搁抽屉里。

施文赶紧跑到房里，手机还在抽屉，白色的爱疯！

“你那是假的，同学说了，现在网上有一模一样的模型。你仔细看看。”

施文血涌上头，双手发抖。那静静卧在抽屉里的白色爱疯原来是一个虚幻的空壳，真身早就不见了。这个神通广大的妖孽！

“要全校通报批评的。”施文连连说“好”，羞愤难当。加诸于宝儿身上的耻辱，等于双倍施与她身上。意念中，她扑过去，对着宝儿拳打脚踢，一番厮打。

第三个电话是周五打来。当时，她正在山姆会员店采购，没有听到。等她再回过去，邓老师那边也没有人接听。

整个下午施文都惴惴不安。

她想了想给宝儿写了封长信。

宝儿：

今天接到邓老师两个电话，我很痛心。下午邓老师又打来电话，我没接到，不知你又犯啥错误了？妈妈非常害怕。你总让妈妈担惊受怕。

每次老师来电话投诉，说到家长的管教不力，我都心疼莫名。我们要怎样管教你呢？

过去的事，我不想多提了。在我眼里，你已经有了很大的进步，可是，你心里是怎么想的，妈妈并不知道，你不屑与我谈心交流。嫌妈妈老土、落伍，不能理解你，是吧？

是的，我是不能理解你。

你这孩子向来个性强，追逐时尚。标准的校服你偏要改得另类！坏学生才那样穿！我们尽自己所能最大范围里满足你。可你一点也不懂体谅父母。给你买苹果机，那么好的手机，我和爸爸都没有你的贵。你要知道，在深圳，我和你爸属于低收入人群，每月柴米油盐物业管理水电煤气你的生活费外加各项补习班的费用，几乎月月光。而你，竟然欺骗我，竟然用手机模型来欺骗我！你是不是嘲笑妈妈是十足的傻瓜、笨蛋！

高中三年多么关键。你还记得中考，没有考上深中，你很难受，如果你足够努力，完全可以考上的。你说你不愿意只做一个会学习的傻瓜。你有许多的奇思妙想，许多与好孩子不一样的另类行为。然而，你难道不明白，在现如今的体制下，你必须乖，必须把成绩搞上去。这才是硬道理！这话跟你说了一万遍了。你为什么不能把心思都用在学习上呢？居然还玩游戏？都什么时候了？优秀的孩子哪个不在努力？还有两年，你就要高考。时间一晃就过去，你不吸取教训，难道要再后悔一次吗？

你已经16岁了，人生观、世界观、性格差不多形成。再不悔改，就来不及了。你一生都会为你的坏习惯、坏毛病埋单。

……

施文整整写了三页纸。把要说的话说了个够！写完后胳膊都酸。

5点半急匆匆地赶回家做饭。

宝儿今天回来得比平时早，衣服也没湿，看来没打球。他拖着拉杆箱，面无表情。

施文将打印好的信递给他，自己又去厨房忙碌。她庆幸自己想到用写信的办法交流。现在，她在炒菜。

手机响了起来。施文慌忙放下锅铲，关上火。是邓老师。施文赶紧换上笑脸，好像邓老师在手机那头能看得到她。

邓老师告诉她，由于宋宝儿屡犯校规，学校决定对他停课一周进行惩戒。不仅仅因为校服过短，携带手机，还因为他早恋，那天晚自习后和一个女孩约会，被宿管发现了，影响很坏。严重违规！

停课一周！

“我作为他的班主任也很痛心。不要说停课一周，就是停一节课，停一个小时，我都怕内容拉下来，跟不上。可是，我们也不能因为学习就忽视对孩子品行的要求。对于像宋宝儿这样出格的学生，学校必须严加管理。让他停课反省，你们家长同时督促他在家学习。”

施文全身发冷。她撑着将菜做完，看都不看宝儿一眼。

打电话给老宋，“你早点回家吧。你儿子被学校开除了！”

那天晚上的大战，施文想起来就心悸。自从纹身之后，好久没有这样硝烟弥漫了。

一向不管事的老宋失去了往日的镇定，他对着宝儿一通咆哮，伴随着“烂货”“垃圾”的字眼，是一记响亮的耳光。当他要再出手的时候，被宝儿的胳膊挡了回去，个子已经比老宋高的宝儿，臂力如此巨大，竟将父亲推得一个踉跄。老宋恼羞成怒，“滚！给我滚！马上滚！这个家没有你！”

宝儿真滚了，他冲出去，将铁门带得山响。施文拉不及，被绊倒在沙发上。

给楼下的保安打紧急电话，让他给守着。宝儿出不了大门，就跑楼梯，施文疯了一般，出去追。宝儿向上跑。这栋楼有32层。楼顶是天台，若他一时想不开……施文急火攻心，边哭边喊。保安打来电话，说，别急，人在电梯里了。

当她和保安将宝儿拽回家，施文快要瘫倒了。她紧紧地靠在铁门边，怕儿子再冲出去，一边哭，一边说，“我错了，妈妈错了，你不要滚，你滚了我也不活了，你不念书也行，不上学也行，只要你好好活着，都行。呜……我造的什么孽啊？为什么不去死！……”

接下来的一周，施文没去上班，在单位请了假。在家陪宝儿。为孩子请假，她不是特例。去年中考，同事郝姐请了一个月的假，在家辅导儿子学习。郝姐很有主张，她说最后都是复习，在学校，老师针对的是大多数，对她儿子来说是浪费，不如在家，她专职辅导。施文当时很惊讶，你还能辅导啊？我小学六年级的数学题都做不出来了。郝姐说，我把初中的数理化都钻研了一遍，不难的。

这世上，你以为你付出很多努力，尽职做一个好家长，实际上，比你付出多得多的家长有的是。

春红上次说到一个朋友的朋友，儿子上高三，请了一年的假。原本只能勉强上二本的，结果考上了重点。虽然少了一年的收入和升迁，可是，和孩子学业前途比起来，太微不足道了。这人是男的，爸爸。施文感到不可思议。这样的父亲，在深圳怕是凤毛麟角吧？

跟这两位请假请得卓有成效的家长相比，施文的一周假貌似白请了。宝儿并不像她所希望的那样，刻苦学习，深刻反省，发愤图强。他白天躲在房间里呼呼大睡，夜深人静的时候起来活动。老宋已经放弃了，他说，权当没这个儿子。

施文根本睡不好觉，她在夜里觉察到宝儿的每一个举动：他去喝水，去冰箱找吃的，去上厕所。

有一次，她爬起来，瞪着一双熊猫眼，盯着宝儿。宝儿吓了一跳。

“你去睡，别管我。”

“你不睡，我睡不着。”

“……我马上睡。”他哄她，施文知道他哄她。

施文觉得自己快崩溃了，她打心理咨询热线。一家心理咨询机构告诉她，可以母子一起过来，收费情况是每小时300元。

“神经病！”施文不由脱口而出儿子最常说的一句口头禅。

8

深圳的秋天姗姗来迟，但也毕竟来了，天凉快了一点。

那只黑猫又钻出来了，蹲在小区的入口处，像个小哨兵。白晃晃的夕阳下，它黑得醒目发亮。这是只流浪猫，在小区里住了有一段时间了。有好心的业主给它在保安岗亭后面搭了个猫室，放着一碗水，配着猫粮。

"旺财，旺财。"一个六七岁的小女孩正轻声细语地跟它打招呼，声音无比疼爱和温柔，像在唤自己的孩子。

旺财听到叫唤，转过身来，走到小女孩脚边，用脑袋蹭了蹭，从两腿之间绕了一圈，又绕了一圈。小姑娘蹲下来，爱抚地摸着黑猫的脑袋和身体。黑猫的绿眼睛闪闪发亮。

"快走了！学钢琴来不及了！"前面一个女人不耐烦地催促。

"旺财，再见，旺财，你要乖啊！"小女孩恋恋不舍，一步一回头地走了。

"她想领回家养，她妈妈不允许，她就每天都要来找它。旺财跟她熟了，认得她。"保安笑道。

一个小男孩飞过来，一把揪住黑猫的尾巴，黑猫挣脱了，逃到草丛里。

"草泥马！"

"怎么说粗口呀！"施文道。

"草泥马是种动物。"小男孩辩解道。

施文出了小区。小路上，一个十几岁的少年，骑着单车从她身边飞驰而过，速度快得让她心惊肉跳，下坡的时候，竟然展开双手脱把飞奔。唉，他妈妈要是看到，该多担心！

施文绕小路去美食广场。

小路两旁栽种着许多植物。玉兰、鸢尾、小矮竹、凤凰木、荔枝、芒果，还有许多叫不上名字的灌木花草。树木的颜色由浅变深，不远处生态池边的长矛草长得很旺，高过人头，还有那些扇子一样的蕉叶，若没有建筑物限制的话，似乎它要一直不管不顾地长下去。大榕树盘根错节地扩大着地盘，拖着万千条苍老的胡须，仿佛要千秋万代地活下去。施文觉得，在深圳，做一株植物最容易，不用怎么伺候，都不会妨碍它们茁壮成长。尤其春夏的时候，这条路上结着累累的果子，有的都烂熟地掉在地上了。菠萝蜜果也成串地簇拥着，显得特别丰饶。宝儿却说，菠萝蜜的果子不好看，挂在树上像肿瘤。这孩子的形容好奇怪。

沿着这条芳香四溢的小路，施文来到蔷薇食坊。

"几位？"服务员问。

"一位。"

雪莉和春红来不了。她们好长时间没聚了，施文也好长时间没在外面吃过了。今天是她的生日，老宋加班，宝儿住校。她一个人为自己庆生。

发生了两件事，是施文怎么也想不到的。

春红的儿子俊文被警方拘留了，他用水果刀捅伤同宿舍的同学，刀子离心脏只差一毫米。媒体有过一则简短报道，某某著名大学，某学生因矛盾发生冲突，导致另一名同学重伤。这则不起眼的新闻几乎没人看到。新闻当事人的妈妈为此彻底崩溃。由于俊文学习一直优秀，表现也优秀，学校正在力保，争取减轻处罚。

与此同时，雪莉正在医院里陪摔伤的女儿。

那一天，家住4楼的茵茵，在阳台上听见外面的鹦鹉叫（鹦鹉其实早已被她妈妈放走了），她跑出来，鹦鹉不见了，她似乎看见鹦鹉朝楼下的草坪里跑去，随手就抓起撑在阳台上晾晒的雨伞，跳了下去。因为伞的阻力，加上一棵木棉树的援助，茵茵保住了性命，只是折断了一条腿。

施文在震惊的同时，暗自庆幸，原来，宝儿能全须全尾地活着，真该感谢上帝了。

在令人崩溃的停课一周后，宝儿仿佛自动愈合般地又去上课了。

施文在宝儿走后整理他的房间，乱七八糟的试卷讲义一桌一地都是，这些做过的纸张应该是不要的了。笔记本上几段涂鸦文字吸引了她。

“又到了冬天，又听久石让的歌。Memory。”

“心累到一定程度，连生气和计较的力气都没有了。”

“我不确定自己能用多少时间把你忘了，也不敢保证我真就能把你忘了，我只能像现在这样，不吵不闹，不悲不喜，安安静静的与你再无交集。”

“何必为部分生活而哭泣，君不见全部人生都催人泪下。”

……

施文眼睛湿了，她无从猜想，儿子的疼痛和挣扎。他那漫不经心表面之下承受的也许比你想象的多许多。记得，那次纹身之后，有一天，宝儿发烧生病去医院打吊针，她陪他，年轻实习小护士，扎针扎不准，扎了几次，才找到静脉。施文想发火，宝儿制止了她。“不疼。”他说。

怎么会不疼呢？她瞧见他汗都出来了。

“疼一点才有感觉。”宝儿脱口夸耀，“我纹那个东西都没打麻醉。”

施文心抽搐起来。

“疼才有存在感。耶稣还被钉十字架呢！”

有天傍晚，施文散步，路过小区不远处的一个小教堂，里面传来歌声，她信步走了进去。这个小教堂在这儿有好几年了，却不为施文所知。进去发现满满的人。一个牧师在台上领唱。

古旧的十字架，是我的依靠
世人看为羞耻，我看为珍宝
因着耶稣牺牲，神与我和好
十字架是我的荣耀
背起我的十字，天路我奔跑
世人看为愚拙，我看为荣耀
不畏魔鬼控告，不怕人嘲笑
耶稣基督作我中保
十字架是我的荣耀
我向黑暗世界来宣告
十字架是我的荣耀
我蒙救赎恩典的记号
……

施文听得泪流满面。

坐在宝儿的床边。

墙上贴着两张大的印刷海报，分别是“伟大母亲的成功誓词”和“优秀孩子的成功誓词”。

“我不是一个普通的人！我是中华民族之神，世界之神！”

“父母生我养我，给我上学的机会，父母对我恩重如山！”

“我就是伟人！世界因我而改变！”

“从今天开始，我一定要彻底改变我自己！”

“我是世界上最幸运、最幸福的父母！”

“因为我养育了世界上最棒最有潜力的孩子！”

“亲爱的孩子，你就是神！”

“你就是我们的荣耀！”

这两张海报是在听一次著名成功人士教育讲座后买的。该成功人士在全国声誉卓著，其创办的疯狂励志学习法，拥趸无数，在各地都办有集中训练营。他出的书“我优秀我成功”被家长学生热捧。施文就是在那场讲座后激动地买下的，全场的听众几乎人手一册，有的还买了两三套，送给亲戚的孩子。

这两张海报是附赠品，单单这海报，施文就觉得值，说得太好了，太鼓舞人心了！她将它们亲手挂在儿子房间，以便随时面对，接受教诲。

海报有用刀画过的痕迹（肯定是宝儿干的）。除了字，海报上还有那个成功人士咄咄逼人的照片，一张是朝天举着手，一张是自信地竖着一只大拇指。

施文突然觉得看着有点累，她将两张海报除下来，卷好，收到柜子里。

小房间好像一下大了很多。

带书架的床头，摆放着一只小旧枕头和一只毛公仔狗娃娃。宝儿小时候玩过无数玩具，差不多都扔掉了，唯有这两件还在。

枕头是她在宝儿4岁的时候自己亲手做的，为了哄宝儿自己睡，她说，这枕头就是妈妈，你抱着它就等于抱着妈妈。宝儿后来睡觉就一直抱着它，直到磨得很旧，起毛边，都看不出最初的颜色了，依然不给扔。施文双目泫然，好像第一次发现这枕头。

那只黄色的憨态可掬的狗娃娃，是他小时候的玩得最久的伙伴。他码积木，打枪战，都会带着狗娃，还跟它绘声绘色说话，“哥哥在这儿，你在那边。”“哥哥用这把枪，给你这个，好不？”“好的，好的。我们开始吧。”他轮换着模拟角色说话，看他自言自语地玩，施文觉得好好笑。宝儿曾建议过，妈妈你再生个弟弟吧。“光你一个就够我累的了，再生一个你这样的，我不脱层皮！”不要说国家不给生，就是给生，她也生不起，养不起。

或许，两个孩子更好带一些？他就不会那么孤独？那么乖张？那么自我？而她也不会过度焦虑？过分在意？对他倾注一切心思，让自己和孩子都透不过气来。

施文拿着狗娃娃陷入沉思。

蔷薇食坊人不多，粉白的蔷薇花依旧低调地开着。

这学期本来是不想让宝儿住校的。宝儿拒绝了她的好意。

“你不是说宿舍很吵吗？晚上冲凉等得急，也节约不了什么时间，在家可以多学会儿，也可以补充营养。”

“不必了。”

“我跟你爸可以轮流接送。”

“不必了！”

“为什么？”

宝儿嘴角一撇，看了她一眼，“我在家，你不是睡不好吗？”

施文心里想哭。

叫了两个小菜和一支听装小罐啤酒。

手机上传来一个信息。“生日快乐！宝”。

号码不是儿子的。他在哪里弄到的手机？他晓得今天是她的生日？上周末，她在家里暗示了一下，以为大家都没听见。

施文又是激动，又是忐忑。

他在哪里弄来手机？老师会不会发现？

她宁愿不要这个祝贺啊！

端起酒杯，施文咕了一大口，眼睛又潮湿了。

我们的前世今生

1

黄昏，风起来了。旺角依旧热闹非凡，红红绿绿的霓虹灯竞相闪烁，灯下拥挤着如蚁的人群，真正无愧于一个“旺”字。风中不时夹送着英语、粤语、菲律宾语或者其他什么我听不懂的语言，昭示着这个国际化大都市的非同一般的身份。

当然，也有许多像我们这样说着普通话的内地客。芯慈说，现在内地来港旅游消费的人越来越多，做生意的员工不得不学讲普通话呢。

不过，只会说普通话，在香港约等于半个哑巴。买东西、问路，都非常费劲，常常要借助手势或英语。

好在有芯慈在身边做翻译，我省却了许多麻烦。她的白话说得很溜了，听她说着生猛海鲜般的鸟语，我又是惊奇又是佩服，她来香港定居还不到一年呢。我的一位在广东生活多年的朋友说，他到现在还听不懂广东话，更别说开口讲了。

芯慈道，那是他不需要！人是给逼出来的，到什么山唱什么歌。

芯慈语气淡然。她一向是个淡定的女人，不管经历什么，都不会把它摆到脸上来。这一点，我和她是多么截然不同啊！但她又是热情的。对于我的远道而来，她的喜悦不言而喻。我们有5年没有见面了。

少年时代的朋友，能够一直走下去的，似乎并不多。时空的阻隔、各自经历的差异、太多太多的因素决定着人和人的缘分其实是有时段的，此一时，彼一时。我们很多时候不可避免地成为别人生活里的一个过客。偶尔，在某个瞬间，想起你，想起一段相处的时光，或叹息，或惆怅，或宛然一笑，便是了不起的怀念了。大部分时候，我们步履匆匆，是不肯回头的。有许多新朋友要结交，有许多新事情要处理，许多新计划要开展。我们是无暇念旧的。

我的这些年不正是这样吗?

虽然和芯慈是发小，可是，自从我们双双离开兰市，一个朝南，一个朝北，人生的轨迹就很少有交叉的节点了。

1999年，芯慈毅然放弃兰市的工作，跑到深圳，我曾劝过她，希望她不要离开，但她执意要走，九死不悔。她说，你也离开了，我一个人待在那儿有什么意思?

是的，我比她更早地离开。两年前，我考上了江南一所不太有名的大学，攻读硕士学位。这是我奋斗几年的结果。

读研的前两年，我和芯慈还经常联系。

最后一年，我去北京实习。也就是这一年，芯慈决定告别兰市。她也许已经酝酿了很久。

我自然无法阻止她的离开。因为，我自己也将去北京工作。

离开，是我们青春时代的关键词之一。世界之外，哪儿都行!

我劝她。为了一个不值得的男孩，何必那样自苦?

芯慈说，她必须离开。

我曾经担心过，在深圳那样一个花花世界里，她一个小女子，孤单一人，将怎样活下去?

事实上，我也操不到别人的心。那时候，我正和一个离了婚的博士掐得紧，无暇他顾。芯慈千里万里，我们各自和生活搏斗着。

我很少回老家，芯慈也是。偶尔回去一趟，也总擦肩而过，难以碰面。当然，我们也并非一点不联系，我当时还欠着她2000块钱。芯慈手头比我宽裕，几年研究生，我耗资不菲，虽读的是企业管理，却不善于理财，属于月光一族。她离开兰市的时候，我要去北京工作，身上连路费都不够，又问她拿了2000块。

我一直惦记着要还她，她说，不着急，等见面再还。

这一等就等了好几年！直到5年前，过年回老家，我们才见上一面。那时，芯慈已经是5个月身孕的准妈妈了。

她嫁的是个香港人。没想到，她的姻缘竟是这样！仿佛她千里迢迢奔波的，竟是为了这样一个出人意料的答案。芯慈送了我一套名牌化妆品，还有一盒香水。她看上去过得不坏，脸上有种即将成为人母的喜悦。

我们一起走路，她不时护着肚子，非常小心的样子。

在咖啡店聊天，只要有人抽烟，她马上就起来开窗子透气，或者干脆走过去，叫人家别抽，她客气而又固执的请求让别人无法拒绝。我憋了好久，不让烟瘾发作。

也许是和她大龄怀孕有关吧！那年，她30岁了。这年头，结婚不易，怀孩子也不易。

我问她是不是准备在老家生。她摇头，说还是在香港生好。

听说我还是孤家寡人，芯慈抓住我的手说道，李棋，你不要太挑了！

她说这话的口气跟我妈妈一样，我突然哧笑起来。为什么不要挑？难道就因为我们年纪大了，就降低要求委屈自己？

或许是分别太久的缘故，我和芯慈不像以前话那么多了。我还了她拖欠几年的2000块钱，芯慈笑道，你还记得啊。

怎么会不记得呢？我们互望了一眼，同时想起一起在兰市的日子，但，我们谁也没有提起。

2

这次来深圳，是参加一个财经会议。工作了这么几年，出差去了不少地方，深圳却还是第一次来。

芯慈在深圳的时候，我曾想过找她，可是，一直也没成行。这次来，她却又移居香港了。变化总是比计划快。

从罗湖过关，出了关口就见到芯慈。她怕我找不到路，直接来到站口等我。远远的，伸出手，我们拥抱，又彼此后退几步，打量对方。

时间在我们身上都打上了烙印。

芯慈比少女时代还要瘦。一般女人结了婚，生了孩子都会丰满一些，而芯慈却相反。她的身材就像没有生过孩子。

芯慈最圆润的时候是在十八九岁，我们刚上大学的那会儿。那时，她结实得像一枚青果，透着瓷器般的光泽。后来，说瘦就瘦下来——都是因为恋爱。用的劲儿狠了，居然到现在也没胖回来。

因为瘦，皱纹就不可避免地显露出来，尤其是笑的时候，眼角的鱼尾纹就挤聚到一块。头发不再是以前直发垂肩的样子，烫了细波浪，有些零乱，还有一两根白头发不甘埋没似的支棱着闪出来。

看得出她化了妆，涂了口红，眼睛上有一点蓝色的亮粉。不过，这个妆一点不细致，浮在上面的，很潦草，风一吹似乎就要掉下来，平添了一种沧桑憔悴感。看样子，她不像是个闲适的太太，有时间打理自己。

我审视着她，她一样地盯着我，黑的眸子如秋水迷离。在她的目光下，我感到自己盛装下的衰败。是的，我们都老了。我们各自从对方的眼里得出这个无奈而又不甘的结论。我们都是彼此的镜子！照出岁月的无情。

芯慈替我接过包。

站台上堆满了人群。我们先坐轻轨，后乘地铁，中间还转了一次地铁。我是个路盲，几出几进，头早晕了。芯慈说，香港地铁四通八达，比较方便。我任由她带着，像外星人登陆地球一样，好奇地打量着这个森林般穿不透的繁华都市。

芯慈家在九龙，老香港城区。国内的大城市，我也跑过不少，不过香港还是有点让人发懵，这里人口密集，楼群林立，车道就像峡谷间的逼仄河流，天空被切割得一片一片，人置身于其中，如沧海一粟，似乎随时都能不见踪影。时令已进入深秋，可是，香港看不到北方的萧瑟。

我晕头转向地跟着芯慈走着。

出了地铁闸口，沿路穿过一个大超市，看见一排一排青白色的房屋，芯慈告诉我，那是廉租屋区，有一些内地的新移民就住那。芯慈该不是住这里吧？芯慈笑道，申请廉租屋是要有条件的，她还没资格。

穿过小区的游乐场，七弯八拐，到了一条老街。街道不是很宽阔，两边的房子显得有些年头，住户和商铺交错，什么周记粥店、李医生诊所、邓老凉茶、兴隆银行等等，一列打着繁体字的招牌，那些老旧的屋子，有人家晾着衣服，伸出窗外。恍然间，我好像回到了二十世纪三四十年代的旧上海。不时有路过的单层和双层巴士停下，载了客，再“呼”的一声开走。

在一间屈臣氏旁的小楼门前，芯慈停下来，说，到了。打开窄窄的铁门，楼道很暗，一共有四五层吧，每层住着两户。那些人家大门前，几乎都点着香，供着土地神，令我想到很乡土的中国内地。

芯慈和我一前一后地爬着楼梯，她家在3楼。她告诉我，这种房比较旧，不带电梯的，被香港人称为“唐楼”。现在住的多半是些老人，年轻人都不愿住了。这是她先生家的祖屋。

我曾不止一次地想象过芯慈在香港的生活。高尚的住宅区，凭海临风，小区里有游泳池、健身房、会所，她带着孩子，有时去喝喝下午茶。像许许多多的少奶奶一样。她应该是这样的生活！

可是，现实总是出乎我的意料，一时，我竟无法描绘出心中的感觉。房子并不小，前前后后好几间，但，看上去实在是太古旧了点。我也知道，香港寸土寸金，一个小套间三四十平方米，市值就过百万。芯慈能有这样的老宅已是相当不错的了。可是，和我的期待总有落差。转而又一想，人家好歹还有个家，你呢？以酒店公寓为生的人！

芯慈道，在香港，有一次参加求职培训，听课的都是漂亮的内地妹，老师深为不平，道，香港男人真不是好东西，把你们骗过来，住的地方恐怕还不及你们在老家的厕所大。一句话勾起了内地妹心中的百般感慨。

饶是这样，还是有人愿意受骗的。我笑道，随着芯慈进了屋。

客厅的神龛里供着观音像，我不知道芯慈什么时候信的佛。大约是入乡随俗吧。香港是个特别的地方，三教九流，中西合璧，无所不包。在这里，你能看到很洋的东西，也能看到很土的东西。比如，方才所见的每家门口摆放的土地神。

地上、沙发上零乱地放着小孩的玩具，房间的过道间堆着许多杂物箱。

我问，孩子呢？

“她爸爸带出去玩了，一会儿就回来的，晚上给你接风。”芯慈从厨房里端了一碗凉茶递给我，说是自制的，清凉润肺。一边归顺着沙发和地上的杂物。又将我引入里间，说，你就住这儿，被褥我刚换的。

我听从她的安排。香港本就是计划外的旅程，吃住公司不会报销。花钱倒是小事，难得老友重逢，怎么着也要在一起多叙一叙。

芯慈让我先去冲一下凉，解解乏。她总是体贴的，我想起我们过去的日子。她一贯是照顾人的一方。哪个男人娶了她，有福了！可惜，刘源竟没这个福分。

哦，刘源！我该不该再向她提起他？

冲完凉出来，就听到大门一阵咚咚咚响。“妈咪，我返（回的意思）来了！”清脆的童声粤语，好听极了。

芯慈赶忙奔过去开门。

一个四五岁的小女孩雀跃地扑在芯慈的身上。简直是个小美人胚子！乌黑发亮的眼珠，眼角眉梢都带着笑。她穿着粉红碎花小裙子，长白棉袜，头发软软的，一边一个小辫，中间还插着一把小皇冠一样的发梳，依稀有当年芯慈的影子。她定定地看着我，大约有10秒钟，开始问候道，“你是妈咪的朋友吧？”说的是普通话，她很会自动转换语言频道。

我笑着向她伸出手，她犹疑了一会儿。我从包里拿出事先买好的芭比娃娃。她欢呼着，立即跑到我跟前来。

我们很快熟了，她告诉我她叫暖暖。跟在暖暖身后的中年男人，无疑就是她的爸爸，芯慈的老公了。他对我点头微笑，估计芯慈早事先向他介绍过我了。

中等身材，偏胖，典型的广东人的长相。许多年前，我是想象不到芯慈嫁的是这一款男人的。

芯慈的老公林先生似乎不惯应酬，拿了一叠花花绿绿的报纸进了房间。客厅里只我们女人和孩子。暖暖是个活泼的家伙，自来熟，她猴在我身上，给我梳头发、扎小辫，丝毫不理会她妈妈的呵斥。“人来疯！”芯慈无奈地笑道。

直到吃晚饭，林先生才从里面出来。我们在离他家不远的泰式餐馆吃晚饭。餐馆热闹非凡，门里门外都是人。好在林先生事先预定了位，我们不用在外面等着叫号了。

夜升起来了，灯火辉煌，人群熙攘。这样一个繁华而盛大的茫茫的世界，却如一片无法泅渡的海域，一场虚幻无边的烟梦，甚至连梦，我们也没做过吧？

芯慈说，刚来香港很不习惯，人好像是漂浮的，没有根，不踏实。慢慢，也就习惯了。

她说得很平静，仿佛那些日子无波无痕。

回去的路上，我的心里反反复复地一直唱着一首歌，“这些年，你过得好不好？偶尔是不是感觉有些老……”心里涌起莫名泪意。

3

我和芯慈是发小，从小学到中学，一直同班。

过去人形容两人好得穿一条裤子，大概说的就是我和芯慈这样的吧。其实我俩性格完全不同，一个活泼，一个文静，一个感性，一个理性，一个争强好胜，一个克己复礼。显然，我是前者，在别人看来，似乎我总是处处讨强，行为乖张，但其实我知道，芯慈才是我们俩的主心骨。我依赖她的。不论遇到什么重大或不重大的事，我总是要征求芯慈的意见。事实证明，她的分析能力就是比我强。而我在同学老师眼里种种离经叛道的行为，芯慈却从不以为意。我烫发，穿夸张的衣服，逃不喜欢听的课，让老师气急败坏。几次，班主任想拿我惩戒，芯慈就为我说情。因为学习好，芯慈的求情相当管用。而我，为了芯慈也就收敛很多。大家都很诧异，我，这么一个油盐不进的人，怎么会听芯慈的。是啊，他们不知道，我其实是多么羡慕芯慈那安静内敛的气质。因为不能，才故意显得那么跋扈。

若不是后来高考分文理科班，我们将同窗12年，不知这是不是破纪录的事。我们的分班是从高二下学期开始酝酿的。芯慈理科比文科强，我和她正相反，我们不得不忍痛分开。青春期，友情的分量一点不亚于爱情。我们发着誓，新分的班里，不会有人取代彼此的地位。

命运似乎被我们的友情感动。大学我们又考到了同一座城市。虽然不在同一所学校，但也足够使我们开心了。

高中时期其实是我的一段凄风苦雨期，因为暗恋一个外班的男生。老师和家长似乎个个都火眼金睛，他们联合起来，找我谈话，软硬兼施。我烦透了，与他们闹得很僵，而同时，没有出路的情感又让我脆弱不堪。幸好，有芯慈在身边，聊以安慰。

相比之下，芯慈走得很顺，不是她没有追求者，相反，因为气质端庄，容貌秀丽，又善于理科，她被同学喻为“居里夫人”，喜欢她的男生很多，像咱们班的那个体委余葵就整天围着她转，如同向日葵对着太阳一般。还有的男孩，侧面从我这儿打听她，试图接近她。可是芯慈就跟个女唐僧一样，兀自岿然不动，让所有那些为她担心的老师都松了一口气。芯慈如愿考上了我们省最好的一所工学院。

那一年，我们同时考上省里的大学。对芯慈来说，那是意料中的事，她一向成绩斐然，而我，能考上，的确有点出乎人们意料了。别人说我考运不错，也许吧！几年后，我又考上研究生，似乎再一次印证了这一点。但我的运气也仅就如此。

我所在的大学是一所综合性大学，我读的是中文。芯慈笑说，我们看电影、读小说是业余爱好，你们却是专业。确实如此，在综合性大学里，我们这个专业让那些要整天做题、做实验的理科生羡慕不已。然而，另一方面，我们这个专业又成为无用的代名词。风花雪月、诗词歌赋，在这样一个时代快车商业大潮面前，简直不堪一击！

芯慈的工学院与我们相距并不太远，大学区里许多大学集中在一块。余葵考到体校，距离我们也不远。每逢周末，不是芯慈来我们学校，就是我去她们学校玩。有时会碰到余葵，这家伙有空就往芯慈学校跑。也许是怕余葵的纠缠，芯慈就往我们学校躲。余葵有时追到我们学校来，假装找我。

说实话，我很有点同情他，余葵身材魁梧，相貌不俗，也是许多女孩心仪的对象，可是，芯慈就是没感觉。

人就是这样，送到面前的不要，非要舍近求远。

就像我们班，所有的女孩子，都发誓找对象不找本班的。虽然我们自己学的是中文，可是，我们不待见本专业的男生。在我看来，男生应该务实、理性，而文科男，太浮了，他们绝对不能托付起我们厚重的爱情。

然而，我没想到，芯慈却喜欢上了我们班的刘源。

4

那是我们系的一次周末诗歌舞会。

本来，舞会就舞会，诗歌就诗歌，把两者连在一起是刘源的创意。在我们这样一个男女生各占半壁江山的班级里，说句老实话，刘源应该算是比较显目的一位，他的显目不仅在于他艺术家的外形、一米八的个头，还在于他校园诗人的身份。他发了许多诗，是我们学校飓风诗社的核心人物。喜欢标新立异，貌似先锋做派，迷恋已经过气的崔健，追怀早几年热火朝天的校园文化思辨风潮，感叹现在大学的过分沉寂。他总是有意无意地扮演着精神领袖的角色，居然也有一批拥趸。这次诗歌舞会就是飓风发起的。这样一个人想不引人瞩目也难。那些女生纷纷抛弃了自己当初的誓言，被他迷惑，受他吸引，对他青眼有加。而刘源如鱼得水，进退有距。我很是看不惯他这种视所有女生为妹妹的做派，他以为他谁啊？贾宝玉？舞会我本不想参加。可是，芯慈来了，她那时刚学会跳舞，脚痒，我便带她一起去了。大学到底是个春潮荡漾的好地方，芯慈就像一株一直紧闭的植物，遇到一块适合的土壤，突然绽放盛开了。

舞厅设在学校的内宾招待所。二十世纪九十年代初的大学校园不像今天，可供同学消遣的地方，除了电影院就是舞厅。而学校很少有专门的舞厅，都是大食堂、招待所或者教室等场地临时改装的。

我们去的时候，舞会已经开始了。舞厅的简陋并不影响气氛的热烈。舞池里一对对舞伴在闪烁的灯光下翩翩起舞。周围有几排凳子，供人休息。一曲终了，许多女孩还没来得及落座，就又被请去了。

芯慈说自己还不太会跳，于是，我就充男伴带着她。其实她跳得已经很好，步履轻盈、节奏准确，就是花样少一点。我带着她荡漾、旋转、摇晃，就像在海洋里自在漂荡的两尾鱼。

当我们继续准备跳下一个曲子慢三时，一个高大的男生走了过来，他微笑地把手伸过来，说，不行，你们俩这样太资源浪费了，交谊舞要男女搭配才有美感。

这个可恶的男生正是刘源，我只好把芯慈推给他，说，我这朋友是生手，你负责带吧。

我迅即便被另一个男生请走了。

刘源果然很负责，他带着芯慈连跳了三支舞。在舞厅里，我们一般是这样认为的，一个男孩如果老请一个女孩跳舞，通常是有追求的意思了。

好几次，我们在舞池里擦身而过。刘源身穿水磨蓝牛仔裤，白衬衫，未拉拉链的夹克，潇洒不羁，卓尔不群的样子。芯慈在他的怀里则显得恬静温柔。我不免多扫了几眼。

跳了两三支舞，我有点累，谢绝了别人的相邀，躲在角落里休息。芯慈还在里面不辞劳苦地跳着，她不是那种特别爱动爱玩的女孩，今天可真是有点意外啊。当然，这是新手的共性。刘源带着她在里面徜徉，两人似乎不时还交流着什么，芯慈嘴角带笑，她竟是那样俏美。

不知过了多久，刘源将芯慈带至我身边。“她累了，说要休息休息。”

舞会穿插着一些节目——吉他弹唱，诗朗诵。刘源和一个女孩合着朗诵了一首诗。我到现在还记得几句——

四月的那个晚上没有星星，也没有月亮，我捧着一本惠特曼的诗集，雨水打湿了羽毛，也忧伤了我的心。

那首诗很感伤，女孩音色清纯，男的嗓音低哑。我看见，有泪光在芯慈的眼睛里闪烁。

接着，刘源又朗诵了自己的诗作——

他们
就像地球和月亮
无法分开
一个绕着另一个
一个牵引着另一个
一个反射着另一个
他们
中间又隔着永远的距离

无法穿越
不能抵达
不管阴晴圆缺
悲欢离合

陆续有文艺分子上去朗诵自己的作品。飓风诗歌舞会达到了高潮。

这样一个春情萌动的夜晚。诗、音乐、歌声、舞曲，像一股庞大的力量，它让我不由自主地卷入激动、忧伤之中，令人想到爱情、理想和未来这些渺茫的问题。

啊，它们在哪里？

音乐又响起，是一支老苏格兰民歌《友谊地久天长》。刘源把手伸向我。

怎能忘记旧日朋友
心中能不欢笑
我们曾经终日游荡在故乡的青山上
我们也曾历尽苦辛到处奔波流浪
举杯痛饮同声歌颂友谊地久天长
我们也曾终日逍遥荡桨在微波上
如今已经劳燕分飞
远隔大海重洋
我们往日情意相投
让我们紧握手
让我们来举杯畅饮老朋友怎能忘记
……

歌声优雅，如泣如诉。

虽然和刘源同学了这么久，可跳舞却是第一次。我说过，我不喜欢这一类太过招摇耀眼的男生。大约第一次班级舞会拒绝了他，从此，他也很知趣地再没有请我跳过了。

但今夜，我忘记了一切，身不由己地滑入舞池。

歌声如水，这个夜晚显得有点梦一般的不太真切了。

散场的时候，芯慈的脸不知是兴奋还是劳累，有点潮红，看上去格外妩媚动人。我哪里知道，丘比特的箭已经不偏不倚地射中了她。

我们在食街吃小吃。四两锅贴饺子，蘸醋和红辣椒。芯慈告诉我，刘源约她下周再过来跳舞。

后来我一直很负疚，若不是我的缘故，他们是不可能认识的，不认识，也就不可能有以后的故事了。

芯慈再来我们学校的时候，要找的中心人物不是我了，我这儿只成了她落脚的中间站，甚至到最后连中间站也不要了，直接奔到她的目的地。刘源带她去跳舞，或者看电影，他们也约我同去，自然，我是不会去做电灯泡的。芯慈高兴的时候会给我念刘源的诗，我并不感兴趣。但为了不打击她的积极性，我只好硬着头皮做倾听者。

芯慈变化很大，她过去不注重打扮，总是素颜直发的样子。现在开始用起化妆品来，她问我，什么牌子的口红好。我不由感叹，爱情的力量真强大，它让一个少不经事的小女孩迅速成长灿烂起来。在爱情面前，友谊实在是太寡淡了。女人最终忠于的是男人。如果说友谊是杯茶，那么爱情就是烈酒，是要叫人拼却一醉的。

芯慈义无反顾地奔向爱情，我感到失落。一样失落的人还有一个，就是余葵。他两年的体校已经毕业了，为了芯慈，他在兰市的一家体育器材店里打着零工。像过去一样，他找不到芯慈，就来找我。毕竟是老同学，我很同情他。然而，芯慈几乎不见他，她沉浸在自己的爱情里。

有人说，被爱的人是幸福的。其实，不是。被爱的人是残忍的。她那样无知无觉地伤害了他。

也许这世上本就没有对等的爱情吧。

可是，我却被误解了。班里的同学以为我和余葵是一对。有一次，刘源也似笑非笑地过来问我。我没好气地说，人家是老乡，本来有望和芯慈好的，现在没戏了。刘源很惊讶的样子，仿佛不知道他就是那个让人散失机会的罪魁祸首。

5

大学是恋爱的季节。和芯慈一样，班里的女生一个一个坠入爱河，他们成双结对，出现在食堂、影院、舞厅、图书馆、林荫道……像一道亮丽的风景线。

我却还是名花无主。于是，就有各种各样的流言。

他们说，中文九一班的李棋心高气傲！

有的说，李棋的男友是一个神秘的外校男子。

还有的说，李棋傍上了一个开公司的大款。

……

我一笑置之。有什么办法呢？人总是要被人议论的。

我常想，也许是中学时代的早恋使我产生了相当的免疫力吧，对于一般男孩的情书、殷勤，可以做到刀枪不入了。在我眼里，芸芸众生的男同胞都是阶级弟兄，是哥们，毫无差别。我接受他们的邀请，和他们一起打牌、跳舞、吃饭、泡吧，甚至出入一般大学生少去的社交场所，并且心情好的时候，为他们编织围巾。有一度，我们班的女生都格外贤惠起来，她们买来毛线和棒针，照着花书为男朋友们织毛衣。我也加入女工队伍，不同的是，她们只给唯一的他织，而我，没有专门的对象，我用围巾回赠男生的邀请和破费。据说，我的围巾很吃香，许多男生登门索要。一度，我的手都织出老茧来。

芯慈说我是博爱主义。博爱没什么不好，表示我胸怀广大。有时太钟情于一个人，反而伤怀。那些恋爱中的女生都像着了魔似的，或哭或笑，劳神废思。这滋味并不好受，我知道的。芯慈也瘦了，爱上刘源这种大众情人似的男生注定是件辛苦的事。有时，她来找刘源，刘源不在，她便在我这里枯坐一会儿。而当他出现，那一刹那，芯慈脸上闪耀的光芒，足以让整个房间亮堂起来。刘源知道她找不到他，会来我这儿。当我目睹着他们携手离开，老实说，那一瞬间，即便我这样的泛爱主义者，内心也涌动出一种莫名的寂寞之感。

大三快结束的时候，我认识了一个学经济的研究生。他姓金，和我们住同一栋公寓。在我们学校，学生宿舍历来管理严格，女生住的红楼，男生不得入内，如要约女生得通过电话传呼，或者干脆就在楼下吆喝苦等。一开始我们也住红楼，后来，宿舍紧张，我们九一中文班的女生被调到了后面的研究生公寓。公寓比较新，分南楼和北楼，中间连着教室。住的大部分是研究生和干部进修生，像我们这样的本科生倒是非常少的。我们被安排在最高层6楼。公寓管制比红楼松多了，男生可以随便出入。最让大家欢欣鼓舞的是，我们楼顶的平台，大而宽阔，是露天舞会的绝好场所。夜夜笙歌的日子，在这里就成了现实。这让住在旧宿舍区的学生们羡慕得要死，他们总是不远迢迢跑过来，甚至连外校的学生也慕名而来。而我们近水楼台，反而不赶热闹，等到晚间高峰期过了，才闲闲地上去，练练脚，缓解一下学习的疲劳。

我和老金就是跳舞认识的。他比一般的学生显得年纪大，瘦削的脸棱角分明，像木刻。他告诉我，他是工作了几年后，又来读研的。

一开始，我们并没有什么交往，只是跳舞的时候遇见了，熟人似的多跳一曲。因为都住同一栋公寓，我们遇到的机会就要多一些。

他住2楼。我每天晚饭后，要去校大食堂锅炉房那边提热水。两瓶热开水，提着爬6楼，够辛苦的。老金总是恰到好处地出现，然后主动地替我把水提到6楼。这样的巧遇令我心情大快，到后来，我竟然依赖上了，若哪一天没有碰到，他第二天一定会解释，昨天干吗干吗去了。而若我在特定的时间没到，过后，他也会盘问，怎么昨天没见你打热水？仿佛，他帮我提水天经地义。

公寓楼高，有时水压不够，楼上停水，我们女生就跑到2楼来洗衣服。偶尔碰见老金端着衣盆也在搓洗。老金的洗衣风格令我们笑倒，他泡了洗衣粉，然后把衣服直上直下对着水龙头冲，三下五除二便完工了。我告诉他，第一遍要多浸泡一会儿，衣领袖口最脏，要搓。老金笑道，这话要放在“文革”，一定会被打成反革命的，怎么能影射领袖呢？老金常常会在我跟前卖弄他的博学。

后来老金开始主动约我了，他的邀约也是自然而然的。比如，晚自习后，他上来跳舞，见我还在教室（他竟然知道到教室来找我），就约我一起上去跳一跳。

那个时候，天台的人多半已经稀少了，空旷的广场，没有灯火，只有皎洁的月光或宝石般的星星。几对不肯散去的情侣，随着舒缓的舞曲，交颈抱臂地摇晃，这样的梦似的情景很能蛊惑人，让人不由自主陷入爱与哀愁之中。

“起初不经意的你，和少年不经事的我，滚滚红尘隐约里有你我的传说……”

“夏天夏天悄悄过去，留下小秘密……不能忘记你，把你写在日记里，不能忘记你……粉红色的回忆……”

“往事只能回味……”

这一支支曲子成了我们坠入爱情的背景音乐。直到今天，偶尔听到这些歌，走在路上，我仍然会惆怅停下，想一想我那遥远而不再来的青春。

6

老金原来是有婚姻在身的。按他的话来说，他的婚姻是一段错误的结合。他的妻子对他要求甚高，不满他一个穷教员的身份——他毕业后做了几年教师。他们在一起总是争吵不休。为了躲避也为了证明自己，他考上了研究生。

“我不会回去的了，我要和她离婚。”老金说。

我一度想给我们的关系划上休止符。也许还来得及。凭什么我就这么倒霉，刚想认认真真地爱一次，却遭遇这样一种情形？

而且，天知道，我的损失是多么巨大。

与中学时代的那一场情窦初开相比，再是惊心动魄，肝肠寸断，也只是心理上的。可是，老金却让我的身心一同坠入无法自拔的深渊。

对，就是那间公寓，他的宿舍。他们本来是两个人一间宿舍的，他的同伴常常不在。他买了酒和汽水，还有蛋糕，那一天是他的生日。我陪他喝了酒。他说我酒后的面容如桃花，他抱着我，深吻。成熟男子的气息和酒一样浓烈醇厚，我被蛊惑了。当我清醒过来的时候，床单上有鲜艳的处女红。我哭了。

老金抱着我，说，我爱你。

有一种情缘，它的开始就是个错误。可是，当我们意识到的时候，已经如食了美丽的罂粟花一样，中毒很深了。

芯慈问我，初恋是不是一般都不能成功？她深黑的眼眸充满疑惑和惧怕。她这个样子在过去是极少见的。过去的芯慈，没有陷入爱情的芯慈，总是平静的，恬淡的，她是我的力量。而现在，在她的脸上我常常看到患得患失的表情。她似乎要在我这里寻找支持。

“谁说的？”我问。

“刘源。”

我惊讶，刘源，他为什么要这样说？

“他——是我的初恋，可是，我不知道——他的初恋是不是我——”芯慈幽幽地叹了口气，眼神缥缈。

那时坊间流行着一首歌“不在乎天长地久，只要曾经拥有。”许多人挂在口边唱着，可是，我们做不到那么潇洒。相爱的人，谁不渴望天长地久、地老天荒？

刘源，他知不知道，他的话对一个倾心爱恋的女孩是多么揪心的伤害。他是有意的，还是无意？

我很想去问问刘源。可是，话到口边又缩了回去。刘源向来和我不大对眼，说话总是冷嘲热讽，我又何必自找没趣？况且，他又有什么好？情人眼里出西施罢了。真离开他，对芯慈来说未必不是件好事。爱情让她变得太厉害。我想起曾经芯慈淡定从容的样子。她如何就乱了阵脚？

为芯慈不平，我对刘源更加没什么好脸色了。在班里已很少和他说话，只是偶尔充当他和芯慈的信使。

有一次，上晚自习，刘源突然过来了。他手里拿着两张电影票。那是比较紧俏的一部电影。他说原来是和芯慈约好的，但她要做实验来不了。

“你去看吧。我从系学生会那里好不容易弄到的。”

“——和你？”我惊讶地瞪大眼睛。

“怎么？不可以吗？”他反问，可恶的嘲讽的表情又出来了。

尽管想到老金晚上可能会找我，可我还是鬼使神差地跟着他进了电影院。

是一部伤感的爱情片。在黑暗中，我的眼泪不停地涌现出来。刘源递过纸巾，拍了拍我的肩，没有说话。

散场时，外面的风很大，已是深秋。我回公寓，刘源跟在我后面送。

“李棋——”他突然郑重地叫了一声。

“嗯？”我有些诧异。

他竖了竖衣领，望着我，轻轻笑了，“好冷——要是我也能得到你的一条围巾——”

我怔了怔，一时没有说话。

很快到了公寓楼下，远远地，看见昏黄灯光中老金一个人在楼梯的身影。我转身和刘源摆手，飞快地上了楼。

老金不说话，我知道他生气了。空等了一个晚上，我却和别的男孩看电影去了。他一支接一支地抽着烟。老金的烟瘾很大。

我抢了一支烟，点着，猛吸一口，立即呛得咳嗽起来。

“不会就不要抽！”老金拿走我手里的烟，自己接着吸。

我赌气似的又点了一根。

“你学坏了！”老金看着我吐出的烟雾。

“那也是跟你学的。”

“也许——我不该爱上你——”老金叹了口气，拔掉我手里的烟，将我揽在怀里。“我知道，其实我没有资格，你应该是自由的，你可以结交任何男孩，你可以有好的选择，我不能耽误你——可是，李棋，我没法控制自己的感情，你不在的时候，我想你，看见你和别的男孩一起，我嫉妒万分……我太自私了！”

我将头埋在他的怀里。他的并不宽大的胸怀，却是我难以抗拒的磁场。

“如果我能和别的男孩相爱，那我还会回到你这儿吗？……”我的眼泪溢了出来。

“我会离婚的，你放心。”老金吻着我的眼泪。

可是，我的家人会同意我和一个离婚的老男人在一起吗？我们同时想到这个问题。

“不要想那么多……”他用吻阻止了我的担忧。每次都这样，好像一这样，那些问题就不复存在了。

后来我常常想，老金其貌不扬，年龄又偏大，还婚姻在身，而我，居然对那么多追求者视而不见，独独被他折磨得五迷三道。这到底是咋回事呢？

有分析家指出，爱情如同战争，没有阻力的战争太平淡了。那么，是不是正是那重重的阻力，激起我爱的斗志呢？

我告诉老金，那个和我一起走的男生是我的同学，他是我女朋友的男朋友。本来是和女友看电影，结果没来，怕浪费票，就一起去了。

“他是你朋友的男友？”老金诧异。他似乎认识刘源。这也不奇怪，刘源是个显目的人物。诗人多情，老金说，见过他和别的女孩在一起。

如同受了屈辱一般，我的心绞在一处。我用恶毒的语言咒骂着刘源。老金想不到我的反应这么大。我说，我是替芯慈不平。

7

很多年以后，我读到艾略特的一首诗。“给的太晚，/给了不被信奉的东西；/或者，如果还信奉/也只在记忆里，一种回味的热情。/给的太早，给到了脆弱手里，被认为不需要/直到拒绝引起了恐惧。/想想吧，恐惧、勇气都救不了我们。”

这首诗让我想起我们迷失错乱的青春。

芯慈离开兰市的第二年，我又曾见过刘源一次。那一次我从北京回家，经过兰市，几个留在本市的大学同学给我接风，刘源也在。离开大学校园几年，每个人似乎都有些变化。大家喝着酒，聊各自的境遇，有的已经结婚了，陡然间似乎又是一番人生。他们说，还是你好，继续当学生好。我说，好什么，你们都挣钱了！说到钱，大伙似乎又起了劲，刚毕业的，多数是穷的，而这个社会没钱总让人格外焦虑。

大家说某某分在外地一个酒厂的同学，中了彩票，于是把东家给炒了，自己做生意去了。这样的壮举对于这些中文系毕业的大学生来说，确实值得惊艳一番。尽管那个年头，下海已经不是什么新鲜事了。

又说起班里的女生，几乎都嫁了。而我，年届28，依然待字闺中。他们告诫我，不要再读了，再读成女博士，就没人要了。大家喝着酒，开着玩笑，毕业几年的光阴仿佛不见了，大家还是昨天校园里的大学生。那些时光应该是人一生中最美好的时光吧。

刘源很少喝酒，话也不多，只是不时地把目光扫向我。这个过去班级的活跃分子，现在身为兰市日报记者的他，居然变得沉默寡言。这个现实主义的社会，让曾经反叛的、理想主义的他，遭遇分裂之痛。我曾间或听起同学说起他种种不合时宜的趣闻。诗歌不能兑换钞票。曾经被女生们膜拜的英雄，跌入凡尘。

我也没有多理他，但我知道，彼时彼刻，我们心中都想着一个共同的人——芯慈。

晚上，闹得很夜，各自带着酒气散去，刘源送我回酒店。

彼时，正是冬天，大街上人迹稀少，街灯昏暗。我喝多了，脚有点发软，风一吹，踉跄起来。刘源跟在我身后，做着随时准备相扶的动作。当然，我终究没有给他这个机会。

回到宾馆，胃还是极不舒服，终于冲进卫生间呕吐了，这才好一点。我的样子非常狼狈。让刘源回去，他却如一尊雕塑一样，静静地垂头坐着。

我说，谢谢你送我。回吧！

刘源双眼凝视着我，说，李棋，这么多年，你都没变，你对所有的人都很温柔，唯独对我——

他语调伤感。

“我——真的那么让你讨厌吗？从进大学校园的第一天起，我就被你吸引，可是，你那么高高在上——第一次，我鼓起勇气请你跳舞，被你拒绝。你知道，我内心有多沮丧……后来，你带芯慈来……看在芯慈的面子上，你终于肯跟我说话了。我还记得，我们跳的那一支舞，友谊天长地久……”

刘源陷在对往事的追忆中。我心里波涛起伏。“为什么要告诉我？为什么现在才告诉我？”

“我知道我自己，内心自卑又骄傲，我害怕拒绝……崔健唱一无所有，可是，他敢抓住她的手，让她跟着走。而我，我们，才是真正一无所有，连爱情都不能把握——我错过了，再也不能……我知道你和芯慈要好，我接近她，一再地邀请她……我希望从她嘴里听到你的消息……”

血涌上头，我颤声道，“你——辜负了芯慈——”

为了他，芯慈放弃了毕业分配回城的好单位，留在了兰市，在一家企业里做着化验工。她千方百计想和他在一起。而他，却一而再，再而三地伤了她的心。

刘源点了烟，递给我一支。袅袅的烟雾弥漫开来，他的脸有戚容。

“你说的不错，我是辜负了她——她是个好姑娘，在我认识的女孩子里，找不到比她更好、更美的……”刘源不再说话，他低着头，如被施了法术，催眠了一样。

“难道，你没有责任吗？”他的追问，如一枚锋利的钉子刺进我的心。是的，芯慈，对不起。我们都错了。错得太厉害。

良久，他问我，芯慈现在怎么样？她好吗？

哦，芯慈，我心里痛了起来。她在世纪末的时候离开了兰市，去了深圳。那一年，我们很少联系，不知道她过得好不好。她去那么遥远的地方，为了忘却，也是为了疗伤，甚至于，她也不和我联系。那一个春节，我回老家，特地去了他们家，芯慈母亲说，她没有回来。估计是没钱。他们要给她寄钱，被芯慈拒绝了。芯慈母亲说起这一点，不由抹了抹眼泪。

怎么能不恨刘源？是他逼走了芯慈。

心里也恨着芯慈傻，那么多追求者，为什么偏偏恋着刘源不放？

余葵有一次伤感地说，来生要做个女孩，也要让别人尝尝痛苦的滋味。

傻余葵啊，这世间阴差阳错，哪有对等的爱情？芯慈怎么不痛苦，只是她的痛苦是为别人。

从认识到分手刘源和芯慈断断续续好了五六年。这五六年，分手的事不知道有多少回。每次，都是芯慈不肯放手。

刘源原本就有女人缘，在报社更是交际甚广。芯慈不会和他吵，只是每次来我这里，说，分手算了。我也支持她，比他好的人大把，何必一棵树上吊死。

可是，芯慈还是做不到。她一边伤心着，一边还为他编织着毛衣。

对相爱的人来说，“分手”是最残忍，也是杀伤力最大的词。他们却一再使用。

后来，刘源提出分手。他不见她。

芯慈给我看了刘源写给她的最后一封信，信中，他语气伤感，并说自己最近检查，是乙肝携带者，不宜结婚。

芯慈眼泪汪汪，这样的决绝，她痛彻心扉。为此，她到处查找资料，了解相关知识，寻找秘方。

我却认为，这是刘源的诡计。艾滋病都能结婚，他怎么不能结婚？凭着芯慈对他的感情，就是肝癌，她也是愿意的。何况，这个检查说不定也是骗局。他一辈子不结婚？如果他能做到，那我就真信了。

果然，就在我们这次相见不到半年，就听到了刘源结婚的消息，对方是一位小学教师。

8

时间跨越到2000年，我们的爱情生活并没有像新纪元一样，有个崭新的开始。

芯慈去了深圳，刘源结了婚。而我，也还是老“姑娘”一枚。

老金终于离了婚，可是，却多了一个孩子，是他前妻的。这曾使他们的离婚变得非常艰难和扑朔迷离。而我，不得不承受着这份沉重的道德压力。

我是在大三和老金认识的。那时他研究生一年级。为了能和我在一起，老金通过朋友想办法争取了一个留在兰市的名额，在一家企业做文秘。

那是我们在一起比较愉快的两年。尽管工作我并不满意，杂事太多，老被使唤来使唤去，但一下班，和老金在一起还是快乐的。老金说，他准备继续读博士，一来，是因为兴趣，二来，也是为了避风港。他妻子恨他不挣钱，他索性就继续读下去。等到妻子开口离婚。

在老金的影响下，我开始对经济学也感起兴趣来。老金说，你何不努力努力，考个研究生，将来，我们一起，你读研，我读博，岂不比翼齐飞？我给他说得心动，真就打算起来，业余时间，就跟着老金补习。那两年，是我们最充实的时间。清贫但却快乐。每逢发薪水，我总要拿出微薄的工资，和老金打一打牙祭，还为他买一些衣服用品。钱不够的时候，我就问芯慈借。

芯慈倒也说过我，人家有家庭，还没离婚，你得小心，别赔了夫人又损兵。

唉，清醒的总是局外人，身处其中，哪里会听别人的意见？这再一次验证了，怀揣爱情的女子，无论多聪明，届时也是智障、脑残。

他顺利地考上了北京某著名大学的经济学博士，却没有离成婚，原因是，他妻子怀了小孩了。

这对我无疑是一剂重创。既然要离婚，怎么还能搞出人命？什么道理？！一定不是他的，是他老婆栽赃的！不是吗？在他读研的这几年，他和我在一起，他很少回家，只是每年春节的时候回去。据他所说，他已经不和妻子做那种事了。

可是，这一次，老金居然没有否认。他说，确实是他的孩子！他可以做亲子鉴定。

我快疯了，被耍被骗还有嫉妒激起了我的战斗欲。我又是撕又是咬，与老金闹得不可开交。我咬牙切齿，如果我有下辈子，我下辈子就是用来和你战斗的！

因为孩子的事，老金的离婚变得困难起来。但他承诺我，迟早要离的，他说，他爱的是我。

老金去北京读博的第二年，我才好不容易考上江南一所大学的研究生，本来也想上北京，但自我掂量了一把，还是没勇气，老金帮我介绍了江南那所大学的老师——他的学兄，替我补习，押题。还好，终于勉勉强强录取了。

这与我们原初的设想完全不一样。一个在北，一个在南。读书本就是烧钱的事，尤其对我们，不在一起，不得不把大部分钱拿来铺路或支援电信。尽管老金自己婚姻在身，可是对我却还是蛮小心眼，怕鞭长莫及，我会跟别人好上。

也确实，在那所风光旖旎的江南大学，也不乏男孩子邀约，可是，不知为什么，在我眼里，他们都像小男孩，他们不知道，我的心已经很老，老到只有老金才能与之匹敌。

老金终于离了婚，净身出户，他老婆大约对他彻底失望，他这个博士头衔没有给她带来一点点经济收益。她等不及了。离婚，小孩归她。除了当场拿出抚养费20万元，以后每年都不得少于2万元。

老金自由了，却成为一具副资产。

那20万元，是老金东拼西借，凑出来的。我没有钱接济他，即使有钱，我也不能拿来给他老婆。

我认为他老婆太过分，太厉害了。而老金的软弱也让我生气。他有没有想过我们的未来？

这样长久的拉锯战，我热情耗尽。

9

把我的伤悲我的愁
轻轻注入你眼中
将我的快乐我的痛
斟进你手中酒
把你的希望你的梦
慢慢靠在我怀中
将你的失落你的苦
一杯一杯敬我
人生像醇酒
有时浓烈有时薄
多情岁月滴滴在心头
别让我一个人醉
别让我一个人走
寂寞的路上有你相陪
醒来还有梦
别让我一个人醉
别让我一个人守
漫长的午夜有你相随
明天的爱还要很久

几年后的某一天，我在上海淮海路的一家酒吧里，听着姜育恒的老歌，“别让我一个人醉”，一边听，一边泪流满面。大街上熙熙攘攘，我一个人孤独地饮着微苦的魔卡，一支烟任它烧到了手指。那时，我和老金已经分手了。

没想到，老金是匹黑马，他的经济学博士终于给他带来了效益。给企业搞策划、做分析，写股评，参与一些大公司的运作。他那个圈里有许多著名的经济学家，他开始涉入金融业。在商海里翻腾扑打，20万元很快还清了。

他妻子后悔了，不断带孩子来找他。挟天子以令诸侯，这是他老婆得天独厚的优势。

我那时也去了北京。研究生最后一年实习。老金帮我联系了北京的一家大公司，在里面做财务。北京很大，我所在的公司在三环路之外。与老金并不常见面，他那时忙得紧，说准备买房。

这是好消息。我那时户口还在南方，属于京漂。老金若买了房，我们便能安顿下来了。

有一天，我下班，刚出公司大门，被一名身材高大的妇女叫住了。她一身黑色的衣裙，北京春夏之交风沙很大，她面上蒙着黑色的纱巾，只露出两只忧愤的黑眼睛，我被这一肃穆的装扮怔住了。

那一天，我在附近的咖啡店里泡了一宿，脑海里不断回放着老金前夫人的言行。她说，她和老金认识20年了，他一向穷，她排除万难嫁给他，他读大学，念研究生，读博士，她一直供着。她说，如果不是我，老金会回心转意。她说，她倒无所谓，可是孩子的未来，他不能不管。她说，男人骨子里最重视的还是自己的血脉……

我得承认，女人是最了解女人的，她的话刀刀击中靶心。

我决定离开北京。老金不同意，他说，他就要买房，和我结婚。他带我去各个地方看楼盘，选住址。一度，我以为幸福唾手可得了。

他前夫人的话被我抛到脑后，可是，我高兴得太早，老金在交房产定金时，写的名字却是他儿子的。为此，我们大吵一顿，他说，他对不起儿子，这个房子算是给他一个交代，以后，我们还可以再买新的。

我发誓，我并不是要和一个小孩子过不去，我只是不甘心，我终于明白他老婆说的话是对的。

痛定思痛，我卷起铺盖，离开了北京——这个伤心之地。

“你太冲动，太要强了！”这是后来芯慈说我的话。她为我惋惜不已。“如果爱他，何必在乎那一套房子？他和前妻有孩子，你们结婚了，不也会有自己的孩子吗？”

这一番话是几年前，我们春节回老家，在咖啡店相聚时芯慈说的，那时，她已身怀六甲。

我思索着我们不同的境遇，其实，我们还是和小时候一样，我主动，她被动。我主动地离开，主动地放弃，结果，爱情、婚姻，我一样没抓住。而芯慈，她的离开和放弃与我不同，她是那么不想，不愿，可是，生活却没有给她挽留的余地，于是，她离开，再离开。她是随遇而安，而终成正果。

到底谁对谁错呢？生活有没有最终的答案？

在上海，我混成了“白骨精”——白领、骨干、精英，在一家大企业做商务管理。感情生活却是一片空白——也不能说是空白。我似乎又回到了大学时代，和各样的男子打着交道，有时也各取所需地混一段。老金来过几次，他劝我不要任性，跟他回北京。我们在宾馆里做爱，可是，再也找不到过去的感觉。我不再相信他，而他，也不再相信我。我们只是狠狠地要干掉对方似的。爱情燃到最后剩下的只是灰烬。

10

这就是我的前世。我很想和芯慈说说，说说我们的那些日子。这些年，一直跌跌撞撞勇往直前地向前走，怎么也不肯停下来回头的。青春是一本太离乱太仓促的书，不忍回眸。可是，见到芯慈，往事便不请自来，叙说的欲望也随之高涨。

然而，我并没有得到这样畅快吐露的机会。

芯慈良家妇女般地忙这忙那。

吃罢晚饭，芯慈陪着我沿路逛街扫货，想让林先生带女儿先回家睡觉，暖暖不肯，于是林先生只好先回了。暖暖牵着芯慈的手，蹦蹦跳跳地走着，满脸喜悦。

香港不愧是个购物天堂，每一处都吸引着人的眼球。在上海待了几年，我早已被熏陶成了一个物质主义者，对那些琳琅满目的东西，不由自主地就要凑上去。芯慈做着翻译和向导。一圈扫下来，我手里已是盆满钵满。

逛街总是不觉得累，直到坐下来，才发现自己腿脚早已麻木了。

芯慈招呼我去糖水店歇歇，喝杯糖水。

晚上喝糖水，也是香港人的习惯之一，就如同他们的早茶和午茶，生意都是红火的。

我们分别要了西米露、红豆沙，还有爆冰、榴莲斑戟、双皮奶。店里冷气很足，芯慈给暖暖穿了外套。她是个细心的母亲。

时间不早了，看到暖暖打了个呵欠，我不禁自责，这么晚不该劳烦人家跟着陪的。芯慈说，没关系，周末，不用起早的。

回到家，林先生大约已经睡了，没有出来。芯慈给暖暖洗了澡，哄她上床睡觉。

我靠在外面的沙发上，芯慈在给暖暖读着故事，安徒生童话。她说，暖暖每晚必须听故事才能睡得着觉。我真是佩服芯慈的耐心。她已经读了好几个，我听到声音渐渐小了小去。估计娘儿俩都睡着了。

我也困倦，去了芯慈给我收拾好的屋子，头抬着天花板，却又一点睡意都没了。

屋外，不时有巴士碾过的声音，在安静的午夜，显得格外的惊心。

芯慈怎么就能睡得着呢？这样处于市声的环境里，她居然能安之若素。好多年前，我们还在兰市的时候，她在工厂住宿，说工地吵吵嚷嚷，睡不好。

那一阵子，芯慈不断消瘦。我想，也许不仅是噪声，更是因为刘源吧。爱情就是一场疾病。那时，她病得不轻。我还陪她去医院的神经科开过药。

时间才是一服良药啊！有家有口的她再也不会因为机器的声音而睡不着觉了。应该为她欣慰才是。

直到天亮，我才蒙胧睡去。

睡得并不安稳，听到客厅有小声的说话，以及窸窸窣窣的动静，接着又是一阵关门声。我起床。芯慈见了，忙说，你怎么起来了？没睡好吧？继续睡。

当然没睡好，可是，我已睡不着了，也不想睡。

“那——就起来先吃点。我买了面包，等暖暖醒了，我们再去喝早茶。”芯慈一边说，一边为我冲起牛奶来。

“林先生呢？”我问。

“刚出去，上班去了。”

“周末也上班？”

“他那个公司是轮休的。”

我洗漱了一番，出来，芯慈已经给我冲好了麦片牛奶，把面包和花生芝麻酱递到我面前，她说面包刚烤出来的，热烘烘，蘸酱很好吃。她和暖暖每天都以此当早餐，百吃不厌，面包每天换不同口味。

果然很香。我想起小时候，在老家，我们在田埂上扮家家，芯慈像个小厨师样，烹饪菜肴。一晃20多年了，那个时候是扮家家，现在真的是过家家了。时间就跟做梦一样。

暖暖还没醒，我们坐在沙发上，一边吃，一边聊天。我还是忍不住八卦，问起她和林先生的相识。

芯慈说，那时在深圳，在一家港资企业打工，认识的林先生。他们是同一家公司，他在香港，经常过来，搞供应。这边接洽的正好是她，一来二去就熟了。林先生年纪比较大，以前结过婚，娶的也是内地妹，江苏的，那个女的原来有男朋友，为了去香港，毅然抛弃了男友，到了香港，结婚没几年，就和林先生掰了。原来林先生是被当了一回跳板。

当林先生和芯慈交往时，周围的小姐妹劝告芯慈，说香港男人很坏，你不知道他的背景，许多在香港有老婆，到这边是包二奶的。别被人家骗了。

芯慈想，自己还有什么可骗的呢？一颗荒凉的心，早就千疮百孔。

深圳，她待了几年，关内关外，换了好几个工作，并不容易。

“当一个人生存还成问题的时候，思想就简单很多。”芯慈说，“深圳，这样一个移民城市，每个人都是疏离的，看上去，人山人海，可是各不相干。你的孤独、寂寞，只能独自一个人消化。”那个时候，很怕黄昏时的万家灯火，茫茫人海，举目无爱，这是一个没有爱的城市。芯慈叹息着。

和林先生相识不久，他就租了一间房子。这是芯慈在深圳拥有的最大的一个空间，那些年，她不断地漂泊，居无定所。也认识一些男孩，他们一个个都是不安心的样子。林先生给了芯慈一种久违的安定感。她知道，林先生不是富翁，也曾被伤害过，对内地妹其实是有一种不放心的，可是，他还是愿意试一试。她为什么要拒绝呢？这个荒凉的人世，是需要互相取暖的。

芯慈把小屋布置得很温馨，买了碎花窗帘，陶瓷花瓶，插一些香水百合，在灶台上烧锅，两个人，两副碗筷。这种寻常人家所过的日子，令芯慈有一种重生的温暖。

11

暖暖醒了，打断了芯慈的叙说。

“来了，来了，宝贝——”芯慈一迭声地应着暖暖的呼唤，进了睡房。她的声音透着无比的娇宠，是一个母亲本能的展现。有家，有孩子还是好的。这一生一世，真正拥有的不过就是这了吧。那么，从前的不顾一切的爱情，隔着一段遥远的岁月来看，实在是太不算什么了吧？

我突然无来由地伤感起来。

要不要把刘源的事告诉她？

我是在两个月前听同学说刘源得了肝癌的。兰市的老同学都去看他了。

我也去看了他，瘦得很厉害，手术后，刚做完第一次化疗。病床上这个脱了形的人，一下子令我眼睛湿润起来。这是那个曾经潇洒俊逸，骄傲得像王子的那个人吗？这是那个舞会上翩翩起舞的人吗？这是那个曾让芯慈爱恨交织，愁肠百结的人吗？……生命实在太过脆弱。

“你看，芯慈她没嫁给我是对的吧？”躺在床上，他居然还开起了玩笑。

他的妻提着保温盒进来了，这是一位长相平凡的女人，她麻利地在旁伺候着他。跟我说，他喜欢喝酒，是喝酒喝坏的。

我突然想问，她知不知道他曾是乙肝携带者。

她说，结婚前他曾告诉过她，还说，他不想结婚。可是，她问了父亲，她父亲说能，她父亲是医生。

刘妻眼睛红红的。

我不忍多问。刘源，你为什么让每一个爱你的人伤心呢？

我和他妻子的对话是避开刘源的。

他们的认识，是几年前的一次学校采访。她像许多女孩那样，轻易就爱上了他。那个时候的刘源，身上有一种沧桑忧郁的气质，让她忍不住想关怀他。

大概是太疲累了，刘源终于走进了婚姻。一年以后，他们就有了小孩。

"李棋，我的前生是不是太坏了，所以，才有今天的报应。"躺在床上，刘源虚弱地问我。

"不要瞎说了，好好养病。"我忍着泪。

他又提起芯慈，他说，他想见她。"也许今生就来不及了。"他的语气里有无比的留念。目光一直直视着前方，仿佛那里有一位青葱少女在浅吟低笑。那女子就是芯慈。

我想，我还是应该告诉芯慈。来香港的目的之一不也有此因素吗？

12

尖沙咀。这是我离开香港，芯慈带我逛的最后一站。

那个传说中的维多利亚海湾，耸入云霄的摩天大厦，异国情调的星光大道，一下子扑入眼前，变成了身临其境的真实图画。

一个有海的城市实在是太美了。这个弹丸般的地方，因这汤汤满满的大海而变得浩大，变得深沉。

夜色中，隔岸的楼群灯光璀璨，它们互相攀比着插向夜空。芯慈指着告诉我，哪一座是中银大厦，哪一座是会展中心。烟花不时腾空而起，像一个个来不及捉住的美梦。

夜色中的尖沙咀风情万种。沿着长长的星光大道，一个接一个的明星手印，吸引了许多游客的目光。"刘德华""梁朝伟""陈慧琳""成龙"——人们高兴地发现着目标，驻足留影。还有李小龙的雕塑。一个个传奇的名字，是这个神奇城市的一部分。

除了这些未到场的明星的手印，吸引人的还有许多街头艺术家。他们三五成群，或弹或唱或跳，有金发碧眼的美欧人，也有肤色黧黑的中东人。一群年纪不小的女人此刻正在奔放地跳着热舞，不时有人加入其中。这份自由挥洒的激情很容易就感染了行人。人生苦短，跳吧，唱吧。

海风醇醇地吹过，将我们的长发和风衣吹得飘扬起来。

明天就要回去了。

该说的，已经说了。听到刘源得了癌症的一刹那，芯慈整个人还是呆住了，她半晌没有说话。

“没有嫁给他是对的。”芯慈仿佛没有听到我说什么。我又说了一遍，告诉她，这是刘源说的。

芯慈眼泪涌了出来。

她把暖暖交给了林先生，说晚上陪我去尖沙咀逛逛。

“我刚来香港的时候，总爱来这里看海。”芯慈说，“站在海边，那些平时看起来巨大无比的幸福或痛苦，渐渐就被稀释了。我们活着，然后死去，仿佛从来没有活过一样。而这大海，它一直存在，一直存在，它将载着渺小如微尘的我们，汇入这自然大化之中。”

芯慈说，她不回去了。那个人，对她只是前世的一段插曲。

我没想到芯慈这么绝情。她曾经是那么深那么深地爱着那个人。

“谁年轻的时候不曾有过爱情呢？这一辈子，我们要相遇许多的人，可是，相守的却只能是一个。十世修来同船渡，百世修来共枕眠。有的人，今生无缘，是我们的修行不够。而人世间最大的恩情，应该是夫妻吧！是柴米油盐一点一点堆出来的日子。在你生、老、病、痛的时候，能陪伴你的，守在身边的大概也只有你的妻和夫了。”

她这样说着，我不由就想到了刘源床前的那个女人。是的，今生今世，也只有她能守在他身边，伺候他了。

“其实，刘源——他曾经——喜欢的是你。”芯慈望着我，良久，叹了口气，“可那时，我却一直陷在自己的爱里，看不清真相，或者说不愿意面对真相。如果，我早一点退出，说不定也就是成全你们了。”

芯慈再叹了口气，又笑道，“也不尽然，你们——都太骄傲了。”

我握住芯慈的手，她的手很凉，我深吸了一口气，“不，芯慈，不是这样的，他爱你，我知道的，他后来一直在追悔——”

“其实，爱，或者不爱，今天看来，已经不重要了。”芯慈把目光投向大海，夜色中，海水泛着幽深的蓝光，浪花不时拍打着海岸，我们犹如站在一艘巨大的船上。人的故事置身于这样的背景下，何其渺小，悲欢离合如风中之烛。

13

我是第二天傍晚离开香港的。

芯慈早上6点就起床了，她要赶去一家酒店上班。因为我的到来，她跟老板请了3天假。“现在经济不景气，不好揾工呢。”

我感到抱歉，问她，会不会被老板炒掉？

芯慈道，“那倒不会。”她说，她也经常会请假的，比如暖暖有什么事，学校有什么活动时，她都会跟老板调休或请假的。

我不知道芯慈在酒店具体做什么，她学的是工科，似乎怎么也和酒店联系不上。

芯慈伸出一双手，在我面前晃了晃。“还谈什么专业？这双手现在就是干粗活的。”

我觉得很失落，她，原来是要当居里夫人的啊！

芯慈说，林先生让她别上班，就在家带孩子。她还是觉得出来做点事好，多挣一点钱，为暖暖，也是为自己。

两个人都上班，就辛苦点。为了照顾到家里，她选择上早班，每天6点多就去，到下午才回，这样可以赶上去幼稚园接孩子，回来再做晚饭。

“太累了！”我忍不住说道。

“咳，我这人本来就不是什么富贵命的。”芯慈笑道。

我却心里很痛。她曾是多么优秀的学生！

芯慈硬要送我。她让我等她下班。

白天，我去附近的街头闲逛了逛，给暖暖买了一套绘画工具，小家伙很喜欢画画，家里贴着她许多的作品。行李早已经收拾好。

芯慈回来时已是下午4点多，一脸风尘仆仆的样子。她怕我急。我替她理了理额前的乱发。

“我们去接暖暖吧。”我说，她上幼稚园，该放学了。

“不用，我已叫她爸去接。”芯慈帮我拉起行李箱。我们一起坐车去旺角车站。芯慈说，那里有大巴，可以直接到深圳湾口岸，不需要从罗湖再转。她打听了我在深圳订的酒店地址，选择这条线路。

环线巴士戛然而止。旺角很快就到了。

冬天，天黑得早。明晃晃的太阳已坠入密集的楼群之后，西边的建筑笼罩在一团橙色的红雾中。我有黄昏忧郁症，太阳一落山，心就无由的悲凉起来。

旺角是个火旺热闹的地方。四周的高楼店铺，似乎要将暮色极力推到九霄云外，红红绿绿的招牌都亮了起来，它们尽职地要替太阳上着夜班。楼群底下是熙攘人群。

穿过一个路口，又穿过一个路口，在一栋大厦背后，就是汽车站了。我总是迷惑，香港恐怕是最会空间布局的地方，有谁能想到大厦的屁股后面就藏着停车场呢？亏得芯慈，否则我八辈子也找不到这么个地方的。

有几个穿着制服的工作人员坐在栏杆边检票，还有几个乘客在一边等候。到深圳的车，一小时就有一班。票在大厦的受理窗口办。

芯慈让我等着，她去里面帮我买票。南国的冬天，气温反差大，站在路口，风袭过来，冷入肺腑。我不喜欢车站，不论什么地方的车站。

芯慈回来了，手里捏着票。“还有一个小时哎。她爹刚打电话来，说暖暖要过来送你呢。”

“呵！她也要来？”我摇头笑道。

我们在路旁的茶餐厅坐下，要了一杯奶茶和三明治。

芯慈是想请我吃了晚饭再走的。我告诉她，深圳那边晚上有客户接风。

我问她，过年回不回家。芯慈说，过年香港只放几天假。本来打算圣诞回去，可是，这边林先生妹妹一家从英国回来，要见暖暖。也许要等到明年再回了。

明年。唉，什么时候能再见？

可以QQ或上MSN。我说道，地球不是已经成了一个村了吗？何况香港还是我们一个国的。

芯慈点点头。其实，我心里明白，她是不会上的。世界纵是一个村，她也宁愿一个人孤单着。

我又想起刘源。他们还会再见吗？

沉默了片刻。她也是想起了他吧。

芯慈拉住我的手，说，“见到他，告诉他——我很好。请他保重！”她的眼里有波光闪烁。

我点头。

时间是一条缓慢而不更改的长河，当我们相见，往日时光又重现了。而昨日，也许正是我们刻意要忘却的啊。

暖暖到了。

林先生跟着后面，微笑地把暖暖递过来。

我抱起小家伙。“谢谢你，来送阿姨。这么重感情，阿姨都舍不得走了。”

暖暖笑眯眯地将小脸蛋贴在我脸颊上。

我们走到车站口等。

“想不想回妈妈的老家？”我问。

“想。”

“我带你回去好不好？”我逗她。

暖暖动心了，她扭过头看芯慈，仿佛只要她一下命令，就可以走了。

“现在就跟阿姨回去吧！”

“妈妈也去。”暖暖不干了，把身体扑向芯慈。

一辆簇新的空调大巴到了。乘客迅速地排队上了车。我提着行李跨上车，刚坐定，车便启动了。

窗外，芯慈一家三口站在那里，向我挥手。车很快就拐出了闸口。我转头，再转头，看见芯慈抱起暖暖，跟着林先生离开车站，他们的身影越来越小，直到看不见。

许多日子之后，我一直记得这一幕。

那个深冬的晚上，繁华盛大的城市，芯慈单薄的身影，她一个人离家千里万里，像一叶漂浮的苇草。幸而身边有林先生，他牵着她的手，带着孩子，他们一起缓缓上路。面前是一长串人世的日子要过，她会喜欢的。

想到这里，我的眼睛总是湿的。

14

刘源是第二年秋天去的。他走得很快，就像秋风吹走的一片落叶。

我从南方回去，又见了他一面，那是最后一面。

他知道我去了香港，也知道我见了芯慈。可是，他什么也没问。

我告诉他，芯慈很好，孩子5岁了。她让他保重。

刘源欣慰地笑了。

他说，“李棋，真奇怪，你跟我说话的时候，我脑子总不受管地就走神，老想着过去的情形。”

他给我看在病床上写的诗，他好久都不写了。

“这一生，我似乎总在寻找，心总是不定，而现在，我的心定了。”他说，他老婆最喜欢王菲的歌——细水长流。“我放给你听——”

雪花绽放的气候
我们一起颤抖
会更明白什么是温柔
还没跟你牵着手
走过荒芜的沙丘
可能从此以后学会珍惜
天长和地久
有时候有时候
我会相信一切有尽头
相聚离开都有时候
没有什么会永垂不朽
可是我有时候

宁愿选择留恋不放手

等到风景都看透

也许你会陪我看细水长流

歌声里，他的面容安静，仿佛睡着了。他妻子说，刚刚打过吗啡，现在不痛了。

芯慈第二年冬天带着暖暖回来了。她来的时候，刘源已经走了。我们一起去了墓地，我给他带来了一条白色围巾，是我自己编织的。白色，是他喜欢的颜色。芯慈捧了一把黄菊。我们将围巾和菊花放在碑前。四周寂静，冬青树纹丝不动，天是晴冷的，阳光淡淡地斜照过来，白的围巾和黄的菊花，显得格外耀眼，一如我们曾经绚烂的爱情。

无病呻吟

1

课前的喧闹随着铃声威严的长响，终于戛然而止，没有人在教室外晃动追逐打闹了，大家都待到自己应该待的位子上。

令人望而生畏的安静！

她迟到了！这可是教学事故！校园里的寂静变成巨大的空气负压，压得她大气不敢出。

……快跑啊！快！步子却那么滞重……

李鹭大喘着气，急醒了，一个鲤鱼打挺，直愣愣地坐起来，由于起得太猛，脑袋眩晕，她不得不用手支撑着床。卧室是昏沉沉的暗淡，分不清楚时辰，仿佛跌进无涯里。摸起摆放在床头柜上的手机，意识慢慢地回转过来了。今天是周末，不用上班，现在也不是早上。她没有迟到！太好了！

手机时间显示：14点45分。她可以继续安然地昏睡下去。

每到周末，都是李鹭补觉的好日子。由于生物钟的惯性，早上7点不到就醒了。这中午的一觉算是缓解了她一周的困倦。只是，由于睡得太沉，忘记了是周末，被吓到周身发热，又出一身冷汗。

都怪刚才那个破梦！

近来她老做这一类变态的梦。不是上课迟到，就是站讲台上，没有任何思想准备，领导们却突然来袭听推门课；要不就是在一个依稀熟悉的学校里奉命监考，兜来转去，竟找不到教室……

总之，都很吓人。

其实，作为一名有着10年教龄的“老”教师李鹭，对于工作早也驾轻就熟，要说犯那一类低级错误，几乎是没有的事。

当然，险情也有过。印象深的有这么几次，刚来桃花中学时，她还年轻，有一次下午第1节课，她睡过头了——那时怎么瞌睡那么大！醒来离上课只差10分钟，她以百米冲刺的速度，在钟声落定的最后一刹那，冲进课堂，上气不接下气。

还有一次，她看错了课表，下午第2节课，她以为第3节。教务主任从图书馆找到正在看报纸的她。还好，主任看她那副惊呆了的充满自责的样子就没有再批评她了。李鹭很感激当时教务主任的宽容。这以后，她仔细多了。

10年里头犯个把两次小错误，几乎可以忽略不计。学校里哪个老师敢保证自己像瑞士钟表一样，从不走错？

就是机械，偶尔也会出故障。

还有出洋相的呢。

大个子物理老师，有次正起劲地讲着串联并联，发现同学们的目光都齐齐地转移到下方，一低头，原来是裤子拉链没系上。他的外号从“大”老师变成了“太”老师。

斯文的语文老师，向来字正腔圆，正确得就跟新闻联播一样，可是，某一天，不知搭错了哪根神经，口误一个接一个……

严谨的数学老师讲了整整一节课后，发现自己走错了班级，另一个本来应该上这个班的老师被他理直气壮地赶到隔壁教室……

这样的例子不胜枚举，回忆起来都是茶余笑资。

来到桃花中学，一晃就是10年。李鹭已经混成教坛一枚老兵了。“不想当元帅的兵不是好兵。”她的老师曾这么教导她，她现在也这么教导自己的学生。不过，李鹭知道自己不是好兵。她不想当元帅，连班主任都当不好。她教的是历史。这门课的地位比上不足，比下有余。在中学最吃香的是语数英，最轻松的是音体美。她介乎中间，这也决定了她不大可能成为万众瞩目的“元帅”。她当过两年班主任，名副其实的“孩子王”，那两年把她累得够呛，她觉得自己不是做班主任的料。那个班很淘，捣蛋孩子多，她自嘲是动物园里的饲养员。后来当警察的老公找了学校领导，豁免了她班主任的帽子。班主任的好处其实也有很多，比如：有一笔数目不小的班主任津贴、评优评先评职称的重要筹码等等，更不消说还有来自学生家长那边的巴结贿赂。尽管如此，愿意当班主任的还是不多，现在小孩难管呢。那些不想当班主任的，就很羡慕李鹭，有个当警察的老公出头为老婆做主。大家也不好嘀咕啥，李鹭老公作用大。同事们谁的车违个章、犯个规，驾照年检，办户口港澳通行证之类，遇到麻烦事，都用得着他。故此，李鹭是这么些年来，学校唯一不当班主任的年轻老师。也因此，她无法成为“元帅”。许多跟她年纪相仿的，正逐渐成为学校中坚力量、骨干班主任。李鹭还只是一名普通教师。

虽不是元帅，李鹭也不能算孬兵。她业务还行，讲课学生爱听，工作也认真尽责，从不违反劳动纪律，对于学校的一些教学活动，如公开课、教研课，也能积极参与。学生的考试成绩在年级排名不俗。要么不做，做就把它做好，这也是李鹭的原则。从小父母要求高，她就像匹被鞭子追赶的小马，只有不停地快跑。“逆水行舟，不进则退！”每次学习成绩一下滑，父母的这句紧箍咒就让她浑身发紧。唯恐落在后面是她根深蒂固的潜意识。这个社会永远都是在进！进！进！她又怎么能退呢？

在学校里，不当班主任，就有些不求上进了，她必须在别的方面让人无话可说，让人轻视不得。

10年过去，李鹭从一名青涩的初出茅庐的年轻教师成长为一名波澜不惊的“老”教师，她安于自己现在的局面，也从没出过什么令人没面子的纰漏。

可是，最近这么一段时间以来，她竟然连续做一些诸如此类的噩梦。太不可思议了！李鹭不由想起从前。从前有一段时间，她老做高考的梦。梦里，高考卷子写不完，或者，要考数学，那些题目全忘光了……每每从噩梦中醒来，她欣慰地发现，已经不用再高考了。

要用多长时间才能平复曾经的噩梦啊！

有一天，李鹭在办公室讲起自己的噩梦，让她惊讶的是，居然得到好几位老师的呼应。原来，大家都做过这样的梦。

2

想睡也睡不着了，李鹭起床，走到窗子边，将遮得严严实实的米色条纹窗帘拉开，三月的阳光好像在外等候了很久似的，立即争先恐后地扑涌进来。楼下是泼墨般地一重重深绿浅绿，树叶们开始了一年一度的交接仪式。这是岭南春天独有的景象，他们的叶子要到春天才落。一边落一边长，风中飞舞的黄叶，恋恋不舍地在空中盘旋，欲语还休的样子。远处，街边的广玉兰也开花了，玫红、柔白，一颗一颗，巍巍然，俏生生，煞是美艳可爱。

如此大好春光，李鹭把它们关在外面，兀自埋头大睡。还不惜拉起窗帘，制造成黑夜的假象，好让自己睡得更香。“是不是老了？早更了？”李鹭抱怨道。“早更”这词，是学校里女老师挂在口边的咒语，40岁的说，30岁的也说。例假不正常，脾气暴躁，都让她们以此为遁词。李鹭对现在的自己很不满意。搁在以前，她啥时躺下都能睡得着。住10层的高楼，宽大的玻璃窗就像一面天然的画框，躺在床上，从画框里能看得见蓝天白云，还有偶尔飞过的雁群。站起来则可以看到远处的海景、香港的楼宇和黛色的山峦。低头则是浓密的绿茵、不同季节的花卉……以前，她是可以欣赏着画框进入梦乡的。

而现在，她怕声音，怕光，睡觉必须将门窗关得严实。许警官笑她成了林彪。对于老婆最近一系列变化，许警官也深有感触。过去，他执行任务，多晚回来，老婆都没意见。现在，只要超过11点不回家，她就关起门，不让他进卧室睡觉，说怕惊扰她的睡眠。而且，不准他发出一点声音。有一次，他回得晚，精神还好，就在客厅看电视，声音开得很小，却冷不丁李鹭愤怒地睁着熊猫眼从卧室出来，站在了他面前，声讨他，“还要不要人活？你搞这么大声音，我怎么睡得着？明天还要起早打卡！”

许警官乖乖关了电视。虽然在外面威风凛凛，在家里，许警官绝对算得上好老公一枚，他比李鹭大七八岁，处处宠着李鹭。李鹭说一，他不说二，李鹭不想当班主任，他就出头替她摆平。可是，“打卡”的事，他无能为力，一个外人怎好对别单位的规章制度指手画脚的。

都怪这“打卡”，李鹭现在动不动就把这词儿抬出来吓唬人。

许警官思来想去，李鹭的变化就是从“打卡”开始的。这是桃花中学的一项新举措，吸取的企业管理经验。桃花中学换了新校长，新校长上任一年，搞了不少改革，其中第一项就是在全校实行打卡考勤制。他说，有个别老师工作懈怠，目无组织，纪律涣散，有课则来，无课则走，学生在学校问问题都找不到人。“我们是中学，不是大学，中学老师必须坐班。”其实，过去桃花中学也坐班，只是没这么严，老师们有什么事出去一下，只要不影响上课，也没什么。新校长认为必须制度化，否则不能保证纪律。他规定每天要打4遍卡，早上7点40分之前上班，12点之后下班；下午2点之前上班，5点半以后下班。考勤不定期公布，没打卡的按缺勤处理，要扣钱。

这一新举措推行得并不太好，桃花中学的老师们虽没有谁公开反对，但实际上都采取了“非暴力”“不合作”的抵抗态度。打卡就能衡量工作好坏、效率高低吗？君不见，许多老师白天工作忙不完，回家还在批改作业、备课？那算不算加班？不负责任的老师，即便是待在学校，他也可以上网炒股、看电影、打拖拉机、下棋。怎么能用此来约束老师呢？何况也约束不住啊。上有政策，下就有对策，有些老师不来，把卡交给别人代打。你能查得过来？

打卡机放在门口，老师们有时记性也不好，不是上班忘了打，就是下班忘了，也不排除是故意忘记。领导们就替老师想了补救的招，若忘了打卡，可以去办公室登一下记，说明情况，不算缺勤。久而久之，老师们也就把这事儿当事儿了。进门出门都条件反射似的朝打卡机上刷一下。当然，代打卡现象也存在。制度是死的，人是活的。还有人，打了卡，出去办事了，到下班的时候再来刷一下。活人不可能被尿憋死。卡是卡不住他们，能卡住的就是像李鹭这样胆小的规矩人。

李鹭当然也不喜欢打卡，尽管不实行打卡的时候，她也从没有无故迟到早退缺席旷工之类的不良记录，但某种意义上，还保留着一份可以偶一为之的自由。比如，出去办个事，偶尔哪个下午没课，逛一下街，也都是可以的。

而现在，她感觉某种权利和自由被收回了。以她的性格，是不喜欢做打破规章制度的事。那就只有服服帖帖地接受管理啰。

以前早一点迟一点，只要上课不迟到，就没什么要担心的。可现在，她总担心打卡过了时间。办公室不时公布打卡记录，每个人到校、离校时间清清楚楚，精确到秒。你早，我比你还早，你晚，我比你更晚。上进的老师总有不少。李鹭不想太落后，因此，睡觉就挑剔起来。“打卡”成了阻挡许警官干扰她休息的杀手锏。

许警官有时也很愤然不解，抱怨老婆小题大做，不就是个打卡吗？搞得跟江青似的，不能碰了。

“我看你有心理毛病！应该去看看心理医生。”许警官说。

“呸！你才心理有毛病。”

“有毛病很正常，现代社会，谁心理没毛病？我们警察也有，定期都要请专家给大家上心理卫生课的。”许警官滔滔不绝地说开来。

李鹭听得烦。哪壶不开提哪壶，她很忌讳“心理疾病”这词。她觉得要是身体毛病还好办一些，吃点药能医得好。心理毛病，那是什么？神经病！广东人叫“溹线”！

学校有个心理咨询室。心理老师小何是学校招来的临聘老师，来了有3年了，专职搞心理咨询，建了心理虹桥。偶尔给学生开一开心理辅导讲座。

李鹭过去从没有留意过那个藏在角落里的心理咨询室。在桃花中学，那间小房子太不起眼了。老师们都按年级组办公。一间大办公室，同一年级的老师坐在一起，便于交流各班情况。年级组之间也不时串串门。比如同学科的老师交流问题，开科组会，交叉出题命题，等等。因此说，教师群体之间还是来往密切的。只有小何是独立大队。她单独一个小房间，心理学科是副科中的副科，不用问成绩，不用比分数，老师们一般也都想不起来她。

自从怀疑自己心理有毛病之后，李鹭有意无意地走过心理咨询室时就忍不住多看两眼了。跟年级办公室的热闹境况不同，小何办公室都静悄悄的。她总一个人安静地待在电脑台前，不关世事的样子。李鹭有次走进去，她想跟小何聊聊心理疾病的话题。又觉得这么年轻的女孩，实在不像能解决自己心病的。

李鹭一进去，小何立即客气地站起来。她对老师都很恭敬。

李鹭随口问道，你这里有什么心理方面的杂志吗？

“有啊！”小何转身从后面的柜子里抱出一摞杂志书籍。

《大众心理》《中学生心理漫谈》《教育心理学》……

都是关于青少年心理健康的。

"有学生来进行咨询的吗？"李鹭很好奇。

"有啊。"

"学生们一般都有什么心理问题呀？"

"早恋啊，学习压力大啊，与父母关系紧张，和同学关系紧张啦等等……"

李鹭"哦"了一声，她想不到还真有学生会来进行心理咨询。

"他们什么时候过来呢？"总不会上课时来咨询吧？学生的课表都排得满满的，一天9节课，从早读到下午最后一节自习。结束的时候都该下班了。上课是第一位的，没有老师会让学生牺牲学习时间的，反正她的课上从没有学生跑出去。而且，学生们也要面子，他们恐怕也不会让别人知道自己去看心理老师了。

"课间、课后都有学生来的。"小何说道，"上课时间也有学生来啊。班主任那儿一般都有反馈。"

原来是这样！看来不当班主任确实对学生了解少一些。现在学生比自己要大方很多，他们懂得来心理咨询。

李鹭很想问一问关于成人的心理问题，却怎么也开不了口，她甚至怕小何看出她有问题，就装着满不在乎地说，"最近在写一篇论文，要用到心理学上的资料，你这儿的书能不能借我看看？"

"可以啊。"小何答应得很爽快。

李鹭捧着几本杂志离开时，感觉小何在她背后投去疑惑的一瞥。

3

为了加强教学管理，学校还采取了另一项新举措，就是把每间教室的摄像头打开，以便随时调看课堂动态。这摄像头还是好几年前装的，那时桃花中学刚被设为高考和中考考场。按教育局要求，必须配备摄像监控。不过，除了每学期大考的时候开一下，平时都闲置着。现在领导们想起了它。

有摄像头太方便了，可以解决许多问题。以前怎么竟没有想起来呢？

桃花中学的领导们为了解课堂教学情况，经常深入一线，在各教室间巡查，老师是否迟到，教学是否认真，课堂是否严肃活泼。领导们实地考察。这虽然也有效，起到一定的监督作用，但毕竟有限。只知其一，不知其二；只知片段，不知全貌。况且，领导再勤快，腿脚再长，也不可能在很短的时间内跑遍全校的班级。你前楼跑完，后楼老师迟到了，你也不知道。现在，有了摄像头，就一目了然了。谁晚来，谁课堂乱，谁不认真，谁的班级发生问题，都清楚了。

摄像头的好处在于，铁证如山，要赖不得。过去总有教师，你批评他（她），他（她）不服，不承认，现在没话说了吧。

领导们也省却了挨个教室巡视的辛苦。当然，领导们也是不怕辛苦的。即便有录像，他们也还是愿意去亲自看一看，走一走。书声琅琅，秩序井然，听着舒心，看着惬意！

双管齐下，教师就不敢懈怠。管理起来可真是立竿见影。

摄像头还可以带来意想不到的收获。那天，初二（8）班的语文马老师课间去了一下厕所，回来放在讲台上的教参就不见了。马老师大发雷霆，肯定是学生恶作剧藏起来的，找了几个在讲台前玩耍的可疑分子，却死不承认。马老师大喝一声，调录像来看。学生就乖乖认了。

摄像头的威慑作用可见一斑。

学校派一名教务员专门负责看录像，发现问题及时公布。

有一天，摄像头反馈：

初二（10）班自习课，教室里没人。

初二年级长一看教师QQ群里的公布，立马站起来找人。10班自习是由小谢老师看的，他人呢？不在办公室啊。

其他没课的老师也都站起来寻找。小谢老师是很认真负责的老师，怎么会忘了看自习？“我去替他看吧。”10班的英语老师补救道。关键时刻，战友们懂得互相保护。

早有老师跑过去了。回来笑道，“小谢老师在教室呐。”

原来摄像头有盲区，小谢正好站在盲区内，没有照到。

还有一次，摄像头也闹了笑话。班上学生在做作业，一个个头不高的老师坐在学生位子上，给一位学生讲题。摄像头没认出来。

又有一次，早读课。学生们齐齐地在读书，语文老师叫一名学生在走廊里谈话。摄像头汇报教室里没人。

大家就开玩笑，为了保证公正无误，最好教室再多装一个摄像头，把走廊、办公室、厕所连带也都装上。

当然是笑话。

不过，学校倒真是增加了几个摄像头，分别装在电梯、图书馆、阅览室，凡是能想到的可以放的场合都尽可能装上了，美其名曰全方位无死角管理。

摄像头就像眼睛。学校一下子多了无数双炯炯有神的眼睛。

其实，李鹭并不惮于眼光。当老师的，如果怕别人看，还站什么讲台。老师就跟演员一样，带有一定的表演性。别人看得越专注，讲得就越带劲。像那些公开课，那么多人盯着，李鹭不也是表演自如吗？

但是那种“看”跟现在这种“看”是有区别的。那是面对面的，能对话的能碰撞的，有温度的，是尊重的目光，是工作，是职业，是有准备的“被看”。而现在，这眼光高高在上，悬在头顶，藏在背后，不打招呼，冰冷无情，甚至带着找茬的恶意。

李鹭不习惯这样的“眼睛”。她感到浑身发热，仿佛被这些无处不在的“目光”灼伤了。

走进教室，她失去了过去那种坦然，讲台后面的天花板拐角处就是摄像头，一想到摄像头正对着她的后脑勺，她的一举一动都被注视着，一股愤然冲过脑际。她忍不住一拍桌子，对着下面的学生喊道，“都给我坐好！摄像头照着你们呐！”

这句话竟然起到神奇的效果，几个调皮捣乱、歪坐着、讲废话、打打闹闹的学生一下子收了声，本能地坐正了身体，眺望了一下教室上空的黑家伙。哈哈，原来他们也怕摄像头！摄像头够威够猛！

控制课堂纪律是初中老师必须具备的本领。纪律不好，无法保证教学效果。摄像头可以辅助老师起到戒严的作用。

不过，孩子们健忘，端坐了没两分钟，一会儿又放松起来。

李鹭却做不到像孩子们那样能忽略摄像头，那么放松。她担心忘词，担心不小心说错了话，担心课堂出乱子，担心自己的一举一动，被无情的摄像头拍下……

总之，她不像过去上课那么自在了。

不仅课上如此，课下，她也变得不像从前。

走在电梯里，她本能地会背对摄像头。坐在办公室电脑前，正干着某事，突然会悚然一惊，怕自己有什么不妥举动被摄了下来。其实办公室内并没有摄像头。摄像头装在她的潜意识里。她担心皱眉毛、挖耳朵等任何不雅小动作落在那无情的机器眼里，就好像赤身裸体没穿衣服一样。有时，办公室静悄悄，她备着课，突然会猛一恍惚，以为自己误了上课。其实，那一节不是她的课。回过神来才松口气。

李鹭觉得自己确实是出了毛病。

也许是刚开始吧，等过段时间适应了打卡，适应了摄像头，就好了。李鹭这么安慰自己。

4

三月刚过完，李鹭又临时增加了一个班的课。由于同年级教历史的赵老师肾结石动手术，要请2个月的假，她的课被分摊到李鹭和另一名老师身上。

李鹭原来带3个班，一周12节课，现在变成了16节。12节课是一个主科老师的满课时量，16节就超负荷了。给中学生上课，不仅是脑力劳动，同时也是一项体力活。口干舌燥，还要和学生斗智斗勇。十三四岁的孩子，青春期，精力旺盛，好动难管。不比成人，你只管讲课就行了。李鹭个头1米60，体重92斤，林黛玉型的瘦弱身材，肺活量有限，平时说话都轻声细气的。许警官有次来学校，在门外旁听到妻子的讲课，吓了一大跳，原来这丫嗓门这么大！李鹭开玩笑道，“这下知道了吧？以后别惹我，否则我河东狮吼，让你吃不了兜着走！”

这嗓子是靠着不定期的消炎药、金嗓子喉宝维护下来的。每学期开学，李鹭都要犯一次咽炎，现在这嗓子还没好，又加课了。真是雪上加霜啊！然而，又有什么办法？学校不可能临时再招聘老师，只能分摊任务。李鹭年轻，又没孩子，责无旁贷。

李鹭很想拒绝，自己状态不好，嗓子痛倒是其次，主要是精神不济，睡不好。但是，这理由怎么说得出口呢？说出来就是矫情。除非你得的是赵老师那样看得见的病。

只好接了。

新接手的这个班是初二（4）班，也是一个很活跃的班。

“两个黄鹂鸣翠柳，一行白鹭上青天”，李鹭第一天进教室，就有学生故意高声朗诵了这首诗句，然后兴奋地观看李鹭的反应。他们鬼得很，知道李鹭的名字里有个“鹭”字，逗着玩儿呢。

“不错嘛！很有才啊！”李鹭说，“接下来的诗句呢？”

没人应答。李鹭自己背了出来。不知是被李鹭的出口成诗，还是她严肃的不苟言笑的气度镇住，学生们突然很安静很安静。他们齐齐地盯着站在讲台上的老师。李鹭一时意识到自己的反常，她过去不是这么不开笑脸板着面孔的。不能把厌倦的情绪带到课堂上来，即便今天已经上了3节课了，她也必须保持新鲜的激情和正常的状态。摄像头在背后呢。

“有什么情况跟我反映啊。谁不听话，捣乱，你告诉我，我来修理他。”（4）班的班主任陈老师说。陈老师是40来岁经验丰富的老教师了。管班很有一套，铁腕人物。特别善于抓成绩，他们这个班长期综合排名年级第一。每个科任老师上他们班都有压力，若不能把这一科带到平均分第一，仿佛就对不住他。赵老师上学期期末这个班历史排名首次低于李鹭的（2）班。陈老师嘴上不说，心理颇有嘀咕。现在她病了，正好把李鹭要过来。

“还好啦！没啥大问题。”李鹭道，就是有个女生很怪。李鹭一来就发现了她。一个人坐在后门边。

“噢！那个女生你别管她。她脑子有问题。”

“脑子有问题？弱智？”

“一时说不清，等有空再详细跟你说。”陈老师急于忙手头的活，给李鹭卖了关子。

桃花中学是普通中学，生源一般，由于前两年中考有些落后，好生源流失不少。这两年每届倒都还有极个别的问题孩子，如多动症的；弱智的。

那个女生好像不属于这两类。她并不多动，每节课都一个人安安静静地坐在后面。（4）班和其他班一样，现在的桌位都是6个人一组。学校搞课改，采用小组合作学习模式，围在一起便于讨论、交流，互相帮助。而那个女生一个人孤零零地排除在外。李鹭很有些同情。当别人围在一起讨论问题时，李鹭就走到那女孩身边，跟她说话，问她叫什么名字。那女孩给了李鹭一个眼白，自顾自在一本练习簿上画小人。

下了课，别的学生过来提醒李鹭，老师，你别管她了，她不跟人玩的。

这个女孩到底怎么了？怎么老师和学生都劝她别管。李鹭很是纳闷。

看上去又不像弱智。她的各种反应很正常，有时眼神还很狡黠。

陈老师说，“她小时候出过车祸，脑子受了点伤，跟常人不太一样。你不用太理她，理她就麻烦了，要整出许多事情来。”这个女孩可没少给他们班惹麻烦。

李鹭想象不到这个眉清目秀的女孩怎么会惹麻烦。她一个人坐那儿，似乎谁也不搭理。她会惹什么麻烦呢。

不过，跟这个名叫梅梅的女孩交流了几次之后，李鹭有些明白陈老师所言不虚了。

梅梅并不是完全不开口的，她自从发现李鹭对她感兴趣后，便主动找李鹭聊天了。她会在李鹭下课的时候，追上来，跟她一起走，然后嘴呱呱地说个不停。她说，老家在海南，住在海边，她喜欢在海里游泳，能游很远。她还会唱歌跳舞，以前参加过三亚的健美小姐比赛，她被选为最上镜小姐。现在每天晚上也都有学舞蹈，还参加节目表演。有一天晚上练到12点，不敢回家，是一个男生送她回去的。

李鹭一听就觉得不对劲，你12点回家妈妈不着急，不管吗？

我妈妈出差去了。梅梅答得飞快。

你妈妈对你好吧？李鹭问。

梅梅面带笑容说，很好，妈妈很爱她，爸爸也很爱她，妈妈还叫她为爱丽丝小宝贝。她是世上最幸福的女孩。

这个幸福的女孩有一次提出一个让李鹭哭笑不得的要求。

“李老师，你收我当干女儿吧。我听说你还没小孩。”

“可是，你有妈妈啊。”

“我妈妈太忙了，她在大公司当财务老总，没时间管我。”梅梅认真地说。

“你别听她瞎扯。她哪里学什么舞蹈。她妈妈也不是什么财务老总，开家长会都穿工服来的，在白州区某个加工厂打工，经常晚上上夜班，就把她一人反锁在家里的。”陈老师说道，“这孩子没一句真话。”

不过，她倒确实是从海南那边转来的。陈老师补充道。

竟有这回事！李鹭觉得不可思议。这孩子的毛病让她暂时忘记了自己的毛病。

李鹭几乎成了梅梅的追随对象。她告诉李鹭，她家马上要搬了，因为他们楼上一家老往她们家扔东西，她们准备离开那儿。

“那你要转学吗？”

“不转学，就搬到帝豪景苑来。”帝豪景苑是这一片区最高档的楼盘，欧洲风格的建筑，私家水域，住的都是豪门、暴发户。

李鹭相信这一定又是谎话。

有一天，李鹭从别的班下课刚回办公室，突然见两名警察过来，找陈老师。

“出啥事了？”李鹭吓一跳。后来才搞清楚，是梅梅打了110报警，说班上有学生跳楼了。警察火速赶来。结果被骗了。大家都被她耍了。

怪不得陈老师说梅梅惹的麻烦不少。李鹭算是亲眼见识了。

5

“随便拨打110是违法的，要接受治安管理处罚条例处罚，严重的可以拘留。”许警官说。

“你说她傻？她可一点不傻。打110为了让人不怀疑到自己，用过期的手机拨紧急号码。”李鹭深为佩服道。

“那怎么还说她脑子有病？”

“不知道，反正这孩子确实与众不同，是有问题的。”

“有问题应该去治疗啊。怎么还能到校？搞得鸡犬不宁。我们国家本来就警力有限，还被一个毛孩子耍！”

“这事儿她家长也不管，未成年人，学校总不能不让她来上学吧？”

陈老师说她父母是离婚的。父亲永远联系不上，母亲则一接电话就哭。

李鹭不由想起梅梅以前跟她说的话，说爸爸妈妈很爱她，她是最幸福的女孩。心里怪怪的，说不出个滋味。

“这孩子你说好笑不好笑？还要认我为干妈呢。”

“收这么个有病的干女儿？！我们赶紧自己造一个吧！”

夫妻俩说着闲话，许警官不无期待地摸摸李鹭平坦的小腹。

是该要了。结婚头两年，李鹭以事业为重，打了一胎。后来决定要孩子了，却一直迟迟怀不上。当初不当班主任的理由之一便是准备怀孕生孩子。结果准备了这么久，肚子却一点动静没有。

这差不多已成了李鹭的一块心病。许警官很少提，因为一提，李鹭就情绪低落。

但今天，他情不自禁地又提了。都40岁的人了，他做梦都想升级当爸爸了！

李鹭翻了身，将脊背对着丈夫。她何尝不想要孩子，尤其现在。她多么想借着生孩子，名正言顺地休产假。太累了，太累了！她想好好休息。看到楼下不上班的少妇们，抱着孩子，晒太阳，聊天，逗孩子玩，她羡慕不已。不用赶时间，不用打卡，不用跟学生废那么多口舌，不用排名，不用明争暗斗，不用被领导管来管去，不用被摄像头照射……

“你让我辞职，我就在家生孩子，相夫教子。”

“瞧你，说什么疯话。”许警官道，“人民教师，多光荣啊！人家都羡慕我有这么个老婆呢。”

许警官说的是实话。当然，若有条件，他倒也可以做到让老婆在家当太太。那就是，他自己可以挣到足够多的钱。而这，实际上是不可能的。他不过是一名小小的警官，又不是富二代、官二代。他和李鹭在深圳白手起家，买了这80平方米的房，每月按揭5000元，道道地地的房奴。靠他一个人，啥时还得清？李鹭真是太娇气了，老说当老师累，老师有他们警察累吗？总与危险麻烦打交道，别人放假他们上班，越是节日越紧张。突发任务还层出不穷。这不，前段时间持续多日的安保工作，他天天待在外面执行任务，家都回不了。头靠着墙，站着都能睡得着。哪像李鹭，躺在舒适的席梦思上，还说睡不好。真是娇气十足！况且，一年还有两个假，不上班都有工资拿。多好！

“赶明儿我去同仁堂看看。”听一个同事介绍里面一个老中医，据说医治不孕有奇招。

“哪有什么毛病，是耕耘太少了。你天天不让碰，哪能生出孩子？”许警官抱怨道。

“唉，现在环境不好，食物都可疑。你爱喝台湾奶茶，听说，都有塑化剂的，影响生育功能。”

“你倒还反咬一口了？我有问题！那我们之前不是打掉一个！”许警官拉下脸来。

李鹭知道，丈夫对这事耿耿于怀。她也后悔当初没要，那孩子要是在的话，现在也该上小学了。

可是，就算去找医生看的话，李鹭还是觉得现在时机不好。她身体不在状态，精神心理似乎都有点亚健康。要生就得生个健康的宝宝！不能像梅梅那样的。

年龄不饶人。已经三十好几了，想到这一点，李鹭一时更加烦闷起来。

“不孝有三，无后为大”，许警官是他们家独苗，上面两个姐姐。可想而知，传宗接代的任务多重大。而他，当初竟然为她放弃了。

李鹭想着想着，有些内疚。她过去不怎么反省这事儿。

也许是应该多耕耘的。然而，不知为什么，她现在了无“性”趣。

李鹭决定克服自己的心理障碍。哪怕是尽为妻之责，也不该因为“打卡”、“失眠”这些原因将丈夫拒之门外。

6

然而，事情总是左着性子来。李鹭下决心改变自己，接纳丈夫。可是许警官却比以前更加忙碌起来，经常外出多少天都不回来。一打电话就说在外面执行任务。他最近被抽调到关外了。

搁过去，李鹭落得自在，睡觉不受干扰。可现在，他不回来，不打扰她，反而睡不着了，躺在床上，辗转反侧，把人生该想到的问题都想了个遍，最后落实到许警官身上来。她开始思索他的可疑之处。为什么执行任务就不回家？哪有那么多任务要执行？他不回来，那么理直气壮，仿佛得了特赦令。难道这个家对他再没吸引力了？

“不会是外面养了小蜜吧？”这念头一起，就像小火星遇着柴火一样一下子燃烧起来。他说要孩子，却又不回家，到哪儿去要？哄我的，说不定早在外面有了！我这好失眠，恰好给了他绝好的借口和机会。

李鹭睡不着了，爬起来，立即一个电话打过去。

“天呐，你还没睡觉？你看看都几点了？”那边传来许警官嗡声嗡气睡意蒙胧的声音。

李鹭抬眼看了下卧室里的小电子钟，指向2点。

“我刚睡下，今天我们那片区工厂又有人跳楼，一直搞到很晚。你又把我吵醒。”许警官不满地咕哝。

李鹭挂了电话，又有些后悔。怎么这么冲动，自己睡不好，去捣乱丈夫。

不过，许警官是个靠床就能睡着的人，不怕打扰的。这么一想，李鹭好受一点。可是，她自己却怎么也睡不着，像头困兽一样，在床上翻来覆去，直到凌晨才蒙胧睡去。闹钟又响了，李鹭脑袋沉重地爬起来。还得打卡，还得上班！不要迟到了。

今天又是4节课。

上午2节课上完，李鹭去饮水机上接了杯热水，坐下来歇口气，慢慢地饮着。眼睛干涩，脑袋沉重。李鹭觉得自己在迅速老去。几个女同事在议论一个提前退休的前同事，那么大年纪，最近离婚了，原来，她老公在外面包了二奶，小孩都偷偷养了几岁了。大家唏嘘不已。有说，以前还经常看见她和老公手拉手在后山散步，以为很恩爱。没想到竟然是这样！太不可思议啊！秀恩爱死得快啊！

李鹭心理咯噔一下，想到昨晚的怀疑。自己那么快就被丈夫一句话打消了。是不是自己也太傻了？哪个作案的人不会撒谎呢？别忘了，丈夫是干什么的！

同事在开玩笑八卦，谈着怎么对付老公。有一个说，现在街上有一种针孔摄像头很好用，可以偷偷放老公车里。还有一种功能手机，可以准确定下老公说话方位。

李鹭感到匪夷所思，脑仁儿生疼。

“李鹭，你怎么啦？生病了？气色很不好哦。”有个素来爱管闲事的女老师走到李鹭身边问道。她这一问，引得别人都过来看。

李鹭不自然地笑笑，说，“没有啊。上课累了。”

“瞧你，脸色黄黄的，眼圈这么黑，是不是没睡好？”

“是哦，李鹭你最近很憔悴哩。”

同事们七嘴八舌地关怀着，都过来瞧瞧她的脸。

李鹭心烦意乱，她不喜欢自己成为这些目光的焦点，好像自己脸上的雀斑、黄褐斑、皱纹、黑眼圈都被放大了，让她好不自在。

端起茶杯，李鹭猛地起身，将众人抛下，径直再次走到饮水机边接水。这举动有些不识相。围拢来的人都无趣地散了去。她知道，背后有目光在诧异，她仿佛还听到那个爱管闲事的老师吐了句“有病！”

的确，她过去不是这样的，和同事相处都极好脾气。太反常啦！

李鹭知道她已经引起大家的好奇。越不想被关注，越被关注。那些无处不在的目光啊！

下午三节课后，学校召开例行的教职工大会。

后排的位置总被最先占去。尽管领导们再三强调，往前坐，但大家总是心照不宣地抢后排。许多老师手里都带着点私活，改试卷的，做习题的，看书的，以及玩手机的。这些动作只有在后面才能做得坦然，做得安全。离主席台越近，自由越少。来得晚的人只好往前排坐，一层层递进。前后也不过几分钟，会议厅就填满了。大家现在都不敢迟到。领导最看重纪律，说好5点开会，总有人拖个几分钟。多次强调，还是有人不改。老师都这么无组织无纪律，又怎么能以身作则，教育学生呢？校长动怒，下令从现在起，发两张签到表，准点之前到的一张，来晚了的人另一张。

这一措施确实克服了教师们的懒散拖拉作风，基本大家都能准时，谁也不想上黑名单。偶尔晚了一点的，都是在班级处理事情的老师，年级长代为声明。

李鹭掐好了时间来的，挑了个倒数第三排最边边的位子坐下来。根据经验，不能坐得太后，那样反而弄巧成拙，有可能被主席台上的二把手叫到前面去。她这个位子，没那么显眼。过去她是无所谓的，前面后面都不计较，现在，她总是尽可能找到最边缘的位置，越角落越好，最好能缩到别人看不见。

会议上校长做工作形势报告，传达教育局精神，校长说“中考、高考是民生工程”，要不遗余力地去抓。上学期的统考成绩出来，排名公布了，桃花中学位居中游。大家要有危机意识，学校搞不好，影响声誉，影响生源，更重要的是影响我们自己的岗位。某小学因为办学质量下滑，生源减少，学校萎缩，不得不裁员、减岗，教学能力差的，必须再培训……

麦克风下，校长的声音铿锵有力，这样的紧箍咒是每会必念的。有鼾声从旁边冒出来，她隔壁的教体育的黄老师居然睡着了，头不知不觉地歪在椅背上。李鹭好生羡慕，这人真是好睡眠，这种情况也能睡得着。四肢发达，头脑简单，还是体育老师好！他们在户外上课，不用考试排名，也不用担心被摄像头监控，真乃学校最自由的学科啊！

校长谈到最后，又强调了一下校风校纪。肯定了这段时间以来，学校所取得的成绩，从考勤记录和录像监控来看，老师们都非常敬业。但是，校长话锋一转，说，有个别老师，依然老毛病不改，依然有课则来，没课就见不到人，却照样打了卡。还有个别老师的课堂，学生上课大面积睡觉，这样的课是怎么上的？……

体育老师好像被人拍了一巴掌似的，突然醒过来，鼾声戛然而止。他自嘲地对李鹭笑笑，“老了，打瞌睡了。”李鹭还以为他是被校长“个别人”的讲话吓醒呢。谁知他压根儿就没听见，依然无所谓地跟李鹭调笑着。典型的老油条做派。

作为一个体育老师，四十几岁确实有点儿老。他原来是排球高手，现在跳几跳都气喘，也算桃花中学的元老。校长的讲话吓不到这类人。

李鹭很怕这边引起注意，不怎么搭理他。体育老师就玩起手机来，传了个信息给李鹭。

“一个老男人衰退的标志：眼前的事记不住，以前的事忘不了；躺下睡不着，坐着打瞌睡；看书越来越远，撒尿越来越近；上面有想法，下面没办法。”

难怪叫“黄”老师！

李鹭不动声色，没有理会。她没有心情理会。校长还在列举“个别”现象。不知为什么，她总疑心自己就是校长所讲的“个别”人之列。她的课堂，也偶尔有学生打瞌睡的，当然不是大面积，而是极个别。也有捣乱下位，回头讲小话的。这些小毛病是不是都落在了摄像机无情的眼里？

一时如芒刺在身，尽管是缩在角落里，李鹭还是觉得仿佛置身于800瓦的白炽灯下，被照得雪亮。

7

李鹭的睡眠问题日趋严重，每天晚上睡觉对她来说，成为难以办到却又非办不可的大业，越是害怕，越睡不着。什么方法都使尽了：一遍又一遍地数羊；想象在一望无际的绿草地上打马奔驰；在碧波万顷的大海里扬帆；练习呼吸；把喷香的苹果放在床头……统统都没有用。头脑里顽固地浮现出的是摄像头、打卡机、办公室、校长、同事和学生的脸。想得实在太倦了，进入迷糊状态，似乎睡着了，又做许多奇奇怪怪的梦。梦里她知道自己其实是醒着的。

尽管睡不好，她白天依然能起早打卡，站着上课，一天差不多三四节课。整个人仿佛打了鸡血似的。不过，有时上课上得好好的，会突然忘词，不知讲到哪里，还会说错话，大约错得离奇，学生们一起抬头看她，这些诧异的目光，令李鹭一时心惊肉跳，她本能地抬起手摸摸脑袋，似乎要回避前面学生的目光和后面摄像头的照射。

现在的李鹭不敢照镜子，她脸色憔悴，发黄发暗，一起床，枕边都是落发，如秋天枯草，触目惊心。

“你快去看看中医吧！调理调理，跟学校请几天病假。”许警官严肃地劝诫李鹭。虽然外面还是忙，但老婆不能不管。有天晚上，李鹭在电话里歇斯底里地哭，把他吓坏了。

“你是不是嫌弃我？不要我了？我难看，有病，还不生孩子……”

许警官找人代班，赶回了家。李鹭哭得他衣襟眼泪鼻涕一大把。

许警官哄了半天，劝她去看医生。

李鹭拼命摇头。她这算什么病呢？校长在大会上表扬那些发烧生病的老师白天坚持上班，晚上去打吊针，还有一个班主任做了人流，一天也没休息都来上班，她怎么能那么落后呢？即便开了口，她的课谁来上？她们这一科，现在已经少了个老师，再不上课，这么多空缺谁来填补？一个萝卜一个坑。每个老师都是满负荷的。她要是因为睡不好，请病假，那不把人笑死？

除非辞职。李鹭又一次萌生此念。她曾经是多么喜爱教书这个职业啊！孩子们天真信赖崇拜的目光曾让她多么自豪、满足……怎么会变得厌倦？

辞职就没有压力吗？生命不能承受之轻！担子都落到丈夫身上，他又怎么扛？

“我要你天天晚上回来陪我。”李鹭哭停了，向丈夫提出要求。

许警官掏了根烟，坐下来抽。

这阵子巨忙，他们的压力是李鹭想象不到的。关外治安不好，最近那个片区的代工厂又连续发生多起跳楼事件，引起各方高度重视。他作为骨干力量被抽调过去，协助侦破调查。

这些天一直进驻在那个厂调研。虽说是自杀，但厂方有没有问题，在管理上是否存在过失，都需要了解。

这个厂条件非常好，工资比一般的小企业、老板厂都高，还有保险，崭新的集体宿舍大楼，衣服都有阿姨统一用洗衣机清洗。每年招聘时，人都挤爆头。

但也不知中了啥邪，就是这个厂，最近个把月期间连续多名员工玩跳楼，像在搞一场令人惊恐的行为艺术表演。

那天为案子的事吃饭，碰到一个卧底的记者。那记者说，他一个老乡在这里上班，说了些鲜为人知的内幕，说这个厂的保安很厉害，会打人。拉长也很狠，干活的时候，就在后面盯着，出错了就挨骂，还扣钱。吃饭的时间都有规定，上厕所要拿牌，不能超时。每天在固定的位置上做固定的活，目不能斜视，流水线操作。下了班也无处可去，因为这儿都是厂区，没什么好玩的地方。最主要的是没有伴。大家都来自各地，互不认识。厂外有个免费的跳舞广场，也有一些员工在里面找到对象恋爱，但基本上都好不长。估计跳楼的就有为情所困而死的。

怎么没有伴？同事不能做伴？同一宿舍的人不能做伴？许警官好奇。

嗨，你有所不知，他们上班不像你们公务员坐办公室的，这么自由。他们那只管埋头干活，不能彼此说话的。交头接耳是违规。即便同一房间，也可能互相不熟悉呢。因为你上班的时候，别人休息，你回来睡觉，别人又去上班去了。说起来是集体宿舍，大家没什么机会交流的。

那记者还举到一个例子：曾经有个女生宿舍，一个女孩死了好几天，才被人发现。这事儿被压下去了。不像这跳楼，太多了，压不住……

许警官这段时间都在那边。所里的事务也多如牛毛，打劫的、被盗的、打架斗殴、吸毒闹事，他手下的几个小伙子24小时值班，连轴转。他真是分身乏术。李鹭还来添乱，他哪里能做到天天晚上回家呢？

等忙完这阵子，我请个公休假，我们五一黄金周出去玩玩，如何？许警官安慰道。

李鹭嘴一撇，这话说等于没说，哪个假期，他不是忙得团团转，还有工夫陪她？

唉！谁也帮不了她！谁也解决不了她的问题。

8

李鹭那一天很失态。她在（4）班讲习题，刚刚进行过一次月考，（4）班考得不太好，平均分比她自己的那几个班都低。陈老师看了成绩，半开玩笑半认真地说，“李老师可不能偏心哦。要把咱们（4）班一样看待啊！赵老师一时半会儿来不了，（4）班就是你的啊！”李鹭听得陈老师话里有话，心里不爽。凭良心说，她根本没有偏心，如果说有，那也是更偏（4）班。因为众所周知，陈老师最在乎成绩。可是，重视并不代表一定会考好。前面的内容不是她教的，又有个磨合过程，况且，那个梅梅，一个人就能拉下全班平均分一分多。当然，这理由是不好说的，因为别的科目他们班平均分高啊。

李鹭带着愤懑走进（4）班教室。或许真有个先入为主，她开始接手这个班时感觉就不好，还记得第一堂课，学生故意拿她的名字搞怪。李鹭觉得他们不像她自己那几个班那么顺手。

这节课分析试卷。还没开讲，就有学生拿着试卷上来，争分数，说，怎么我和他答得一样，他扣1分，我扣3分？李鹭看了一下，指出，你这儿漏了个名称，没看到吗？

“切——”那学生拖着长音不满地转过身去了，嘴里还嘀咕着什么。

又有个学生上来，说老师分数加错了，少算了10分。

李鹭仔细一看，这个确实算错了。每次改试卷都会出现这种统分误差情况。一般大考时，教务主任都强调得厉害，小考就算了。但（4）班的学生仿佛是继承了班主任的衣钵，对分数斤斤计较。

李鹭给他改了回来，心里也怪自己。她平时很少出这样的差错的，怎么连分数都算不准了？

开始讲试卷了。讲习题是最累的。她今天已经上了两节课，口干舌燥，偏有几个孩子还不懂事，拿着试卷回头讲话。李鹭点了那学生名。那学生解释说，在对答案。李鹭生气道，我不是在给你们对答案吗？你现在不听，到时又出错。那学生白了李鹭一眼，虽然没再反驳，但那个眼白令李鹭很不舒服。她感觉到这个班学生对她有一种排斥。

接下来，课讲到一半，有两个学生居然趴桌上睡着了，还有个女生用桌前的小书架当起屏风，对着小镜子开始梳起头来。这简直是对她劳动的最大漠视！陈老师要成绩，也不想想，这样的孩子，怎么能出成绩？是可忍孰不可忍！李鹭走下台，将那两个进入梦乡的孩子拉醒，有一个口边还挂着口水。全班同学见此都开心地大笑起来。那个梳头的女孩成为今天的主角。李鹭说，你不要一叶障目，以为放个书架老师就看不见。女生无动于衷，仿佛老师说的是别人。李鹭让她把小镜子收起来，女孩还是没动。李鹭一时气急，冲过去，要没收小镜子，那女生飞快地收起来。怎么也不肯交上来。李鹭说，你不交，我们今天就不上课了！僵持了漫长的一分钟。那女生乖乖地交了。李鹭背转身上讲台时，听到后面小声的一句嘀咕，“更年期！”因为全班都很安静，这轻微的三个字，依然像炸雷一样，响彻开来。李鹭听到了，全班同学都听到了。一时，同学们更静了，仿佛等着暴风雨来临。

但是，预期中的暴风骤雨并没有来临，而是突兀地停息了。李鹭摆了一下手，继续讲课。只是她的一双腿，在讲台后面剧烈地抖动着。她想，这一切，摄像头都看到了吧？摄像头终于没有空无所获了。它们忠实而尽责地窥下一切。也许领导会来找她讲话，也许大会上又会不点名地批评“个别人”课堂上出现的异常。

那一节课结束，李鹭几乎狼狈而跑。梅梅照例跟在她身后，追着她。但李鹭没有工夫再听她胡扯。

李鹭觉得全世界都在嗤笑她。

“更年期！更年期！……”

那么她可以退休了，不干了……她才34，她已经老了！更年期了！……

不干了，不干了……

李鹭咒语般，在心里狂念叨着。

也不知是上帝还是魔鬼听到她的心声，他们终于让李鹭如了愿。

在一次课堂惊心动魄的昏厥之后，李鹭被120急救送到了医院。经诊断，是过度劳累诱发的急性美尼尔综合征。

必须卧床休息。医生开了些调养的中药。

李鹭不吃不动在床上如木乃伊一样整整躺了两天。许警官也请了假，回家照料她。

第三天，李鹭好一些了，能下床了。她让许警官上班去，她没事了。许警官说，要不要把妈妈从老家叫来，照顾她？

李鹭说，不用。她一个人可以！

李鹭奇迹般地发现，她居然又能不费事地安然入睡了。她睡得那么沉，仿佛把曾经亏欠的觉都一股脑儿补了回来。

上午10点多的光景，她下楼，去小区后山上去散步。医生说上午的阳光对她的健康有好处。后山方圆几公里，说是山，其实海拔低得很，不过几个土丘而已。有许多树木，芒果、荔枝、龙眼、菠萝蜜，以及其他不知名字的植物。一进山，芬芳浓郁的香气扑鼻而来。久违了！

还有许多鸟儿，在此聚集，叽叽喳喳，开大会一样，热闹非凡。人来了，也不妨碍它们。倒是有时候，它们仿佛得到密令，突然一起扑啦啦展翅高飞，将行人吓了一跳。

李鹭看呆了。

山上都是些老人，有的带着狗出来遛。有的带着收音机，一路听广播。很少像她这个年纪的妇女。

迎面走来一个拄拐杖的小老头，个子还没有李鹭高，但身板很直，神情严肃，虽然面皮都塌了下来，却被一股子气提着，不肯松懈。眼睛小到几乎看不见缝。他走到李鹭面前，停下，把手腕伸一伸，说，“对不起，请问，现在几点钟了？”李鹭看了下表，告诉他10点半了。那小老头问完，立即大步流星地走开去。他比一般的老头走得快，好像在赶路。也许是一种锻炼方式吧。许多人喜欢快走的。但李鹭又有些好奇，这小老头问时间，急着赶路，是回去带孩子，还是烧饭？还是有客人来？

在走第二圈的时候，李鹭再次见到这个小老头，他正停下来，问另一个走过他身边的人，几点钟？真好玩！在接下来的几天散步时间，李鹭都能见到这个小老头，而他也总是隔段时间就急匆匆地问人几点钟。

哈哈，他怎么这么在意掌握时间啊！他曾经是做什么职业的？领导？工人？老师？计时员？列车调度员？还是……

他如此需要掌控时间，他要急着干什么？看他那一圈又一圈散步，并不像要干什么呀，他不停地问别人时间，仅仅是他想获得时间的信息？那他为什么不戴手表？时间对一个退了休的老人又有何意义？

李鹭不禁猜测着，这老头是不是个偏执狂。

又有一天，李鹭在山上照例散步，居然碰见梅梅，她和另一个男孩一起在山上游荡。

“你们没有上课？怎么在这里？”李鹭惊奇地问道。

“今天期中考试，我们考完了，就先出来玩一会儿。”梅梅说道。

那个男孩傻傻地笑着。

李鹭认识他，是（8）班的一个轻微脑瘫儿。他们俩倒搞到一起了。

“我们在一个考场的。”梅梅仿佛知道李鹭心里的问话似的，赶紧说道。

李鹭点点头。桃花中学的考场都是按年级名次排下来的，从最好到最差，一路排下来。这么排的目的，一是防止作弊，差生抄好生；二是促进竞争，你追我赶。梅梅和那个傻男生毫无疑问排到最末考场。

他俩做不出来，提前交卷了。两个人一起跑到山上，兴高采烈。

“李老师，你跟我们一起采花吧。你看，他帮我采了许多了。”

李鹭瞧见那男孩手里的一捧紫色小野花。

原来这草地里有不少无名的小野花，李鹭像发现新内地一般，跟他们一起采集起来。

9

“李老师，你什么时候回来给我们上课？”

“李老师请多保重啊！”

……

生病期间，李鹭把手机都关了，当她再次打开时，发现里面蹦出许多学生信息，一下子热泪盈眶。

10天后，李鹭回到学校，还是教回原来的那几个班。（4）班由初三的一个老师兼任，据说也是陈老师要求的，考虑到李鹭身体不佳。李鹭想，这倒是个适合的借口。

学生见到她，很亲热，仿佛她离开了好久。他们的天真，让李鹭感动。

梅梅找到她办公室，问，怎么不教他们班了？

李鹭回答不上来。

其他还是老样子。经过心理咨询室时，她发现，小何老师不在了，里面坐着另一个陌生的男孩子，20多岁。

一打听，说，你怎么不知道，你生病前小何就走了。她在这里待了3年多，一直调不进来，早想走了。

那她去哪儿了？有地方要她吗？

不太清楚，据说，她想在家先歇一歇，压力大，除了工作问题难以解决外，整天接受的是负面糟糕的情绪，不想做了。

李鹭若有所思地“哦”了一声。

生了一场病后，李鹭失眠症自动痊愈了。每天准时6点半醒来，生物钟也被修理好了。跟任何事物一样，当你改变不了的时候，慢慢也就适应了。

一大早，她出门，看见门口保安正埋头打瞌睡。按照规定，这可是失责行为。保安打瞌睡，怎么能当好保安呢？万一坏蛋进来了，失了窃，怎么办？

不过，李鹭并没有像有些业主那样投诉怪罪：他们一个月交那么多管理费，难道养着睡觉的人？

她知道，这些保安蛮辛苦的，物业公司裁员了，说是管理成本太大，入不敷出，原来三班倒，换成两班。一个人每天要做12小时。半夜3点上班，到第二天下午3点。这些年轻人，哪能HOLD住？

比起他们，李鹭觉得自己幸运多了。

清晨的空气很好，路上行走着一个一个背着书包的小孩。他们是这个城市起得最早的一群人。

李鹭快步走进学校，机械地在打卡机上刷了一下，开始新的一天的工作。

梅梅又闹事了。她有天趁同学放学后，偷偷蒙了块小黑绸在摄像头上。陈老师气急败坏，发誓一定要在初三中考前，将这粒老鼠屎清理走。

“你干吗要那样做呢？”下课的时候，李鹭问又黏在身边的梅梅。

“为你呀！老师，你不是最讨厌摄像头吗？”

李鹭顿时浑身一颤，不由长叹一口气，原来这个世界，最理解她的，竟然是一个“有病”的孩子。

阿　姨

1

她们是给人家当“阿姨”的。阿姨的专业名称是“家政工”。现代汉语里，阿姨的词条有三：一、是指母亲的姐妹。二、是称呼跟母亲辈分相同、年纪差不多的无亲属关系妇女。三、是对保育员或保姆的称呼，广义上的家政工都可以算在内。

这称呼透着亲切、熟稔，不把人当外人的尊重和好意。

深圳许多人家都请着这样的阿姨。

袁木兰就是其中一个。做家政的女人，你通常可以从她们的着装打扮、样貌举止辨识出来。每一种职业都有一定的共相，家政工也不例外。一般说来，她们的年纪都在三十到五十岁上下，太年轻的，才不要给人当“阿姨”呢——“小姐”都好过它啦。太老了，也不做了，没人愿意接收，深圳是个年轻的城市，几乎看不到老人出来做事。端盘子的、送外卖的、看大楼的全是后生小妹。这些标标致致的孩子在老家哪里会干这种上不得台面的活？看大门不多是些老头子？只有深圳，才这么牛气哄哄，用的清一色的年轻人。

好在阿姨们还是大有用场的，她们不暴露在城市的前台，而是田螺姑娘一样，潜入千家万户的背后。没有她们，这座年轻的光鲜的忙碌的活力四射的城市机器运转起来怕也没那么灵光，她们解决了多少城市人的后顾之忧？算得上幕后英雄了！

她们大多来自内地乡村小城镇，脸上带着无法抹去的乡土气。深圳的家政工需求量特别大，使得这一行业发展速度惊人。五湖四海的阿姨们都闻风赶来。家政工的工资这些年也水涨船高涨得飞快，早就超过规定的最低工资标准。全职保姆月收入3000以上，钟点工也有1000多了，比那些在流水线上累一天的打工妹还要多。虽然，“保姆”、“钟点工”说起来不太好听，按过去的话来说，就是帮佣、仆人，低人一等，可是，只要能挣到钱，管他好听歹听呢。到了深圳，就得放下面子。那些小年轻看大门的活都做得来，自己还做不来？反正这又不是在家乡，谁认得自己？将来回去了，挣上了钱就有颜面！袁木兰就是这么对自己说的。况且，她们不是被尊称为“阿姨”吗？

阿姨们的行头都差不多，利索的半旧衣裤，有点土，但并不邋遢，有的或许是女雇主们淘汰下来的，质地也不错，不过，穿在她们身上，多半看不出什么样式和效果。阿姨们从不穿裙子，头发一律在脑后梳个髻，或者扎个马尾。夏天的时候，有的会戴一只防晒的简陋太阳帽，每个人几乎都有一辆便宜的二手旧单车，上班骑进来，停在小区院子里，下班再蹬走。手腕上套个小包，里面装有要做的各家各户雇主们的钥匙。她们的表情是谦卑的，见到小区的熟人，会低头一笑，打个招呼。假如还未到钟点的时间，就在楼下坐着等候，阿姨们之间不用暗语就能接上头，她们同类相惜，坐在一起，窃窃私语，打听彼此的工资待遇，透露主人家的秘密，分享各自的牢骚和委屈，交换做事心得和技巧。神情活跃生动不可一语道尽。当然，这些表情也只有她们在一起时才可见着，到了主人家立即都收起来的。阿姨们的个头一般都不太高，大约这种弯腰折背的体力活，小个子来得灵活一点吧。

袁木兰今年45岁，个头也不高，手腕上也挎个小包，里面也装有几户雇主家的钥匙，是道道地地的家政工，可是，她看上去就是不太像做“阿姨”的。哪里不像呢？

她的皮肤比较白，白里透着红润，不像乡下人经过风吹日晒一张劳苦结实的脸。头发也没有像一般钟点工那样束在脑后，而是披垂下来，还是波浪卷，头顶中间用一根夹子夹住，是小城时髦女人的装扮，也过时了。脸庞大大的，肉有点松颤，像一块厚厚的老豆腐。这张胖胖的圆脸本来应该是很喜兴的，可是，她看上去又显出几分凌厉。这凌厉来自她的眉梢、眼梢和嘴角。它们都是细长地刮下来，像刀锋收鞘落下的弧，与她的团团脸保持着不合作姿态。林晓晓第一次见她，便觉得这阿姨长得有点怪异，仔细一看，就发现了怪异的来源，那两道凌厉的眉毛原来是文过的！林晓晓请过几任钟点工，还是第一次遇见文眉毛的。不仅文了眉毛，还文过眼线，漂过嘴唇。这个阿姨好爱美啊！林晓晓大为惊讶。袁木兰纹得不太好，和整体的面相不协调。林晓晓倒替她可惜了，这种比较低档的纹眉，一看就不自然。好在，她还有一副白框眼镜。这使得她又多了份知识分子气质。戴眼镜的钟点工，也是第一次见！袁木兰说，她近视，不戴不行，但你放心，戴眼镜丝毫不影响干活，相反，看得更清楚，一点点脏都逃不掉。她说，有些雇主很傻B，去家政公司挑人，看见她戴眼镜，就不要，以为她做不好。他们小看了她！他们不请她，是他们的损失，是他们没眼光！

“你确实不太像做钟点的。”林晓晓实事求是地说。说这句话的时候，袁木兰已经在她家安定地干了一段时间了。

“哎哟，我都做了6年了！”袁木兰说。那样子有点得意，好像在说，你没看出来吧？她说话的神情总带着一丝骄傲和不屑。

这神情再一次把她和普通的钟点工区别开来。

林晓晓不太喜欢她这种表情，她想那些雇主不挑选她肯定是有道理的，眼镜不过是借口，关键是那表情，太骄傲了。一个做家政服务的，还这么骄傲。难道反叫主人看你脸色不成？叫你一声“阿姨”，真以为自己是“娘娘”了？

但林晓晓没有挑三拣四。上个月，在她家做了3年的钟点工陈姐，说走就走了。她手忙脚乱了一个月，好不容易经人介绍才找到了这一个。先用着再说吧。现在钟点工都紧俏得很，好的钟点工太难找。她不愿意去家政公司。虽说，深圳家政工行业火爆，但正规的家政服务公司也没多少，收费还高。还有不少躲在家居楼里的无牌假证的小家政公司，虽然给你承诺，保姆都是培训上岗，不行可以换人。可是，真用起来，问题一大堆。林晓晓的同事曹红在里面找过。两个月之内，走马灯一样，换了好几茬。第一个来的，根本不会做事，一家人饿得嗷嗷待哺，她还在厨房里摆得一灶台酱醋盘碟，没整出一道菜来；第二个，手脚倒还麻利，但菜做得不好吃，而且老打碎东西；第三个饭量贼大，吃菜吃得凶，还答嘴答得响亮，叫人听不下去；第四个，没做一个月，就请了好几天假……你说麻烦不麻烦。每一个钟点工来，你都要给她交代一番，吩咐再吩咐。搞得人身心俱疲，本来想找个钟点工减轻家务负担，结果却更累。曹红一气之下，不请了，找母亲诉苦。老人家本想在老家享享清福安度晚年，不得已，只好从老家赶过来。

像曹红这样有老人帮忙当然好。不少人，不仅指不上，还得照顾老人。办公室另一个同事，张老师，她婆婆中了风，好不容易抢救过来，人却不能动了，吃喝拉撒睡全要人伺候。夫妻俩都要上班，只好请个全职保姆。张老师说，有一天，保姆请了假，她忙了一天，累得人仰马翻。

“唉！没有保姆的日子，简直没法过。”张老师叹道。

林晓晓深有同感。陈姐走了的这一个月，她白天上班，晚上回来还要淘米洗菜做饭，忙得气都喘不过来。做饭是件大麻烦，首先是买，她不喜欢去市场，里面气味难闻，地总是潮湿的，充满鱼腥肉臊味。案板上剁着的翻着白眼珠的鱼头，嘴可怜巴巴地一张一合，让她骇然却步。家禽档更是臭气熏天，摊主老远就伸出胳膊，像招呼亲人一样，招呼着每一个路过的人。林晓晓捂着鼻子，垫着脚尖，强压住恶心，学着行家里手的样子跟卖主讨价还价。看着鸡挣扎尖叫，过秤，再扔到旁边紧挨着的屠宰铺，脖子一抹，在热水缸里扑通几下，等着打攮干净带回家。这过程，对林晓晓来说是一场折磨。

君子远庖厨。如果有可能，林晓晓宁愿一辈子不要与菜市场、厨房打交道。她自己吃都无所谓，怎么着都行。可日子不是她一个人过，还有老公孩子，林晓晓的老公，实际生活中，油瓶倒了也不会扶一把……家务全丢给她，儿子都已经12岁了，不知怎么过过来的。

早先，爷爷奶奶帮着带了两年，后来，老公的妹妹也生了孩子，老两口就跑到妹妹家去住了。他妹妹是娇惯大的，福气好，嫁了个大富翁，饶是爷爷奶奶重男轻女，也敌不过女儿的号令，一个金龟婿不伺候好，放跑了，可是全家的损失。妹妹大度地说，可以把哥哥嫂嫂的孩子接来一起带，两个小孩有个伴也好，反正她们家房子大，还请了保姆的。但林晓晓哪里肯，再穷也不能让孩子寄人篱下啊。

爷爷奶奶走了，林晓晓母亲来接班，断断续续也只待了两年。由于水土不服，那两年，林晓晓母亲去医院花的钱超过她在家乡的总和。

林妈妈不喜欢大城市生活，看不惯这边菜的模样，青菜那么老，季节菜很少见，鱼怎么烧都不香……她每天烧菜给一大家人吃，给外孙喂饭，但自己只吃两口，靠老干妈和豆腐乳维持下咽。结果体质迅速下滑，吃得少，排得更少，上厕所的次数却频繁，便秘，小便也难解。发展到最后，简直像绝食。林晓晓不能顾小不顾老，只好送母亲回家。

好在那时，儿子果果已经上幼儿园了。林晓晓搓着手，立下志，难道做家务比考大学难？比微积分难？比教课难？她一咬牙，决定不靠天不靠地，自己干。买了菜谱，向家庭主妇们讨教菜经。

但终归不是这块料。她压根儿不喜欢做饭。加上小孩子，有时候一生病，什么都乱了。恰在这时，一个朋友如及时雨一样，给他们介绍了一位阿姨。从此，林晓晓就再也离不开家政工了。算起来，到现在，先后已经请过十任家政工了。

说起家政工，林晓晓可是满肚子酸甜苦辣。

除了第一位阿姨和刚走的陈姐，在她家做的时间长一些，其余都是一年或一年不到。最短的几天就打发走了。第一位阿姨，做事很好，干净利索，林晓晓最为怀念。但她后来回老家了。中间走马灯一样换了几个，大部分是不安心做的，这山望着那山高，或者做不好。直到那个陈姐来，做了3年。陈姐菜烧得不是十分好吃，林晓晓图她老实本分，钥匙交给她也放心。这三年，逐年给她加工资，生怕她跑了。没想到，最后还是跑了。一打听，原来，人家还是嫌她工资低了。她没想到，钟点工的工资涨幅跟房价一样，飙升得这样快。我们自己的工资也怎么没见涨啊！哪架得住这家政工急红了眼地死要价？！这些喂不熟的阿姨，对她们再好，也是不安心的，只认得钱。

林晓晓再一次决定，不请钟点工了，自己做！

说起来容易做起来难。这一个月，她累得够呛，白天上班晚上回来做饭，抽空打扫卫生，整理房间。到了双休，更累。平时没来得及洗的被单要洗、晒、换，衣服要熨，鞋子要擦油，冰箱要充实，超市要跑好多趟，她在家务上记性不好，买菜经常等要下锅做了，发现姜葱没有！气得真想跺脚骂人！儿子还不知艰辛地吵着要吃这个那个！林晓晓面对长身体的小儿发不得脾气。

看来还是离不开家政工。楼下的保安热心，帮她介绍了袁木兰。

日子又给续起来了，有阿姨真是好！林晓晓试用了两天，把钥匙交给了她。

袁木兰长得张扬一点，神情骄傲一点，只要她能做事，就行了。何必介意那么多？自己再也不用下了班像打冲锋枪一样跑菜场，进厨房，手忙脚乱地忙活了。

她付给袁木兰比原来的陈姐要高两百的薪水。不涨不行啊！

2

袁木兰现在每月收入近5000元。她做两家正餐包月钟点工，此外还兼几家只做卫生的小时工。这工资比不上深圳有钱人家的一根毫毛，但，对于来自怀化的一个下岗女工来说，也算是笔不小的收入了。每到雇主发钱的时候，她表面上不在意，雇主要她数一数，她也不数，还开玩笑说，不会少的，多了，我也不还啊。显得很超脱。晚上回去的时候，却是要数一遍又一遍的。这一张一张红色的“老人头”，看着真充实啊！为来为去还不是为了它？你说伺候人也好，下贱也好，“老人头”是实在的。

六年前，袁木兰来深圳，第一次做家政工。那时，她还不太好意思谈钱，不太好意思从一个人手中拿几百元现金。她过去可是从单位拿工资的人呢。她是她们老家那个商场最后一个下岗的。如果不是老公在深圳打工，如果不是两个孩子要读书上大学，她是怎么也不会干这个差事的。她可以在老家开店，当老板。她自信有这个能力。累，她不怕；脏，也不怕。只是，她人强命不强。下岗之后，饭店都已经开张了，国家还免她两年税，优待下岗工。然而，她没人手，一个人忙不过来。老公早也到深圳了，不支持她独立开店。在一块玩的姐妹说，“深圳是个花花世界，你老公在那边，小心给你找个野婆娘！”袁木兰嘴一撇，“切，他敢！”口里这么说，心里还是盘算开来。虽说，老公是个老实人，凡事看她脸色，讨她主意，可是，夫妻不在一块，难保他就一直那么老实。不要以为只有有钱的男人才养二奶，没钱的男人照样也能作怪。想了想，还是过来了。儿子那会儿正读初中，女儿上小学，都大了，奶奶可以看管。她只管挣钱就行了。

她来深圳的时候，40岁还不到，在深圳，这么大年纪的女人，能找的活就是家政工了。

她过去从没想过会做这一行。雇主林小姐说她不像家政工。她当然不像。她是城里人。在家乡，她那个国营商场，做出纳，是有职业的，拿国家工资的。她和别的爱美爱俏的女人一样，喜欢打扮。姐妹结伴去做美容，美发，她的眉毛、眼线、嘴唇都是那个时候纹的。她从来就不是个伺候人的人呢。

然而，此一时彼一时。虎落平阳！到了深圳，她就不能说过去的风光了。只能把一颗骄傲的心收起来。

她做的第一家，雇主夫妇都是医生。女主人姓沈。沈医生是第一次请家政工，袁木兰说，我也是第一次做。她们都是头一次。她给沈医生介绍自己的情况，读过书，上到高中毕业，曾经当过会计。沈医生很满意袁木兰。读过书的人更好，什么事点到即止，不用多费口舌。自己不把她当下人看就行了。沈医生很注意保护她的自尊心，而且也信任她。白天夫妻俩上班，钥匙就交给她。她也不偷奸耍滑。

在沈医生家她做了3年，是最久的一户。说起来，沈医生家的卫生真的很好做。医生之家，干净有条理，一个小孩，也不怎么搞脏。她做家务时，也没人盯着。做家政的，最烦的是那些雇主，一双眼睛死盯着你，监工一样，你做到哪儿，她跟到哪儿，这里找一点没做干净的，那里找一点你没注意到的，让你时时有芒刺在身的感觉。沈医生家就很好，她做了3年，沈医生的丈夫几乎都没见过几面。她家的饭菜也简单，大部分是两个人吃，沈医生和儿子，她丈夫在家吃得少。袁木兰也不在她家吃，她做完就走，回丈夫那里自己再做饭吃。那时丈夫还在关内打工。

之所以最后离开，实在是因为“老人头”给的太少了，她做了3年，别家的家政工工资早就噌噌地往上涨了，沈医生却还是每月那几百元。她是真不知道外面的行情，还是故意装不知道，反正，就是在工资上原地踏步。袁木兰也不好意思提，偶尔旁敲侧击地暗示，沈医生也不领会。

袁木兰最后找了借口离开了沈家。她说，她老家有点事，她公公病重，不得不回去，暂时来不了了。这种借口是家政工们惯用的伎俩。袁木兰第一次用，还真不好意思。她一直记得沈医生惊讶的表情。沈医生说，你什么时候回来。袁木兰说，没一定的，可能半年，可能一年，你先找别人吧。沈医生说，你来了给我打电话，我们等你。

袁木兰自然没有给沈医生打过电话，她也没有再见过她。回想起来，她可算个好雇主，可是，她怎么就不记得给自己涨钱呢?

她做的第二户人家是深圳一家大型企业老总的家。这份好差事是一个偶然的机会得到的。她有个老乡在滨海新区做家政，滨海新区是深圳高端社区之一。那里有欧式的别墅群、高尚小区，集中了深圳大量的老板、企业家，金领和白领。据说那儿的家政工工资比别处都要高一些。老乡给她介绍到了那个老总家。做全天，包吃。一个月两千多。

在没有见过老总家之前，沈医生家一百一十几平方米的房子曾令她羡慕不已。现在拿来跟老总家一比，那简直是小巫见大巫。什么叫豪华，什么叫气派！这才是啊！一扇防盗门据说就好几万，楼上楼下，就像电影中那些大户人家的雕花木扶梯，水晶宫一样的吊顶，超薄宽大的液晶电视，环绕立体音响，几株硕大的室内植物。阔气的复合式真皮沙发。饭厅是名贵的钢化玻璃餐桌。楼上是书房、几间卧室，带卫生间，楼下也有卧室、卫生间，还有厨房、储藏室。客厅的墙壁上贴着许多大幅照片，都是些和高官要人的合影。

老总家人口比医生家多。老总夫人50多岁，已退休在家，家里三代同堂，两个外孙女，分别是大女儿和小女儿的，小女儿有时在家，有时不在家，她在证券公司上班，是离了婚的。大女儿嫁得英国人，在香港上班。周末有时会和洋女婿一起回家。老总家总是人员不断，经常有客户过来送礼。那些礼物都是袁木兰过去很少见的，成箱的茅台酒、燕窝、精致的藏虫草，以及季节性的新鲜特产，比如金秋时节的阳澄湖大闸蟹。他家里的水果吃不掉，茶叶、烟酒摆满大橱柜，还有各种精美的古玩、字画、工艺品，以及各种礼券。送礼人在楼下按门铃。老夫人有时不让人进来，她说，老头子现在在位子上你来，将来不在位子上，你还来吗?

老总比夫人大两岁，也有五十七八，但看上去就像40多，保养得极好。当然，老总也不怎么在家。有时老总打电话说回来吃饭，袁木兰准备好了，结果又没有回来。夫人就一顿抱怨。

平时的饭菜也还比较家常，老夫人讲究营养，老火汤每天是要煲的。袁木兰学会了做海鲜，粤式菜肴。她是湖南人，爱吃辣，老总一家是广东人，袁木兰入乡随俗，克服了自己的胃口需求。她开过饭店，对于烹饪无师自通，还会创新，在老总家的粤式菜肴里，融入一点点湖南特色，居然也获得老夫人认可。

偶尔老总带客人回家吃饭，那是极不寻常的，客人大抵非常尊贵。要去酒窖里拿最好的酒，菜不仅要好吃，还要好看。那客人，袁木兰后来在电视新闻频道见过，已经是一方诸侯了。

袁木兰在老总家做全天，一日三餐，买菜都是老夫人和她一道。除了做饭，就是搞卫生，房子大，搞起来费时。不过，每天都做，也不觉得太累。老总家东西多，偶尔有多余的废旧品就给了袁木兰。甚至有一次，给了她一台七成新的冰箱。

但袁木兰还是没做满一年就辞工了。因为老夫人从来不记得给她发工资。每到发薪水的日子，老夫人压根儿想不起来。袁木兰等了一天，老夫人不提，又等了一天，老夫人还是不提，再等一天。一个星期下来，袁木兰憋不住了，吃饭的时候红着脸费力地提出工资的事。老夫人很惊讶，仿佛这要求多么不可思议。袁木兰心里有气。工资一来都说好了的，按月一结，老夫人莫不是以为，她来他们家真是做下人的，只管吃喝就行了，不要工钱？老夫人终于还是一声不吭地给了她钱。老夫人给钱的表情，让袁木兰极不舒服，好像她是讨债的。对于这个天天山珍海味的富贵之家，2000多元钱居然让老夫人像割肉一样疼痛。袁木兰禁不住怀疑老夫人的出身。

每个月由自己开口提钱，令袁木兰十分头疼。她是个自尊心极强的人，老是让她开口，这太难为人了。她和同行们抱怨，同行姐妹安慰她，反正最后也是给的，就忍一忍吧，人家还给过你冰箱呢。袁木兰说，我也不能靠冰箱吃饭啊！怨气积累到一定程度，自然就不想干了。导致袁木兰最后下决心辞工的一件事，是老夫人竟然扣她的钱。那年过春节，袁木兰儿子女儿第一次来深圳，袁木兰请了几天假。家政工的假期没有明确法律条文，都是各家根据自己情况安排。一般的，到了过年，雇主们都会给家政工放或长或短的假。好的人家还给家政工发利是钱。袁木兰不仅没有拿到利是钱，反而被扣了好几百大元。袁木兰当场脸色大变。从没见过这么抠门的婆娘！真是越有钱越小气！

第二天，老夫人打来电话，问她，怎么没来上班。

袁木兰说了句“我不做了”，就挂了电话，把老夫人晾在那里。她可以想象她的表情，心里涌起一丝莫名的快意。

3

做了这么些年的家政工，让袁木兰最为得意的是，从来都是她炒雇主，而不是相反。她的同行姐妹们，对她放弃那么有钱的老总一家，感到惋惜。

袁木兰说，没什么可惋惜的，她家再有钱，也不会多给你一个子儿的。他们在别的上面一掷千金，跟你却算得比什么都清。

辞了工一时找不到活。袁木兰就投靠了一家名为“助家”的家政公司，家政公司安排找雇主，也提供食宿。食宿都要花钱的，但比在外面租要便宜些。袁木兰老公那时已去东莞打工，给人开车。那边有一间单位优惠租下的便宜房，袁木兰一周过去一次。平时就住家政公司里。找到活儿做，工资得提四成给公司。家政工们觉得亏，自己做得辛辛苦苦，却要交给不劳而获的公司。但也没办法，毕竟公司机会多一点。

客户来挑人的时候，她们坐在一排。这种感觉相当讨厌，好像她们是市场上的菜，等着别人来挑挑拣拣，又好像是过去的青楼女子。袁木兰本是自尊心极强的人，这份好强越摆在脸上，就越妨碍她。加上她的近视眼镜，也给她增添了不利因素。不过，虽有些憋屈，最后总还是有活干的。因为客户太多了，家政工需求量大。她们这里的姐妹们，个个都兼好几家。

这么些年，袁木兰做过白领家、医生教师家，还做过韩国人家，从北到南，从东到西，什么样的人家都见过，也算见多识广了。许多家政工做久了，就越做越油，偷偷小奸耍耍小滑，也是常有的事。袁木兰从来没有。她谨记一个老乡的教训。

那个老乡就是当初介绍她去老总家的那个人。老乡当时也在一家银行老总家做。那个银行老总家的富有程度与企业老总家不相上下。比袁木兰更好的是，银行老总家人非常少，就夫妻两人，一个女儿在上海戏剧学院上学。老总也是几乎不在家吃饭的，就周末才能见着。平时就女主人一个人在家吃饭。女主人不上班，在家炒股。老乡对袁木兰说，你没见那个婆娘，跟我年纪差不多大，那个打扮才叫年轻。一房间全是衣服，每天都穿不重样的。她又不上班，穿给谁看？袁木兰白道。“吓！”老乡啧嘴，那女的社交可多了。经常参加什么沙龙、会所，据说有个什么会所，十几万元才能入会。我是听她和她女朋友聊天听来的。她有时把和她一样的贵太太带到家里来喝茶。哎哟，那些人日子那么好，可是好像不快乐哦！有个女的，闹离婚，过来哭。我还劝她，别把晦气带回家。

老乡在她家做了3年，女主人对她也颇为满意，家里收拾得干净，菜也合口。女主人把钥匙交给她，对她十分放心，有时不回家吃饭，打个电话。老乡就做完卫生，自己搞点剩饭剩菜吃了走。这么轻松自由，连从不羡慕别人的袁木兰都有些羡慕。

可是，老话说得好，人心不足蛇吞象。老乡在这一家做久了，胆子也做大了起来。女主人家的存钱罐就放在外面，平时买菜找的小钱都搁里面。拿它几个，一点也发现不了。老乡一开始没想拿，可是，那东西放眼前，就像一块吸铁石一样，吸引着她趋向前。拿了几次，没有发现，老乡就镇定自若了。她想女主人一件小肚兜都要1万块，肯定不会注意到这几个小钱的。有一次，她收拾柜子，发现一个钱夹子，里面居然有500块钱。老乡记得女主人是有一个随身带的钱包的。这个包一定是不用了的。第二天，那个包还在，钱也还在。老乡就把主人遗忘的500块钱揣进了口袋。

第三天，老乡比平常更勤快地在她家做，女主人这次没出去。等她做完活，临走了，女主人说，我跟你谈一下。

老乡脸唰地一下变了。

女主人说，我那个钱夹子里的500块是不是你拿的？

老乡脸通红，想不承认。

女主人说，我特地放那儿的。我在想，如果那钱一直没动，我就相信你了。存钱罐里少钱的事，就算我自己多疑了。可是，你证实了我的怀疑。

老乡低声说，家里人病了，需要钱。

女主人很不屑。说，这个月你做了10天，那500元就抵这10天的工资。明天你就不要来了。

这老乡辛辛苦苦做了3年，最后竟这样羞愧难当地夹包滚蛋。

袁木兰后来再没有见到过她。这事儿还是女主人去家政公司挑人时传开来的。

家政公司的老板以此作为特训教材，反复告知手下妇女同志，要守规矩，否则砸了自己的饭碗。

袁木兰很替老乡惋惜，多么老实的一个人，从来没有做过偷鸡摸狗的事，想不到一时鬼迷心窍，栽在这上面。她也恨那个女主人，为什么要试探呢？为什么不把钱物收好？存钱罐少了钱，你早提醒不行吗？还故意放诱饵，引蛇出洞，是想从而获得侦破的乐趣吗？太可恶了！

袁木兰的这一观点，得到不少姐妹的共鸣，她们各自讲出一些变态主人的把戏，故意在家里某个角落丢些钱币，或首饰，来考验家政工的品德。有些主人上班，为了检验家政工是不是按时来上班，故意把电话打到家里来，装着交代事情，而不是打手机。

做这一行，其实有多少委屈。累一点，苦一点，都没什么，最怕的是不信任。

袁木兰是自尊心很强的人，她绝对不会犯老乡那样的错。她给主人买菜，都开小票，9块8毛钱的菜，主人给她10块，她都要找回2毛。一分一厘都不要占。以至于主人都诧异，这阿姨也"撇清"得过分了。

袁木兰就是这么个爱惜自己羽毛的人。因为爱惜羽毛，她对自己要求严格，故而，对主人也有要求，她容不得别人一句闲话，容不得棘手的事影响自己的心情和形象。这也是她从朱女士家辞工出来的原因。

4

在林小姐家做晚餐之前，她在朱女士家做，晚餐加卫生。朱女士30出头，不上班。袁木兰发现，深圳年纪轻轻不上班的女人真多。袁木兰很不理解这些在家当太太的女人，虽然，她们生活得很好，可是，袁木兰总是替她们缺乏安全感。家乡有句老话，儿要亲生，钱要自挣。即便丈夫有钱，你也还是要伸手啊！哪儿有自己挣钱花来得踏实、响亮。她就很佩服沈医生，有本事，有职业，走到哪儿头都是抬的。

像朱小姐这样，年轻轻轻的，不上班，还要请家政工伺候，也真是过修掉了！袁木兰心里无法不蔑视。可是，蔑视归蔑视，话又说回来，没有这么多修正主义寄生虫，她们这些家政工哪有活干？

朱小姐长得很漂亮——但凡能享受这样生活的，漂亮大概是一个通行的资本。她个头高挑，有点丰满，照袁木兰看，这丰满正正好，是个结婚生子的女人该有的样子。可是，朱小姐似乎还嫌自己胖了，每天要出去练瑜伽。

不要以为不上班的女人，她们没事做，才不是呢。她们忙得很。像朱小姐，除了练瑜伽，还要遛狗。

她家养了一条大金毛犬。这条金毛犬是全家的宠儿。

朱小姐老公是做生意的，一星期回来一两次。一回来，首先是摸摸扑上来的金毛犬的头，然后是跟金毛犬一起玩的女儿的头。他跟朱小姐倒不怎么多话。袁木兰敏感地觉得这对夫妻关系不那么融洽。先生回来，袁木兰问要不要加什么菜。朱小姐说，你问他吧。买东西也是，家里油盐酱醋少了，洗洁精、地板净用完了，拖把坏了，朱小姐说，你跟他说吧。那先生回家，每次就像采购员一样，扛上一堆生活日用品。

袁木兰心想，这女人都不上班的，还让男人买这买那。这家怎么当的？难不成是男人没给她留够购物的钱？袁木兰猜测。

而且，他们夫妻俩是分床的，朱小姐在主人房，先生在客人房。袁木兰有一次故意问小孩，小孩说，爸爸回来睡客房呀。

有一次，先生在家，朱小姐出去遛狗了。男人手机响起来，他进房里接电话，随手关了门。袁木兰还是听得清楚。

“现在没有办法，你得等。”

“等3年！”

不知那边说了什么，先生生气地挂了电话，骂了句“操你妈的×”。

袁木兰不由同情起朱小姐来。她先生一定是在外面有情人的。

难怪朱小姐整天显得神情恍惚，不开心，唯有抱着金毛才看得到一丝热情。

朱小姐的女儿有10岁了，女孩发育良好，若不看她幼稚行为真以为是个成熟少女了。袁木兰从没见过这么不斯文，不像女孩的女孩。她一回来就搂着金毛亲嘴，玩闹。她那个小房间简直是个猪窝，作业、玩具、零食、衣服，满地满桌满床都是，连枕头底下都是糖果。她自己吃的和狗吃的，混放在一块儿。袁木兰每次给她整理房间都要整理足足半个钟。她妈妈怎么不教她呢？一个女孩要有女孩的样儿。袁木兰自己也养女儿的，她女儿多规矩，多懂事啊！每次整理女孩房间时，袁木兰就忍不住想念自己女儿。她在这里伺候别人家孩儿。自己闺女都上高中了，这些年都照顾不到，不知孩子怎么长大的。唉，没有办法，要挣钱，不挣钱，她将来怎么上大学？她的这一对儿女都争气，儿子已经上大学了。每个月给他汇钱，从来不乱花一分。

袁木兰的理想是在家乡买一套房子，将来自己回去住也好，留给儿子也好，也算是她这些年在外打工的收获。她会把家布置得很漂亮舒适，铺上木地板，进门换拖鞋，买一台超薄的液晶电视，配上立体环绕声音响，儿子喜欢听音乐。餐桌要钢化玻璃的，她会擦得锃亮，开饭的时候摆上一色的瓷花碗，还要和丈夫女儿儿子一起喝杯红葡萄酒，有条件的话，也请个小时工来，享受一下别人伺候的感觉……

这是袁木兰的理想。这理想每每在她情绪低落意志薄弱的时候鼓舞她，让她坚持做下去。

凭良心说，朱小姐家，工资给的不低，也从不拖欠，而且每年有加薪。但是，袁木兰还是需要不停地靠这个理想来让自己支撑下去。

她不能忍受的是他们家的金毛狗。这狗当然也很可爱，通人性，袁木兰跟它说话，它也能领会。比如，她说，金毛，我要收拾房间了，你出去客厅，它就出去了。朱小姐有时发脾气要打孩子，金毛还会冲过来袒护，让朱小姐破涕为笑。朱小姐对它的疼爱不亚于孩子，她说，“宝贝，亲一个！”金毛就偎过来，比女儿还听话。她跟金毛说话，也是自称“妈妈”。她先生就是金毛的爸爸，她女儿是金毛的姐姐，袁木兰则是金毛的“阿姨”。

金毛带给主人的是乐趣，带给她的则是麻烦。光是清理狗毛就够叫人受不了，一地都是，茶几下的地毯垫最容易粘狗毛，别人家几个月洗一次，她家得一周洗一次。金毛吃喝拉撒虽然也教过，可有时来不及还是在家里便便，这些肮脏的东西，她得处理。还要定期给狗洗澡。袁木兰没想到自己伺候了人，还得伺候狗。不能容忍。

她尤其不能忍受跟金毛同桌吃饭。朱小姐母女俩跟金毛很随便，自己的饭菜可以直接喂给金毛。袁木兰犯恶心。她鼻子尖，闻不得畜生的味。吃饭的时候，就自己先把自己那一小份划到一边，不跟他们共菜盘。在有些讲究地位差别的户主家，家政工吃饭是不能和主人同席的，单独小盘另放。袁木兰是主动要求另席。即便这样，她也还是吃不下饭。总疑心自己的碗可能让狗舔过。

每天干很多活，吃饭的时候又吃不下。袁木兰在朱小姐家做了两年，体重轻了好几斤，是有史以来最苗条的。每次提出不干了，朱小姐就加薪。

谁愿意和钱过不去呢？袁木兰也就留住了。在朱小姐看来，这大概是阿姨故意的伎俩。因此，她看袁木兰的眼光就有些不自觉的轻蔑。

她使唤起袁木兰来更加频繁。“阿姨，给我弄个水果拼盘。”“阿姨，给把这件衣服熨一下。”“阿姨，金毛该洗澡了。”

袁木兰心里嚼了一百次舌头，她是钟点工，她的时间是按钟计算的，晚餐加卫生，每天4小时，她总要超时，才能完成她们家的活儿。照说吃完饭，洗过碗，她就该回家了，竟然还要她再弄水果拼盘。她又不是全天保姆！至于那些卫生，也要看时间，有的不需要天天做，就轮着来。比如今天擦了窗子，明天再洗地毯也可以。用得着这么提醒吗？

最烦的是，朱小姐经常找不着东西，来问她。“阿姨，我的那件白色纱线外套哪里去了？”“阿姨，我的红围巾你看到了吗？”“阿姨，有没有见到我的景泰蓝手镯？”

袁木兰很窝火，干吗这些东西要问我？难道是我拿着吗？我和你身材不一样，你的外套、披衫我也不会穿的，你那些东西，我都用不上，也不稀罕！我袁木兰手脚干净得很！

怨不得袁木兰那么想。做这一行的，最怕别人怀疑。其实，朱小姐并不是怀疑她，只是她因为自己不收拾，生活乱，心不在焉，依赖阿姨惯了。

有其母必有其女，朱小姐的女儿和朱小姐一样，这个邋遢的小女孩，一有东西不见，就问袁木兰。

袁木兰在家搞卫生的时候，朱小姐一般不是在外面练瑜伽，就是遛狗。这一点倒是很好的，不像有些雇主，在家严防死守。袁木兰并没有因为主人不在家而马虎地做活。有一次，她给天花板的吊顶扫尘，有个拐角包着一块深色纱巾。袁木兰用撑衣杆裹着抹布仰头擦上面的灰尘，冷不防把纱巾扯了下来，里面居然有个小屏幕，在放影像。影像里的人把袁木兰吓了一跳，正是她自己。

原来，她家里装了摄像头！

那个时候，正好另一栋大楼的保安告诉自己，有一家户主急找家政工。袁木兰于是就在朱小姐家辞了工。

5

就这样，袁木兰去了林晓晓家。

林晓晓是个老师。袁木兰对于有职业的女性都抱有一份好感。她们大抵都很忙，没那么多工夫想东想西，比较正常。

同时也抱有一份同情。按说，她这样的人，哪有资格同情别人，应该反过来才是。但袁木兰就是没来由的同情。像林小姐这样的，哪里会过日子啊？买菜都不会买，分不出老嫩好坏，整天老一套，买回来的食材都是太普通了，把个小孩子喂得跟豆芽菜似的。她来了之后，首先进行厨房工程的改造，给她家添了花椒、大料、八角、豆瓣酱等各种配菜的调味料。建议她买了高压锅、电子瓦锅。每一天的口味都不同。红烧肉、米粉肉丸子、爆炒虾仁、黄豆炖猪脚、扇贝、香煎牛扒、沸腾鱼、酸菜鱼、啤酒鸭、宫保鸡丁……这些过去从未在家里菜桌子上见过的，现在都见识了。小孩子吃饭吃得那个欢啊。“妈妈，阿姨做饭贼好吃哦！”林小姐把儿子的话学给袁木兰听，这份肯定令袁木兰表情更加骄傲。她是乐意搞吃的，也不嫌麻烦。不像有的家政工图省事，怎么方便怎么来，主人买什么菜，就做什么菜。林小姐说，她过去若买了需要剥壳的菜，家政工就放冰箱里，不烧，只烧那些好弄的菜。

林晓晓给的薪水不比朱小姐家高。不过，林小姐对她很信任，来了第三天，就把钥匙丢给她了，家里也没有装摄像头。

不要以为家政工只顾着想钱，其实，有些钱，袁木兰是不想的，如果雇主不对路，再多的钱，也留不住她的。她袁木兰可不是一般的家政工！

过了九月，深圳的暑气还没有消退。这个城市一年到头火热着，仿佛有使不完的活力。

袁木兰的一天是这样开始的。早上6点不到，宿舍里就有窸窸窣窣的起床动静了，上厕所，刷牙洗脸。有的家政工要给人做早餐，起得就比旁人更早。一个人醒了，其他人也就跟松动的牙一样，待不住了，开始翻身，打哈欠，放屁，这是起床前的过门曲，然后就陆陆续续都醒了。袁木兰在念中学时住过一段时期宿舍，没想到40多岁了，又住起集体宿舍。她曾想单独出去租一间房子，可是，房租让她望而却步。老公在东莞，那里租了一间房，她这边就不能再租了，就集体宿舍凑合着吧。她必须忍受宿舍里中年妇女身上的酸肉味、隔夜的浓重的口气、精明或蠢笨的计较、各种稀奇古怪的癖好、以及叽叽喳喳的聒噪。必须忍受着排队上厕所，洗脸。

早上大家都不说话，也不开笑脸，各忙各的，好像都有下床气一样。洗漱完毕，袁木兰坐在床沿，从枕头底下摸出一块小木盒，里面有一把小木头梳和一个小木框镜子。用梳子通头发，头发已经不够卷了，年前得再烫一次。上铺说，有家小理发店很便宜，50块钱就能搞定。文的眉毛也有些褪色模糊，林小姐说，她纹的眉毛不好。是不好，那是在老家纹的，她一直想在深圳重新弄一下。皮肤还是白的，白里透着红润。林小姐还笑着问她怎么保养的。她们哪里能谈“保养”二字？不过就涂一点百雀羚。

收拾好自己，就出去买早餐。对面一家工厂食堂对外开放，比一般的大排档餐馆都要便宜卫生。她买一个包子，或者一个馒头，回头冲着麦片喝。麦片不贵，还减肥。她前年有一次手突然发麻，举不起来，去医院查，医生给她扎了银针，并警告，说要防止小中风。她吓得不轻，这以后，饮食非常注意。给雇主家做的那些大鱼大肉、海鲜，她其实吃得很少。雇主们对她这么自觉表示了充分的赞许，其实，她真不是客气，而是为自己身体考虑的。她可不能倒，她倒下了，儿子女儿怎么办？

吃罢早餐，去超市，买点雇主托付的日用品，盐、酱醋、生抽，不是这个少了，就是那个短了，却又每顿要用，少一不可。这些东西，唯有她记得，是她在帮他们过日子。还有蔬菜。两家的，结账时分开打单，小票留着。

到了9点，首先去红桂楼——就是林小姐所在的那栋楼，但上午这一家不是她家。她在这楼里还担负有好几户人家的钟点卫生。周一周四是张家，周二周五是李家，周三周六也有。只做卫生。袁木兰做事麻利，一个钟抵人家两个钟。原本一片狼藉的屋子经过她手之后，整洁明亮。楼下的保安跟她也熟了，有几户就是保安给介绍的，包括后来的林小姐这一家。

做完钟点卫生，到了11点，她该去另一栋公寓楼，给一位姓蒋的小姐做中餐搞卫生。这位姓蒋的小姐是袁木兰所见过的最独特的一个，也是她最不能理解的一个。年轻，漂亮，长得跟画报上明星一样。袁木兰在这里做了一年，都不知道她是做什么职业，每次去的时候，蒋小姐都还没起床。袁木兰先去厨房将汤煲上，汤每天都不一样，今天是龙骨莲藕汤，明天是桂圆莲子红枣汤，再后天是木瓜雪梨汤，都是按照蒋小姐吩咐的。袁木兰心里叹道，这姑娘年纪轻轻，蛮会保养自己的。肯定是男人有钱，才这么娇养着。女人漂亮是本钱哦！唉，这年头！女人不需要能干，只要长个漂亮脸蛋就行了！可是，漂亮也不能当一辈子啊！那个朱小姐不漂亮？她老公还不是在外面养情人？

蒋小姐应该是结了婚的，她口里时不时蹦出“我老公”这三个字。但袁木兰一次也没有见过她老公。

家里有男式的拖鞋，鞋柜里的男式皮鞋，衣柜里的男装，茶几上的烟灰缸。无一不在说明，这是两个人的小家。

这么年轻，又没孩子，怎么不出去上班？袁木兰很想好心地提醒她，这姑娘那么年轻，不懂事，她看着就跟自己女儿差不多。

唉，深圳真是太多谜一样的人物和家庭。袁木兰也见多不怪了，只要有钱赚就成。蒋小姐每月工资都不短她的。有时没起床，钱就压在茶杯底下。

汤煲好，扫地、拖地、抹桌台、洗衣服，忙完卫生，就去厨房，汤已经煲得差不多了，再弄两个菜。蒋小姐起床了，在卫生间待半天，冲了凉出来，湿漉漉的头发用粉黄色浴帽包好，粉黄色睡衣，眼睛是那种刚睡醒的扑朔迷离，脖子细长，胳膊腿也细长，袁木兰想，天天煲营养汤，这姑娘也长不胖。

吃饭的时候，蒋小姐心情好的话，也会和袁木兰说说话。她说她也是湖南人。袁木兰说，那你怎么从来不吃辣椒？蒋小姐说，这边水土不行，一吃辣，脸上就长痘，只好戒了。

袁木兰问，你晚餐怎么吃？

蒋小姐说，这不是有煲好的汤吗？晚上再热一热。

袁木兰于是知道了，这爱美的姑娘，一天只有中午这一顿是最隆重的。早上基本上都睡过去了，晚上喝点汤、粥。

袁木兰忍不住好奇，终于问起她先生来。蒋小姐淡淡地说，在广州做生意。

大部分时候，蒋小姐是不怎么说话的，她一边小口地喝汤，一边看电视。

但每到周末的时候，蒋小姐就显得兴奋一点，让袁木兰多准备几个菜，汤也炖得比平时更多。袁木兰就心里明白，是先生要回家了。

蒋小姐出手很大方，有衣服不要的，就给袁木兰。袁木兰自己当然穿不了蒋小姐的衣服，就留着给女儿。蒋小姐说自己在网上开小店，生意很好。她把进的货自己做衣服架子拍了放上去，买的人很多。

袁木兰心想，原来在家里也可以开店赚钱啊！对这位娇滴滴的姑娘就多了一层敬意。

从蒋小姐家出来就有下午两点了，距离下午去林老师家还有两个钟。她回宿舍休息一会儿，喝口水。有时候会再去超市逛一逛。然后一路去到红桂楼。

红桂楼旁边有家彩票售卖点，每次都有许多人排队。她从来不去买，也不准老公买。她老公买彩票都花了上千元了，一次也没中过，都白做贡献了。她骂了多次。“正经做你的事，别想那种不靠谱的好事！”老公每每带来某某人中大奖的报纸，袁木兰也从不动心，她根本不指望这种天上掉馅饼的好运。这么多年，生活已经告诉她，没有最差，只有更差。看来，男人总是天真一些。

到了林小姐家。玄关里是散落在地，东一只西一只的拖鞋，这一家子生活随意，不拘小节。没个人跟后面打理真不行。袁木兰将鞋子擦好，分类放入鞋柜，拖鞋洗了放阳台上晾干。

早餐的盘子还放在饭厅桌台上，面包屑落在杯子旁边。茶几上是翻过的报纸，还有杂志。不愧是老师家，书多，客厅、沙发、地板、床上，到处都是。小孩子的房间，一地的试卷、作业、草稿纸、涂改带，以及换下的脏衣服。袁木兰将东西各归各位，把脏衣服放入洗衣机，领子、袖口等有污渍的地方，先搓一下。再扫地、拖地、擦桌子台面、卫生间。做完卫生，就到了准备晚餐的时间了。自从她来之后，林老师家的厨房有了革命性的变化。调料丰富，食材多样。厨具也丰富起来。袁木兰心里叹道，这个女书生，家里以前没有高压锅，没有瓦罐，没有汤漏勺，怎么当了这么多年家？吃得也贫乏啊，还不如她这一介下岗女工！袁木兰觉得，吃是大事，天经地义。不会弄吃的女人，简直白活！因此，她满心怜悯林小姐的老公和孩子。

是她替他们把日子过起来的。

没有什么比看到自己的重要性更让袁木兰满足。她在林小姐的眼里看到近乎讨好的依赖。家政工做到这份上，也是蛮有成就感的。

6

从林小姐家出来，已经晚上7点多了。各家各户的灯都亮了起来，只有灯火月影映照下的树木花草静静地伫立。

袁木兰骑上单车，再奔往这一天的最后一家。重复着一样的清洁工作，但明显地，精力没有那么充沛了，脸上也笑不动了。公事公办地勉力做完该做的卫生。出了门，终于长舒一口气，扭一扭僵硬的老腰，再立即飞奔回宿舍。

家政公司有个规定：最晚10点钟要回来。11点钟，停水停电。老板娘准时关闸。家政工们背后都骂这娘们抠门。多用点水吵死人。有人揭老板娘老底，说她过去自己就是做家政的。现在翻身当了老板，一点同情心没有。

袁木兰对这个老板娘又是佩服，又是鄙厌。没文化的马脸女人都能当老板。自己竟不如她？唉！

“要不，你就别做了吧！”老公张有贵听老婆每次喋喋不休地抱怨，就说道。

“不做？不做你有本事养我养孩子啊？靠你那两个钱吃屁屙风！”

袁木兰凶巴巴地骂道。她的怨气每周要到老公这儿来释放一次。比起宿舍里的那些姐妹，她好歹还有个去处。老公和她相距不远，不像那些姐妹，和老公大概一年见不到两次面，40来岁，过得就跟老菜干一样。

张有贵是个老实人，脾气好，被骂一下也不计较，反正老婆来了，还得给自己做饭不是。袁木兰做姑娘时，在她公司隔壁大修厂上班的他，经常过来帮她提开水、提菜篮子。当初嫁给他，袁木兰娘家人不同意，嫌他没出息。袁木兰图他人好，也图他有个好爹。他爹是离休干部呢。没想到，六亲不靠，这个公公一辈子只要自己的名声，儿女的忙一点不帮。坐视他们夫妻双双下岗，来深圳打工，过这种卑微的生活，也不伸手帮一把。袁木兰的怨气不冲老公发，冲谁发？

“怎么不管？不是帮我们带孩子？”张有贵偶尔也反驳两句。

“你以为我想和孩子们分开？”说起孩子，袁木兰心里一阵绞痛。她想念他们。好久没见了，胖了，还是瘦了？又该长高了吧？

“我爸替我们看中了一套房子，在市区。问你想不想要？他老干部，可以打一个点的折扣。”

袁木兰眼睛亮起来。“多少钱？首期要交多少？”

“50万！首期可以先交十几万。”

内地的房价也涨这么高！袁木兰撇了撇嘴，眼睛里的光彩顿时熄灭。她得不吃不喝再干多少年的家政工才能挣得到这么些钱。

为了省钱，袁木兰减少了去东莞的次数。每一趟那来回的路费，等于她一天的工钱白做了。

趁着身体还行，再多做它个几年。挣一笔钱，回去买房。袁木兰心中其实还有个庞大的计划：她想在深圳买房呢！她喜欢这大气的现代化城市，干净、明亮、繁华，气候又好，她想像深圳人一样生活！

这个愿望要是说出口，一定要遭到众人的嘲笑。简直不知天高地厚！深圳的房子！是你这种人想的吗？癞蛤蟆想吃天鹅肉！

但是，为什么不可以想呢？那个老板娘不是做家政工出身的吗？还有红桂楼那个收废报纸的老蒯，他在那片小区包了许多年，听说，也发了财。还有，以前一个和她一样做家政工的，好些年前，在宝安借钱买了房，转手卖了，赚了好一笔钱，尝到甜头，专门搞起房产买卖。很有钱了！

怎么不可以？广告上不是说了，一切皆有可能！

袁木兰相信自己有一天能做到。她是个有雄心不服输的女人！

7

然而，生活却好像一定要嘲笑她的痴心妄想，偏要让她不痛快。

事情是从哪一天开始突然不顺的？

对于家政工来说，不做东家做西家，铁打的营盘流水的兵，即便与雇主家相处得再好、再熟，那感情也仅仅是只够维持工作的。不拖泥带水，不纠缠，不深入。双方都保持着随时更换的权利。虽然被称着“阿姨”，但她们知道，那是词条里的“三”而不是“一”。

只是，有时候，找到一个用得顺手的家政工不容易，雇主可能更想让关系巩固一点。这样，家政工就占据了有利位置。比如，在林小姐家，袁木兰就绝对感觉很好。她俨然成为她们家不可或缺的一位重要成员。林小姐对她倚重有加，尤其是碰到她出差，开会，不能回来，那么伺候儿子吃喝，就全依赖她了。

一个人被人如此需要、依赖，那是件很荣光的事。在林小姐家，买什么菜，怎么做，晚餐如何安排，全是她说了算。包括家居摆设，袁木兰也可以提出合理化建议。林小姐都欣然采纳。甚至有时候，袁木兰就自作主张，比如，她把家里用过的儿童床挂钩拿来放阳台上墙壁上撑着，悬挂杂物，把花盆重新挪动位置。阳台经她这么一打理亮堂很多，规整很多。林小姐总是称赞她，“阿姨”前“阿姨”后叫得亲亲热热，端的成了词条一了。

袁木兰无疑有一种自豪感，她仿佛是在当林小姐的家，是这个家不可或缺的重要成员之一。

但这种自豪感随着林小姐的婆婆到来后立即改变了。

听林小姐说过，她婆婆以前都不来的，给女儿带外孙，都不管孙子的。不知为何，现在却来了。

婆婆来了之后，袁木兰当家做主的地位顿时丧失。她洗菜，婆婆说，叶子不能丢多了；炒菜，油不能放太重；洗碗，第一遍，得用少少的水，洗洁精滴抹布上，一个个擦，然后再清，不费水，又洗得干净……

在这个婆婆面前，袁木兰觉得自己成了不会做事的傻大姐。

以前，她来林小姐家，家里都没人，她很自在地做着家务。现在，她一进门，老太太就像尊元神一样霍然守在那里。买菜的权力给收回去了，烧什么菜，怎么烧，老太太说了算。她站在背后，指挥她操作。袁木兰真想放下锅铲走人。

最令袁木兰愤愤的是，老太太还动不动和林小姐嘀嘀咕咕，她听不清嘀咕什么，但从神情都可以看出来，是在说她闲话。

林小姐对她倒还是一如既往，大约是看出袁木兰心中不爽，林小姐私下安抚她，老人家年纪大了，担待点。她也待不久的。

袁木兰知道，林小姐想留住她。

是的，如果不是看着林小姐的面子，她也真想撂挑子不做她家了。

然而，不要以为选择权真的在她们家政工手里。好活儿不是那么好找！袁木兰再是心高气傲的人，也不得不学会忍耐、妥协。

林小姐这边让她堵心的事儿还没消化好，又一桩闹心的事儿发生了。

后院起火。家政公司让她搬走。

袁木兰没想到家政公司这么狠。同时接到搬走命令的有3个人。那两个人刚和老板娘吵过架。

袁木兰知道老板娘早就对她有意见了，因为最近这两年来，袁木兰的活儿都不是从公司找的。不从公司找，意味着就不用交介绍费。尽管当初也说好，如果自己能找到活儿，不做公司介绍的，也可以。因为公司需要人员充数，好给雇主们显示，员工充足。多住一个人，还能多收份房租。

谁知老板娘现在出尔反尔，年关就要到了，她这不是趁火打劫吗？

袁木兰知道，老板娘不喜欢她。不仅仅因为她没通过公司的渠道找活，影响不好，带得别的家政工也心思歪歪的，想和雇主串通撇开公司。而且，也是因为袁木兰太精明，知道公司的一些内幕手脚。

其实，那些小手段谁看不出来？真以为农村妇女就是傻子啊？只不过一般人老实，忍气吞声罢了。那两个吵架的，下场就是被遣出去。

家政公司为了多收介绍费，故意在雇主和家政工中间两头耍花腔。多换几个家政工，就能多收一笔中介费。

袁木兰才不上她的当。说句实话，这蹩脚窝囊的宿舍，袁木兰也是赖着性子住。要走也是自己理直气壮地走，怎么反而轮到她们来赶？

老板娘说，公司又新到了几个家政工，没地方住，不得已袁木兰她们几个必须三天内搬走。

呸！新到了家政工？骗谁？年底向来保姆荒，还会有人现在过来？

袁木兰一口气憋在心里。什么时候她袁木兰混到无处可栖的地步？

今天的家务活还得照常去做。那两个被开的钟点工约她下午一起去找房。

袁木兰阴沉着脸，那两道文过的刀削一样的眉毛比往常垂得更低。公寓楼的保安和她打招呼，她也挤不出一个笑容来。

到了蒋小姐家。今天奇怪，破天荒蒋小姐这么早就起床了。她在收拾她的衣柜。客厅里已经有几个空纸箱。

“你帮我整理打包这些东西吧！我明天不住这儿了。”蒋小姐声音平淡，对袁木兰来说，却像炸雷，震得她差点跳起来。

“你不住这儿？要搬家？”

“是的，不住了。”蒋小姐依旧淡淡的，好像这事儿不值得去问。

“那，要不要煲汤？”

“哦，好，你先去煲汤。我喜欢喝你煲的汤，就最后为我煲一回吧。”

袁木兰像平常那样去厨房，将冰箱里剩的一坨龙骨拿出解冻。跟冬瓜放一起煲，盘算了一下今天炒什么菜。然后，就默默地跟在蒋小姐后面，帮她打理包裹。

吃饭的时候，蒋小姐将一叠“老人头”递给袁木兰，还有10天才满月结。蒋小姐说，就不扣你钱了，我们是老乡，你也不容易。还有一些带不走的家具物品，你要就拿去。

袁木兰是心硬的，这么些年，走过了太多的人家，她绝没有多余的感情给不相干的雇主。她甚至都不了解他们，她只是打一份工。

然而，接过蒋小姐的钱，眼里却涌过一些热热的东西。她假装低头捡饭粒，硬生生地憋了回去。

她不知道这个漂亮年轻的女孩要搬到哪里去？不知道，她那个男人在哪里？为什么没有来和她一起搬家？

在她被赶出家政公司的这一天，还有人跟她一样的命运。这漂亮的楼房不是她的家，就像那个两尺宽三尺长的铺位也不属于自己一样。她们都没有一个稳定的家，都是漂泊的人。

打电话给林小姐请了假。她说没地方住，要去找房。林小姐“哦”了一声，同意了。这是她第一次请假，她从没请过假。如果不是有林小姐婆婆在，她也不会请的。这个时候，她实在不想见到那尊神。

那两个老乡告诉她，在一家名为“海洋”的家政工公司找到房子了。和“助家”差不多，8个人一间房，300元一个月，问她住不住？

袁木兰说“住”。

她收拾自己的家当，不像蒋小姐大箱小箱，她只有一个包裹。一床被褥，几件衣服，毛巾牙杯。从一张床铺位挪到了另一个床铺位。

择了床，她很久才睡着，还做了个梦。梦里，她在老家的那个房子里，黑灰色的八仙桌，她坐在靠背椅上织毛衣，女儿在一旁写作业，毛茸茸的头发，是小时候的模样。袁木兰醒来，一摸脸，湿的。

幸运草

1

九月。已立过秋了，暑霸王完全没有撤退的意思。起源于黄河流域的二十四节气在岭南一带仅仅具有时令上的参考意义，漫长的夏季仍将无边无际地延续下去。花草树木都热烈地盛开着，生长着。路边的巴拿马橡树垂挂着千丝万缕的胡须，又像疯女人的长发，大风一吹，徐徐飘荡。棕榈树、散尾葵、凤尾竹、不结果子的大王椰，一年四季，不知疲倦地绿着。凤凰花快凋谢了，残红依旧惊心，台湾相思、木棉、榕树、紫荆，一起静静地怡然伫立，撒下一片可贵的浓阴。花开得最艳的是簕杜鹃，一大蓬，一大蓬，绚烂夺目。簕杜鹃是这个城市的市花，又名三角梅、九重葛。她的花期长，又容易成活，剪个枝子，就可以蔓延开来。如此大红大紫，恰似这个欣欣向荣的城市。

这是九月的深圳。

生态园里的草又茂盛了不少，那些小昆虫、小蜗牛、小蜘蛛、四脚蛇寂寞了整整一个暑假，现在又听到熟悉的欢闹声了。它们埋伏在草丛里，伺机出动。

致信小学秋季学期开始了。

10点钟的时候，上午第二堂课下课。令人愉快的铃声一响，安静的校园立即活泼喧闹起来。学生们一个个小兔子一样活蹦乱跳地离开教室。你挠我一下，我推你一下，嘻嘻哈哈，你追我闪，他们在用幼童们特有的打打闹闹的方式来表达他们的亲昵和快乐呢。规矩了一节课，现在要舒展一下腿脚，放松一下绷紧的小神经，解放一下被拘束了的活力，要知道，他们的活力可是使不完的。当然，这种打闹时间非常短暂，是趁着班主任没来之前的放纵、欢闹。班主任一来，大家立马排好了队，在体委的口哨声中，甩着胳膊，迈着小腿，雄赳赳气昂昂地向学校的大操场走去。而这时，其他班、其他年级的孩子，也正和他们一样，迈着同样的步伐，甩着同样的手臂，向大操场走去。广播里播放着运动进行曲，欢快而嘹亮。各个年级、各个班，都有固定的位置。从远处看，这群身着天蓝校服的孩子，像一个模子塑造出来，他们整齐而有序，仿佛被某个编程大师编了程一般，但同时又是灵动而充满生机的。这些小人儿很快将画着白线4000米跑道的大操场填满，空旷的土地上好似突然盛开出一望无际的蓝花花。

这一幕情形常常让过路的大人们惊叹：多整齐！多壮观！多美！多可爱啊！谁能将这一盘散沙似的小人儿拢得这么好啊！学校，真是神奇的地方。管孩子的老师真是神奇的人！

把孩子们出操当神奇美景来看的大人不在少数。这些大人通常是孩子的爷爷奶奶、外婆外公，也还有一些年轻的家庭主妇，她们掐好时间，买菜的时候，顺路过来。瞅一瞅，看看能不能找到自己的孩子。当然，要找到自己的孩子很难，他们都是一样的衣服，个头也差不多，以头发为区别，仅能区分出男孩或女孩。而男孩甲乙丙丁、女孩甲乙丙丁几乎就分辨不清了。大人们巴眼望着，操场隔着铁丝围墙，外面还种着一圈冬青树。大人们从树的缝隙中察看，或者站在远处稍高一点的地方眺望，看到的，个个像自己的孩子，也个个都可爱！

当然，从外面看和里面看是不一样的，家长看和老师看也是不一样的。外面看的是远景， 看的是整齐划一，而近景则不然了。有的学生手臂没抬高，有的腰没弯到位，有的脚步没跳起来，有的还交头接耳。这些只有近距离的老师才可以看得到。俗话说外行看热闹、内行看门道。这儿，家长看的就是热闹，老师看的才是门道。他们做的好不好，对不对，规范不规范，认真不认真，只有老师才看得出来。各个班级各个年级都是要比的，做操代表着一个班级的精神面貌，是衡量一个优秀中队的必要条件之一。每周在课间操结束后，领导要公布出优秀中队的班级名单。获得优秀中队的，班牌是红色的，没有获得的则是绿色的。作为颜色，红和绿本没有高下等级之分，但在这里，红和绿的含义大不一样。谁都要面子，谁都希望得红色的牌子。得了红牌既是学生的光荣，更是老师的光荣，是这个老师管理班级水平的一个反映。这个反映加上其他的东西，诸如成绩、平均分之类，是考核一个老师是否优秀能干的重要指标，也是评优评先的重要砝码。

所以，米亚老师很重视。米亚是五（6）班的班主任，这一学期新接手的。五（6）班是学校颇负盛名的淘气班级，四年级的时候，据说闹腾得老师们都以踏进他们班教室为畏途。致信小学通常采取的是小循环，老师一般从一到三年级带上来，四五六再一个循环。可是，五（6）班是个特例，四年级的班主任王红老师干了一年，撂挑子不干了。她的理由是，身体不好。她身体似乎是不大好，例假不正常，生理功能紊乱，据说累的。四年级这一年，她光是病假就请了不下十回。她一请假，班上更乱。王老师说这个班级难管，没病也给累出病的。这样，这个热手的烫山芋就抛到了米亚手上。

米亚是个能干的老师，今年35岁，正是一个老师的黄金年龄，有一定的教学经验，也还有激情和干劲，尤以管烂班出名。烂班其实谁都不愿意管，吃力不讨好，付出的多，回报的少，批评的多，表扬的少。米亚在内地教过中学，那间学校按成绩分快慢班，快班的老师，都有一种优越感。慢班老师则被学生连累得灰头土脸。米亚快班慢班都待过，深深领教其中滋味。凡老师都希望得英才而教之，省心省力还易出成果。尽管致信小学不分好坏班（深圳教育局明文规定，义务教育阶段不许分好坏班），但往往因为老师的配备强弱，自然而然，也逐步有些分化。当然，这个分化不大，小孩能有多大差别？所以，年级里每个班比来比去也差不多，红牌今天到你班，明天到他班，还算均衡。可是，这个五（6）班却是个特例，四年级一年几乎没得过一次红牌。米亚就接手这个班，这个谁也不想要的班。王老师能撂挑子，她不行。很简单的原因，王老师是正编，她是临聘。正编是铁饭碗，临聘是泥饭碗，随时可以打烂的。这个移民城市，有大量外来老师，他们被引入特区，投身教育战线。特区老师工资待遇高。人往高处走，水往低处流。学校里那么多正编教师都是打临聘过来的，临聘一熬成正编，身份就不一样了，人也仿佛高了一等。说话做事从容许多，可以有点挑选的余地了。米亚已经临聘了好几年，是老资格的临聘老师了，可是，终究是临聘。只有被挑的份，没有挑选的份。当然，话是很好听的，领导把任务交给她，是器重她、信任她。并暗示这一届下来，绿色通道的名额会有希望。

米亚心里说，这希望就好比挂在树上的杨梅，画在画上的饼。她望了好几年，想了好几年，却一直摘不到。教育局安排的招调考试，她运气不好，考了几次没有考过，寄希望特批。因为工作表现积极，又因为校长还是她同乡，她被推荐报过一次特批，但那一次很快被人顶了下来，有人写匿名信投诉她。这件事令米亚深感人心险恶。她35岁了，离招调的上限四十，已经时间不多了，自己的孩子也已上小学，还没有深圳户口。老公在一家旅游公司，整天在外面跑。内心纠结的时候，整夜整夜睡不着觉，头炸开来似的疼。但她没有请过一天病假，她对孩子们投入更大的精力。也只有在孩子们面前，她才能感觉到自己的强大和威力。哪怕，这个班是出名的淘气班，她也是不惧的。再坏的学生也坏不过成人吧？还对付不了这班小毛孩？米亚老师的威名就是建立在管理烂班的成就上的。所以，王老师扔下的班级，领导立马起用了米亚。

米亚老师果然厉害！这一点，五（6）班的小朋友们很快就感受到了，米老师不苟言笑，站在讲台上不怒而威。小孩子们很会看眼色，马上就感觉到这个老师气场和王老师不一样，自有一股杀伐决断气质。他们小心翼翼地打量着新老师，而新老师同样在观察他们。这头一个星期就用于双方观察摸底的。米亚通过观察发现，这个班确实和其他班不大一样，最大的不一样，是男孩子多，而且，几乎都是多动型的。经常是按下葫芦起了瓢，这边没打完，那边又闹开了。女生则爱告状，屁大一点小事也来告一下。

米亚决定整肃队伍。首先从课间操抓起。因为课间操是展现在外面的，是形象工程。必须先抓。米亚头一个星期的班会课就宣布，以后每天下午放学后，要到操场上训练队形，出操。新人新革命。这样，五（6）班的学生们每天下午就在米亚老师的率领下，在操场上训练。孩子们虽然好动，但要让他们按照要求整齐有序地动，并不是容易的事。尤其是这群自由任性惯了的家伙，不是队伍排歪了，就是推推搡搡，你踩我脚了，他碰我脸了。米亚要求很高，这样的队伍难怪去年一年拿不到一次红色中队的牌。于是，米亚就给他们摆厉害，讲要求，还请来体育老师专门规范他们的动作举止。成效倒也快，一个星期下来，学生的出操做操质量大大提高，虽然还没拿到红色牌子，但已经没上批评榜了。但米亚还不满意，她的要求是红牌。她对学生的表现也不满意。到底是淘气班，有的男孩子依然自控能力非常差，没把她米亚放在眼里。米亚的第二招，就是杀鸡儆猴，要给学生来个下马威。

这个鸡很快找到了，就是李梦白。

2

就在家长们站在围墙外面怀着惊叹、喜爱，看这群学生整齐壮观的课间操时，在里面观阵的米亚老师正压着一头怒火。她看见队伍当中的李梦白没有好好做操，虽然，他也在踢腿，也在拍手，但动作根本不到位，他没有用心在做，偶尔还故意打一下前面同学的手，米亚忍了。操作完了，集合，收拢队伍。踏着步，甩着胳臂。李梦白又回头了一下。米亚还是忍了。领导在上面讲话，宣布红牌班级。李梦白又回头了。米亚这次没法忍了。她走过去，把李梦白使劲一拉，就拉出列。李梦白一时还没反应过来。九月的阳光十分地耀眼，比阳光还呛人的是米亚老师的眼睛，还有无数双向他聚焦过来的同学的眼睛。李梦白感觉到了被炙烤的灼热，他脸红了，想抬头又不敢抬头，想看又不敢看，面对老师的责问，他本能地小声地争辩道，“我又没有……”米亚没听见他说什么，只知道他不服气，在犟嘴。李梦白斜眼看她的眼神，更令她生气（其实是因为害怕，想看又不敢看，造成的一种斜视）。在她看来，这简直就是一种忤逆。米亚的火升腾得更高了！有这么挑战她的师道尊严的吗？今天不把他收拾一顿，以后这个班还怎么管？

她把李梦白一下子拽到队伍的前面，这样李梦白就不仅面对着整个班级，也面对着全校的同学了。当然，离得远的看不清，离得近的班级学生就知道，这个学生犯错了，被揪出来了！他们投以好奇的、同情的、幸亏自己没犯事的庆幸目光。好在，大家已没太多时间看这个热闹了，因为随着第三节课的临近，各班的学生就像他们来时一样，甩着胳臂，迈着步伐，重又浩浩荡荡走回各自教室。尽管如此，李梦白还是抬不起头，他感觉到经过他身边的一排排目光。这目光是有热量的，烤得他浑身发烫。这目光也是有形状的，像一根根芒刺，比芒刺还凶，刺得他体无完肤、大脑缺氧，刺得他眼冒金花，他拼命地捏着拳头，用尽力气，控制眼眶里就要冲出的眼泪。他控制住了，但控制得不很成功，若仔细看的话，能看到里面的泪光。当然，大家都没有仔细凑上去看，米亚也没有，她居高临下，看到的只是一个低着头，捏着小拳头的倔强小孩。她想，这个孩子还真犟！必须制服他。下一节正好是她的语文课，她宁愿不上课，也要把这件事处理好。纪律管好了，以后上课才好上，这个道理，有些老师是不懂的，他们不敢耽误一节课，也不管上的有没有效果。她米亚不是这样的。

来到教室，米亚让李梦白继续站在讲台旁。其余同学都静静地坐着，大气不敢出，在等待着一场风暴。这样的风暴，以前也有过，当同学犯了错，被老师罚站，老师就在讲台上大发雷霆之怒。暴风雨来临的时候，学生是害怕的，但通常来得快也去得快。保不了五时三刻，他们又惹起事来，引起新一轮风暴。五（6）班的孩子们就是在这样的风暴中成长的。但这次，风暴会怎样呢？似乎与往常不同，如果说以前挂的最多是橙色警报，那这次显然就是红色了，大有黑云压城城欲摧的气势。李梦白先被拉出操场示众，现在又面对全班审判。他们不知道这个新老师会掀起怎样不同凡响的风暴！个个凝神屏息。

出人意料的是，米亚老师居然笑眯眯的，一点也不像刚才拉李梦白出来时，那么生气，那么大力。她甚至和声细语给同学们说话。

她说，“同学们，我们大家今天一起来评评李梦白，好吧。谁说说？李梦白有什么优点？有什么缺点？”

半天，班上静得能听见针落。没有人开口。米亚于是说，“你们不说话，那我就点了，点到谁，谁就要说，难道你们不是他同学，不了解他是什么样的人吗？”

米老师的目光在班里富有威慑力地扫了一遍。她的目光所到之处，就像飓风刮过，孩子们都低下头，似乎回避了目光就回避了被点名。

郑杨杨站起来了，他声音不大，带着一点紧张和怯意，说，“我来说说李梦白的优点，李梦白作文写得好，能写很多很多字数。”

李梦白没有抬头，心里却热乎乎的，差点要掉泪。他想，郑杨杨够朋友，他说的这个长处，一定会让米亚对他改变一点印象——那就是，他并不坏啊，他作文好啊。语文老师不喜欢作文好的学生吗？

是的，李梦白作文的确不错，他有一个很突出的长处，就是别人为300字、500字的作文发愁，他可以滔滔不绝写出1000字呢。虽然许多老师说李梦白调皮，但语文老师都还对他是肯定的，他三年级的时候，写过一篇《夏天的雪》，是描写校园里木棉飘絮的情形，那满天飞舞的白色木棉絮，可不就像老家见过的雪花吗？这篇文章得到老师的大力表扬，还被拿去上报纸了，这是李梦白最自豪的一件事。米亚刚来，不知道。知道了，就不会这样对自己了吧？而且，其实，他的其他功课也不差的，他就是爱动了一点。可是，这也不能全怪他呀，后面同学找他说话，他不能不理啊。老师只看到他回头，就骂他，还把他拉出来示众！太羞耻了！但愿郑杨杨的话，能让老师早点结束这个难熬的刑罚！李梦白满怀期待。

米亚发话了，可是，却不是让他回位，她抱着胳臂，慢条斯理地说道，“字数长就好吗？老奶奶的裹脚布还又臭又长呢！李梦白还有什么优点？你们再说。”

下面鸦雀无声。

“没有优点？那好，你们来说说他的缺点，我看谁发言积极？”米亚放下抱着的手臂，往教室中间走了走，用鼓励的眼睛看着下面的同学。要达到教育的目的，必须要能把学生调动起来，让他们自己教育自己。

终于有孩子领会了米老师的意思，一个小女孩，站起来，说，“李梦白总是爱欺负女同学。”

“噢？是吗？他怎么欺负的？”米老师启发式引导。

“他故意搞恶作剧，上次把我凳子挪开，害我不小心摔到地上。”

“他拉我头发。”

“他把我的笔袋弄到地上，搞脏了。”

“他还经常抓虫子吓唬人……”

几个女生纷纷开始投诉。

米老师说，“很好，除了欺负女生，大家想想还有什么缺点？”

“上课爱说话，爱接嘴。”

“下课喜欢追打。”

“上次做值日逃跑了！”

气氛热烈起来。大家七嘴八舌地控诉。米老师在教室走了一圈，她每到之处，就用眼睛点名。学生们很聪明，知道新老师的点名方式比较含蓄，他们积极表现着。

在这一节课还剩最后10分钟的时候，米老师开始总结了。“李梦白，你听到了吗？这就是你的同学对你的评价。我刚带你们班，对你和你们大家都不了解。我要听听同学的发言。现在，看到了吧？听到了吧？你身上有这么多缺点，你想过没有？反省过没有？老师没有冤枉你吧？那么多学生，老师怎么没叫，刚好叫到你？老师过去认识你吗？不认识。是你自己蹦出来的，是你首先让老师认识了！课间操最能反映一个班集体的面貌。我说过没有？强调了多少次。还天天带你们去训练。为什么大家能做得好，你做不好？还回头讲话，讲了一次不行，还讲两次三次，你有没有把老师放在眼里？！”

米亚提高了嗓门，声音变得更严厉起来。“我米亚教了这么多年的书，还没有遇见不把我放在眼里的学生！有缺点，老师给你指出来，帮助你，教育你，是为你好。你不服气，还对老师翻白眼！嘴里还咕哝着骂人！你骂谁呀？骂老师？老师难道不该教育你？老师教育你有错？不想要老师教育，为什么来学校？家长送你们来学校读书，不就是为了好好学习，知书达理，难道是来反抗老师的？”

米老师继续声色俱厉，从李梦白身上，再进一步讲到全班，希望大家从李梦白身上吸取教训。

在下课铃响的最后一分钟，米老师结束了发言。她很满意这个效果，时间也掐得正好。虽然这节语文课没上，可是，她相信，这个教育比一节语文课更必要。杀鸡儆猴的目的达到了。从同学们的反应来看，他们应该是领教了她的实力。是的，必须让他们懂得规矩！现在的孩子太没规矩了！

她让李梦白回到座位。她想，李梦白作为一只儆猴的鸡，摆上祭坛，对他是个好事。他会懂得该怎么做。

李梦白站了整整一节课，加上课间操，差不多有一个多小时，他的腿似乎有点僵。回到座位，他也不像以往那样兔子式地奔跑打闹了。他定定地坐着，呼吸有点重，仿佛被什么东西给压住了，很难受。他站在上面开始的时候还抱有希望，后来，铺天盖地地提缺点，他就好像被一瓢一瓢的冷水浇过，浇得他发冷、发抖，一会儿又发热。那些同学的投诉令他羞愤、恼恨、生气。那些缺点，难道他们没有？但李梦白知道他不能反驳，他知道，这个时候，他只有不出声。可是，米老师说他对她翻白眼，他哪里有？他也没有骂她呀。李梦白当时真想说，他没有。可是，他抬不起头。他也不敢辩，只有拼命地压着自己。这一节课，真是旷日持久啊！

有同学走到他身边，是一个男生，刚才提过他缺点的，他过来对李梦白说，李梦白你别怪我啊，我只是说给老师听的，并不是说你哦！其他几个男生也过来了。他们平时都是一起打闹的死党。他们过来安慰李梦白。

李梦白没说话，他站起来，去到洗手间，憋了很久尿了。小便池里，他愤怒的小便呈抛物线般，狠狠砸在池壁上。

铃声又响起来了，下一节是数学课，是上午最后一节课。通常最后一节课是很难上的，孩子们或者饿了，或者疲了，上课格外躁动不安。但这一节数学课，却是空前地安静。数学秦老师很高兴，对班主任说，还是你厉害，一来，他们就乖了很多。

米老师笑容里透着一贯的自信，说，这些孩子就配来狠的！

3

中午12点，正是阳光最毒辣的时候。刘伟红撑着防紫外线的天堂伞，一路急走。她穿着白长袖衬衫，牛仔裤，戴着茶色边的墨镜，细密的汗水在里面蜿蜒而下，很快就洇湿了白衬衫，牛仔裤也越发黏黏地裹在腿上，简直要使人迈不开步子。如此严严实实，只为了抵御深圳强烈的日光。不要以为夏天，穿得越少越凉快。错了，在深圳，你要是胆敢把皮肤暴露在外面，马上就给你颜色看。刘伟红原来最引起为豪的优点，白皙皮肤，早已发生了颜色革命，成为小麦色了。有什么办法？保持美容，对她这样人到中年的女人，是件奢侈的事。除了地铁里的三站路，她得在太阳底下起码要步行十几分钟。太阳底下，每一分钟都是考验。西游记里，唐僧师徒过火焰山，那滋味，恐怕莫过于此吧？

刘伟红的衣服湿了干，干了又湿，地铁里的冷气和地铁外骄阳轮番夹击，刘伟红顾不上擦汗，步子迈得频率更快。刚才去到地铁，前一班车刚刚走，她不得不在里面多等了5分钟。这耽搁的5分钟，必须补回来。唉，再好的车也比不上自己的脚好使唤。

她要急着赶回家给儿子李梦白做午饭。

给儿子做午饭是今年开始的。之前，李梦白一直在学校午托。刘伟红早出晚归，老公李大勇，不常在家。一天只要做一顿晚餐就行了。李梦白来深圳上幼儿园，读小学，都是这么过来的。

但是，从去年开始，老师的投诉多起来，说李梦白中午在学校，不肯好好吃饭，也不肯好好睡觉，扰得别人也无法休息。有好几次，老师就罚他一个人站墙角。结果，他还在那里玩得津津有味。

刘伟红很生气，就责问李梦白，你为什么不好好吃饭？李梦白说饭不好吃。睡觉呢？李梦白说，睡不着。他还说许多小孩都睡不着，但别人会装，老师一来，就装睡。刘伟红说，你也装睡啊，哪怕睡不着，躺着不动养养神也好。可是，让李梦白躺着不动简直比登天还难。这孩是猴投胎的，一刻也不得安宁。幼儿园时，他入睡就比别人迟，当别人睡醒要上课了，他才刚进入梦乡。

真是没办法。李梦白说，妈妈，我长大了，不用午托了，你把钥匙给我，我中午自己回家休息。

李梦白说这话时，像个小大人。刘伟红想了想，同意了。这孩子独立性还是蛮强的，上小学到现在，放学从来没有让家长接过。

有偶尔的几次，刘伟红下班早些，看到学校门口簇拥的家长，心里就有些难受，她从来没有接过李梦白。也没有像别的妈妈那样，趴在围墙外，看过孩子做早操。

刘伟红在市里的一家测绘公司上班，搞图纸设计，总是早出晚归。李梦白上幼儿园时，常常是最后一个被接回家。5岁生日时，刘伟红问他要什么礼物，他说，妈妈，你哪天能不能第一个接我啊？刘伟红哑然失笑，这也算礼物啊？那一天，刘伟红请了假，提前两个小时赶到，还带来了一盒大蛋糕。当她出现在门口，李梦白兴奋地小脸儿发红，他骄傲地收拾起书包，跟老师打招呼，我妈妈来接我了。然后，全部小朋友分享了他的蛋糕，还现场给他赠送了自制的小礼物。那天，他特别特别开心，是第一个被家长接回家的。

这情形刘伟红每每想起来，心都会疼一下。

可是，她很少能这样满足他。她要上班，她不是全职太太。

不是没犹豫过，李梦白刚出生的那当儿，刘伟红真的萌发了不想上班的念头。那时，她4个月的产假刚结束。奶奶要把李梦白带回湖北老家。刘伟红舍不得，抱着李梦白哭。李大勇说，等以后买了房就把他们接过来。那时，他们来深圳不过两年，住在一间20平方米的出租屋里。李梦白的到来，使得原本二人世界一下子手忙脚乱起来，奶奶伺候月子，全家老小挤在一处。奶奶早就想回去了。“城里有什么好？大家都挤在鸽子笼里，哪有我们那儿敞？出门就是河，后边有山。”熬了几个月，奶奶终于带着李梦白拔脚走了。

那一阵子，刘伟红简直像是得了产后忧郁症，她一闭眼，就想起李梦白的小样子。她记得，他出世时，在4个人的病房里，别的女孩儿此起彼伏地哭，他一个人忠厚老实地憨睡。她还记得，有次，她出去办事，回来晚了，李梦白在奶奶身上玩得好好的，一见她，手就伸过去，瘪着小嘴哭了，他饿了，又困了，及至刘伟红回家，一抱到怀里，嘴巴叼住奶头，便幸福而又委屈地睡着了。

刘伟红说，我不上班了，我要李梦白。李大勇说，等我发了财，你就不上班吧。发财眼下是全国人民的共同愿望，和千千万万怀揣梦想的淘金者一样，李大勇就是为了这个梦才来深圳的。他辞去原来化工厂的铁饭碗，在深圳自己做起生意来。一开始和别人做药材饲料，做得很艰难。家里的积蓄全搭进去了。梦白偏就在这个时候出生，刘伟红如果不上班，那这个家简直就是雪上加霜，连李梦白的奶粉钱都挣不回来。

刘伟红只好等着李大勇发财。这一等，等了好多年，这中间李大勇已经换了好几个行业，跌跌撞撞，终于在服装行业上扎下根来。总算有点起色，他们买了房，也买了车。这在深圳，也不过是许多人都拥有的现状，离发财还遥远着呢。刘伟红过了那段痛苦的产后抑郁期，就没有再提过不上班的话了。对李梦白的思念也随着时间的推移，平静了许多。

李梦白是4岁时来深圳的。刘伟红坐飞机去湖北接儿子。在飞机上，她双手合十祈祷，千万别飞机失事啊，她还没见到儿子，不能死。

一晃就这么多年过去，李梦白长大了。

或许是因为小时候不在一起，刘伟红总觉得孩子跟自己不够亲。除了幼儿园那一次，让她早接，其余都没有显出黏人的样子。这倒也让刘伟红安心。男孩子本来就不要那么黏黏糊糊的。

刘伟红同意李梦白中午不午托了，她给他胸口挂着钥匙，每天给20元钱，让他去附近的永和大王吃午饭。

这样也挺好。

有次路上碰见从菜市场回来的邻居汪姐，她手里拎着满满一塑料袋的菜。在刘伟红印象里，似乎任何时候见到她，手里都有菜。她是个会过日子的勤快女人。汪姐拉着刘伟红，热心地介绍她将要实施的晚餐做法。因刘伟红曾向她请教过烹饪，所以，每次见面，她便自觉地当起老师来。她说，煲鸡汤最好放点白芷、党参。小男孩长身体，要注意进补，用田七和花蟹一起煲，效果特别好。刘伟红很信她，汪姐的儿子被她养得高高壮壮，而她公婆俩都不高呢。可见是吃出来的。不像李梦白，瘦瘦小小，脸色也不好，黑黄黑黄。

"不要让你小孩吃零食！"汪姐正色地说，"那个对面小店好不像话呢，就赚小孩子钱，卖肠粉、鸡翅、酸辣粉，还有一元一杯的汽水，很不卫生啊，又没营养，许多小孩子都跑去。你可不要让你家李梦白也去啊。"

她说好几次看到李梦白在那里吃。

刘伟红气坏了，原来，儿子经常在路边小店买零食，然后用省下的钱去买玩具，打电玩！

就是从那时开始，她决定每天中午回家做饭。

说起来，她上班的设计公司离家并不太远，地铁三站路，但来回各有一段不短的步行区域。所以，她不得不掐着时间赶路。这半年下来，她已被训练成了女飞毛腿。如果单位要来一次竞走比赛，估计刘伟红会拿第一。

飞毛腿回到家，儿子还没回来。刘伟红火速放下包，冲进厨房忙活起来。午餐很简单，西红柿炒鸡蛋、通心菜，再加一个紫菜蛋花汤。中午时间有限，只能因陋就简，好歹强过外面吃零食，况且，这也还都是李梦白爱吃的。

菜端上来的时候，李梦白回来了。

“怎么这么晚？又去哪儿玩去了？赶快吃饭，凉了就不好了。”

李梦白没吭声，眉头皱着，坐在饭桌前，却看也没有看菜一眼。

刘伟红火一下子冒上来，她辛辛苦苦顶着烈日跑回家，给他做饭，他就这态度！

“你是不是又在外面小店买零食吃了？所以才吃不下去饭！”

“我没有。”

“那你怎么不吃饭？”

“不想吃，不饿，吃不下！”

刘伟红感到伤心，儿子的态度是对她厨艺和母爱的讥讽。一个长身体的小孩，一上午上了四五节课，怎么可能不饿呢？不是吃了零食才怪！

“你撒谎！你到底在外面吃了什么？老实交代！”

“为什么你也不相信我？！我不想吃就是不想吃。”李梦白气势汹汹地站起来，眼睛睁得溜圆，里面竟然闪烁着泪水。

刘伟红一见儿子这副表情，怔住了。在她和儿子之间经常是一种奇怪的关系，当她强的时候，儿子就有点害怕，而当儿子爆发的时候，她又有点怯。记得和哪个女友一起聊天时说的，大人永远斗不过小孩。是这样的。刘伟红越来越觉得自己管儿子管得很辛苦。吃喝拉撒睡、学习，没有哪一桩不是让人操心的。

“不想吃？！你想干什么？下午还要上课，你不吃饭咋行？”

“我不想上学！”李梦白恨恨地说。

刘伟红不相信自己耳朵，你说什么？不想上学？你真不学好了。好好好！刘伟红指着他，气得手指发抖。

“你吃不吃？你不吃，我就把一碗饭扔掉！”刘伟红举起碗。她不是没摔过东西，茶杯、玩具，都摔过。

李梦白毕竟有点害怕，中年女人发起飙来，也是够麻烦的。

李梦白到底吃了饭，也去了学校。刘伟红看着儿子去学校才走的。下午的班，她又迟到了。看来，这份工作也保不久了。

下午她接到米亚老师的电话。米老师说，今天我批评李梦白了，他在广播操中老是讲话，目无纪律，我让他中午回家写个保证书，他没有写。麻烦你晚上督促他写一下。孩子要认识到自己的过错，才能改正。

每次一看到学校的电话号码，刘伟红心就直哆嗦。她最怕接老师电话，大抵都是投诉告状电话。当一个男孩的母亲，心脏得有多坚强啊！

李梦白确实难管。看他中午的表现就知道了，居然不想上学，这孩子到底想干什么？刘伟红觉得自己越来越搞不掂儿子了。

这学期换了班主任，刘伟红听李梦白描述过这位老师的厉害。刘伟红想，儿子是得有个老厉害的老师管管。

晚上回家，刘伟红少不了又训了李梦白一顿。“你为什么就不能好好表现呢？为什么别人能站好，你站不好？为什么要惹老师生气？”

在刘伟红疾言厉色的言辞中，李梦白写了保证书。

4

写保证书对李梦白来说是小菜一碟。从一年级到现在，他写的保证书不下几十篇。

写保证书是老师们的拿手招数之一。

老师们的杀手锏还有，抄课文。比起保证书，同学们更发怵的是抄课文。大约是知道这招厉害，老师们普遍都爱使用。作业没完成要抄课文，上课讲话，做小动作要抄课文，同学吵架，不做值日，凡此种种，一个字：抄。

有次英语课，不知怎么惹恼了老师，老师一发怒，全班同学留下抄，一直抄到天黑。抄到手腕都发酸。

后来，大家想出了对策，用复写纸。抄得多，老师也不细看，一篇课文抄N遍，复习纸大大提高了效率。

但这一招对火眼金睛的米亚老师是不管用的。

和李梦白遇到的其他老师一样，米亚老师也爱罚抄，而且罚得更狠，一抄就抄《开国大典》，最长的一篇课文。和其他老师不一样的是，米亚老师不好糊弄。她不是随便翻翻，大致够遍数就行了。她看得仔细，要求也高，每一遍字迹都要工整规范。“你们别想在我跟前耍花招！”这是米老师的口头禅。

这天放学，李梦白和郑杨杨又来到生态园。这片生态园是他俩最爱来的地方。生态园里有各种各样的树木花卉，还有恐龙、蛇等动物模型。郑杨杨本事很大，胆子也大，他可以一把抓到飞进生态园里的小鸟。这一点让李梦白特别佩服。李梦白顶喜欢小动物，曾经强烈要求过把奶奶家的狗带到城里来养。妈妈说，养一个你就够我受的了，还养狗！

四年级的时候，李梦白养过一阵子猫。那只猫也是在对面小店买的。对面小店还卖过涂了鲜艳色彩的小鸭，10元一对。不知他们从哪儿弄来的，反正特别有市场，总被小孩子们一抢而光。

那只小黄猫，刚来的时候，脏脏的，眼睛似乎也有疾患，不干不净的样子。李梦白花了20大元，是用他一顿午餐费省下来的。为这只猫，他和妈妈搏斗了很久。妈妈不给他养，说这只猫来历不明，又难看，身上不定带了什么细菌，家里没条件养。

李梦白死活要养，刘伟红终于做出让步，买来猫砂和猫粮，捏着鼻子交给李梦白。那阵子李梦白一放学都是跑着进家门的。他给黄猫取了个名字，叫抓抓，因为它老爱在身上抓来抓去。刘伟红嫌恶地断定，这是只有病菌的猫。李梦白用消毒水给它洗澡，把猫眼上的疤痕也清洗得干干净净，带猫出去散步，晚上写字就让猫蹬在台子边。还把手放在猫嘴里，让猫轻轻地咬。抓抓倒也很知事理，它绝对不重咬，只是轻轻地用猫牙夹一下，和小主人玩。李梦白看电视的时候，抓抓就跳到身上懒懒地依偎着。有时李梦白看书，抓抓也钻进来，两个爪子搭在书上，俨然也要看书的样子。最好玩的是，抓抓很傻，经常在家里转着圈子抓自己的尾巴。每每这时，李梦白都要乐半天，连妈妈也忍不住要笑，笨猫！

不过，这猫只养了20天。那个五一节，爸爸回家，带他们去珠海玩一天。爸爸现在在广州做生意，不常回家。他们在外面过节，去海泉湾度假。第二天回家，抓抓似乎对把它一人关在家里严重不满。临走时放好的饭也没吃多少，一见主人回家，立马扑上去，又是亲又是咬，疯得要命。结果，每人被抓了一道伤痕。爸爸令全家人去医院打狂犬疫苗。正好那时又开始闹猪流感。妈妈下了最后通牒，这个家有猫没我，有我没猫。

李梦白后来把猫送走了。他始终不愿意忆起那一幕。

抓抓居然没人要。他送给郑杨杨，郑杨杨喜欢猫，他们曾一起带它玩过。可是，郑杨杨的妈妈也不同意养。李梦白就去景园小区，那栋小区有不少他的同学。他挨家挨户地问，没有一家肯收留。最后李梦白就把它丢在小区里。因为他看到小区还有其他猫，它们可以做个伴。可是，抓抓孤零零站着，似乎不愿意与它的同类在一起。李梦白在树边蹲着看了一会儿，心里异常难受。李梦白那天回家，天都黑了，他不理妈妈的任何问候。一个人关在门里想着猫。

抓抓从此就成为流浪猫了吧？

这以后，李梦白再也没养过小动物了。

郑杨杨会抓鸟，问李梦白要不要养。李梦白说，鸟怎么养？妈妈不会同意的。而且鸟笼太小了，鸟在里面会着急的。于是，每次抓到鸟就又放了。鸟扑翅飞走的一刹那和抓到它时一样，惊心动魄。

郑杨杨还会抓蟋蟀，捉蚱蜢。这些生态园里有的是。物以类聚，人以群分，大概这两人都有在乡下生活的经历，很能玩到一块儿。

但，这一天，郑杨杨不是来捉鸟，也不是来捉虫，他是来散心的。因为头天作业没完成好，他被老师罚抄20遍《开国大典》。看来，他的日子也比李梦白好不了多少。

“吃屎！要抄这么多！”郑杨杨满心愤懑。

“你他爸，明明知道‘米老鼠’厉害，干吗不写完？”李梦白骂道。“米老鼠”是米亚老师的代称，不知是谁第一个发明的，叫了这个外号后，大家发现米老师嘴尖尖的，还真有几分神似。但没有人去认领这个代号的版权。

这些小孩的语言有时相当可怕，除了他们能别出心裁地给人取花名，有时从他们嘴里吐出来的脏字，也能吓人一跳。

“我操！”“屌你妈！”，几岁大的小孩，动不动就涉及人家无辜的爸妈，也不知怎么学到的。而且，大家也不彼此诧异，好像他们说的是最正常不过的语言。

不过，对郑杨杨，李梦白不敢说“你他妈”，只敢说“你他爸”。郑杨杨的父母离婚了。那时李梦白不知道，说了句“你他妈”，郑杨杨当时反应非常大，立即回了十几个“你他妈”。但若说“你他爸”就一点事都没了，他反应平淡，好像说的压根儿不是他爸。李梦白问为什么骂他爸就没关系。郑杨杨说，不爽我爸。他爸公然带二奶进家门，和他妈离婚。郑杨杨恨他爸。

“昨天作业那么多，语文光是一个字词就要抄5遍，吃屎。”郑杨杨又骂了句。郑杨杨是拖欠作业大王，为此不知被骂过多少回。在挨老师骂这一点上，这两人也算半斤对八两，有得一比。凭良心说，在米亚手里，因为这母夜叉凶狠，郑杨杨不太敢耍赖。可是，米亚作业也太多了，昨晚他妈回家晚，玩游戏玩得酣畅，作业差两行没完成。今天被逮到了。

这两行的代价是罚抄20遍的《开国大典》！

“我教你，用两支笔写。”李梦白聪明地笑道，“我就这么写的！”

李梦白示范了一下，一手握住两支笔，“这样，每次就写两遍了。”

“啊！你真行！”郑杨杨眉开眼笑。“他爸的，我怎么没想到！”

又有些狐疑，“米老鼠那么精，不会发现？上次人家用复写纸都给发现了啊。”

“发现个屁！复写纸好发现，因为那后面的字颜色淡一些。用两支笔，就不会了，还工整呢。”李梦白洋洋得意。

郑杨杨很高兴，采纳了朋友的建议。

但是，不幸的是，郑杨杨还是被发现了。都怪他自作聪明，居然用3支笔连写。结果前功尽弃，不仅重抄20遍，还要罚写1000字的检查。

5

“近朱者赤，近墨者黑。”“与善人居，如入芝兰之室，久而不闻其香；与不善人居，如入鲍鱼之肆，久而不闻其臭……”这是刘伟红近期反复念叨在嘴边的古人传世之警语。

在最近的一次语文考试中，李梦白70分，这是从没有过的。李梦白语文从没低过85分。

打电话问老师，米亚说，正准备给你打呢。你儿子语文考得不好，低于平均分。这次考试是整个年级的一次测试。我们班的平均分排在第三。你家李梦白要加油，不能拖班级后腿。

刘伟红很纠结，儿子表现不好，成绩又下降，现在是小学5年级，再过两年就上初中了，在中英数三科里，他语文过去还算好的，现在连语文也下降了。

“怎么办啊？”刘伟红焦虑又茫然。

“你家李梦白呀，老爱和郑杨杨在一起玩，郑杨杨学习很差，不爱做作业，家里都管不到的。”米亚的提醒让刘伟红顿时找到了突破口。

郑杨杨，这个名字刘伟红是知道的。有次听儿子和另一个小朋友说到他，那个小朋友说，郑杨杨爸爸把二奶带回家，和他妈妈吵架，闹离婚，郑杨杨眼泪都哭干了。

当时刘伟红听到这话，吓了一跳。这么小的孩子，议论起二奶来，竟老练得像大人。

虽然心里很同情这孩子，可是，她也不愿意儿子老和郑杨杨在一起。

李梦白老把郑杨杨的名字挂在口边，说郑杨杨一个月有900块零花钱，经常请他们吃零食、喝饮料，特别大方。

儿子和郑杨杨攀比，说刘伟红一个月只给50元零花钱太少了。

李梦白还说，郑杨杨会抓鸟，捉蝴蝶，能识别许多植物。他经常玩到很晚，就是和郑杨杨在一起，身上粘得不是草就是泥。

“为什么你不肯跟好学生一起玩呢？他家里缺乏管教，整天在外面野。你跟他搞到一起！抓鸟有什么用？考试又不比赛抓鸟！”

郑杨杨还不做作业，不爱学习，这样的孩子在一起不带坏才怪。

刘伟红很同意米老师的话。她责怪自己早没有发现。

“我跟谁玩你也要管？！我爱和谁玩就和谁玩！”李梦白对妈妈的干涉很不满。

“郑杨杨成绩差，你看你跟他在一起，成绩都下降成什么样了？！”刘伟红厉声喝道。儿子真是越来越不像话了，跟妈妈说话也是这么没礼貌。

“成绩差就不能玩吗？他比那些学习好的大方，又对我好……”

“什么好？不就是请你吃零食，买饮料？乱花钱，一个小孩哪来那么多钱？他父母都管不到他，这样的孩子，就你偏要和他在一起！”说到这里，刘伟红更生气。

“我就要和他玩，你管不着！管不着！管不着！”李梦白高声反抗道。

刘伟红“啪”地一声，抬手就给了李梦白胳膊上一巴掌。“你想不想当好孩子？！成绩越来越差，脾气却越来越大！李梦白我告诉你，我不准你和他玩就不准！他是你爸还是你妈？你为了他居然顶撞妈妈！你还要不要学好？你看你的试卷，三科，没有一科上80了！”

刘伟红越说越气。儿子的学习是她心头之大患。现在社会竞争多激烈啊！学习不好，上不了好中学，上不了好中学就考不上好大学。考不上好大学，一切就完了。她只有这么一个儿子呀。将来指望谁？

李梦白不吭声了，他的成绩让他不想说。他拎起书包去了房间。可是，一个字也看不进去，那些书本让他讨厌极了。

刘伟红看见李梦白拖着书包进房，停止了呵斥。既然自己的话已经起到作用，那就不用再多唠叨了。她总是提醒自己，不要做唠叨的女人。她知道许多小孩是反感唠叨的。可是，还是控制不住自己。每每这个时候，她就希望丈夫在这里，如果他在场，他能管一管儿子，自己也就不会这么累了。哪一个唠叨的女人不是逼出来的？

然而，李大勇是很少在家的，他的生意太忙，腾不出时间。记得公司扩大的时候，李大勇说，再努力一下，我们的梦想就会成真。他的梦想是公司利润再提高一倍，现在还才刚刚保本。刘伟红不知道这个梦想能否实现，也许等它实现的时候，她已经老了，享用不到了。而现在，唯一真切的梦就是儿子能成才。

看李梦白一声不吭地进书房，刘伟红心里又疼了一下。他瘦瘦的，小小的背影。刚才自己的那一巴掌也太狠了。冲动是魔鬼，可是，她总是克制不住这魔鬼，经常一生气就动手，动完又后悔。有一次，她用藤条打了儿子之后，又偷偷地用藤条打回自己，真是很疼很疼，疼在心里。

为了管住李梦白的业余时间，提高成绩，刘伟红给李梦白报了培训班。

培训的是数学。一周两次，每次两小时，就在附近的一家培训班。

这家培训机构全国有名，规模越来越大，总部在深圳，有许多分校，现在又拓展到其他城市，大有燎原之态。

刘伟红以前每次经过这家学校，看着那么多孩子背着书包，像上学校一样走向培训班，心里就感慨万端。这些孩子，在周末，假期，凡是学校不上课的时候，他们便来到这里，晚上，培训学校也开课。孩子们白天上课堂，晚上来培训。情景火爆。寒暑假，培训班就成了孩子们的第三学期。

刘伟红过去没打算给儿子报名，一则他还是小学，等上中学再说；二来，培训费用太高，一节课100块，够吃几只鸡了。

可是，如今，她不得不也加入培训大军。没办法，你不上，别人上。人家都跑在前面了，李梦白不能落伍啊。既然他自己不肯学，那就花钱让他学吧。

此外，刘伟红还给李梦白报了武术班。这是李梦白自己强烈要求的，否则他就不去上数学。

刘伟红觉得学武术是浪费钱，这孩子本来就爱舞枪使棒，再学武术，还不上房揭瓦了？原先她想给儿子报名学钢琴，老师都找好了，可是只去了两次便拜拜了。他坐不住。老师又凶巴巴的，打他手，他死活不愿意了。

又给李梦白报过书法班，练字，也是练心性。结果也是半途而废，李梦白不肯好好练，反而把家里搞得一塌糊涂，墨迹涂得到处都是。教育投入是最大的一项开支，她自己都很少用名牌和高档化妆品，但为了儿子，不舍得也要舍得，他是家里最大的投资。只可惜这孩子不领情，糟蹋辛苦钱。

如果说美术、书法这些还都是兴趣爱好，无关大局，他不学也就罢了，可是，课本知识不学怎么行？为了让李梦白学数学，刘伟红同意了给儿子报武术。好比买一样东西，搭个添头。

此外，刘伟红还给儿子找了托管老师。小学放学早，4点多就结束。放学后让他先去托管老师那里做家庭作业。这个托管老师是个退休老奶奶，以前做过老师。小区里有不少孩子在她那里午托和晚托。

这下，他不会再和郑杨杨搞到一块了吧。

6

刘伟红煞费苦心，但她还是想错了。自以为管得天衣无缝，可是，对付大人，孩子自有一套办法。一开始，李梦白也克制了自己，不主动去找郑杨杨。下课了，郑杨杨约他去生态园。李梦白说，我要去晚托。郑杨杨感受到李梦白的冷落，很没劲地一个人走了。李梦白走了几步，回头看了一眼，郑杨杨恰好也回头。李梦白摆摆手，郑杨杨跑过来。李梦白说，“我现在不能和你玩，除非你等我上完晚托。”

郑杨杨说，那我等你。

郑杨杨果真在外面等了近一个小时。

李梦白出来，看到郑杨杨，很高兴，一把搂住他的肩。两人像久别重逢的老友一样，亲亲热热地拉在一起。他肚子饿了，郑杨杨说，我们去买鸡腿吃吧。

夏天，5点多，落日将西边的云天映照得绚丽恢宏。远处的游乐场还有许多孩子在玩闹。学校对面的那家小卖店不时有一些穿着校服的小孩跑过去，端上一塑料杯肠粉，或肉丸，或豆腐串，涂上红红的番茄酱，用小竹签子插着，摇摇摆摆，又小心翼翼地捧在手里，那副垂涎的样子，仿佛天下的美味莫过于此了。

不远处是另一家小卖店，这家小店也卖文具、玩具、小贴纸、水晶球、笔记本、魔方、琳琅满目的小玩意儿。李梦白曾是这里的老主顾，过去在这里买过赛车、高达、玩具仿真枪。质量都不大好。那个玩具仿真枪，用过两次就坏了，老板还不肯换，偏说他自己玩坏的。李梦白有好一阵子没来这里了。现在这个地方大孩子比较多。店主为招徕学生顾客，在后门搭了两个凉亭，一把遮阳的伞、铁皮条桌和条凳，供人休闲。几个中学生模样的，一人一支汽水，正坐那儿聊天。

郑杨杨说，我们也去喝汽水吧。

两人在另一个空亭子坐下，要了两杯汽水，一边吃着鸡腿，一边聊人生，觉得自己和那些中学生一样，有一种成熟的派头。

四周是高大的树木，掩映着一排排石头房的住户。这儿是这一片城区的平民地带，这个深圳著名社区，其高尚住宅的地价已经卖到2万3万到4万了。可是，这些石头房却是另一片风景。破旧简陋，要拆的话政府得拿很多钱出来。这里的住户可不傻，深知这地儿的黄金地价，他们不急，暂时就先搁着。因其老旧，而显家常。拉出来晾晒的被单、床褥，散发着恬静的过日子气息。木棉花落的时候，街坊的阿婆妇人在树底下收集，拣了来，再铺晒一地，说是煲汤可去火。广东天气毒，讲究煲汤养生。这边什么都可以入药，什么都可以煲汤。

高大的菠萝蜜挂在枝头，还有低矮的桂花树，若有若无地飘来香气，像轻轻飘走的时光。

树下有一方石头桌和四个小石凳，有几个中学生在那里打扑克牌。

“你会不会打牌？”李梦白托腮问道。

“不会。”

“我会丁钩钓鱼，我奶奶教我的。”

“哦，是不是遇到同样的牌就可以收回？看谁收得多？”郑杨杨热切地回应道。这个他也会。

“嗯，不过，那种牌玩不死。你会不会斗地主？”

郑杨杨摇摇头，“不会，我爸爸以前爱在电脑上斗。”转而问道，“你知道梦幻西游吗？”

“梦幻西游？什么东东？”

“是一种游戏。这你都不知道啊？可好玩了。”郑杨杨立即满怀热情地介绍起来。“人、仙、魔三界，游戏中共有12个门派，人、魔、仙各有4个。每个角色只能按种族加入其中一个门派，12个门派循环相克，每个门派都有对应另一个门派的必杀技能。里面还有许多法宝，法宝都可以修炼。你可以越练越高。门派可以加点，你的经验值越高，越厉害，你还可以叫召唤兽……”

李梦白立即被吸引住了。

“你回去下载，注册就可以玩了。”

“可是，我妈妈不会让我玩的。”李梦白皱起眉头。

“这是官方网的，可以玩的，你告诉你妈妈，许多小孩都玩呢。我每次玩时，上面有许多人都在线……”

郑杨杨讲起梦幻西游眉飞色舞。李梦白也听得入了神。

天渐渐暗下来，两个人恋恋不舍离开小卖店，各自分手回家。

刘伟红已经做好了饭菜。

“今天怎么晚托这么晚？”

“在楼下玩了一会儿。”

“作业做完了吗？”

“做完了。”

刘伟红也就没有说话了，既然能把作业做完，玩一下就玩一下吧。刘伟红觉得自己还是开明家长，只要不瞎玩。

晚上，刘伟红检查李梦白作业，确实做完了，刘伟红签了字，她觉得儿子这段时间是乖了点，看来，还是管得对。刘伟红心情一好，还答应了李梦白下载梦幻西游。不过，游戏时间只能是周末，并且一次只能玩两个小时。

7

天无三日晴。

在刘伟红认为儿子好了几天后，她不知道又有一场风暴等着李梦白了。

那天是美术课，在美术室上。教美术的张老师也是女的。他们小学总是女老师特别多。女老师似乎都有一些共同点，喜怒无常，婆婆妈妈，爱唠叨。张老师尤以脾气坏、要求严著称，几乎每堂课都要发火。班上只要有一个人说话，她就不讲课，罚全班同学站。她说，你们坐着不舒服，就和我一样，站着。我一天站四五节课，你们还不体谅，那就一起站着吧。

张老师的脸本来就长，一板起来，拉得更长。同学站了几分钟，没声音了，才给坐下。她这种株连九族的做法还蛮有效，毕竟当人民公敌的压力是巨大的。因此，在所有的副科当中，美术课算纪律好的了。

可是，张老师还是不满意，每节课都要骂他们一番才罢休。因为每节课都有学生一不留神当一下人民公敌。

这节美术课，起因是这样的，先是有同学忘了带美术学具。张老师非常生气，命令那学生站到外面。接着，罪魁祸首李梦白伸手抓飞进教室的花蝴蝶，周围的同学发出夸张的惊呼，他们总是一有风吹即草动，唯恐天下不乱。蝴蝶的突然光临，让他们格外兴奋不已，全然忘了这是在课堂。张老师更加生气。这简直不是一个两个公敌了，而是集体公然挑战她的师道尊严！

张老师把讲台重重地拍了一下，同学这才余音袅袅地收住声。偏偏这个时候米亚老师走了过来。米老师很负责，她经常有事没事来教室巡查，尤其是老师投诉多的纪律不大好的课堂。眼尖的同学一发现米老师的身影，立即咳嗽一声，于是这暗号在一秒之内，传遍全班。大家迅速端正了身体，搞得当堂任课老师也很惊诧，不知这些孩子怎么啦，及至发现米老师徐徐走过，这才恍然大悟这神奇变化从何而来。

但这次，米老师不是来查岗，她是要找几个同学商议下周文化节的演出事情。时间紧，她想利用下午的副课时间排练一下。像这音体美政这些无关紧要的课，被主课老师占用，或叫去同学是常有的事。大家见怪不怪，每个班都有这样的。

令米亚老师没想到的是，张老师竟然大发其火，冲着她就喊起来了。“你叫吧！最好都别上了，你们班的美术课干脆别上了，反正也上不下去！学生捣蛋，不想上，你们班主任也不重视！你全叫去好了！美术还学它干吗？”

米老师像被打了一巴掌似的愣在那里，过了大约几秒钟的工夫，她挥了挥手，让那几个已经出来的学生回到班上。

教室里鸦雀无声。米老师冲张老师点点头，又冲大家说了句，“放学后回教室，一个也不准走！”然后，凛然离开了。

美术课终于结束了。

从美术教室回班级，大家神情严肃，大事来临般地端坐在位子上。李梦白不敢直视讲台上的老师。他后悔今天在课堂上抓那只生事的蝴蝶，一顿骂是少不了的了。

米老师站在讲台前，脸上像冻结了一层冰霜，可怕得要命。她已经沉默了5分钟了，同学们没有一个敢动的，纷纷低着头，手心都冒着冷汗。

终于，老师伸出一只手，示意班长过去，对他说，“去！准备几张纸条，到每个老师办公室，让任科老师写出他们课堂上最闹的5位同学，然后交给我……”李梦白的心顿时一沉，完了，肯定少不了我。他惊恐地颇有自知之明地想。

“你们——每一个——”米老师望着大家说，“你们每个人也拿出一张小纸条来，写出你们认为最不守纪律的5位同学。”

李梦白脑袋“嗡”地炸开来，仿佛掉进冰冷的大海里。他觉得噩梦就要开始了。

班长回来了，带着各科老师令人畏惧的纸条。而这边同学们的纸条也交了上去。

在黑板上画正字，不是选先进，而是评最差。大家心提到嗓子眼，班级里笼罩着一股奇怪的紧张气氛。

害群之马被揪了出来。

李梦白位列第一，他得到每一位老师的“认可”，和一大半同学的“抬举”。郑杨杨也在其中。

其他同学都放学了。米老师让5位同学按票数多少站成一排。

没想到的事发生了，米老师坐在讲台上哭了起来。李梦白和几个同学站在底下不知所措。许久，米老师整理好面容，站在李梦白面前，她望着李梦白说，“刚才我像是被美术老师扇了一记耳光，现在，我也要扇一下你们！你们同意吗？”

大家都同意了。

于是，一个巴掌扇过来。李梦白半边脸热辣起来。接下来，每个人都挨了一巴掌。

后面的事，李梦白后来已记不清了，只觉得那天天空的色彩都是灰蒙蒙、阴惨惨的，令人不愿回忆起。

老师后来又对他们说了很多话，讲了很多道理。

“这件事，你们违反校规的事，你们大家已经认识到错误了，我就不打算告诉你们家长了，放你们一马，你们呢，也就别回去和家长说。我相信你们会改好的。”

5个小孩齐齐点头。不告诉家长，当然是最好的了。他们可不想再挨家长一顿骂。

8

刘伟红自然不知道李梦白在学校的这桩公案，她现在正为另一桩事发愁纠结。

如果早知道梦幻西游有这么大魔力，刘伟红当初不会答应给李梦白下载这劳什子游戏。她现在肠子都悔青了。

自从李梦白玩起梦幻西游后，整个人似乎都变了，变得更加不爱说话。吃饭，做作业，干什么都心不在焉，都像是附带完成的。而一旦投身到游戏之中，则两眼放光，全神贯注，哪儿哪儿都妥帖了。

以前李梦白也玩游戏，在4399网上玩些小游戏，单击的，没有持续性，李梦白瘾不大。她哪里知道，梦幻西游却是个陷阱，能激发小孩子无限地追逐下去。因为游戏里有激励机制，玩家的级别可以越练越高。这个虚拟世界里面有辽阔的版图、古老的城池、西域风光，兵器刀剑、妖魔鬼怪、庭院深深，还有摆卖市场、还可以叫召唤兽，可以练就无边功力，还可以建造家园、古色古香的庭院、华美的屏风，他们可以结婚，生孩子，不生养的话，可以去买小孩。功力越高，权力越大。打到一定级别，可以买卖交易……而这个过程，是需要不断地花钱充点数的。

刘伟红原来不知道，游戏居然还要耗钱。李梦白过去每月有50块钱零花钱。自从玩起梦幻西游之后，李梦白要求改革，把每月零花钱分到每周，每周15元。刘伟红起先并不知道儿子改革用意，以为纯粹就是变着法子想涨几块零花钱，于是同意了。因为过去每月发了零花钱，李梦白总是没有计划性，一下子花完，然后又软磨硬施地要。现在每周发一点也好。

而李梦白每周15元到手，立即换成点卡，变成虚拟币，用这些钱，他可以在里面交易买卖，他的梦幻家园越建越大。

“网瘾”！刘伟红终于沉痛地醒悟，她当初犯了大错误，不该同意他下载这劳什子游戏。

她恨那些发明游戏的人，你们没有孩子吗？你们知道一个母亲的辛苦吗？你们用游戏赚取了大量金钱，却毁了孩子的一生和母亲的希望！

这个世界，一个当妈妈的，得要具备多少本领啊！除了供养孩子吃喝，还得像个警察一样，防范着周围一切有害东西的侵袭。可是，终究还是防不胜防。她没玩过游戏，也没时间玩游戏，她不知道游戏能让一个小孩变成恶魔。

为了这个不知道，她恨不得把自己杀死一千遍。难道没长眼睛吗？没看到电视、报纸上那血淋淋的报道吗？一个少年在网吧里通宵达旦最后毙命，一个少年为了玩游戏甚至杀了劝阻他的母亲……

李梦白现在离此也不远了！

他玩游戏的时间越来越长。原来只是在周末，每次最多两个小时，现在，越来越拖延，他赖在上面不愿起身。每次叫他下线，刘伟红不得不费尽口舌，直到强行关机。而她的强行关机导致的直接后果是李梦白的大喊大叫，他甚至粗口都爆了出来。每个周末都成了刘伟红的噩梦。李大勇说，去电信局把网给停掉。他真要去停，刘伟红又阻止了，因为李梦白威胁过她，如果她敢这么着，他就去死。李大勇说，你就被他吓住了，你看他敢不敢？！刘伟红不敢，她不敢拿儿子的命去赌，她只有这么一个儿子。

只有说服教育，可是，多难啊！她不知道该怎么办？她想去找有关部门控诉，为什么发明这个游戏？而且还是国家许可的官方网络游戏。国家不知道，连成人玩起游戏来都控制不了自己，何况一个小孩？国家不知道，在深更半夜的时候，同时有几千万个不眠儿童在线酣战？他们的身心健康怎么得到保证？！未来在哪里？

终于爆发了！

导火线是这样的。刘伟红发现自己的钱包陡然少了200块钱，她想不起来这200块钱是怎么花去的。她平时包里总放有几百元现金，数目多少，也没怎么去管。只觉得这钱太不经用了，卡上每取一点，一下子就用完了。过去也没这么厉害呀。看来得节制一些，留意一点花了。千真万确，包里确实少了200，昨天才取的，这两天，没买什么东西。好像一道闪电划过，刘伟红突然想到了什么，这个怀疑，让她全身打颤。

难怪这一阵子，他不再软磨硬施地找她要钱。原来，他有办法了！多么可怕啊！

他偷了多少次了？

刘伟红不敢想下去，儿子怎么会变成这样一个人！

李梦白一开始不承认，可是，他的眼神分明是闪烁的，胆怯的。

刘伟红声嘶力竭，脸都气变了形。李梦白不得不承认了。

“你偷了几次？偷了多少钱？”

“一次！就200。”

“你撒谎！老实交代！”

“两次。”

“你再撒谎？！”刘伟红气急败坏，“你说，你教我怎么相信呢？！家贼难防！你现在就是我们家的家贼！”

刘伟红随手拿起旁边的羽毛球拍，打了下去。李梦白一声也没反抗，他被罚跪在地上，眼神里有害怕，有愧疚。

刘伟红拍子如急雨落下，铁球拍被打弯了，她真恨不得这一时将这个逆子打死。

儿子的沉默让她更加疯狂，多少天多少年来积压的恨铁不成钢的辛酸怨恨一下子爆发出来。她还不解气，放开儿子，掉头冲到电脑台前，一下子将电脑摔坏在地上。李梦白冲过来挡妈妈，已经晚了，他的电脑，心爱的电脑，像散了架的骨头，再也拼不回原型。李梦白大叫一声，眼泪迸出，他扑到妈妈身上，拼命地拍打起来。

刘伟红呆住了，她的肩膀、胳膊、胸口都承接了无数的拳头，她看着凶狠的不要命地扑上来的儿子，突然膝盖瘫软，跌坐在沙发上，号啕大哭起来。“你打吧，你打死妈妈吧！我也不想活了！你打死妈妈，明天我们家就会上报纸了！你就成了新闻人物了！”

原来，报纸上报道的事就发生在这里！刘伟红眼泪流了一脸，绝望、伤心，她的心痛到极点，边指着李梦白说，“你给我滚！永远不要再进这个家门，就当我从来没养过你！”

9

刘伟红躺在医院里输液，她被打了镇静剂，之前，她一直处于狂乱状态。

李梦白走了。他离开了家。

这孩子真狠，真狠！他真的就这么离开了家！

那天晚上，刘伟红瘫在地上哭诉良久，她哭自己怎么养了这么不争气的儿子，她恨自己教育的失败，她对一切感到束手无策。这才是最致命的，就是她不知以后该从哪个环节做起。

一开始，她还骂着李梦白，后来，全变成自怨自艾，深深地绝望和哀伤。

那天晚上，刘伟红没有再理李梦白一句，她的眼睛肿得像核桃，还有一些红痧点，哭狠了就这样。为了李梦白，她不知流过多少泪，实在是心灰意冷。

第二天上班，她的眼睛依然是肿的，不得不涂了好几层粉。

早餐，一杯豆浆、两个肉包子，给儿子准备的。她没有去看李梦白，他有闹钟自己会起床的。以前，她总会去他的床头，在他要醒的时候，亲亲他，她喜欢看儿子熟睡的样子，那个时候，他显得特别乖，特别无辜、无邪。但，今天，她不想和他说话。

上午9点多，米老师来电话，问，今天李梦白怎么没来上学？是不是病了？

刘伟红心脏剧烈地跳动了一下，人仿佛站在高处，跌入万丈深渊，浑身冰冷。

她立即赶回家，她希望李梦白好端端地在家里，他只是恶作剧，想不去学校。然而，家里根本没有李梦白的影子，他的书包也带走了。

“儿子！儿子！你去哪儿了？”刘伟红哭了出来。她一边哭，一边给李大勇打电话。李大勇正在广州，陪客户。

“你回来！你赶快回来！你不把儿子找到，我们就离婚！”刘伟红哭喊道。

110报警。在派出所，米亚老师也去了，他们作笔录。

刘伟红哭着把昨天晚上的情况说了一遍。她多么多么后悔啊！如果时间能倒回来，她一定不会说那句混账话，让他滚走。孩子，孩子，你怎么能就走了呢？妈妈说的是气话。你能到哪儿去？你走了，妈妈还能活吗？你不知道吗？妈妈和你是连体的，你受伤，妈妈就受伤。那把打弯了的羽毛球拍，天哪，怎么下得了手？孩子，你回来，你回来，让我摸摸你的伤痕，让我把你抱在怀里，我再也不会打你了！原谅妈妈吧！

刘伟红歇斯底里地哭着，她已经完全崩溃了。

李大勇赶到，刘伟红被送去医院。虽然派出所一再安慰她，他们会找到，可是，刘伟红一刻也不能安静下来，她一会儿说李梦白被绑架了，一会儿说李梦白落入丐帮之手，被人打残了，在外面乞讨。她想象城市里天桥底下那些有残缺的儿童，李梦白变成其中一个，他再也回不了家。

这想象令刘伟红更加抓狂，医院不得不按住她，给她打镇定。

李梦白第二天晚上被警察找到了。他已经到了另一个城市——咸宁。在那儿，他的钱用完了，他想去乡下，不知要坐什么车。终于有工作人员注意到他，知道他是一个人出来，立即问明了情况，和深圳联系上。

李梦白被送了回来。

他还是走时的那套校服，不过弄得有些脏，北方的天气已经转凉，李梦白受了凉，发起烧来，脸色青黄，好像瘦了很多。

当他出现在刘伟红面前时，刘伟红的眼眶像决堤的大坝，滔滔不绝地流着总也流不尽的泪。李梦白轻轻地走过来，拉着妈妈。

这个晚上，李梦白睡得很香，他大约也是一天一夜没睡好。刘伟红睡在儿子旁边，她几乎没怎么睡着，听着儿子均匀的细细的鼾声，不时帮他擦一下汗，理一理被子，然后就不错眼珠地看着儿子。是的，儿子在身边，他在身边。有什么比这更好的吗？

一觉醒来，李梦白睁开眼，脸上挂着笑痕，他望着天花板，说，“妈妈，我梦到了。”

“梦到什么？”

“梦到幸运草了！我梦到我采到了幸运草！”

“什么幸运草呀？”

“幸运草就是四叶草。你看，外面地上的小草，都是三叶的，很少有四叶，我们常识老师说，找到四叶草就会很幸运的哦。”

“哦，我怎么不知道？有四叶草吗？”

“有啊！以前在乡下，奶奶也跟我说过，不过我一次也没找到过。”

“哦，是吗？”刘伟红想，原来，他去咸宁，是想找到四叶草。

“找到四叶草真有好运气吗？”

“有的，可以许一个愿望呢。”

“那么，你要找到了，想满足什么愿望呢？”

“我呀！”李梦白充满憧憬地说，“我想变成个好孩子！那样你就不会伤心了！”

刘伟红抱着儿子，眼睛又湿了。

譬如朝露

1

天色近晚，我们在幻象城游逛了老半日，肚子开始发出抗议。信子指着里面新开的一家韩国料理店，说，要不，我们去那里坐坐？

“靠！那么贵，一个小盘几十元，还不如买件衣服。”我说道。

信子鼻子“哼”了一声，即使省下几十元，在幻象城也买不到一件衣服的边角料。

说的也是，幻象城好像真不是我们这种人该来的地方。可我们像上了瘾一样，隔周就跑来逛上一通，好像是这里的老主顾。尽管每次都空手而归，可是这并不妨碍我们下次再来。幸好，幻象城大得很，没人会注意到两个只看不买的小女子。

我喜欢往这儿来，即便不买东西，看看也养眼啊。这么充足的冷气，这么明亮宽敞的空间，碰得好的话，还有小姐免费为你表演钢琴，仿佛让你一下子离地三尺，也高雅起来。刚开业的时候，信子赶热闹，拉我来玩，看得我眼花缭乱、瞠目结舌，一个接一个的玻璃店面，摆放着各种精品服装和首饰，那些东西，简直就是女人天然的美梦啊。第一次去，我出了个洋相。怪只怪那面玻璃擦得太干净，又没有像别处一样里面摆个模特，害得我以为空无一物，一头撞过去，当场眼冒金星，强忍着眼泪才没掉下来。信子拉着我，嗔怪道，你怎么那么急？我拉都拉不住。我蹲在地下，又羞又愧，半天说不出话，心想这要是把人家崭新的玻璃门给撞碎了，得赔多少钱啊？

还赔钱？要赔也是他们赔，哪能一点标记都没有，不坑人么？信子愤愤地说道。

里面的店员出来，赔着小心给我们解释，说本来里面要放个模特的，还没拿来。她招呼我们进去看看。

我给撞没了兴致，不想逛她那一家。信子在我耳边嘀咕道，不如你就装着受了伤，让她们赔你一件衣服得了。我“扑哧”笑了，亏她想得出！

头上还真鼓了一个包，好多天才消下去。当然衣服也没得到，白撞了一回。

尽管第一次的见面礼不太美妙，可是，我忍不住下次又跟着信子来逛了。我们从一个扶手电梯，下到另一个扶手电梯。信子说，这有点像香港的太古广场，专为富人开的。

香港我还没去过，不知道那里天堂般的生活。

“一件衣服要港币1万元，你知道吗？那里的店员就冷冷地站着，根本不会招呼你看一下。”

“是不是看你就是买不起的主，所以都懒得搭理了。”我笑道。

“可不是，去那里逛的人都是大富豪、大明星呢。”

为什么我们就该穷光蛋呢？我叹口气，“唉，我要是傍着大款，就对他说，我要这一件，我要那一件……”

“那还不如让他直接给卡算了，由着你花。”

“好主意，有卡，不用陪，咱想买啥就买啥。”

“可惜，年龄偏老，当二奶也没条件了。”信子泼冷水道，她喜欢打击我。

出了幻象城，我们找了家便宜的饺子馆，填饱了肚子。天已经黑了，街市反倒热闹起来，所有的酒楼饭肆都灯火辉煌，那些大大小小的商场店铺也被灯光映得明亮如昼。小车们在窄道上艰难地寻找着车位。今天是周末，人格外多，车也格外挤。这个城市有钱人多，听说每天都有好多新车出货，这样下去，有一天我们会不会提着头发飞着走路？

我还想接着逛，出来一天，什么也没买到，不甘心。

信子却意兴阑珊。“我们回吧，去我那里看碟，我租了好多韩剧。”

以前的周末，我常常在信子那过夜。她租了个单间，比我好。可是，今晚，我不想过去。纪子轩约我明天去打网球。如果在信子这里，我肯定走不掉。

男人没有什么好东西。信子经常这样教导我。

其实，还用她教导吗？我早就心灰意冷了。

可是，生活那么乏味，男人也还得点缀一下吧。

“明天和阿芳换了班，帮她上早班。”我对信子撒了个谎。

于是，信子只好又陪我逛了一条街，直到我终于买到了一件吊带小T恤才罢休。

2

回到宿舍已经11点，阿芳、张云、李佳怡一个也不在。这些家伙，又到哪儿疯去了，也不知道累吗？

我冲了凉，把电视打开。这台24寸的电视是李佳怡从她姐姐那里淘来的旧货，这样的公用设施还有几样，张云买了个梳妆台，阿芳弄来一组旧沙发。我则买了个小冰柜。不足30平方米的小屋给塞得满满当当。幸亏是上下铺，否则四个人还真挤不下。

信子曾考察过我的住窝，她说，你不如搬过来，和我合住。

的确，与我们这儿比，信子的住处算得上是豪宅，一个人享用30平方米的小屋，卫生间、厨具，一应俱全。信子风格独特，她房间不摆沙发，地板上铺着一层米色花纹的塑料皮，上面随意扔两个蒲团。床也是席地而放，没有床架。我怀疑她是韩剧看多了，也开始韩化了。

我没有领信子的好意。一则，路远，从她那儿到美容院要好几站路；再来，她那里虽好，毕竟是她的空间，她又老爱管人。

信子拗不过我，只好退而求其次，让我每周末过去住，大家说说话，看看碟。她很寂寞。

其实，谁不寂寞呢？只不过我寂寞的时候更喜欢出去寻欢作乐，就像阿芳、张云那样。

打开冰柜，早上买的一只西瓜难得还剩一半，我端出来，用勺子一下一下戳起来。很冰，真爽。

钥匙开门的声音。

是阿芳。

李佳怡她们呢?

李佳怡去她姐家了。是了，我怎么忘了，她一有空就要去她姐姐那儿的。我们这个宿舍只是她的临时旅馆。好歹她有个姐姐，不和我们鬼混。

张云呢?你们不是一块走的吗?

阿芳瘪瘪嘴，说，单溜了。下午一起去网吧，Q得起劲，和网友约着一起吃饭去了。

你干吗不跟着一起去，让她单刀赴会?我们的原则向来是有饭同享，有乐同当。

嘿，怕什么，人家是沙场老将。而且，我明天还要上早班呢。阿芳打了个哈欠。其实，她一贯是个夜猫子，若有人和她疯，一晚不睡也是可以的。别看平时，我们教导客户，美丽的女人是睡出来的，一定要注意睡眠，可轮到自己又是另外一套了。好在，她们还年轻，有本钱挥霍，不像我，已经是29岁的老女人了，吊带裙也是穿一天是一天。报纸上都说了，30岁以上的，肥胖的，皮肤不好的，都不宜穿吊带裙。得赶紧抓住青春的尾巴啊。

看看，我买的吊带衫！我擦擦手和嘴，背对着她，换了衣服。

好看，你穿什么都好看，瘦嘛。阿芳懒洋洋地道。

看她这样无精打采，我也兴味索然起来。

洗洗睡吧。

我爬上上铺的床位。这个宿舍，我是后来人，以前这张空床堆放的是杂七杂八的东西。老板很会利用空间，我的到来不用让她多出一份房租。

第一次她们带我上这儿，我有一阵恍惚，以为自己又回到十八九岁，回到在卫校读书的年月。那时，不就是6人一间的集体宿舍吗?绕了一大圈，一切又从头开始。

她们私下里嘀嘀咕咕，抱怨金老板小气，房子已经够小了，还再塞个人进来。

我装着没听见，现在，只要有地方住，哪怕就是悬在空中放张吊床我都愿意。刚来的时候，10元店我不也住过吗？

其实，我很佩服金老板，一个女人单枪匹马开个美容店够不容易了。40岁了，还是一单身，把青春都用在美化深圳人民的脸上去了。

有一份自己的事业，比有一个男人更靠得住。我要向她学习。

对她的感激还来自于她对我的宽容。我其实并没有美容资格证，在卫校，我学的也是普通护理。金老板却收了我，她说你有一双灵巧漂亮的手，还有，你的脸比较有说服力。

在丽人坊干了两年，我终于混到了一张美容资格证。在众多不同的脸上，我小心翼翼地伺候着。现在终于成了老手，点名要我做的客户也越来越多。金丽华为笼络我，把月薪从1000元涨到了1500元，比张云她们还多200元。

1000多元的工资，说起来都丢脸，连信子的一半都没有。可是，有什么办法呢？深圳是个人才荟萃、高学历成堆的地方，我一个小小的卫校毕业生能找到事做，已经要磕头烧高香了。丽人坊的美容小姐也有不断流动的，可是流来流去都还是在这一行。我问过了，流到哪儿工资都差不多。除非像金丽华那样，从美容小姐做成美容老板。谈何容易！纪子轩曾说，他有个朋友开诊所，可以给我介绍介绍。如果能到诊所，那当然是件再好不过的事了。纪子轩的话无疑就像黑暗中的灯塔，让我看到了前路中的一线光明。

3

纪子轩也是我的客户。

他第一次进美容院纯属误打误撞。

丽人坊开在云天大厦，这是一栋有24层高的写字楼。纪子轩的文化公司就在我们的隔壁，原本是两个毫不搭界的地方。

丽人坊是女人世界，来此做美容的，从几十岁到十几岁的年龄参差不等，她们像一群美人鱼，在这里游来游去，香气扑鼻。偶尔也会有几尾雄鱼游进来，他们大多是被美人鱼拉进来，陪着女朋友或老婆或情人一起。金老板在里面隔了夫妻间的。纪子轩就是少许游过来的一条雄鱼。不过他既不是陪老婆也不是陪情人，他是被一条和他一样的小雄鱼拉进来了。当时正是中午，两条不经意游进来的雄鱼让快快欲睡的我们眼睛一亮，不由分说就把他们招呼进来了。小雄鱼说，带我们纪头过来看看，我们就在旁边的文化公司。

既来之，则安之。两条雄鱼在我们热情的招呼下，乖乖躺下来。小雄鱼在阿芳那边，老雄鱼由我来做。老雄鱼40多岁，一张国字脸不胖不瘦，额头上有浅浅的川字，鼻子略大，显得性感挺拔。摸惯了女人的脸，摸起男人来很不一样，密匝匝的胡子有些扎手。老雄鱼一开始还和我们有说有笑，问长问短，慢慢地就没有说话声了，代替的是粗中有细的呼噜声。醒来的时候，老雄鱼挺高兴，说睡了个好觉。

“那你以后就常来，权当在这午休嘛。”我们很殷勤地起身相送。

“会的，会的，我们这么近，就是邻居了。”纪子轩笑哈哈地说。美容之后的他看上去容光焕发。那个拖着一把马尾小辫的小伙子也干净清爽很多。他们相当满意，均表示以后还要来，天天来。于是，我们建议不如办张年卡，优惠许多。

“再说，再说。” 纪子轩一边接着电话，一边朝我们点点头，出了门。他好像有什么急事。马尾巴埋了单之后，也颠儿颠儿出去了。

纪子轩并没有像他所说的一样，第二天再来。当然，我们也没指望他们会再来，男人应酬的话哪能当真。虽然，我们两个公司相距不远，可是，却很少能碰到，大家各忙各的。因为有过一次交道，从他们那个公司过时，我就下意识地朝里面扫两眼，和所有写字楼的公司大同小异，电脑台、格子间，不同的是门前入口处有一面大大的玻璃屏风，上面贴着公司的宣传海报。偶尔能看到马尾巴的身影，而纪子轩却总是神龙见首不见尾。

直到两个月之后，纪子轩才再次出现在我们的丽人坊，也是中午的时候，恰好我当班。他看上去很疲惫。

“纪先生好久不见了！”我给他泡了杯茶。

“忙啊，太忙了。” 纪子轩躺了下来。

“忙才要保养啊，不然就老得快了。”阿芳在一旁接话道。

纪子轩笑了。这一次，他没有呼呼大睡，而是不停地问长问短，聊东聊西。我只好打起精神来陪他聊。这是我们这一行的规矩，就是要让客户满意、舒服。他们想睡的时候，我们要轻手轻脚，不发一声；当他们想聊天的时候，我们要尽兴陪他们海阔天空。美容，说到底，就是要让客户从里到外地放松。

纪子轩问我以前是干什么的，老家在哪儿，一个月拿多少钱。听说我是学医药，他想起什么似的，说，他有个朋友在梅林开诊所，缺人手，以后可以介绍我去看看。那家诊所效益很好，拿的钱比你这儿多。

我心动了一下。

如果真能换个工作，那可真是一桩美事啊。总不能一辈子伺候别人的脸吧。

出于感激，我给纪子轩按摩的时间延长了半小时。

临走，纪子轩塞给我一张名片，说，哪天有空一起出去吃饭。

4

我和纪子轩的第一次约会是在一家咖啡馆，他请我吃荷叶饭，还点了一个大果盘，两个人吃了200多块钱。平时，我就吃几块钱的盒饭，有时在屋子里做一顿，吃两餐。和信子，我们也是顶多吃个大排档。偶尔和阿芳、张云套到的男友一起混吃，也不过是一些便宜的中餐。纪子轩却请我在咖啡馆吃西餐，一下子上了档次。

咖啡馆人不多，不像一般酒店那样闹哄哄。一个女孩在中间弹着钢琴，咖啡飘出的香味四溢缭绕，让人沉醉。这样的氛围，让我不由要端出淑女的款来。

纪子轩也不像上次在丽人坊那样多话了，等饭的时候，他拿出一根烟，问我介不介意。我摇摇头，事实上，男人独自抽烟的样子很吸引人。

吃过饭，纪子轩要带我去他的办公室坐坐。我奇怪，你的办公室不在云天大厦吗？

“那是分公司，这边才是我常常待的地方。”

难怪，那边总见不到你。

你找过我？他抬起眼，含笑问道。

我立马转过脸去。

跟着他上了这栋半旧不新的大楼。是周末，整个楼很安静，又背光，有点阴森森的样子。这儿不像云天大厦，在闹市区，人气旺。

进了办公室，纪子轩随手关了门，拉亮灯。是个套间，外面有几张办公台，里面是总经理室。一张硕大的大班台，墙壁上挂着一幅字画。字是狂草，画是水墨，非常有风格。见我盯着字画，纪子轩让我评价好坏。这我哪评得出，纪子轩说，那是他的杰作。我忙说好。纪子轩笑道，本来不说好，为什么一听是他画的就说好。我也笑了，说，原以为是哪个画家书法家，没想到是你，标准不一样嘛。

纪子轩递给我一杯水。我注意到老板台后面书架上的书，到了深圳，我很多爱好都丢弃了，唯独喜欢翻书的臭毛病还是没改。我走到书架那儿。纪子轩拿给我看他们设计的一些书和平面广告，他站在我身后，我闻到男人粗重的呼吸，一只手热热地搭我肩上。身体抖了一下，我转过身，退了两步，站到门边，冷笑，“你以为我是什么样的人呢？”

很多男人都这么直截了当，以为我们美容小姐好欺负的。阿芳和张云她们的故事里常常出现这样的男人，吃一餐饭，过一个晚上，然后各走各的。没有承诺，也不需要负责，就像渴了要喝水，饿了要吃饭一样简单。可是，纪子轩——他看上去与那些男人不一样啊。

什么不一样？都一样！男人的亏你还没吃够？竟然一个人就跟他进了办公室！信子语气沉痛地教训我，好像我已经失了身一样。

我笑了，没那么严重。

那也要提高警惕！信子说道，不能好了伤疤忘了疼。

也是，这个提醒算是及时。

在29年的生涯中，我一共谈了两场恋爱。我的第一个男朋友是体校的帅哥，身高一米八，我们在路上一起走时，回头率没有一百也有九十九。可惜，他不争气，迷上赌博，自己的钱赌光了，又来骗我的。最后，我妈忍无可忍，把我在家软禁了一个月，那小子来了两次，见不着，就再也不来了。我终于明白，在他眼里，钱比我重要。

第二次恋爱，我务实多了，表姐给我介绍了一名中学老师贾宝根，跟贾宝玉只差一个字，尽管长相没有贾宝玉那样面若春花，但，在小城，老师是个体面的职业，到处都是没事做的混混，能嫁给一名光荣的人民教师，还是挺风光的。我们谈了两年多，眼看着，这一桩婚姻就要告成了。没想到，结婚前夕，为了房子的事，两家闹翻了。他妈嫌新房我们家没出钱，他们出人出力出财，实在不甘心。他妈一直以儿子为傲，像他这样当老师的好儿子，要什么样的女朋友没有？言下之意，我们高攀了他。在结婚前夕，我和贾宝根的缘分结束。他苦着脸说是他妈不同意，我都懒得理他，明摆着纯属挑刺，不想结婚就直说，干吗玩这一套，而且，这么大一男人动不动听妈的，这婚不结也罢。让我痛心的是，我妈因此高血压病犯，差点丢了老命。我再也没脸待下去了。那一年，我27岁。

我的故事，信子知道。她是我深圳唯一信赖的朋友。因为长我几岁，她就像守护神一样，看护着我。当纪子轩的名字开始出现在我的嘴边时，她表现出极大的反感。而当我说到那一次纪子轩的行为，信子更是义愤填膺，把纪子轩骂成恶魔和色狼。她更坚决地劝我搬到她那儿去住。我有点后悔告诉她纪子轩的事，事实上，我不想让她那么恨纪子轩，其实，那天，以及后来，纪子轩没再做出什么出格的事。而信子，却是个容易走极端的人。

5

我到深圳不多久，就认识了信子。那时，我还是丽人坊的新手，一次，因为给一个中年女人挑黑头，那女人是敏感皮肤，挑了之后有点发红，这种情况别人也遇到过，只要事后稍加护理，很快会好的。但中年女人异常气愤，说我让她破了相，硬要我赔她所有的美容费，还扬言要告诉老板。我一个劲地赔不是，好不容易找到工作，生怕被炒掉。中年女人不依不饶，这时旁边的一个客户说道，人家也不容易，何必这样。那女的一听，把矛头立即转向了她，说，有本事你让她做，凭什么把我的脸给一个新手做实验田。客户听了，二话没说，从另一个美容床下来，跳到我面前，让我来做。那个中年女人在别的几个姐妹劝说下，气哼哼地重又躺下。

我心里很是感激，这个客户正是信子，她的仗义解救了我的难堪。她还故意大声地说，我的指法很好，她很舒服。

从此，每隔一周，信子都要来一次，每次，也都是找我来做。

“瞧你那可怜兮兮的小样。”信子常常笑我。

张云说，怪了，以前信子很难得来做美容，现在竟然来得这么频繁了。你到底给她施了什么妙招?

我想，这大概就是人与人之间的一种缘分吧。

信子是在对面的华发大厦上班，在一家卖软件的电子科技公司做文员，和我相比算个小白领了。但信子却不像一般白骨精那样衣着讲究。一天到晚，牛仔裤、T恤衫，夏天是短T，冬天是长T，牛仔裤品种很多，黑的、蓝的、白的、带补丁的，没见过她穿裙子。平时也不化妆，来丽人坊做美容，只是图舒服。

信子的皮肤比较黑，还有一些斑。我给她做的是美白系列，还建议她在家可以用喝剩的牛奶敷脸。信子说，以前胖的时候，脸上什么斑也没有。我不知道信子胖的时候是啥模样。我见到的信子是非常瘦的，颧骨突出，眼窝深陷，身上的骨头都可以硌人，我笑她就像非洲饥民。信子也不生气，只恨恨地说，她的油脂都给一个叫唐庭发的人榨干了。

唐庭发是她的前夫。

两年前，信子过30岁生日，喝多了酒，给我说起她和唐庭发的故事。

他和姓唐的（信子用“姓唐的”代替原名）青梅竹马，一个乡里的同学，那时姓唐的家很穷，而信子的爸爸是乡长，家境好多了，常常接济他。姓唐的很聪明，学习非常好，高中毕业考中了上海外贸大学，在那个小镇考上大学的非常稀少，信子也为他感到骄傲。信子考中的是本省的一所大学。上大学期间，姓唐的一天一封信。信子成为班里最幸福的女生。靠着信子的资助，姓唐的度过了4年的大学生涯。一毕业，两人就顺理成章地结了婚。姓唐的分在省外贸，专门做进出口药品的贸易，信子分在一家国企，企业效益不景气，信子干脆辞了职，在家当太太，一心伺候老公。这个时候姓唐的已经今非昔比，外贸这一块越来越吃香，姓唐的经常出国，他一个人的工资已足以养活全家。

“那是我最胖的时候。”信子说，“什么叫心宽体胖？那就是了。不用上班，老公有自己的事业，别人都羡慕得要命。我也心安理得。因为姓唐的有今天，也是我当初的支持。就像炒股的人，独具慧眼，逮了匹黑马。”

信子没想到的是，当一匹瘦驴摇身一变成为黑马后，就再也不受控制了。

先是隔三差五地晚回家，发展到后来几天几天地彻夜不归。

那时，他们已经有孩子，所有的家务全是信子一个人的。累一点可以，但她不能忍受姓唐的日渐冷落。过去，两人不在一块的时候，他一天一封信，现在，一个屋檐下，却说不到几句话。一开始，姓唐的不归家，还找一些借口，后来，干脆都懒得说了。最长的一次，他4个月没有回家。

信子决定去找他，她把1岁不到的女儿放在妈妈那里。开始跟踪姓唐的，费了好大的劲打听到姓唐的行踪。明知道，每跟一步下去，心就碎一块，可是，她还是忍不住。那个夜晚，她一直跟踪到一个小区的大楼底下，原来，他在这里另有一个“家”了。那个女孩比信子小10岁，一新新人类。头发焗得五颜六色，像一只火鸡。信子没有和火鸡说话，她让姓唐的跟她回家，姓唐的不愿意。

信子一个人回去了，回去的脚步轻飘飘的，就像一个太空人。思维也完全混乱了。唯一的念头，去死。

她在家里找了一大瓶药，是姓唐的带回来出口的治疗皮肤的中成药，她不管三七二十一，全都吞了下去。

“嘿，你不知道，那药真是好，一点痛苦没有，听说别人自杀吃安眠药的很难受，我一点没有，下次如果还要死，就吃这种药解决，比较好。”信子说到这里居然笑起来，仿佛一个科学家宣布一项新发明。

信子是3天后在医院醒来的。她睡了3天，一点知觉都没有。如果不是妈妈第二天恰巧过来，她也许就永远醒不来了。“你不看别的，也要看看你自己的孩子啊！”妈妈流着泪说道。姓唐的也在场，当着家里所有人的面，他发誓从此要对信子好一点。

“哼！好一点！”信子冷笑道，“出院回家后，10天，他没有用手摸过我一下。我差一点儿死了，他没有一点哀怜。”

信子彻底绝望了，姓唐的已经不是过去的唐庭发，即使人在家，心也早走了。男人绝情起来令人齿冷。

到底还是离了婚，女儿、房子、车子全部归信子，另外，每个月，姓唐的要给她娘俩一点生活费。

6

这就是男人！他们完全不可信！信子说自己的故事，仿佛凤凰涅槃一样，大彻大悟了。

“要想保全自己，只有远离男人。”信子不下N次地告诫我，她让我不要上纪子轩的当。

虽然，对男人我也没有太多的奢望，可是，还不至于像信子那么走极端。

纪子轩很久没来丽人坊了，上次老板还问起过。好不容易有男客户，务必要抓住，现在美容业竞争厉害，金老板说要拓展业务。说服纪子轩继续来做美容是我的职责。

“啊，小玉，是你？”接到我的电话，纪子轩似乎愣了一下。

“好久不见你来了，你不是说要办个卡吗？”

“太忙了，这一阵子又是演出季的宣传策划。”

“忙才要保养啊！你过这边来，顺便到这儿休息休息嘛。”我突然恨起自己来，怎么说话就像求他一样。

“好，有空再说吧。”纪子轩挂了电话。

他的口气像在敷衍，想想也是，哪个男的会对美容上心呢？

没想到，晚上他竟然过来了，面色红红的，一看就像喝过酒。那时丽人坊人已经很少，张云手里的做完差不多就下班了。我让纪子轩躺下，打水洗脸，然后涂上按摩膏，开始打圈按摩。纪子轩似乎很累，一句话也不说。张云已经收工了，她打着呵欠问要不要等我。我说不必了，你先回吧。

等给纪子轩做完差不多10点了。“一起吃点消夜吧。”他说道。

从下午两点上班，我差不多是一直站到现在，中间只吃了个面包，肚子确实饿了。

我们来到一家西餐厅，要了一份牛排、三文鱼，还有一杯熏衣草茶。西餐厅人很少，里面灯光朦胧，若有若无地放着音乐。不知为什么，一到这种场合，我就有种不真切的感觉，好像人一下子被拉到云端，虚无缥缈起来。可是，这样的感觉竟令我迷恋。

纪子轩说，这里环境好，安静，估计你会喜欢。

纪子轩又说起自己最近忙的事情。深圳现在的商业演出很多，许多项目的平面策划都在做。他从口袋里掏出两张戏票。“这是明天的话剧，你约朋友一起看一看吧。”

在深圳，我连电影都少看，更不用说话剧了，那都是小众的艺术，票价又高，不是我们这样的草根阶层消费得起的。

“每个行业都有自己的一些特权，我们搞文化公司的，别的没有，看几场演出还是可以的。”他说。

7

我约信子去看了话剧，没告诉她这个票是纪子轩给的。

十月中旬的深圳，已经有了一点秋的意象，晚上天气更凉。我穿了条新买的牛仔裤，一件白色纯棉长袖T恤，信子也是牛仔装加T恤。你看，我俩就像穿了情侣装一样。信子很高兴。她喜欢我什么都跟她一样。“不是情侣装，是姐妹装！”我纠正她。“反正都一样。”信子揽着我的肩，进了大厅。

看戏的人很多，这场先锋话剧，之前一个月就开始造势，纪子轩他们整出来的海报贴得铺天盖地，连公共汽车上、站牌上都是。一个女人被反绑在一个凳子上，一个男人从后面抱着她，神情绝望而不屈。是关于爱情的故事。

两个小时的演出很快就结束了。话剧比电影过瘾，就在于它是现场，直接面对面，冲击力很强，我看见信子的眼睛亮晶晶的，她一定哭了。看别人的故事，流自己的眼泪。我们都一样。

出了大戏院，外面很凉，一阵风吹来，我禁不住连打两个喷嚏。信子从包里掏出一条一米多长的格子围巾，“来，系上！”这条围巾是我上次陪她一起逛街时买的，针织的，手感不错，戴起来像《早春二月》里的肖涧秋。向来，她的好就是这么不容置疑，你只要安心享受就是了。当初，她对姓唐的也是这样吧？那个傻瓜！

回到宿舍已经11点，第二天还要上早班，赶紧洗洗睡。毕竟年纪不饶人，拼不过小姑娘了。

第二天，纪子轩打来电话，问昨天的话剧怎么样。我说挺好看的，下次有特权再给弄点好票来。

行啊，下次我请你看，好不好？纪子轩顺势说道。

日子似乎有了点不一样。虽然依旧是上班、下班，从一张脸到另一张脸。依旧是那么狭小的空间，变化着新面孔和老面孔。可是，还是有点不一样。纪子轩时不时会打来电话，有时只是一句简单的问候。生活好像一下子充满了期待。

太阳又好起来，深圳的秋天比别处来得迟。

周末，纪子轩约着一起去游泳。正好信子这个周末要去香港参加会展，我闲着也是闲着。因为纪子轩的出现，我已经不屑于和阿芳她们混了。看看嘛，她们认识的都是些什么乌七八糟的鸟人。人是不能比的。纪子轩和他们就是不一样，帅，有文化，不俗。和这样的男人在一起，无疑是给自己增分的。

那天，纪子轩穿着一身运动系列，看上去特精神。他开车，带我去到一家游泳馆。

游泳馆的人不是很多，毕竟是深秋了。纪子轩说，他有这里的会员证，夏天经常来，来了就在深水池游。难怪，他的身材那么挺拔，锻炼有功啊！深水池旁边是稍微小一点的浅水池。我不大会游泳，以前和信子一起去大梅沙玩，都要带游泳圈，在信子的指导下，总算学会了漂起来，换两口气。纪子轩说，要不要我教你？我说不用，我自己玩。那你就去那边浅水池吧，和幼儿园小朋友一起玩。他笑我！

换好蓝色泳衣，纪子轩已经跳到深水里了，他对站在岸边的我大声说道，先热热身，再下水。

我没听他的，径直把腿放到水里，咬紧牙关，哧溜一下，滑了下去，凉凉的水，从外到里地浸透过来，冷得我汗毛倒竖。别看外面的太阳和夏天差不多，一到水里就明显不同了。过了几分钟，就适应了。池子人很少，只有几个小朋友，和三两个大人，游起来很过瘾。水还是蛮深，到我的肩膀，只要脚能着地，我就不怕。我沿着池壁的一面游起来，我的姿势是不太规范的蛙泳，一个人在水里来来回回地游着，像一条自由自在不受打扰的鱼。因为没戴泳镜，我干脆闭着眼在里面玩。好久没有这么痛快地玩过了，水温柔地包裹着我，仿佛五脏六腑都融化开来。一口气游了很远，我想站起来，歇一会儿。糟了！居然，脚着不到地！这不是浅水池吗？我立马意识到出问题了，原来，这个浅水池也是有坡度的，最深处也有一米八！刚才只顾闭着眼睛游，没想到游偏了，竟然游到深水区。我慌了，所有的动作忘得干干净净，我挣扎着，拼命地扑打着水，想喊救命，可根本喊不出，大量的漂白水进入我的口中。我用残存的意念在想，纪子轩他看不见我，他不知道我要死了！仿佛过了一个世纪，终于有一个人拉住了我，把我带到浅水边，是他——纪子轩！我有气无力地伏在岸边，想把喝下去的水给吐出来。纪子轩在背后替我拍打着，我看到一个穿着救生衣的男子走了过来，他蹲在我身边进行慰问。岸上一个男人在说救生员，你失职了，游泳的人这么少，你都没发现异常。救生员一个劲地赔不是。

直到上了纪子轩的车，我仍然惊魂未定，多险啊！差一点就淹死了！要是在游泳池里淹死，岂不是比窦娥还冤！纪子轩笑道，那就能上头条了。我嗔道，都怪你，要不是你说这个池子是幼儿园小朋友玩的，我也不会那么大意。纪子轩检讨道，是怪我，我从没下过浅水池，每次来都看到有小朋友在那儿游，就以为很浅，没想到——

“那你怎么知道我不行了，会赶过来救我？”我突然想起来这个问题，他并不是和我在一个池里啊。

“也怪，我当时有点累了，好像听到你叫我，以为你怕冷，想回去了，就站起来找你。结果发现你在那儿拼命打水，赶紧跳了下去。”

“好险，你再来晚一步，我就没命了，你不知道我喝了多少水下去——”鼻子酸酸的，突然委屈地想哭。

纪子轩把手伸过来，搂住了我的肩。他的手那么温暖，我情不自禁地握紧了它。

“这也是一个教训，不要轻易相信别人。别人说水浅，对你来说，它有可能水很深。”纪子轩道。

8

纪子轩到底还是办了张年卡。在第三次来丽人坊的时候，我还没开口，阿芳、张云她们群起而上，把纪子轩哄得不办都不行了。想想吧，一个男人到这儿多吃香，如果攻下来，就是件功德无量的事，以后才好更进一步吸引别的男人来。大家都想尽这个力，争这个功。我倒反而不那么积极了。看纪子轩被阿芳那些小嘴说个不停，便道，“纪先生实在不想做，就别为难他了。什么时候想来就来，一样的。”阿芳白我一眼，“什么呀，我们替纪先生想，办张年卡，多优惠啊。男人也要懂得保养自己，否则衰老起来比女人还快。”

纪子轩看了我一眼，笑道，“好，那就办一张吧，你们可要负责让我像金城武那样帅啊！”

“绝对的，比金城武还帅！”阿芳、张云一个劲地说。

“我敢肯定，这年卡，他做不了几次。”待纪子轩走后，我说道。

“他做不了，可以让太太做嘛！”阿芳道。

我收了口，她们不知道，纪子轩是个单身男人，他早离婚了。我是在上次游泳之后，一起吃饭，听他说的。不知为什么，当时听了纪子轩的话，让我安心许多。

回到宿舍，好久没住这儿的李佳怡过来了，邀请我们周末一起去电视台。她说她姐姐单位要去深圳电视台参加情感对对碰节目，做现场观众，人不够，拉我们去凑数。大家一听很兴奋，要上电视啦！忙忙地找口红、胭脂、眼粉。

“欢个什么劲啊？是做观众，不是当主角，没人会看到你的。”我在一边笑着泼冷水。

“会有30秒的镜头，大家到时要笑得灿烂一点。”李佳怡道。

为了这30秒一晃而过的镜头，阿芳、张云打扮得像出席盛大的宴会。我想叫上信子，她一口拒绝了，“去那当什么傻子啊！”我只好自己跟她们一块去，临走怕冷，系上那条信子的围巾。

我们混在李佳怡姐姐单位的队伍里，每人还发了件红色T恤，前面是单位的名称，后面是“超级情感对对碰”的字样。

第一次进摄影棚，大家很好奇，四周的阶梯凳都坐满了按单位划分好的观众，天花板上吊着大大小小的镜头灯。一个男人拿着麦克风，教我们喊口号。“精彩人生，真情无限！”喊完，伸出手做V字状，大叫一声“耶——”，要多傻有多傻。信子说的对，我们是来当傻子的。

舞台中央靠边的地方坐着一排几个人，应该是嘉宾了，后面是亲友团。

说好7点半开始的，结果又等了半小时，我们已经把口号操练了一遍又一遍了。主持人终于双双上场，一男一女，偶像派组合。一上来，男主持就女主持人的着装恭维了一番，女主持就让大家猜猜多少钱，皮靴、裙子、珠宝首饰，大家七嘴八舌，女主持说，120万。男主持说是120万泰铢吧。气氛活跃起来。很快，万众瞩目的女主角登场了，据说是参加了什么国际小姐大赛获得前十名的。

国际小姐一袭白裙，打扮得像公主，但裙叉开得太高，破坏了公主的纯洁性，透着一股风骚味。男主持狠狠地捧了国际小姐一顿，女主持假装在一边吃醋。

接着，四位男主角一一登场亮相。

第一位出场的男生才27岁，做广告的，显得很文艺，瘦瘦高高，他边走边摆着POSE。第二位出场的男生，年纪也大不了多少，却显得老相，介绍说来自农村，独闯深圳，现在已经是某某公司的经理人了，他的梦想是有一辆奥迪车。大概是因为紧张，走路、站立都显得摇摇晃晃。第三位年纪最小，才23岁，却很老到，自称会做一手好菜，看来要走新好男人路线。第四位小生长得挺帅，偏穿了不伦不类的花衣服，在台上扭来扭去，像泰国人妖。

嘿，这年头，有品位的男人越来越少了！郁闷！4个男孩要尽百宝，展示绝活。嘉宾在旁边帮着考核、点评。

我们在下面傻坐着，看他们玩，偶尔有摄像灯对我们打一圈过来。

最后一项，让我们下面坐在第一排的女观众给4个男孩献玫瑰，你认为哪个最理想，就献给谁。可怜的4个男孩，站在台中央就像接受检阅的士兵一样，等着我们献花。

我手上也有一朵，可是，那4个人，我一个也没给，又拿下来了。主持人拉住我问道，你为什么不选一个最佳的？

很难比较，都差不多。我说道。

那么，小姐，可不可以说说你心目中最佳的男孩是什么样？

这个嘛。我沉吟着。镜头灯打过来，两个主持人把我截在中间。我说道，我心目中的最佳应该是个成熟的，懂得照顾女人的男人。

“没想到小玉今天露了一把脸。”回到位上大家都笑我，让我干脆也上台，也速配一个。

从摄影棚出来，已经快9点了，阿芳她们意犹未尽，要去逛夜店，我准备一个人先回。手机响起来，纪子轩打过来电话。

纪子轩说，他刚加完班，问要不要一起吃夜宵。

听说我在电视台，说，那我过来接你吧。

纪子轩到的时候，我在电视台门口已经等了20分钟了。晚风有点冷，我把格子围巾系起来。

纪子轩开着奥迪来了，4个圈，二号男生的梦想。他下了车，高高大大，一副落拓不羁的样子。咳，那些小男生哪能和他比?

“怎么手里还拿了玫瑰花?特地送给我的啊?”纪子轩开玩笑道。

“嗯，给你的。”我笑了，把花递给他。

进了车，一下子暖和起来。纪子轩放起了音乐。我的思绪缥缈起来，有点不能自已。

照例去的是西餐厅，人很少。小小的包箱，轻柔的音乐，纪子轩点了一壶奶茶，又要了两份点心。他望着我，目光如炬。

我坐了过去，手不知不觉地在他头上轻按起来。

纪子轩一动不动，他说，你的手真是世上最温柔的手。

他把我的手含在嘴边。

那一晚，他带我去了他的家。

9

和纪子轩在一起，我的灵魂仿佛都升了天，这是一种从未有过的感受。

纪子轩，他多么懂女人啊！以前的时光全是虚度，纪子轩他让我明白做一个女人的好！信子不止一次地说，要小心小心，她已经看出我对纪子轩危险的感情，可是，哪怕万劫不复我也认了。

现在，纪子轩不去丽人坊了，给他的功课直接移到了他的家。纪子轩的家在市里一个比较有名的小区，一百来个平方，布置得很艺术。一间书房，放着电脑、书架。卧室一张一米八宽的大床，最别致的是灯。

天花板上、书台、墙壁、橱柜、床头、窗前，不同的地方摆放着不同形状的灯，有西洋的、中式仿古的，不同的灯发出不同色彩的光，所有的灯火打开，像璀璨的宫殿。照得我热血沸腾，浮想翩翩。我想，我的前世一定是一只飞蛾，看到灯火就不顾一切地要扑过去。而纪子轩就是所有光的源头，是灯芯。

当然，我并不常到纪子轩那儿，他很忙，我也是，丽人坊每天都有那么多客户。我不是早班就是晚班，一周轮休一次，如果纪子轩忙的话，我就和信子在一起。我们依然去逛商场，吃大排档，看韩剧。可信子还是失落，她觉得我的心离她远了。

我把纪子轩的年卡拿给她，反正纪子轩也不用了。当时，我还笑他，办了卡却不去了，岂不太亏。纪子轩把我拉到怀里，说，有你在身边，就行了，你把卡送给朋友吧。

信子不要。她对纪子轩充满敌意。我无奈，只好把卡又还回纪子轩，还是你留着送给别人吧。

转眼到了圣诞节，纪子轩约我出去玩。他说要去郊外的一个农场去滑草。他总是有新花招！这让我兴奋。为了攒出两天的时间，我加了两个班。圣诞节的一早，纪子轩的车就开来了，他在外面按喇叭。我急急忙忙地收好东西，张云她们在背后嘀咕，小玉现在是灰姑娘遇到白马王子了。是，说得对！ 我的王子正驾着南瓜马车在外面等我呢。一上车，我就把脖子伸过去，吻他一口。纪子轩的车开得飞块，他说到那个滑草场得两个小时。

一路阳光大好，一如我明媚的心情。这个农场是著名的奶牛养殖基地，但我们连一头小牛犊子也没见着。游人却不少，分布在打靶场、捞鱼场和滑草区。纪子轩说这里的乳鸽很好吃，蔬菜也是自种的，很新鲜。解决了温饱问题，我们来到滑草区。南方的冬天没有雪，就以滑草来代替。纪子轩曾说过，深圳最大的遗憾是看不到雪。来自东北的他对雪的迷恋超乎寻常。我也喜欢雪，我的家在江南小镇，那里的雪下不厚。纪子轩说，以后带我去东北，去滑真正的雪。他的话让我充满期待。

现在是无雪的南方冬天，碧绿的一望无际的草场在眼前铺展开来，被我想象成北方无垠的雪地，心儿也激动得要蹦出来了。草坡很陡，不时有人从顶部冲下，发出一阵阵尖叫。纪子轩问我，怕不怕，不敢的话就看他玩。我甩甩头，坐上雪橇一样的工具，绑好，还没等我回过神来，雪橇就箭一样冲了下去。向下的速度越来越快，简直是风驰电掣，我兴奋地高声喊叫，感觉自己已灵魂出窍！快到终点的时候，我手一松，摔了下来，腿被坐骑狠狠砸了一下。纪子轩跟在我后面冲了下来。他跑过来拉我，我痛得龇牙咧嘴，腿膝盖那里鼓了个包还挂了彩。纪子轩搀着我找到医药室，上了药。“你看你，每次玩都要把自己弄伤。”纪子轩道。还真是，想起上次游泳，差点淹死，这次又差点给砸死。可是，跟他在一起，痛也开心啊。后来的滑草，我已经不能动了，就看着纪子轩滑。他姿态优美干净，动作娴熟，场上所有的人都比不上他。我看呆了，有时他一个惊险的动作，又让我魂飞魄散，但他，又总能奇迹般地化险为夷。下了场，我说他，不去参加体育大赛简直可惜了。

晚上，我们在山庄住了下来，我问他，怎么滑得那么好。纪子轩说，他从小就爱滑冰，那时候，他很反叛，家里人越是不给做的，越要做。滑冰就是反叛的形式之一，还有抽烟、酗酒。纪子轩一边喝着红酒，一边给我说起他的家事。纪子轩说，他还有个异父异母的妹妹，“文革”时母亲带着他改嫁到另一个家庭的。那个妹妹比他小两岁。

“那时候，我对谁都有恨，我恨母亲，恨她改嫁，恨父亲，恨他为什么成为反革命，恨他为什么要自杀，我也恨继父，恨他的女儿。”纪子轩的声音有些变，和刚刚玩的时候判若两人。想不到，他还有那么一个复杂的身世。这是他第一次跟我说起。

“你妹妹现在在哪儿？”

“她死了，病死的。”

我触到了一个伤口，立即噤了声。

天已经黑了。农场的夜晚很寂静，静得像乡下的村野。

“那年在东北，我带小琼——我妹妹，滑了她毕生最后一次，也是唯一的一次雪。”

“——那时，她已经得了白血病。那是我最后一次陪她，也是唯一的一次。”

纪子轩突然忧伤起来，也许是那些酒精的作用，他无法抑制自己了。他的忧伤传染到我，许许多多的往事刹那间飘浮来，又刹那间飘散去。

我有点发冷，纪子轩眼神迷茫，仿佛要穿透远方。我害怕他游离的眼神，我要把他拉回来，拉回我的身边。打了一盆热水，我给他擦了脸，然后扶他上床，做这一切的时候，我感觉自己像个古代的好媳妇。如果可能，我愿意回到那样一个古典的时代。

山庄的旅馆十分简朴，可是，和纪子轩在一起，它就是我的宫殿。说实话，我对纪子轩并不是很了解，他的过往，他的一切，我都不是很确定，可是，他让我迷恋。曾经两次失败的恋情，我自诩对男人已经看透，可是，当纪子轩出现在面前，所有的忠告都统统忘却。信子说，在深圳，你不要指望爱情。在这里发生爱情的概率几乎为零。可是，我还是爱了。和纪子轩在一起，我感到幸福，同时也感到忧伤。我不知道，纪子轩他像我爱他那样爱我吗？

我需要找个人诉说，我的甜蜜、忧伤和惶恐。

纪子轩要出差了，这次是去韩国，他们文化公司准备筹备邀请韩国剧团来华演出。

正好是周末，下了早班，我去信子处，好久没和她一起逛街了。这家伙一定不高兴了，心里一定狂骂我重色轻友。圣诞节，本该是和她一起去教堂的，结果和纪子轩去了农场。我要去找她谢罪，我也要和她说纪子轩。我要争取她的支持。

来到信子的住处，门是紧闭的，那一层楼静悄悄。是下午两点多的时光，信子有午睡的习惯，但这时候也该起来了吧？她不会出去吧，在深圳，她没有别的朋友，除了我。

敲门，没人应，再加重，终于有嗒嗒的拖鞋声。

门开了，一张睡意蒙胧的脸。见是我，又掉头去睡。

“猪头，瞧你睡得人事不知的样子。”我推她，把她拖起来。这家伙别看她瘦，真赖起来，还拖不动呢。

我把手搁在她脸上，皮肤粗糙，又浮肿。这家伙，好久没去做美容了。

“太阳打西边出了？不去陪别人？”她终于开口说话了。

“怎么啦？酸溜溜的。不欢迎？那我可就走了。”我假装生气，松手要走。

信子一挺身坐起来，抓住我，狠狠地瞪着，然后，叹口气，“你，怎么也瘦了？”

只有她才这么细致，可是，丽人坊的人，包括纪子轩，谁也没有发现。的确，三斤肉，谁能发现？

“陪我出去买蛋糕。”信子说。

“你生日？”我问，一想不对，信子的生日是在春天。

“给女儿。今天是她3岁生日。”

该死，我居然忘了。每年这时，我都和她一起过的。

我们一起下楼，阳光明媚，大地上走着各种各样的人。周末，美好的周末，忙乱的周末，寂寞的周末。

我们买了一磅的蛋糕。

信子插了3支小蜡烛，她的小房间朝北，阴暗，5点不到，就黑了。小蜡烛一点燃，立刻发出温暖的亮光。

“小宝，妈妈在这里给你过生日，祝你生日快乐！”信子合着双手闭了一会眼睛，然后一口气吹灭了烛火。

我拉亮房灯，看到信子的眼里蓄了一框泪。喝点酒吧！我拿来两只白色高脚杯，倒满长城干红。殷红的酒，像啼出的血。

10

纪子轩回来了。电话打来的时候，我正让阿芳给我做面膜。今天不是周末，人不多。人少的时候，我们常常互相给对方做一下。阿芳说，小玉你的皮肤好得能掐出水啦。爱情是美容大师，小玉现在是恋爱中的宝贝啦。她们乱七八糟地开着我的玩笑。纪子轩的电话就是这时来的。我坐起来接电话，他的声音从某个地方传来，好像阳光一下子照进我阴郁的心田。放下电话，我发现阿芳俩人一脸怪笑地看着我。其实，对她们来说，纪子轩不是什么秘密。我们这些做美容的，就像一条藤上的蚂蚱，连睡觉都分不开，哪儿还有什么秘密。

我下了早晚班，让张云帮我顶一会儿。临走又对着镜子补了一下妆，直到确认里面那个唇红齿白的人没啥不妥时，才背起小坤包出了门。听得她们在背后嗤笑。笑吧！幸福使我原谅了一切的冷嘲热讽，等着吧，有一天，我会离开的，我会有一个和你们都不一样的新生活。

我出了门。

在说好的地点等纪子轩。旁边有一些卖小饰品的，我心不在焉地看着。有一串风铃一样的小灯很可爱，我拿在手里把玩。老板说，20元。我问10元卖不卖？老板说最少18。我正犹豫着，忽听到旁边有个人说，我买了，18就18。是纪子轩！

我尖叫一声，上了车。一进去，就对着他的脸狠狠地亲起来。纪子轩抚摸着我的头，定定地望了我好久，然后把我揽在怀里。车厢里暖烘烘的，让人想要融化。

“我们先去吃点东西吧！”纪子轩说。

“不饿！”

“那我们回家！”他也有点迫不及待。

那个夜晚，怎么说呢，在我苍白的青春岁月里，像是一次盛大的节日。纪子轩是个制造氛围的高手，他点亮错落有致的灯，拿出一件粉红的丝睡衣，说是从韩国给我带的。当我从浴室里出来，穿着那件粉红睡衣，纪子轩的眼睛痴迷起来。屋里放着音乐，屋里弥漫着咖啡的香味。他在煮咖啡！

不怕睡不着觉啊？我嗔道。

他拉我入怀，还睡什么觉？来，陪我跳舞。

音乐轻柔。我环着他的腰，随着节奏轻轻摇摆着。他身上散发出好闻香皂的味道。

这样的夜晚，我只有甘心地沉醉。

第二天，我差点都不想上班了。

纪子轩哄着我，开车送我到美容院。临走时，他给了我大门的钥匙。

我有了他房间的钥匙。当我握住它，好像握住了一把尚方宝剑。刹那间悲喜交加，我流下泪来。

此后，当我有空的时候，我就去纪子轩那儿，他在或者不在，我都去。我只恨自己的时间太短，没有更多的时间替他收拾屋子。不过，纪子轩也不需要我来收拾，他是个讲究的人。房间布置得一向很好。每周公司里会派个钟点工给他做清洁。我去了，没什么事，但我还是闲不住，尽管常常在丽人坊干了一天，腰酸背疼，可到了那儿，我还是禁不住又替他收拾起来。我喜欢买各种各样的小首饰，特别是小灯，挂在门边、窗台、床沿。在黑夜的时候，我喜欢所有的灯光都打开照着我。妈妈说，我从小就喜欢开灯睡觉。集体生活让我改变了这一恶习，但，只要有机会，这一习惯就会顽强地表现出来。

我像个女当家的，总是勤劳地打理着纪子轩的家，我想，有一天，我会是这里真正的女当家的，现在是实习期。有一次，在收拾屋子时，我发现了一本老相册。它压在柜子底下，显然，有些年月。一张4人合影，一对大人带一对小孩，那个眼睛深邃的小男孩应该是纪子轩，旁边的小女孩，大概就是他妹妹吧，乖巧、漂亮，纪子轩曾说我像他的妹妹，可是，看到照片，我惭愧极了，我哪有人家好看。后面还有很多，像是一幅成长画册，比重最多的是那个女孩，她逐渐长大，美得惊人。我拿起一张放大的黑白照片，里面的女孩青春逼人，扎着那个年代常见的两个小辫，她冲我微笑着，眼睛弯弯，嘴角上翘，一对浅浅的小酒窝，分外妩媚，我拿起来，仔细端详，背面有一首诗“爱的扉页”——“不要说你已习惯一个人远行，不要说人生的路上荆棘丛生，既然我们的手臂已经挽在了一起，既然我们把心灵的和弦叫着爱情，那么我就要伴你远行。风雨袭来，我是你头上一把坚贞的雨伞，茫茫沙漠，我是你心灵上一泓甘美的清泉；冰川雪谷，我是你心中一缕温柔的春风；漫漫长夜，我是你眸子里一颗永恒的启明星；孤寂之中，我是你枝头一只分忧的百灵。”多么浪漫纯情的话语！字迹娟秀，是她写给他的吧？他一直珍藏着。原来，他们曾经相爱！那是什么样的年月呢？我想起上次在农场，纪子轩的哀伤，小琼，她是他心头永远的疼痛吧。

那天晚上，我故意又问起小琼。纪子轩把手枕在脑袋后面，仰面躺在床上。“那时我与家人都对立着，包括小琼。母亲总是讨好我，考大学那一年，妈妈想让我考近一点的大学，那时，我不知道她已经得病——癌症。我只一味地远逃。妈妈病的时候一直是小琼照料着，她大概也是希望我和妹妹将来能成家。可是，凡是她希望的，我就一定让她实现不了。我很少回家，偶尔回来，小琼总是把我房间收拾得整整齐齐，妈妈说她每天都这样，她没考大学，在一个小百货公司做营业员。她一直没交男朋友，尽管许多人追求她。我真傻，直到许久才发现。其实，我也一直爱她……"

"你现在还爱她吗？"我问。

"都10年了，她离开我们都10年了。"纪子轩怅怅地说。

为什么我不能在最初的时候和你相遇，如果，那个时候遇见我，你会喜欢吗？

那时你才几岁？他刮我的鼻子。

对于在他生命中的前半段，我的缺席，我感到万分遗憾。我开始追根究底地刨问他的一切。这是我性格中偏执的一面。

我又翻出许多别的照片，有他妻子的，一个美丽略带野性的女人。有一张照片，纪子轩和她搂着做着跳芭蕾的动作。纪子轩的脸上刻满欣欣然的热望。

你不是爱你的妹妹吗？你为什么要和她结婚？我问，有点无理取闹的样子。我不能忍受他爱过别的女人。

一开始，我的无理取闹，纪子轩觉得好玩，他把我看作小孩的吃醋，渐渐地他开始不耐烦了。

有一次，我又翻出一本相册，里面有另外的美女，可能是他的同学和同事。我一个一个地问。

纪子轩说，你是不是有毛病？查根问底！我问过你的以前吗？

你为什么不问？我希望你问。你不问是因为你不在乎。

我和纪子轩开始有了争吵，吵过之后，我就后悔，为什么要惹他生气呢？

可是，我改不掉，就像吃鸦片上瘾一样，一到他那儿总是不自觉地就翻起他和那些女人的照片，重复着问他的陈年往事。有一次，我举起小琼的照片，问，是不是和我很像？纪子轩眼都没抬，轻哼一声，没人能像她。我讨了个没趣，脸涨红了。

纪子轩似乎不像过去那样，喜欢跟我在一起了。甚至，当我有时下了班很晚过去，他说太累了，就不要这么辛苦地跑。拒绝的话，说得漂亮就像是体贴，可我，却像一条丧家犬，敏感地嗅出里面暗藏的厌倦。

11

岁末的日子，总有些急。

丽人坊推出春节酬宾活动，购买一定量的产品，不仅免费做美容，还送两次身体护理。人格外多起来。我们马不停蹄地忙着，晚上也常常应客户的要求加班，去纪子轩那儿变得几乎不可能。他现在也忙，除了为一些活动做平面设计和策划外，他还准备和人合股再开一个公司。如果开成了，就让我去给他料理。

我当然很盼望他开成，曾经他说介绍我去他朋友开的诊所，后来不了了之，纪子轩说他朋友那里有人了。如果，纪子轩新公司开成，我就可以脱离丽人坊了。真的，太累了。而且，关键是，我可以和纪子轩在一起，帮他做事。

想着即将可以离开丽人坊，岁末的忙乱也变得可以忍受了。

没想到，首先离开丽人坊的，却是李佳怡。她结婚了！

真是，会叫的狗不咬人，咬人的狗不会叫。张云她们说，小玉，我还以为我们要先喝你的喜酒的。

李佳怡不声不响就把婚结了，让我们所有人都吃了一惊。李佳怡说是她姐姐给她介绍的，男的是一个做建筑的小老板，很有钱，结婚了，还花钱让她去读书，所以，她不得不辞工了。

走之前，李佳怡请客，我们一个人包了她200元钱。在一家三星级的大酒楼，我们见到了她和她喜气洋洋的老公。那男的30来岁，中等个头，长得一般，鼻子扁扁的，眼睛很大，水汪汪的，还有点突出，有点像一只精神抖擞的警犬。阿芳说，一看就是会做生意的广东人。

她老公给大家斟酒，不停地招呼我们夹菜。丽人坊的女人们几乎全在场，包括金老板，她也喝高了，一群恨嫁的女人，把酒席闹得天翻地覆。在席上，我甚至夸下海口，下一步，我保证让同志们如愿以偿，喝到我的喜酒。

散场的时候，我的步履都歪歪斜斜了。大家搀扶着，向宿舍走去。我甩开她们拉着的手，掏出手机出来给纪子轩打电话。

“亲爱的，来接我啊，我喝多了。”

“什么？” 纪子轩似乎没听清楚，电话那边好像也很嘈杂。

“来接我，好吗？”

“现在有事，走不开，你先回去吧，回头我给你电话。” 电话挂了。

正是背阴的路口，一阵冷风，我打了个洒摆。张云她们已经走远了。

我又给信子打电话，她让我站着别动，她要过来接我。

我在信子的房间吐了，吐完了，人好像虚脱了一般。

“有你这么喝酒的吗？简直不要命了！”信子骂我。

“你知道吗？李佳怡结婚了，那男的巨有钱，美中不足就是有点像警犬。”

“切！”信子鼻子里哼一声。

“你说，纪子轩会娶我吗？”我傻乎乎地问。

信子不喜欢听我谈纪子轩，可是，我怎能不谈到他呢？纪子轩，他在我的眼里，我的心里，我的脑海里，当我醉的时候，他无数个影子就像万花筒一样包围着我。

当我看见李佳怡和警犬喝着交杯酒，看着众人羡慕的目光，看着李佳怡那骄傲幸福的小样，我疯狂地想结婚了。只有结婚的那一刻，女人才是真正的主角啊！这人生，总要当一回万众瞩目的主角吧。前两次都泡汤了，这一回，我一定要如愿以偿，再不能溜号了。

如果说新年有什么愿望，那这就是我的愿望。当然，这个愿望得要纪子轩和我共同完成。我是女一号，那他就是男一号。

我越来越坚定自己的目标。

结婚。过去，我并没有太多的意识，和贾宝根散了，我甚至想，一个人也未尝不可。可是，现在，我突然就迷上了结婚。我不知道，我是爱纪子轩本人，还是爱上结婚。反正，这成了我生活中的中心，全部的意义所在。

12

春节如期到了。信子和我都不回家，我的假期很短。春节照样有人做美容。信子见我不回，她也算了，说等春运过去，再回去。人家回家是团圆，我们回去只有破碎。春节，对我们这样的女光棍其实是能躲就躲的。

我说快了，等着吧，女光棍的日子将要一去不复返了。信子白我一眼，当我胡说。

连她都不相信，我得加把劲了。我需要纪子轩的配合。可最近，纪子轩越来越不像以前那样黏我了。可能是忙吧，真的忙。我找着理由，说服自己。想起小时候读书，老师教育我们克服困难，常用一个比喻，困难像弹簧，你弱它就强，你强它就弱。其实，爱情中的男女何尝不是如此。过去纪子轩总是那么殷勤、体贴，现在轮到我对他发力了，他却越来越退缩。

就像这次春节，我本想和纪子轩挑明的。纪子轩说回去要处理点事，我问能不能带我一道去。他从来没带我见过他的朋友和亲戚，如果真有诚意，要结婚，他应该是乐意带我见他的朋友和家人吧。

当我这样质问他时，他瞪了我一眼，说，你能走得掉吗？你又没什么假？

如果有假呢？有假你会带我走吗？反正这鸟工作我也不在乎。我无赖的口吻令自己都讨厌了。

小玉，我有我的事，你不懂的——

我是不懂，我不懂男人，当他对一个女人厌倦的时候，他的理由不用找就出来了。

见我生气，纪子轩捏捏我的鼻子说，傻丫头，我几天就回来，处理完事情就回来。

晚上，我们和好如初，夜里我要了他三次，我也不知道自己怎么那么疯，好像预感到好日子不多似的。纪子轩最后如烂泥一样躺在床上，他说，小玉，你是不是狐狸精投胎？

纪子轩回老家的几天，我几乎天天和信子厮混在一起。年前做脸的人比较多，过年那几天，反而没什么人了。丽人坊每天只要个把人值班就行了，大家轮休，张云她们都各找各的朋友去玩了。金老板很潇洒，她在网上约了一班驴友去西藏了。我无处可去，除了和信子在一起。我们逛街，街上走到哪儿都是人头攒动，红红火火，一派热闹的节日气氛。这样的气氛，让我们俩女光棍无奈又无措。

大年初一，天气很争气，一扫前几天的阴冷，露出了笑脸。我和信子无处可去，就来到红树林逛游，红树林人也多，汽车爆满，停了长长一条街。我和信子就一直走，一直走，终于找到一块无人的草地上坐下。世界静了下来。面前是一望无边的海湾，不时有海鸟掠翅低低飞来，丢下一两声冷厉的叫声。这里许多鸟儿是从北方飞来过冬的，南方温暖的湿地是它们栖息的地方，当春天来临，它们又将飞回远方的故乡。真羡慕这些鸟儿，飞得再远，都知道回家的路。而我们，回家的路在哪儿呢？

我说，信子，立个新年愿望吧。在新的一年里，让我们结束女光棍的生涯。

信子眯着眼，望着海上飞过的海鸟，没有出声。

停了片刻，信子抬眼，斜睨了我一眼，说，那个人会和你结婚吗？

她终于回到正题了，这是我一直期待的。过去，她一向不喜欢我谈纪子轩，纪子轩在她嘴里代称那个人。而此刻，她问得这么直接，我没想好怎么回答。

我要结婚的，这是我今年的计划。我语气变得坚定起来。

可是，会不会结婚，主动权在你手里吗？信子的话就像一枚手榴弹，杀伤力极强地砸过来。

会不会结婚呢？我突然心虚起来，好像，这个问题一直以来就没容我做过主。

30，今年我就30岁了，这个曾经让我惧怕、遥远的数字，现在就这么逼近了。在我小的时候，曾想到我的30岁，和母亲一样，拖儿带女，像个慈祥的长者。如今，30了，还一事无成，连一个婚都做不了主。

那个人什么时候回来？你带我见见他。信子说道。

我有些吃惊，继而又感激涕零。信子终于肯出面见纪子轩？她不排斥他了！

咳！如果，人有先知先觉的本领那该多好！那样的话，我就不会让信子去见纪子轩了。本来以为，信子的作用是我新年计划的促进派，可是，欲速则不达，倒成了……

我没料到，信子比我还迫不及待，她简直就是直截了当地逼婚，生生地把纪子轩吓跑了。

那天，一开始的会面还是挺融洽的。

小年的前一天，也就是正月十四。那时，纪子轩回来已经有10天了。

会面的地点是在一家酒店的西餐厅。纪子轩曾带我来过一次，这家准星级酒店的自磨咖啡很爽口。来这样的地方，让我的虚荣心有小小的满足，我要让信子看看我的选择是有眼光的，我的男人是有品位的。

信子穿着老一套，牛仔裤，黑毛衣，外罩一件牛仔风衣，打扮得像女侠客。脸青青的，不苟言笑。

纪子轩穿得也很休闲，脖子上系了那条信子送给我的格子长围巾。信子一见那条围巾，目光就很锐利地对我扫过来。那意思，我的东西，你怎么随意送人呢？

我赶忙拿起菜单，让信子点。

信子推过来，说道，我随便，你点吧。

我转过头，问纪子轩，纪子轩把手搭在我肩上。我看见信子的脸变了变。她不喜欢纪子轩对我表现亲昵。

我们要了几份糕点，还有两盘蓝莓冰糕，取的好听的名字叫冰山雪莲。

在吃冰山雪莲时，我的手机响了，张云打电话来，说丽人坊人手不够，让我赶快过去。

纪子轩要送我，我摆摆手，你们聊，我去去就回。

我对信子眨眨眼，意思是，纪子轩就交给你了。

可是不到半小时，他们就不欢而散。信子发来短信，说她回去了。

我不知道那半小时他们到底交谈了什么。

打电话给纪子轩，说好来接我的，他却没来。电话里，他说他有事。我生气，再有事也不至于没工夫接我吧。他怎么老找这种借口呢？分明是想躲避我。

我说，你怎么啦，大年不和我在一起，小年也有事啊？

纪子轩在电话里沉默片刻，然后说道，小玉，你到底想怎么样？

我想怎么样？他的话让我倒抽了口冷气，我想怎么样？

以后，我们——就当是——朋友吧。

心脏一点一点往下沉，手刹那间变得冰凉。

我挂了电话，直奔信子处。

还没说话，泪就先涌了出来。信子给我泡了一杯茶。

小玉，你死心吧！他不会结婚的。你是当局者迷。

他亲口这么说的吗？我定定地瞪着她。

还用得着说吗？如果想结婚就不是这样了。

你问他了？

我是问了他，我问他打不打算娶你，什么时候娶你？如果不想娶你的话，最好早点走开，你禁不起伤害。我告诉他了你和贾宝根泡汤的婚事。

我瞪大眼睛，信子，你怎么这样说呢？

我早就跟你讲过，对男人不能抱有幻想。你那个“他”听了我的话就虚了，他那点伎俩，我一看便知，和所有不负责任的男人没什么两样！

我站了起来，这里，我一分钟也不想停留。我最好的朋友，把我最爱的男人吓走了！

小玉你回来！你知不知道那个人根本是在骗你？！

我头也不回。信子的声音被我越来越远地甩在背后。

天突然冷了起来，连续几天的阴雨，让人骨子里都带着寒气。这些天，我唯一可做的事就是打电话，给纪子轩打电话。他的电话总是关机。我不屈不挠地打着。我不信，这个人就从此找不到了。

我要告诉他，我不逼他结婚了，哪怕一辈子不结婚，只要他在我身边，我也乐意。只是，不要不理我。

在这寒冷的日子里，我靠着过去的回忆汲取营养维持苍白的人生。还有什么值得期待的？如果他从没出现过，我就不指望，可是，他偏偏出现了，他带我去游泳，带我去海边，带我去滑草，带我去咖啡屋，他带给我一切曾经灭绝的希望。现在，又要一个一个打破。我不能让希望破灭。

13

电话打不通，云天大厦他们的那个写字间也早搬走了。纪子轩到底在哪儿呢？他不会就这么人间蒸发吧？难道过去的日子都是幻觉？？难道他从来就没存在过我的世界？

我声嘶力竭，望眼欲穿，恨不得把栏杆拍遍。信子打来电话，我充耳不闻。突然我的手在包里摸到一串硬硬的东西，钥匙！灵光忽闪，我一下子笑了，是了，钥匙！纪子轩的钥匙。他的钥匙还在我这里，他怎么可能不理我呢？这么多天，我都自己吓自己了。

我在路边等大巴。六七点钟，正是下班的高峰，站台边候车的人密密地站了几排，每一辆车过来，都要上几个人，又下几个人。汽车拖着笨重的身体，蹒跚驶过，荡起一阵白尘。好久没下雨，这个城市的空气指数越来越不好。

等了大约半个小时，才终于等到去纪子轩那里的班车。我挤上去，没有坐位，就拉着扶手一路站到底。到了纪子轩的住处已经9点了。

门打开了，纪子轩不在家。房间零乱，台上有灰，不似以往，纪子轩一向是很整洁的。看来，确实忙，顾不上清理。我替他收拾起来。当我把房间收拾得再没有可收拾的时候，他还没有回来。我感到深深的空虚。于是把音响打开，还是过去的老唱片，曾经，我和他，跟着节奏翩翩起舞，他的目光那么温柔，像要把人融化。如今，人去哪儿呢？

已经11点了，纪子轩还没回。我的灯不敢灭。昏黄的光映着窗，有一只蛾子在窗前扑打着。我打开窗，拿报纸扇它出去，可它那么笨，飞来飞去就是飞不出去，还扇落一翅膀的粉粉。这样折腾了半天，飞蛾还是死死地赖在室内。我干脆拉灭灯，在黑暗中等了足足10分钟，再拉开灯，飞蛾居然兀自趴在灯架上。它为什么不走，为什么不走，一片漆黑，为什么还不走？我惊奇了，继而又生出怜悯，飞蛾，它不过是想寻求一点光亮，我何必那么残忍地赶它走呢？它来了正好，和我做伴。

我把灯光一直开着，飞蛾静静地伏在上面，它终于有了温暖的栖息地。可是，我呢？我的光明在哪儿？

音乐还在响着，是王菲的歌：“白月光，照天涯的两端，在心上，却不在身旁；白月光，心里某个地方，那么亮，却那么冰凉，每个人，都有一段悲伤；想隐藏，却欲盖弥彰。”

我开始抛硬币。这是我小时候遇到难题时常用的方法。如果正面朝上，那就代表纪子轩还爱我，他会回来。如果相反，说明纪子轩他不爱我了。我屏住呼吸开始抛。第一下，花在上，我心一下子缩了起来。不甘心，再来，第二下，正面在上，我松了口气。第三次，我简直没有勇气再试了，万一——咬咬牙，又抛了一次，反面在上！我颓败地重新躺回床上，再也动弹不了，仿佛抛硬币耗尽了我全身的力量。

纪子轩不会回来了，纪子轩不再爱我了！纪子轩，他爱过我吗？

我躺在床上，眼泪恣意地留下，打湿了枕头，我不知道自己怎么会有那么多眼泪，流也流不完。

第二天一早，我还要去上班。一夜未睡，脚步是飘的，头像灌了铅一样沉重。上班的时候，眼皮恨不得要用牙签撑住。

终于支撑不住，倒下来。阿芳扶我去了医院，急性肺炎。

住院打点滴。阿芳坐在旁边看着我，说，小玉，你的脸色很不好，别是逮了什么鬼气吧？阿芳来自农村，有点迷信。

快打电话给你的纪老板吧。她好心地提醒道。

我摇摇头，他不是我的老板。

信子来了。

看到我的第一眼，信子嘴角牵了牵，啥也没说。在医院的几天，信子请了假，一直在我的身边照料着。她给我削苹果，煲皮蛋瘦肉粥。她不回家，陪我一起住院。我对她的恨一点点消散。我让她给我换个手机号，她深深地看了我一眼，觉悟了？我点点头。一场病让我脱胎换骨。从此，我不认识这个叫纪子轩的人了。

14

半年后的某一天，丽人坊来个女客户，她说，她有一张我们这儿的卡，不知还能不能用？那张卡名字写的是纪子轩。阿芳问，怎么在你手里？她笑笑，在老公的包里发现的，没想到，他还有美容院的卡。

原来，纪子轩结婚了。从她们的对话里，我们知道这个女的是银行职员，哥哥是一名检察官。

纪子轩说不结婚，原来是假的，只是没有合适的结婚对象。像我这样，没有户口，没有身份，没有金钱，他怎么会和我结婚呢?

真是傻，还以为差点修成正果了呢。

晚上，我做了一个梦，我和纪子轩一起游泳，好像就是上次的那个游泳池。水很深，他笑着搀我下水，可是，当我游着游着，他人突然不见了，我被水淹没，大叫起来，没有一个人来。我一下子惊醒，浑身冷汗。“这也是一个教训，你不要轻易相信别人。别人说水浅，你就真以为浅，对你来说，它有可能水很深。” 纪子轩的话恍然如昨。我揉揉干涩的眼睛，直起了身子。

这样的梦后来又重复了几次，搞得我夜里总睡不好。

终于搬到信子那儿。搬家的那天，信子没上班，她把房间布置得像洞房，知道我喜欢灯，她一口气在窗台门楣装了好几座。

有信子陪伴，再也用不着怕了，睡到天光，一夜无梦。

老　板

1

表哥赵楠林很稀罕地说要请我吃饭。

“什么情况？”我问。表哥是个大忙人，不会无缘无故地请吃。我们虽然同在深圳，一年到头几乎碰不上一面。

他说，有个朋友小孩想转到我们学校来读书，户口还在老家梅州，问能不能帮忙弄进来。

我们中学是全区最好的学校之一，学位紧张，许多家长挤破脑袋想进，这一片的房价已经飙升到4万1平方米了。尽管国家出台了那么多打压房价措施，我们这儿还是照升不降。僧多粥少，即便住在这儿，还要排队，看谁的年限久。上次初一新生派学位，有些家庭孩子没派上，家长都跑到教育局去静坐去了。本地生都这么难进，何况一个没户口的外地生！

“孩子学习怎样？”我问。

如果成绩好，那可能还好说点。我们学校曾花钱买过户口不在本市的外地尖子生。

“应该还好吧！”听他口气大概也不确定。

“家里有钱吗？”这个也很重要，若能交得起比别人高的赞助费，也不是没希望。

表哥沉吟了一下，“要交多少？”

具体数目我也不清楚。这是个敏感话题，学校里从来就没有一个公开的说法，有人给的多，有人给的少，看关系，论实力，复杂得很。作为一介埋头教书的普通教师真不完全了解个中门道。

“小瑗，拜托你帮我打听打听。”表哥言辞切切。

“好的。”

放下电话，我很纳闷，什么样的朋友让表哥这么上心？

“还不是那些狐朋狗友！他倒积极。”吴春华一听我描述，满脸不屑，“阿海，他说的一定是阿海！他就是梅州的。”

听她的语气，对这个阿海没什么好印象。

“阿海是谁？表哥为啥要积极帮他？”

“你表哥的加工商！”吴春华撇撇嘴，不以为然的样子。

表嫂下巴尖颧骨高，往下撇嘴的样子，显得有些刻薄相。妈妈曾私下说，春华不旺夫。她和我大姨一样，把表哥生意做不好的原因归到媳妇头上来。

凭良心说，表嫂长得不丑，且对我表哥过去一直是举案齐眉、夫唱妇随的。表哥南下深圳，表嫂放弃内地大学的校长秘书不做，跑到这儿，屈就一所小职业学校当普通老师。

“人往高处走，水往低处流！我不知道，我们为什么要来深圳？”

“深圳不比内地好？起码也是为了孩子啊！”

若森13岁了，学习超好，在深中读书，将来又是一个赵楠林！

“我不希望他像他爸！”吴春华叹口气，“现在，也就是为孩子了！”

我很怕表嫂又要开始一轮“悔不当初”的叙说，赶紧约她晚上一起看电影，有一部新到的热门大片。

表嫂很动心，可一想到若森一个人在家就蹙起了眉。

这么大了，还不放心？我笑她。“要不带他一起去得了。”

“那怎么行？他跟我们也看不到一块儿。”

“让他去我家吧，我妈在这儿。”

“他是个宅娃，不会出来的。算了，就让他一个人在家玩电脑吧！”表嫂仿佛豁出去的样子。

说实话，我有些同情吴春华，她是个全陪妈妈，表哥一向不太管家事的。

“哪里指望到他？没有哪个周末不加班的！”

“人家是老板嘛！人在江湖，身不由己。”

“什么老板！天底下最可怜的就是他这种老板！”

想当初，她是多崇拜我表哥啊！

崇拜表哥的人很多。

我也是其中之一。小时候，表哥赵楠林是我们县有名的神童。他小学跳级、初中跳级，15岁进中国科技大学少年班，在科大读了本科，又读研究生，一直考进了中科院读博士。

妈妈说，他们娘家祖坟埋得好，出了一个科学家。

表哥长得也是一副科学家相，黑框眼镜，高个，斯文，寡言，走路都像在思考问题。熟人迎面走过，他都看不见，跟他打招呼，他才立地一愣，方绽出笑容。表嫂笑他有轻微脸盲症，记不住人。

小时候，表哥给我讲物理。我被他的超光速、时间绕昏了头，无论如何搞不明白，人在高速运转的状态下，怎么比普通人能多出一天。

我没那个智商，理科总不开窍，最后差强人意地读了个师范。那会儿，我表哥已经在北京一家电子研究所研究雷达了。

如果就在研究院一直干下去，表哥大概也就成为名副其实的科学家了。不过，表哥他也并非真是陈景润那样不问俗世的书呆子。陈景润四五十岁才经过组织娶上老婆。我表哥则20岁出头，就搞掂了隔壁学校图书馆系的系花吴春华。

吴春华和几个女孩去科大研究生院跳舞，赵楠林请她跳舞。

“他那时玉树临风，站在面前，气质非同一般。”吴春华回忆起他们相识的一幕，依然难掩甜蜜和得意。“他傻乎乎的，又不怎么会跳，却偏每一曲完了，站在身边不肯离开。”

表哥的执拗打动了她。

在众多的追求者中，吴春华相中表哥这朵理科奇葩，她看中他的远大前景，那时，他已被中科院录取了。

我跟表嫂一样，原以为表哥会一直走在高尖学术前沿地带。没想到，表哥后来思想变了，他不再安于书斋。

有一次我去北京玩，他那个中科院离长安街并不远。他请我吃饭，说那一年，他们一个老教授给学生讲课，外面熙熙攘攘，似乎偌大的京城放不下一张平静的书桌。那一天，学生到得特别齐，老教授说，你们这些人都有很好的资质，很好的前途，要为自己的前途着想，但，这一切和国家的利益比起来都不算……“哗”一下，大家都热血沸腾地站起来了……一声尖利的警报从长安街传来……

二十世纪九十年代有个很著名的词“下海”。

发展经济，发家致富，是我们这个时代的主流。那时从中科院出来的，许多人靠自己值钱的大脑，生活提前奔上了小康，也有不少出了国，硅谷里到处都有他们的身影。科学是生产力，科学创造财富。

表哥终于也下了海。

一开始是一个研究所的朋友开公司拉他合伙，搞的是加速器、调制器之类的东西。生产研发，产品专门卖给医疗研究所。这公司后来被一家电子研究所买去，上了市，那朋友身价过了亿。表哥没等到摘桃子就离开了。在公司草创阶段，表哥和那班兄弟没日没夜。但最初情景并不明朗，而且待遇还不及他原来的科学院。

表哥只待了两年，我不知道具体原因，按家里人的说法是，吴春华拖后腿，那时他们已经结婚，春华大学毕业留校，她希望表哥要么把她调北京，要么回她那个城市。但表哥已经脱离公职，研究所不能解决家属问题了。

但春华又是一种说法，她说她从来都是支持他创业的，只是表哥和那个头关系闹僵，他不甘于被一个技术水平不如他的人领导。

“你表哥看上去随和，其实骨子里很骄傲。”春华深有感触道。

表哥确有些恃才傲物，他从小被目为天才，不甘人下。与其给别人打工，不如自己当老板。他的那些创意、金点子，难道不该不能变成无穷财富吗？凭什么阿猫阿狗都发了财，他不能？

我曾听他谈过一些伟大创想。

比如，要设计一个知识软件，比“百度知道”更好，“百度知道”是上网人自己选择回答，他则要组织专家做出一个最权威的答案。这样的软件设计好，卖给学校或家庭，应该很有市场。

再比如，要搞一个防手机辐射的产品。

再比如……

确实有很多猎头公司找上他，还有风投公司也跟他谈判过。

但是，最终这些都成为泡影。

表哥来到了深圳。

最初在华为通信待了两年。吴春华在深圳一家职业学校站稳脚跟后，他又辞职跑了出来。他说搞软件太累，年纪大了，脑子没有过去灵，精力也有限。华为那些加班加点拼命干的都是20啷当岁的年轻人。他老了。

春华说，他就是想当老板。

不奇怪！在深圳谁不想当老板呢？这个诞生财富传奇的地方刺激着人的欲望，表哥的那些精英同学已经越走越远了，他怎能不焦虑？

2

表哥现在开的公司是做电器小配件之类的东西，技术含量要求不高，钱据说也赚得不多，一块电板才赚几分几厘钱，必须规模化经营。他选中这个行业，大约也是觉得投资不用太大，比较容易上手吧。他的厂房设在龙华，雇了几十个工人。

“这些年没赚到啥钱，倒把家底子都搭进去了。”春华跟我抱怨。“工人工资、房租水电、各种税费，出的比进的多。”

在深圳，我和春华见面远比跟表哥多。每次见面，春华总要跟我诉苦，讲我表哥坏话。

“心急吃不了热豆腐。一步步来，等将来上了规模，肯定能赚钱，你就等着吧。”

“将来？人家会做生意的，两年就发了，你表哥做这么多年了，还这样！”

“表哥人聪明，又肯吃苦，你要相信他。”我觉得好女人应该是会赞美老公的，像春华这样，老是说丧气话，传递的只能是负能量。

“不是我不相信他，而是我太了解他了，一个人有一个人的长处，要发财早发财了！你表哥并不适合当老板，尤其是在中国当老板。他是研究型人才，研究事物行，研究人不行，做生意不像搞科研，一板一眼，他是入错行了。我现在倒真羡慕你们这样的，安安稳稳地拿一份工资，不求大富，起码生活有保障。”

春华说的是我和老公。我们俩都是教师，顶平庸的一对，却被她羡慕，真是少有少见。

“你来深圳比我们晚，现在房子车都有了，我们还在原地踏步。”

嗨，还跟我们比？房子首期靠两家父母赞助，现在每月还要按揭6000元，道道地地的房奴。不说还好，一说就令人揪心。

“我们还不是靠过去的积蓄，也是买房的时机赶得好，搁现在，墙角都买不到一块。你看我们这些年，有没有添置一样新东西？你问他要钱，永远手里没有，要买材料，要还货款，要发工资。永远别人欠他钱，或者他欠别人钱。若森要求我们以后再不要开车去开家长会了，人家爸爸妈妈开宝马奔驰来，我们还是那辆老大众。太没面子了！赵楠林骂若森小小年纪变得跟我一样虚荣！哼，虚荣？你当老板的开一辆奔驰和开一辆大众能一样么？人家看你的眼光也不一样！我说你不是不想开奔驰，是开不起！”春华一肚子牢骚。

这话也够刺人的啦。我听了都产生不适，仿佛我就是挨骂的表哥。

“他要是有反应倒好了，照例开着那辆破车，整天运货什么的，还说开这样的车不心疼。现在我们学校，连搞后勤的工人都开上车了，我啥也没有。唉！还被人称老板娘呢！哪门子的老板娘！”

唉！估计这些话她是成天憋在心里，好强的她，在外人面前又不能倒，只好跟我倾诉。她希望我能劝劝表哥，不再折腾公司，干脆重新回华为算了。

可是，我怎么劝啊？在我眼里，表哥是需要仰视的那种人，我有什么资格居高临下地劝告他？何况，我压根儿都很少能见着他。

3

机会倒是来了。

大忙人表哥带着他的朋友阿海来见我。

“这是许四海。这是我表妹朱瑗瑗。”表哥给我们介绍。

许四海殷勤地伸出一只树杈一样骨感的手来。我打量他，好“小”

的一个人！小身板，小脸颊，唯一突出的亮点是一双黑漆漆的眼，皮肤黝黑，像一块发出釉光的黑烙铁。寸板头，一件黑条纹T恤，系在牛仔裤里面，腰身细得令女人嫉妒。

我们来的是一家客家酒店。酒店老板娘和阿海相熟，一见面就笑靥如花，将我们引进一间隔着竹篾帘的雅室里。

“还是你们当老师好啊！一年有两个假。唉，我以前也当过老师的啊。”阿海说道。

是吗？原来还曾同行！难怪老板的队伍庞大，各行各业不想干的，都去当老板了。

“当老师好，省心、安稳。”阿海抿了一口酒，进一步表达了对他曾经放弃的这个职业的羡慕。

这种出于礼貌的赞美我听得多了，心里很清醒，老师这个职业果真那么有吸引力，为什么还要离开？孩子王哪里及得上当老板！

阿海道，“我要是有林哥那么高的学历，也不搞这个了。”

“孩子几年级了？”我问。

“六年级，明年上初一，想转到深圳来念。”阿海用深陷的眼睛紧瞅着我，仿佛我是校长，一句话就能解决他的问题。

我松了口气，“哦，那还早嘛。表哥上次跟我说了一下。我去教务处拿了一套转学资料，你不妨先看看。”我从包里取出一个文件袋。

“还要独生子女证明啊？”阿海一边翻资料，一边愁眉苦脸问道。

“学校每年都要接受计生处的检查，若不合格，我们老师每年的计划生育奖就拿不到了。”

“阿海两个小孩！”表哥说道。

我抬头看了阿海一眼。尽管他不像个有钱的大亨，但有两孩，也不奇怪，老板们通常是最不执行计划生育政策的一群人，他们有钱，不怕罚款和开除公职。年年计划生育查得紧的就是我们这些生不起也不想生的公职人员。

“他老婆就是被开除公职的。”表哥笑道，“原来也是教师。”

我瞪大了眼睛。

敢超生，那肯定是个有钱户了。有钱就好办，还怕转不成学？

“主要是我爸妈想要个男孩。哪有什么钱啊？都在梅州乡下待着呢。”阿海道，“现在生意难做，林哥知道的。”

表哥点点头。“他大女孩学习很好。阿海想带在身边，若能在深圳接受教育，将来也会出息一点。”

“没有独生子女证明也没关系，有当地的‘已处理’证明就行。我们学校不是独生子女的多了去了，许多潮州佬一家4个小孩。这不是问题，想法开个证明就行。”

关键是得打通领导关。

好在还有一年的时间。

“他们客家人很看重教育，早作准备也好。”表哥道。

吃完了饭，他们送我回家，有个巷道，很难开，阿海就下车，给表哥打方向。他瘦瘦小小的样子，看上去像个不起眼小马仔，怎么也跟老板联系不上。

看得出，表哥跟他关系不错。

生意伙伴处成了哥们，也难得。

当然，我又略略有些失望。都说，看一个人是什么样的人，主要看他结交的朋友。在我过去的印象中，表哥的朋友都是知识精英，他们谈着我听不懂的专业术语，对国家大事也有高屋建瓴的看法，属于很高端的那一类。

而现在，差了多少档次！

吴春华说，表哥学会了麻将，偶尔还彻夜不归。跟他吵，他说，做生意的，不跟朋友一起应酬应酬，谁跟你做？

“你表哥，赚钱的本领没学到，倒把老板的恶习都学到了。”吴春华恨恨地说，“都是那个阿海带坏的，他孤家寡人，老婆孩子不在身边，想玩多久玩多久。你表哥就跟这样的人混。还有那个老苏，60岁的人，都添孙子了，还在外面包小三。沾沾自喜地讲给他们听，说他家老太婆挡不住，就跟他谈条件，让他一个星期会一次小三，他讨价还价一周会两次。”

老苏又是谁？我问。

“你表哥的供应商。你说跟这样的人在一起能不变坏吗？”

“这个你放心，全世界的人变坏，表哥不会的。他对你忠心耿耿。”赵楠林在乎娇妻，在家族是有名的。

“谅他也不敢！包小三得有钱，老苏那鬼样子，还给小三一爿店面呢。你表哥也没那个钱财。”

老苏和阿海现在是表哥最重要的生意伙伴，一个搞加工，一个负责供应。原来，表哥自己的厂已经不开了，产品外包给别人去做。

外包就是请别人加工。当然也麻烦，做得不合格，要返工，材料很多时候得自己提供，还要过去做技术指导。不过成本毕竟低一些。几个外包商里，阿海产品合格率比别人高，也好说话一些。他跟别人都做月结，跟表哥则是按季度结账，货款实在来不及给也可以押一押。

“好的生意伙伴是要珍惜。阿海生意做得大不大？”

“大个屁！做得大的，也不跟你表哥做了。小加工商而已！”春华说道。

“表哥人品好，人家信任他。”我不由替表哥说话。吃饭时，阿海就曾说道，跟别人做生意他信不过，跟表哥，他放心。

我把跟表哥会面的情况报告给吴春华，顺便说了对阿海的印象，似乎并不像她说的那样狐朋狗友，看上去蛮老实的。

“物以类聚，人以群分。”春华道，“他们这样老实的人是不适合做生意当老板的！”

4

我和春华是校友。她留校任教的那一年，我刚入学。表哥让她关照我。我第一眼见到吴春华，感觉像是见到了神仙姐姐，那么漂亮文雅！不由佩服表哥有艳福。表哥让春华关照我，我猜另一层意思也是让我多替他“关照关照”春华。我不负使命，有事没事都去找春华，帮表哥督岗。

漂亮的女人总是不乏人追。我们一起参加教工舞会，春华吃香得要命，那些男人殷勤的嘴脸，让我替表哥捏一把汗。甚至有个大学生也大胆地向她示好，每次上她的课，就放一枝玫瑰花在讲台上。春华这些故事当笑话讲给我听。跟中科院的高材生比起来，那些追求者不过是一群俗物。她礼貌而又得体地拒绝任何暧昧的暗示。久而久之，大家也都知道了，吴春华的男友是中科院的博士。大家知难而退。那时候，博士还是很了不起的，何况中科院的博士！

我毕业后的第三年，吴春华已跟表哥去了深圳。新千年开始了。我出差，路过母校，找留校任教的同学叙旧，看见校园里停泊着漂亮的小轿车，很惊讶。同学说，都是外面那些老板大款载漂亮女生的。啊，世易时移，漂亮女生都不爱博士了！

不由替表哥庆幸，早早抱得美人归。搁今天，就难讲了。

有好几年跟他们夫妇没有联系，直到后来我也来深圳。

那时候，若森都已出世了。表哥外貌上变化不大，依旧斯文，黑框眼镜，刚从华为跳槽，正踌躇满志地准备自己的公司。

已为人母的春华却不是过去那样清纯浪漫的样貌了，比过去瘦，主要是皮肤黯淡，看上去憔悴。她说深圳水土不养人。

不知是深圳改变了她，还是别的什么改变了她，我发现，春华变得越来越愤世嫉俗了。她抱怨深圳天热得长，抱怨学校工作累，抱怨孩子难教，抱怨街上车子开得快，抱怨噪声大，抱怨朋友同事在她面前炫富……

听说，他们当初刚来时，住华为员工宿舍，年轻人一起喝酒、玩、聊天。后来，不断有人离开，自己搞起公司。几年工夫，就有人发了。某某著名通讯品牌、某某上市公司、某某纳税大户成为政府座上宾，某某政协委员频频事迹见报……都是曾和他们一起喝过酒、打过牌、爬过梧桐山的哥们。

财富是划分社会各阶层的杠杠，富人不跟穷人玩，或者说穷人不跟富人玩。当初一起混的哥们今非昔比，早不来往了。赵楠林是个骄傲的人，按春华的说法，如果他跟其中任何一个兄弟后面，人家吃肉，他也能喝汤。不是没有这样的，那些发了的小兄弟，不少也是跟着别人分一杯羹上去的。这没有什么不好意思。这说明人家脑袋灵活，会抓住机遇。而赵楠林，机遇砸到他头上，他都不要。那些出去的发达了的人，不少都曾给赵楠林抛过橄榄枝，他们看中他智慧的大脑。但是，赵楠林都一一拒绝了。随着别人财富滚雪球一样越滚越大，他更是和人家成了陌生人。

其实，这些富人终究是少数，凤毛麟角的几个。但被春华罗列在一起，就好像赵楠林身边个个都发财了，就落下他们了。

赵楠林终于开起了自己的公司。

在春华眼里，别人轻轻松松就发了财，轮到他们家，比登天还难。赵楠林忙得马不停蹄，他兼老板、技术员、财务、车夫、销售员、搬运工于一身。

“有一次，去他厂里，看到他正民工一样汗流浃背地卸货，我简直不敢相信自己眼睛！早知如此，还不如不出来，就在华为，安安稳稳做一个高级技术人员，也能活得不错。”春华追悔莫及。然而，当初把表哥逼到老板这一步不也有她吗？

每次听到春华抱怨，我都有些不以为然，甚至还产生了和妈妈大姨一样的想法，如果春华有旺夫相，说不定表哥也发了。男人的成功离不开女人的鼓励，老婆整天在后面唱衰，难怪表哥发不起来。

5

这阵子学校巨忙，上面要来评估，全校上下严阵以待，造表、备案、完善各种数据档案，最重要的是老师教学的检查，因为评审团要来校听课，教师讲课优秀率要达到百分之九十八。所有的硬件实施、软件都不能丝毫马虎。老师们除了要准备各种分配的资料外，还要准备公开课。大家都加班加点，礼拜天也不得休息。

直到春华打来电话，我才发现已经有两个多月没去聆听她抱怨了。

这次我掌握主动权，先下手为强地开始我的抱怨，控诉学校搞评估对我们老师的“非人”折磨。“一周十几节课，还要批大量作业，腰都累弯了。现在为了评估不得不额外做许多事，还动不动要去开会，听新命令新任务传达，神经绷得紧啊。你瞧瞧，都熬成熊猫眼了！哪碗饭都不好吃啊！”

我滔滔不绝地诉苦。春华同情地看着我，她们学校也曾经历过评估，所以能感同身受。

我告诉她，我们学校几年前分来的一个年轻女老师最近怀了二胎，辞职了。人家嫁的是大老板，她老公说，你只管给我生孩子就行了，钱不需要你挣。

靠！真他妈潇洒，要是我也嫁个老板，老子也不干了！

一句话灼痛了春华。可不是吗？你看我们小区，多少全职太太！老公养家，还请着保姆，自己跳舞健身做美容，活得真滋润！哪像我！

话题一旦转到表哥身上，春华就刹不住车了。两个月没来得及吐的抱怨，一股脑儿冲出来，我只有住嘴的份。

“你表哥这个傻瓜！他一分钱给不到我，却一下子拿出3万元给阿海！”

为什么？

唉！救急。春华叹道，也是阿海倒霉！他哥哥出了事，前几天在工地上开吊车，摔死了。

“他大哥是家里的顶梁柱，有个儿子在读高中，老婆给别人看店。现在全家都瘫了。阿海成了他们家唯一主事的人。”

春华说，我也很同情，可是，同情归同情，我们也要过日子啊！

我很诧异，阿海当老板，他哥哥开吊车。老板的兄长干那么危险的工种，怎么不沐着弟弟找份好点差事呢？或者搞家族企业也好啊！

春华道，阿海这个老板厂也不过如此，而且基地是在梅州，他哥开叉车都开了好多年了，比阿海来深圳还早。他们三兄弟都在深圳打工，各干各的。据说老三最好，在一家机关单位任职。你不要以为当老板的都很拽，像阿海、赵楠林这样的小老板，跟个打工仔没啥区别。

春华说，生意人是要多结交朋友，多一个朋友多一条路。问题是，表哥结交的朋友不仅不给他多一条路，倒还常要连累他。

“你表哥就是这样的人，人家越发达，他越远离人家，人家倒霉，他反而靠得近。”

我赞许道，这正说明表哥心好，人慈善、仁义。雪中送炭，好过锦上添花。比起那些浮上水的，跟着有钱人屁股后面打转的，不知要高多少倍。

不说还好，一说春华又提起一桩往事，10年前，赵楠林一同事因伪造身份证办信用卡套现，被判了罪，在上海关了好几年，是狱中高级知识分子，表现好，提前释放了，出狱后熟人都躲得远远的，原来的集体户口没了，在深圳落不到户，没人帮他，你表哥让他把户口落我们家。现在那家伙发达了，光卖计算机给东南亚一政府就一下赚了几个亿。你表哥却又跟人不联系了。

“你不要嘲笑攀龙附凤，这社会势利有势利的道理。你听说过磁场效应吗？那些运气好的、有福的人，靠近他们能够吸取正能量，能沾光。相反，倒霉蛋在一起也会互相传染的。这么多年，我算看够了！你表哥总吸取负能量，望人家发达。”

看着春华这张瘦削略带刻薄的脸，我心生悲哀，生活是怎样把一个优雅的知性女子打造成一介怨妇的啊？

我们聊天的时候，若森在房里玩游戏。周末是他放松的时间。孩子沉迷在游戏世界，浑然忘我。

为玩游戏，母子俩曾斗到两败俱伤。她痛恨那些设计游戏的电脑玩家，为了利益下一代都不顾了！

“你看！我头上的白发！”春华将头伸过来给我看，她是染过的，现在白色发根都出来了，灯光下显得格外刺眼。“将若森拉扯这么大，我容易吗？你表哥几乎是不怎么管的。”

我默然。我知道春华说的实情。作为老师，见到太多这样的情形，在教育孩子的过程中，许多父亲是缺席的。每次学校开家长会，来的大多是妈妈。

然而，我又不能说什么，即便在今天，女人仍然是被定义为家庭的，男人要在外面拼世界啊！

离开春华家的时候快10点，表哥还没有回家。我要回去陪妈妈了，顺便把老公从另一个学校接回。他在福田一家中学的高中部，现在带高三，基本上是卖身给学校的，也只有周末回来。春华说她和表哥虽然同在一个屋檐下，却经常见不着面。经常她睡着了，表哥才回，她上班去了，表哥还没起床。

我安慰她，我和老公比她还不如呢，我们干脆各过各的，只到周末才团聚一下。妈妈催我们要孩子，可是我们连自己的生存都应接不暇，哪有工夫炮制第二代？就是有，也养不起。

有时，我也责备老公，一个大男人当个孩子王，到底有多大出息？

老公被说到痛处，反击我，“我又不是你表哥，一个师范生，哪能当大老板？”

我不禁哑口无言。

6

日子一天天过着，转眼年关就到了。

妈妈今年来深圳陪我这么久，目的是想拽我一起回家过年。年年我都嫁鸡随鸡地回老公他们家，让膝下无儿的父母很是失落。尽管有两个家姐在老家，每年也会带着小孩团圆，但我这个老幺儿不回，他们不遂心。

返乡的火车票很难买，坐飞机，妈妈嫌贵。于是决定开车回，老公路况不熟，妈妈说，去问问表哥回不回？大家一道走。得到肯定答复，我们都很高兴，做着回乡的准备。

没想到，临到头，春华闹起别扭，要回四川老家。

妈妈一听情况有变，不由着急，大过年的，两口子闹啥别扭。“春华也真是的，媳妇不随丈夫！不像话！”

我笑妈妈，马列主义对人，自由主义对自己。我不是也没随老公回湖南吗？

“可你表哥，去年不才跟她回四川的吗？”

直觉告诉我，春华这次并不是真想回四川，而是存心要找表哥茬。

果然，一见面，春华就幽怨地看着我，说，“你来给表哥做说客的吧？没用的。我跟他说了，要回你回，我不拦。可是，我要回四川！”

“大过年的，哪有夫妻不在一起？你不回，表哥肯定不会回。”

春华直直地盯着我，“小瑗，干吗非得过年？非得要委屈自己？”

春华说，她怕回家，伤不起。

“你表哥每次回去，都要打肿脸充胖子。老老少少上上下下打点，就好像发了大财一样。那给出去的红包是多少心血和汗水换来的。”

我突然明白了春华的苦衷。

大姨是个爱面子的人。从小赵楠林就是她家的骄傲，神童、天才，顶着无数的光环。现在，左邻右舍，一些当初不怎么样的人家发起来，大姨就有些失落。当着外人，却是更加鼎力维持骄傲的虚架子。别人听说赵楠林在深圳发展，就赞美道，“哦，你儿子当老板啊！好！有出息！”为了这个面上的荣光，赵楠林不得不每次都要弄出“衣锦还乡”的发达派头！

“真不想回！也不想回娘家！就在深圳待着得了！”春华满面愁容，“到处都是人！到处都在讲钱讲排场，讲发财！偏偏我们发不了财，还要装笑脸装大方！受不了！小瑗，你说这个社会是怎么啦？都疯了一样搞钱！有钱就被人瞧得起！没钱就合该灰溜溜的！没钱也要装有钱的样子！老家的人更甚，抽烟都是大中华！喝的名牌酒！死要面子活受罪！你说，这是何苦？！别说我们没赚什么钱，就是有钱，这么流水一样派出去也是心疼啊！”

春华说着说着就激动起来，“你表哥做这么多年生意，都没什么积蓄，哪一天公司说完就完，啥都没了！将来怎么办？自从他离了公职之后，这么多年没有交社保！老了病了怎么办？若森以后要出国，留学一年就得几十万！这些事都是迫在眉睫啊！想到这些我都急得睡不着觉。”

不能说春华担忧得没道理。中国人缺乏安全感。

“可是，年总得过啊！”我软软地说。

“是的！是得过！这不，这些天整天在外面要债！年关到了么！个个都是杨白劳和黄世仁！能要到就是爷！大家都要留着钱过年！小瑗，你说说，你能过得下去吗？你愿意整天盯着人要钱，像个叫花子！或者被人整天盯着，还钱还钱！像个癞皮狗！你说这叫什么日子！”

唉，我也无法想象，曾经那么高韬的表哥，会变成一天到晚要债的黄世仁，或者到处躲债的杨白劳。

我有点懊丧，这个说客大约是当不成了，但仍然不死心，“春华，啥事也不急于一时，年还是要过的，家和万事兴！今年我也回去，我们开车一起玩，你不是很喜欢我们那儿的风景吗？我带你去乡村郊外去看看。咱们少跟别人应酬不就得了！你总不能让表哥一个人回去，没面子吧？”

“哼！面子！又是面子！他要面子他回去，我反正不要了！”

看来是没戏了，我怏怏打道回府。

第二天，表哥打来电话，说春华同意和我们一道回家了。我心里感叹，春华到底深明大义啊。

腊月二十八，表哥一家和我们开一辆本田奥德赛踏上了归乡的路。

我好奇怪，表哥换新车了？

“问阿海借来的。”春华轻蔑地一笑。

有了这辆奥德赛，我们两家就合并到一块了，省了一辆车。路上的油费、过路过桥费，两家均摊。

“阿海挺够哥们啊！借你奥德赛开！”我对表哥说。

“他一个朋友的，人家没钱还款，就还一辆奥德赛，他那朋友已经有好几辆抵债的车了！”表哥笑道。

还有这样的！

“可不是，他们做生意的，没钱就拿东西抵押！别哪一天把老婆都押出去了！”春华不忘挖苦一句。不过，看得出她心情还不错。坐奥德赛回家到底气派很多。

大年初三，我们开车去郊外仙人洞玩，赵楠林没来，他参加初中同学聚会去了。

“咦，从来也没听表哥说过，他竟和初中同学还有联系？”

“可不是，他本来也不想去，说都记不得了，但人家硬是找上门来，一早就把他接走了，说他是他们班的骄傲，不去，就看不起人。”春华的语气不知是讥讽还是炫耀。

车子由老公开着，一路向西，我做向导，但老实说，我现在也不认得路了。

郊外现在已不像小时候的郊外，一路都是房屋建筑，稻田、水塘、田埂路都看不到了。由于我的误导，车子兜了很久都找不到地方。最后问了路边一摆小摊贩的老头，才沿着一条逼仄的小道将信将疑地开了进去。仙人洞是我们这儿新打造的景点，据考证说，这里曾发现古人类活动遗址。原以为人气会很旺，谁知冷清得人毛都看不到一个。一片荒凉的山头，山脚下有一块小小的黑石碑，写着仙人洞三个字。山被铁丝网拦住，远远可见几块岩石和洞穴。大约新景点还在申报当中，暂无人知晓。

一出汽车，冷风嗖嗖，下午的天变阴了，天气预报说明天有雪。我们缩头缩脑地沿着铁丝外的坡路走了半圈，用手机照了几张照片，表示到此一游了。

春华不想急着回家，晚上我们就一起去娱乐城唱K，在小包间里，我们把所有会唱的不会唱的都唱了个遍，大约10点的时候，春华接到表哥电话，然后脸色就变了。

“他喝多了，叫我接他回去！”

匆忙赶到表哥聚会的富豪大酒店，是我们这儿最高档的大酒店，富丽堂皇，还没进去就闻到一股浓重的酒气。我们找到表哥所在房间，一堆人簇拥在里面。

在我几十年的印象中，表哥从未醉过酒。眼下靠在床上被一群人围观的表哥十分陌生，他脸色惨白，眼珠发红，呵出来的气都散发着酒精味，人有种变态的兴奋，看我们进来，笑着对我们指着人群里边一位戴着黄灿灿老板戒指的矮胖子，大着舌头道，“过来！给你们介绍一下，‘二赖子’，我初中同学，现在是装潢公司大老板，政府刚给他批了一块地，准备在这边开个分公司，你们瞧瞧！厉害吧！今天的酒会是他全包了，不要我们掏一分钱。”

那个叫“二赖子”的胖子递根烟给我老公，说“今儿高兴，大伙儿都聚到了，好不容易逮着了楠林！我找他好久了！你们不知道，我们班同学中，我最佩服的就是他！大家伙都说，能把他叫来，我们的聚会就上档次了！所以，我一定要请到他！想当初我是大老粗一个，高中都没考上，我和楠林都是第一，他是顺数，我是倒数，今天两个第一坐到一块儿！有趣儿吧？我虽不像楠林这么有学问，有出息，好歹也能混了。今天哥们在一起，一醉方休，我让他别走，今天就在酒店住下，我包了。他不干，还是把你们叫来了。你们放心，没事的。有我在这儿陪他。唉，没想到楠林酒量不行哈！老猫快去给客人倒茶！”旁边那个叫老猫的人立即应身而起。

“不用了，我们马上走。老赵酒量不行，你们玩吧。谢谢啦。”春华尽量克制着自己的语气。

好不容易将表哥架出来，撇下二赖子等过分热情的同学，上了车，还没开几步，表哥就犯恶心，停在路边大呕起来。酸腐的气味让我差点也吐了出来。

春华气呼呼地骂道，“谁叫你去的？谁让你死喝？！”

表哥任由春华数落着，人事不知地被我老公架回车内。

过了两天，我们便返深了。

与来时的兴奋相比，表哥情绪落差最明显。靠在副驾驶的位上，很累的样子，也不开口说话。

大家都很累，似乎一个年把大家给过狠了，个个筋疲力尽。只有若森显得很哈皮，一会儿跪在窗子边，脸贴着玻璃欣赏景致，一会儿低下头不声不响地摆弄手里的iPAD。

我逗若森，过年拿了不少压岁钱吧。

若森白了他妈一眼，全上缴了。

春华没好气，入不敷出呢。

我赶紧打住，换了话题，跟大家聊春晚，聊吃，聊小城趣事。这些话题并不能激发他们的兴致，只有老公有一搭没一搭地附和。那一家子默默无语。

窗外是灰蒙蒙的萧瑟冬景。

我意兴阑珊，一个人靠在后排百无聊赖起来，妈妈没有再跟过来。过年的时候，全家人都给我和老公下达指示了，今年务必要造个小人出来。

亚历山大啊！

7

又是忙碌的一年。

我们当老师的，日子以年计，以学期计，以周计，以天计，日复一日，过得飞快。老公在高三不消说，从老家一回来就即刻投入战斗。高考是压倒一切的政治任务，学生的前途、他的面子、奖金、学校的荣誉、领导的政绩都系在高三老师的头上，怠慢不得。我们也好不了多少，评估完了，新的任务又来，除了常规教学，学校启动国家级课题项目，需要所有一线老师都要参与。写论文，搞报告，做研究，开研讨会，等等，烦不胜烦。忙忙碌碌一下子就到了五月。

五一两天假一过，老公又泡到了学校，我一人在家无聊，决定去华强北逛逛商场。打电话给春华，手机无人接听。这妞忙啥呢？好久没跟她联系了。奇怪，她也没打电话给我，不像过去，隔三差五要找我诉一番苦。

一个人逛街也自在，华强北是深圳最热闹、最繁华的商业街之一，平时就人多，节假日更是水泄不通。我先钻进女人世界，刚来深圳的时候，我和春华常来这里淘宝，衣服、围巾、鞋袜、头饰、仿真珠宝，后来，春华就不大愿意来了，她说这里的东西没档次，人又多，购物环境差。有次，她带我去逛城市广场的西武名店。那儿购物环境不是一般地好，服务生都那么有气质，偌大的店子，人员寥寥，间或有几个阔太在里面买包包和化妆品。每个柜台商品的价格都令人咋舌。春华说，她有个同事常来这里买东西，她就是想看看，什么样的东西，使得她那同事那样高傲不凡。春华百思不得其解，那些看起来普通又俗气的女人，怎么就这么好命，在这家令人望而却步的店里大手大脚地花费！凭什么她们活又不多干，吃穿用度却比别人强？就是因为嫁了个有钱的老公？

我挤在人群里流连忘返。两个小时下来，手里提满了战利品，细闪的小手链、别致的耳环、抓痒耙、北京绣花布鞋、丝巾、吊带裙和牛仔热短裤。所有这些东西加起来，没超过300元。我心满意足。谁说没钱就不能过好日子呢？在深圳，就是一个月拿1000元的打工妹也能活得下去。只要你不去跟别人比就行了！ 逛累了，我去一家看上去还像样的小餐厅解决晚饭。到最里面的一个小角落，我坐下来，喘了口气，突然斜眼瞥见一个熟悉的背影，蓬松松的头发，瘦削窈窕的脊背，不是春华吗？她对面坐着一位男士，那男人正谈笑风生地说着什么。这一惊非同小可，本能地想冲过去跟春华打招呼，最后还是止住了。也许是看错人了吧？服务员端来我要的牛肉拉面和小菜。等我再抬起眼，那一对已经不见了。

我一直怀疑自己是否看错了人。晚上春华打来电话，说，“你今天给我电话了？我才看到显示。”

“是啊，你到哪儿去了？想约你逛街的。”

“噢，今天陪若森在少年宫待了一天，他们不是办少儿画展嘛！若森也有作品参展。下午他在里面看音乐剧演出。”

我松了口气，那么今天傍晚看到的那个背影一定是弄错了。

“最近怎么样？好久没你电话了！”

“还不是老样子！”

“表哥呢？今天和你一起看画展？”

“他才没空，去梅州了。”

“去梅州？那你们怎么不跟他一起去玩玩？”

“若森假期有好几个培训，还有这个画展，走不开。你表哥是去慰问阿海的。”

“慰问阿海？他又咋啦？”

“刚释放出狱。”

我吓一跳。阿海坐牢？他犯法了？！

“酒驾！”

“他酒驾？！”

“不是他，是他弟。他顶包的。”

春华告诉我，事都出了有一个多月了。他弟喝了酒开阿海的车带顶头上司去广州，路上被抓到了。因他弟有公职在身，一旦查到要开除，他们家已经有两人没有公职了，人在江湖，体会到公职的好。连忙给阿海打电话，让他赶过去。也不知他们对警察说尽了什么好话，警察把录像给删了，同意了哥哥的顶包。就这样，阿海蹲了一个月的号子。

天呐，阿海真够衰的！我惊叹。

春华说，阿海是个倒霉蛋，家里老出事，你表哥跟这样的人在一起，沾霉运呢。

我批评春华，不要太唯心。否极泰来，人多遭点罪，后面享福。许多大人物都坐过牢呢。那个谁谁谁户口落你们家的，出来不是发达，当大老板了？谁能保证阿海不会时来运转了？

还真给我说中了，这次阿海回梅州，他一个在税务局上班的同学对他的遭遇深表同情，给他搞了“出狱社会青年再回头”的证明，免了他工厂一年税收。

这是我隔周去春华家拿阿海送的柚子时听说的。

8

不知道阿海的女儿还想不想来深圳读书，这事儿他们都再没提起。这学期眼看就过了一半了，要来的话得早作打算啊。我正想着啥时打电话问一问表哥，没想到，表哥倒先来找我了。

“小瑗，能不能帮哥一个忙？”

我被他满怀焦虑的表情吓着了。

“能不能借我一笔钱？”这几个字仿佛有千斤重，赵楠林吐得很吃力。

我盯着他，表哥面带羞惭，黑框镜片下的眼睛微微眯起，他不太好意思直视我。

“借多少？”

“5……5万！”

我同意了，表哥硬要写借条。他表示最多1个月就还我，并叫我不要告诉春华。

五万不是什么大数目，春华肯定有。但他不敢问春华借，他们俩钱分开管。春华说，她的工资绝不能交给表哥，否则就给他滚到厂里没有了。家里若不靠她存点，老底子都没了。

赵楠林的公司小，银行根本贷不到款，要周转，这次只好在外面借了高利贷，本来以为这个月的外债能收得回，结果没有。高利贷不能拖，否则损失更大，情急之下，表哥只好向我开口。

在深圳找人借钱是很忌讳的事，亲兄弟明算账，借出去的钱如泼出去的水，收都收不回，这样的例子还少吗？但，赵楠林是表哥，我打小就崇拜的科学家表哥。我信任他的人品。不到万不得已，他不会向我开口。我不忍看好汉困窘，心里又有些莫名的悲哀，看来春华所说的是真的，表哥的生意确实做得艰难。否则怎么五万现金都弄不到手！又恨春华的狠心，丈夫有难，都不肯伸手帮一把，甚至连告诉都不敢告诉她。表哥现在真惨！

我打了5万到表哥的账上。

一个月很快就过去了，我当时曾宽慰表哥，不要太急，我这钱也不急用，迟两天也没关系。表哥说，他一定尽量还，说话算话。

表哥一向说话算话的，这点毫无疑问，他这人实心眼到呆板的地步，小时候闹过笑话，还在小学三年级吧，他和几个小伙伴约好一起去钓鱼，结果那天下雨，没有一个人赴约，他傻傻等了老半天，这事被亲戚们当作笑话，传诵了很久。我和表哥在一起时，凡他答应给我办的事，没有一次不兑现，甚至我自己忘了，他倒记得。因此，借钱给表哥，我丝毫不担心。

在一个月期限的最后一天，表哥打电话给我，请我去吃饭，并说要还些钱给我。

那天正好是周六，我正在龙华陪一个喜欢看楼盘的女友看房。接到电话，就带着女友顺路去他那儿。

关外是老板厂的聚集地，人车嘈杂，灰尘大，除了主干道，其余巷子都道路逼仄。房屋工厂也比较破旧，走进这儿，感觉完全不像大都市，倒有点类似家乡小镇上见到的城乡集合部。深圳就是这样，像一个正在走红，急于脱胎换骨的乡下姑娘，外面已经很光鲜了，内里还没来得及全面更新。

我找到表哥的公司。一栋灰旧的L厂房楼，六层高，老远就听到刺耳的冲压机声音，表哥的办公室在3楼。这里有好几家小加工厂，我伸头瞥了几眼，看见有一溜儿打工妹正埋头弄着手里的小插件，有一两人抬头，冷漠地看我一眼，又继续低头拨弄。表哥说，他以前的工人现在都散掉了，现在就只有一个办公室。

表哥在办公室接待我们。里面有两个人，一胖一瘦，胖的有五六十岁，瘦的和表哥年纪相仿，是他的客户吧。表哥介绍那瘦的是老乡，胖子是老苏。原来这人就是春华说的包小三的老苏！我忍不住好奇多扫了一眼。这个其貌不扬的肥佬，居然有女人肯做他的小三？他们正喝着工夫茶。表哥现在入乡随俗了，他的这一套紫砂茶具看上去不错，通电烧水，泡茶，冲洗小杯，过滤茶梗。我和女友端起小酒杯大小的陶瓷杯啜了一小口。我至今喝不惯红茶，我记得表哥是喝绿茶的。我们家乡以出产毛峰绿茶出名。表哥真是改变了不少。

听说我们在龙华看盘，表哥的两个朋友就一起点评起龙华的房子来，告诉我们买什么地段好，有升值潜力的。表哥不停地给大家续水。人多，不好说钱的事。我跟这些生意人没啥共同语言，想早点离开。表哥说，快到吃晚饭时间了，大家一起去吃饭，他请客。那两个客户说，你请表妹吧，我们还有事，就不掺和了。但他们虽然口里这样说着，却并不起身离开去办事。

正磨蹭着，门口又闯进一个人，是阿海。他笑逐颜开地跟大家打招呼，“好家伙，你们几个都在啊！”看见我，惊奇而殷勤地说道，“朱老师，你也来了？！”

这是我和阿海第二次见面，上次他给我突出的印象就是精瘦，这次可称得上瘦骨嶙峋了。这大半年的时间里，他经历了哥哥去世、自己坐牢这样不可思议的惨事，也难怪他怎么胖得起来。不过，看他气色很好，仿佛中了彩一般喜上眉梢。

阿海说，他一个小时前去买福利彩票，那里有个游戏机，看许多人围着，就过去玩了一把，100块钱的本，1个小时就赚回了800元。

哈哈，还真中了彩！

于是，这顿饭就由阿海来请了。我走不掉，阿海无论如何不让我走，只好和女友硬着头皮赴这个饭局。

就在公司楼下不远的一个量贩KTV包间，不怎么上档次，关外这样的小餐馆、KTV娱乐厅很多。显然，这家是阿海和表哥们常来的。

一进去，服务员小妹就笑嘻嘻地招呼道，“赵总、许总、苏总……你们来了。”

叫了一桌子的菜，还有一箱啤酒。我和女友推辞不过，一人倒了一杯。他们男的都是抱着啤酒瓶喝。

一开始大家还有些拘谨，酒过三巡，都放开了。那个老苏掏出口袋里的皮夹，给大家看他外室的玉照，阿海就臭他，年纪大了，要注意身体，少年戒色，中年戒斗，老年戒贪。老苏说，你年轻，老婆又不在身边，熬得辛苦。阿海笑道，反正他是不会花钱的。那个被称李总的老乡和表哥嘀嘀咕咕地不知说着啥。

好不容易吃喝差不多了，我和女友要走。他们又给拦住了，说唱会儿歌再走。

女友是个好脾气的姑娘，人家一劝，她就不好意思提前离席了。

阿海将麦克风给她，问能不能来个男女对唱，女友点点头，阿海点了首《东方之珠》。两人配唱得相当不错，没想到，阿海那么瘦小，肺活量倒很给力。表哥说，阿海原来是音乐老师。怪不得！

阿海接着又唱了首《老板之歌》：

怀揣我的梦想
追寻我的笑颜

为了找回我丢失的爱恋
我把眼泪擦干
曾经发过的誓言
会靠自我来成全
我要树立必胜的信念
排除一切艰难
我要自己当老板，我要创业挣大钱
我要用我流淌的血汗，描绘一片新鲜
我不怕路坎坷，我要把命运改变
我要让这世上的人们另眼相看。

我从没听过这么赤裸裸直抒胸臆的歌曲，真是很开眼。

表哥也点了一首歌。他清了清嗓子，捧着麦克风，开口唱道：

你我皆凡人，生在人世间
终日奔波苦，一刻不得闲
既然不是仙，难免有杂念
道义放两旁，利字摆中间
多少男子汉，一怒为红颜
多少同林鸟，已成分飞燕
人生何其短，何必苦苦恋

我也是第一次听表哥唱歌，在我过去几十年的印象里，表哥严肃正经，没想到还会唱歌，而且唱得还不赖。模拟出原唱的粗哑浑厚，仿佛历尽沧桑。

在这群散着酒气的小老板群里，表哥依然显得卓尔不群，不管他怎么唱，怎么和他们打成一片，还是与别人不一样，他身上依然有着蜕不掉的科技人员的斯文气息。这使他看起来与周遭格格不入。

表哥唱完一首歌，在我旁边坐下，他凑近我，低声道，先还我1万，其余4万要再等一等。他很不好意思，我没敢看他的脸。灯光朦胧，歌声震耳，我觉得好像置身在一个不真切不属于我的陌生世界里。

我对表哥说，没关系，你有了再给我吧。不早了，我得先走了。

表哥说，我送你。

我拉起刚唱完歌的女友，直起了身。

走出包间，门口穿着劣质开叉旗袍的服务员小妹朝我们打招呼，“小姐慢走啊！”

我狠狠地白了一眼，“谁他妈是小姐啊！”

女友诧异道，“朱瑗，你没醉吧？”

怎么会醉呢？醉了还能开车？我只喝了一杯啤酒，现在也早挥发了。可是，我多么愿意醉一下啊！

车子发动了，我跟表哥说拜拜。

他颀长的身影站立在凹凸不平的路面上，灯光将他的影子拉得格外细长单薄，都变了形。

9

忙忙碌碌的一学期很快结束了，转眼又到了暑假。表哥再没打电话给我，上次阿海请客，忘了问他女儿还转不转学，他也没提。估计这事按下不表了。

老公对我擅自借钱给表哥很恼火。他说，现在谁借钱给别人谁就是傻子。

我说他是表哥，不是别人。

老公说，表哥又怎么样？你以为就靠得住？生意人没个准信的。他啥时还你啊？

我不吱声了。

以前隔三岔五的周末我还常去春华家玩，现在很少去了。春华也不像过去那样老叫我陪她。表哥欠了钱，我就更不过去了，怕他以为我催债。

暑假快结束的某一天晚上，春华打来电话，她泣不成声，把我吓了一跳。她和表哥吵架了！表哥在福彩的游戏机上赌博，输了好几万。那些本都是借来的。两人吵得很凶。

“我要跟他离婚！这日子没法过了！他居然还倒打一耙怪我，说就是我把钱都捏得紧紧的，不肯帮他一把，逼得他在外面借高利贷，他要还钱，才落到这一步……天呐！这世上还有公理吗？这么多年，他穷折腾，什么钱也没挣下，要不是我有稳定的收入，真别活下去了。若森的钢琴费，各种培训班的费用，家里的开销，基本上都是我在维持。跟着他，享到什么福！他居然还说这样没良心的话！小瑗，你给评评理……”

春华在电话里哭，我听到那边“砰”地一声关门的巨响。

十万火急，赶忙打车奔了过去。

春华满目疮痍地靠在沙发上，眼睛又红又肿，样子既可怜又难看。若森在旁边无措地呆站着。

“爸爸呢？”我搂过若森的肩。

“刚出去！”若森眉头紧皱，稚气的孩子脸上露出不相称的严肃，让人看了心疼。

“他死走了！怕看见你来呢！他还有面目见人么？走得越远越好！永远别再回来！”春华又歇斯底里地喊起来。

我制止她，“孩子在这儿，你控制点。”

我哄着若森进了他自己的小房间。他突然拽紧我的手，问，“爸爸妈妈会不会离婚？”他那么紧张地看着我，仿佛我的答案至关重要。

“不会的，你放心，大人有大人的烦恼，偶尔也会吵架的。你平时要乖，要听话。爸爸妈妈都喜欢你，他们怎么会跟你分开呢？”

将若森安顿好，小房间的门关上。我坐到了春华的身边。

她已经稍微平静下来了，脸上是那种心灰意冷的疲倦。

“你们这样吵，对若森影响不好，不管怎样，有些话是不能当着孩子面说的。”

“他真让我寒心！一吵架就这样一走了之，有本事永远别回来！我一人带着若森过！还自在些！再不用烦他的神，操他的心！”

“表哥肯定有难处，做生意的，有时手头周转不过来，难免不狗急跳墙。你们这么多年的夫妻，你应该知道，表哥并不嗜赌。”

我开导着春华，把能想到的安慰话都说尽了。

茶几上的手机响起来，我拿过去给春华接，她狠狠地按掉了。手机再次响起，春华又更狠地按掉。手机很有耐心，又一次锲而不舍地响起。我怕她再按，是表哥打来的吧？我抢过来接。"喂，赵总吗？你怎么老挂我电话？"手机里一个粗粗的男声，我立即明白了，这是表哥的手机，他忘带了。"哦，赵总有事出去了，手机没带。到时叫他打给你吧。"

我挂了电话。春华嘴角朝下一拉，讥笑道，"赵总！哈，赵总！多好听的称呼！"

手机又响了起来。我拿起来，不是刚才那号码。

"你看赵总忙吧？有时半夜三更都有电话找他。"春华冷笑。

漫长的音乐彩铃一歇，春华道，"你关了它吧，不然一晚上闹个没完。"

那天晚上，春华让我就在她家休息，陪她。我还是执意要回，表哥手机落在家里，我猜他也不会跑远，他不想见我，才出去的。我还是避一避好。从她家小区出来，经过一座小花园，我看见漆黑粗壮的大榕树下，一个人正坐在石台上沉默地抽着烟。

我走了过去，站定。

"小瑗，你笑话哥吧？"他语气充满自伤。

"你不该去玩那个赌博机。"

"阿海说，上次有一个女孩，以8万的本赢了24万。我拿了1万，想只要赢到4万，就可以还你了。"

"你哪能相信这个呢？这种靠运气的事，多不靠谱！"

"我知道，是不靠谱！但是我想，我这么多年，运气都不好，偶尔也该有老天眷顾一把的时候吧。阿海那么倒霉的人，上次都中了彩。"

"你不该心存侥幸！"

"我不想欠人钱，尤其是你的钱。我已经欠了你那么久。"他语气疲惫，充满自责。

"我不急，你也不要急，我们是一家人。早一点晚一点没有关系。你这样会伤春华心的，还有若森，他那么小，你们吵架，对他影响多不好！他刚才跟我说，好怕你们离婚。"

表哥仿佛被什么东西猛击了一下，我感觉到他的震动。

"小瑗，哥这一生是不是很失败？"

"……"

“我放弃了曾经心爱的专业，放弃了理想……技术，我的一个同学刚刚获得科技部大奖，你不知道，他以前学习远不如我……我似乎每一步都走错了……然而，却无法回头了……”

“你的人生还早呢，哪里就不能回头……”

“回不去了……生活就像布满迷障的小径，你以为鲜花着锦，其实是荆棘密布……我选择了一条不该选的路……”

我从没见过表哥这样自伤，他一向是多么骄傲的人啊！

“最近在想，其实，什么又叫成功呢？越来越迷糊了。我一个朋友，很聪明，当年一心想发财，伪造信用卡套现，被抓，出来后，做生意，做得很大，公司也上了市，但他还是发愁，他的股票可以抵押贷款，可是，他发愁这些钱投资哪儿。他的生活也永远是为钱烦劳，到处应酬，年纪比我还轻，却已经患了‘脂肪肝’……”

“哦，是不是你曾帮他落过户？”

表哥停顿了一下，似乎有些诧异我怎么知道。随后嘴角自嘲地冷笑了一下。

“你可以找他贷……”

“跟他没有生意往来，我们不是一个量级的，他那么大的资产，要投的都是大项目……我又何必欠他？”

“也许，我们都错了，以为赚很多很多的钱就是成功，其实，并非如此，没钱烦恼，有钱照样烦恼……我们都成了金钱的奴隶！一辈子仅为此而活了。我们本该可以做更有意义的事，也能过另外一种人生……”

“苦海无边，回头是岸……”我竟用了佛家语录。

“没有岸！记得你小时候给我讲过一个童话：一个女孩爱跳舞，穿上了红舞鞋，她就得一直不停歇地跳下去……”

那是童话，我不这样认为，生活该伏低时就要伏低，何必硬撑？好马也吃回头草。

问题是，回头草已没有了。

表哥长叹一声。

“说这些也没用了。我对不起春华，对不起若森，我欠他们太多！春华要是跟我离婚，我不拦她，……她外面说不定都有人了！”

“你不要说这种傻话了，春华是刀子嘴豆腐心，她也不容易，为了若森，你们都不该这样！”

我劝表哥回去认个错，女人是要哄的。

“她现在不要别的，就要钱！”表哥自嘲道。“其实我也不是没钱，只是我的钱都在别人口袋里。”

“那你还不赶紧要回来？”

“唉，哪有那么简单，你知道有的老板怎么去要债吗？专门雇黑社会的人！”

“债这么难要，又何必跟人家做？你们难道不是跟可靠的人做生意？”

“可靠不可靠，又不是写在脸上，我们这样的小企业，精品客户很少的。话说回来，大家生意都难，有的人不给，是他真没有，给不出来，别人也欠他的。”

打火机划亮夜色，表哥又燃起一根烟。花坛里已经积了一小堆烟头。

许多年前，表哥既不抽烟也不喝酒的。

10

又开学了，每到新学期都有些新面孔老师，今年分来了两个北大的研究生。现在越来越多名校毕业生屈就中学了。据说，老师这个职业在最令人羡慕的职业中排名第三，仅次于公务员。

但学校里一位教化学的老师却离开了这个令人羡慕的岗位，出去搞生意去了。

大家议论纷纷，“早就知道他不安心，原来是去当老板了。”“也是，男人当个老师，没啥出息。一个月那点工资，人家当老板的，一天就赚到了。”“你以为老板就那么好当啊！赚钱哪那么容易！”

各自感慨了一番。有人在群里发布一则新闻，标题是“中产阶级收入标准”，说年收入在6万到50万，大家纷纷跟帖，“耶，俺也被中产了！”

我摇摇头，突然想起春华说过的一句话，“哪有什么中产，不是上流就是屌丝。”

那时候，赵楠林和她已经停止了战争，她到底还是拿出一部分积蓄帮表哥还了急债，当然……没包括我的。我也不知道，表哥什么时候能还给我。等着吧！

新 生

许国柱是我们小区的老保安了，30出头。论年纪，我们小区有比他更老的，但资历上能与他比肩的却凤毛麟角。许国柱在我们这栋楼下的保安亭里服务有十来年了。铁打的楼盘流水的保安。十年间，我们这栋楼的保安换了一茬又一茬。就跟那些间或搬进换出的业主、租户一样，都是我们这儿不变风景中的微不足道的细小更新。

那些消失的保安，有出去当了货柜司机的，跑营运；有跟别人去做生意的；还有一个最传奇，在做保安时就很活络地帮一家地产公司拉客户，最后干脆直接成了地产中介人，赚了不少身价，还成功地套住了我们楼里一家公司的女员工——女大学生呢。结了婚，生了两孩。现在据说是南山某著名社区的业主了，我有次在山姆会员店看见夫妻俩推着婴儿车在购物，那保安发胖了好多，是标准老板的体型了……这简直是保安中最励志的故事。

是啊，有志向的谁愿意一辈子当个看大门的保安呢？

许国柱似乎蛮愿意的，他当保安当得尽忠职守，有滋有味，深受我们这栋楼的住户喜爱。

我们是有对比的。在我们香榭小区，一共伫着6栋高层房。除了东西大门两边的保安岗亭外，每栋楼下都各有一个保安室。保安室负责本栋楼的安全，管理外来人员的进出登记，昼夜执勤。3个保安轮班换。

在我们楼当差的另外两位保安，一个叫小周，一个叫小袁，与许国柱相比服务意识就逊色不少。小袁比较懒，小周比较木。

举个例子吧。你拎着大包小包回楼下，腾不出手拿门禁卡开门，要是许国柱当班，就会很热情地走过来帮你提东西，开门。但小周常常傻愣愣地坐在那里，你不叫他，他一般不会移屁股。

小袁也如此，一天到晚都好像没睡够。总有些流窜的可疑分子趁他不备，进了楼，挨家挨户贴小广告，甚至还发生过两起偷窃事件。为此，他都挨了管理处的好几次批评，也没什么大改进，照样不死不活地坐在保安室内。

脾气大的业主，常常为些小事和保安犯口舌，生闲气。在小袁之前的一个保安就是被业主投诉炒掉的。那保安竟傻乎乎地带外人到楼上去找户主要债。

维护业主利益，这可是做保安的基本职责。一个月交那么多管理费，养着干吗的？

小区近来有些不像话了，电梯动不动就坏，地面都不及以前扫得勤，广场上一天到晚喷水，做表面文章。被单褥子也不给拿下来晾晒，说影响小区美观，还有，健身房的公共健身器材都老化了……

这些气儿少不得撒在保安身上。明理的业主也知道，作为物业管理链上最底端的一环，保安实在没什么发言权。可是，谁叫业主只能看得见他们？他们也好歹代表着管理方嘛！

当保安的得有好涵养，再难听的气话，也得受着。

不过，业主们一般都不给许国柱气受，哪怕迁怒也迁不到他头上。因为许国柱这保安当的，那真叫一个没话说。

态度好，热情，而且颇有些技术专长。

东家的水管坏了，西家的马桶堵塞，他能自己修的，就自己修，不能自己修的，立即帮你叫管理处的维修工。

午间休息，要是听到有狗吠，或哪家不自觉的违规装修声，你找他投诉，马上见效。不像那两位，你投诉了半天，也不见来人解决。

许国柱把业主的事，当成自己的事。所以，业主也不把许国柱当外人。好吃的，好喝的，都不忘拿点给他。

我们这栋楼有钱的人也多。那对医生夫妇，女儿当空姐，家里东西都吃不掉，水蜜桃、荔枝、龙眼，这些季节性的时鲜食品，成箱地拿给小许品尝。

中秋节的月饼，端午节的粽子，他都不用买的。

许国柱有好几部手机，爱立信、索尼、三星，都是楼上做手机生意的业主淘汰下来的半新产品。

许国柱还开过奔驰宝马别克，是业主让他帮忙接客户的。业主出差，有时车钥匙就交给了他。这种信任，可不是别的保安可以享用的。

“你啥时学会开车的？”

我很好奇。以前那个改行跑营运的保安，是边上班，边考驾照的。从没见许国柱学过啊。

“嗨！我拿驾照年头可早了。”许国柱神情有些小得意。

因为会开车，我们楼一对新婚夫妇办喜事，也是他接的车。当然，少不了份子钱哦。

凭这身技艺，许国柱完全可以另谋高就。有业主就给他介绍过好行当，但，许国柱还是留了下来。仿佛保安是个多么好的一份工，值得他乐此不疲地干一辈子。

尽管得不少有钱业主的小恩小惠，许国柱却并不是拿势利眼看人的小人，有钱的业主和没钱的，他都一视同仁。这就更难得了。

我总觉得许国柱有些屈才。一米八的魁梧身材，90公斤的体重，这样的体格，不当个军人，起码也该混成保镖才是。

许国柱听了我的玩笑话，不以为忤，反倒像被触动了哪根筋一样，颇有一番好汉不提当年勇的感慨。

“霞姐，我差点儿就当兵去了！”

哦，是吗？那怎么没当上？体检不合格？

“我怎会不合格？你看——”许国柱一抬胳膊，举出一块健硕的二头肌。

许国柱说，他当年名也报了，体检也通过了，结果被镇上一个好事分子知道，告诉了他娘，硬生生被拉了回来。他娘就他这么个独子。他是军人之后。爷爷和日本鬼子拼过刺刀，爹在抗击越南战争中送了命。所以，他娘无论如何不让他走这条路。

许国柱讲起他爷的故事，语气里透着无限神往。一个人对付7个日本兵啊！他爷和战友们被鬼子逼进了巷子里，战友被子弹击中，只剩他一人，和鬼子距离很近。爷爷当机立断，扔下枪，拔出刺刀，硬拼。小日本有武士道传统，也放下枪，双方拼刺刀。连砍7人，一身是血。他爷发现自己还活着。

真威武啊！许国柱讲着讲着，仿佛自己成了血战沙场的英雄。

看不出，他竟然是忠烈之后。我陡然生出敬意。

许国柱从不讲他爹的故事，大概是他爹去世的时候，他还小。再不就是，他爹居然这么不经战，还没立军功就殁了，不及他爷值得炫耀吧。

我猜想。

许国柱和我还颇聊得来。我们是同乡。

深圳是个移民城市，单我们这栋楼就住着五湖四海各式各样的人，能碰上一个老乡也真不容易。我和小许虽属同一个省，但实际相距还蛮远，他在北，我在南，中间隔着浩荡的长江。我们口音也完全不同。不过，这并不妨碍大家对故乡的认同。尤其是，我和小许都曾在这个省的省会H市待过几年。说起某某路，某某牌楼，某某大厦，立马能心照不宣心领神会。

其实，我本是竭力要忘却的。那个城市就像一道青春的疤痕，颜色都快要淡漠了，但你偶尔提到它，还是会条件反射似的被扎了下。

许国柱还蛮爱和我唠嗑的，只是说起那个城市，竟也像万语千言无从说起。

我们一前一后，擦肩而过，却在深圳这个遥远的地方碰了面，也是人生有缘啊！世界太大，还是太小?

关于那个我们共同生活过的城市，我和小许没有聊得更多。

我其实是个不善言辞的女人，在小区与人也没什么交往，虽有个亲善大使一样的小孩，却做不到像别的妈妈那样，彼此投缘到能一块儿买菜，跳舞，喝茶，谈心，甚至结伴出去旅游……

东子说我冷，是捂不热的女人。

在小区，与我说话最多的就是许国柱了。他对任何人都很热情，自然，更包括对同乡的我。

小泽一见到许国柱就毕恭毕敬地叫“保安叔叔好！”小泽是我的儿

子，9岁了，理想是长大了当一名保安。他觉得穿制服的人很神气。

许国柱乐得不行，为他这么伟大的志向。一见到小泽朝他敬礼，就大力士一般将小家伙举过头顶，转两圈子。他这套好身手更加深了小泽对他的崇拜。

“好，叔给你教两招！”他拉下马步，摆好造型，小泽屏息凝神地跟着比画起来。

许国柱很喜欢小孩子。他自己有个女儿，比小泽小几岁，叫“子怡”，和国际章同名，有时被他老婆牵过来玩。他老婆是广东河源客家妹，在一家汽车营运公司打工，长得不丑，还特别贤惠，经常过来给许国柱送饭。许国柱爱吃鱼，他老婆做的酸菜鱼、剁椒鱼头都特别拿手，你若看到许国柱吃饭的样子，一定大受感染，那么投入、快意，如狼似虎，全世界最幸福的事情恐怕也莫过如此了。

我们都夸许国柱好福气，娶了这样的贤弟妹。不像别的保安总是在外面叫便宜的盒饭。

子怡有时跟着妈妈一起过来玩，她一来，就兴致勃勃地要去参观她爸的后花园。

对了，得给大家介绍一下许国柱的后花园了。

我们楼下的保安室，有七八个平方米，里面有消防警报设备、电梯摄像装置、对讲电话机，此外就是一椅一桌。

这么个小空间，对于旁的保安来说，不过是上班的圈禁场，无可奈何地挨时光。但许国柱不一样，他在这保安室，仿佛就是在他自家里，无比安稳。他当班的时候，小房间弄得干净齐整。我猜想，要是可以的话，他一定会把里面设计得很漂亮。

但里面可供发挥的余地不大，许国柱把主意打到了室外。

保安亭后面原是一片杂草地。深圳的杂草，你是知道的，长起来不管不顾，又凶又野，霸道得狠。有一次草丛里还蹦出一条竹叶青小蛇，很吓人。小区的孩子多，到处乱窜。万一被蛇咬了，可不得了。有业主提出过意见，但物管并没有采取什么措施。意见多着呢，哪能样样都当回事？每一项工程都得要钱，哪有那么多银子？小区贴出的账目明细单显示，现在都是负数了，也就是说，物管的钱，根本不够支出。有意见也慢慢来吧。

况且，在环境绿化方面，香榭小区还称得上是模范小区呢。哪一个外面来的人，不说这儿像花园？风雨长廊、小凉亭，四周都栽种着高大植物，木棉、凤凰花、大榕树、霸王椰、散尾葵、棕榈、鸡蛋花、九重葛……每栋楼都有冬青树当围墙隔开，规划齐整。花匠定期修剪枝叶，喷洒农药。走进这芳香四溢花园小区，还有什么不满足的？

竹叶青侥幸并没有咬到人，杂草地也就依然存在着。因为隐在保安亭后面，无碍观瞻，也就没人过问了。

这却给了许国柱很大的空间。闲来无事，他将亭后的杂草铲除干净，栽种起年橘来。这年橘是业主们过完年扔掉的。许国柱挑拣了些好的，将它们从花盆里移栽到地面。每天浇水、松土、施肥，伺候它们长大。这些小年橘原本不起眼，比草都高不了多少，大家也没留意。可渐渐地，居然也有模有样了。看许国柱每天忙活，业主们这才终于注意到这儿的变化。没有那绿得发暗的杂草，地面亮堂很多。想不到那些弃之不用的小年橘，竟然在这里生根成活。许国柱的行为得到业主的鼓励。陆陆续续地，那片开垦出来的杂草地除了年橘之外，又种上了小桂树、小茉莉、朝天椒、仙人掌等植物，都是业主无偿提供来的。

许国柱现在可有事儿干了。这些袖珍植物简直成了他的宝贝。他就像个种庄稼的老农，每天看护着他的收成。

对于栽种植物，许国柱也很有一套，挖多深的坑，培什么样的土，多长时间施一施肥，他都无师自通。喝剩的茶叶也不浪费，沤出汁水，当着养料，定期清理长出来的杂草，忙得不亦乐乎。

我和他小女儿一样，对许国柱的后花林园很感兴趣，有事没事爱跑后面瞅一眼。我嫌它们长得太慢了。

“你瞧瞧，茉莉都结苞芽了！还有桂树，开花了，你闻到香没有？”许国柱指给我看成果，古铜色的脸上带着满意的笑容。唯有他，才能看得出别人看不到的细微变化，如数家珍一般指着那些植物叫人欣赏。

夏天到了，常见他汗流浃背地站在保安亭旁，像外科医生手术完的姿势，举着双手歇息。也难为他了，那么高大的一副身板，要弯腰折背地伺候比他矮一大截的小树苗。好辛苦的呀！

“这有啥辛苦的？我们小时候都种过地，三伏天割麦子哩！”许国柱不以为然。“那些麦子可香了！”又补充了一句。

经他一说，我眼前仿佛也出现一望无际的乡村原野，令人无比向往的美景。

“你家现在还有地吗？”

“没了。我们村并到镇上，地都被开发商盖了楼了。”

都一样！我们家乡也是。小时候去乡下奶奶、叔叔家，那大片大片的油菜花、稻田和麦苗，几乎都见不到了，只有新起的乱糟糟地暴发户一样伫立的厂房和大楼，还有网吧和游戏厅。

“种田很苦，又搞不到钱，大家都出去打工，地也荒了。”

许国柱展开自己的双手，观赏着，好像可惜了它们。

这是盛夏下午的时光。上班的上班，上学的上学，小区很静谧，间或一阵长风拂面而来，让人恹恹欲睡。许国柱点燃了一根烟，保安原则上是不可以上班时间抽烟的，不过，偷偷抽的，也不在少数。

“你看这疤痕。”他主动示给我看，在他的右掌心上，有一条长长的白色的疤痕。

“割麦子割的？”

“不是！打架打的。”

我诧异了，他那样一个和蔼稳当的人，竟也打过架！

许国柱笑了，是那种“你有所不知”饱含秘密意味深长的笑。

我无意打探别人的秘密。也是，没啥好奇怪的，男孩子没打过架的，少！

“你知道金碧辉煌吗？”他突然问。

说的是我们共同待过的省会城市，那个度假村。当然，那儿我知道。乔森带我去过，是那个城市最高档的休闲娱乐场所之一。

“奥斯卡、爱丽丝宫、保罗大厦……你知道吗？”他继续问。

都是H市声色犬马的地方。对于曾经H市艺校毕业的我来说，当然不陌生。在那些地方，我们炒过夜羹，赶场，表演，醉生梦死的日子。奇怪，他怎么竟如此熟悉？

“就在那儿被刀子划伤的，这么深的口子！”许国柱比画给我看。

他对我讲起了从前的故事。

三里街那一带，你知道的吧。是啊，在你们看来不过是一条普通的街，有居民楼、菜市场、商场、门市部，那是你们看到的，你们看的东西和我们不一样。

那一条街白天是你们的，晚上归我们。那是我们的场子，是由我们罩着的。

我们老大手下有七匹狼。

老大？我不能告诉你他的名字，我们都不用本名的，用代号。我代号是“光头”。对！那时我头发剃得一根不剩。

老大跟我是一个镇子上的，是开裆裤就玩起的发小。他比我先两届考到H市体校。他刚去体校的头半年，总被人欺负。体校的孩子很野，看谁不顺就打。到了第二年，人开始怕老大。老大在学校拜了七兄弟，就是七匹狼。小有名气了。三里街那一带渐渐成为他的势力范围。那儿有歌舞厅、酒吧、游戏厅、桌球室，还有地下赌场……胆敢闹事砸场子的，都由我们摆平。

我们居无定所，隔几个月就换个地方。干我们这行的，命提在手心里，犯了事，得小心别人惦记。

我跟老大住一起。老大对我很好，特别凶险的事儿，他一般不叫我直接参与。他知道我是独子。

我们到哪个娱乐场，都吃着喝着白拿着。我给他开车。我们有两辆本田，两辆中巴。老大不在的时候，我替他招待兄弟。那时挣得多，花得也多。

我手上这疤？是为兄弟打的。

有一次，在一家酒吧，一小混混过来跟我兄弟争女孩。大家都喝多了，语言呛起来，我一个啤酒瓶扔过去，那小子拔出刀来，我冲过去夺刀柄，结果抓住了刀……流了好多血。那小子被整惨了，后来一个劲地跟我们磕头道歉。

还有一次，就是在金碧辉煌。

度假村里，两个包工头争一个工程，其中一方找到我们老大。

那天，是黄昏的时候，郊外无人，我们开了车过去，两辆本田。远远地看见对方，阵容比我们还强大，一辆奥迪，一辆沃尔沃，还有两辆中巴。我们老大当即就通知我们的中巴速速赶来，外加三辆的士。双方一触即发。老大将一把枪交给我，让我在车上候着——对，我们有枪，走私来的。

老大下了车，对方老大也下了车。双方走到一块，握手。哈哈，原来互相认识。他们照的地盘和我们挨着的。

不打了。请客！老大包了。度假村一时热闹喧天，游艇司机都被我们赶下来，兄弟们自己开着玩。两家包工头各承包一半。

老大后来出事了，也是没想到的，干我们这一行，死个把人，算什么？不是警察不抓，是抓不到，或者装着抓不到。

那一次，弄狠了。一个H市的水泥老板，让老大给办个人，那人是水泥老板的合伙人，浙江来的，当初一起投资合作水泥厂。现在生意做大了，两人有了矛盾，想把浙江佬给踢走。水泥老板的意思是弄残就行。

老大派了手下，其中一匹狼完成这个任务，先蹲点一周，掌握了浙江佬的行踪，然后开始行动。那匹狼带了3个小弟，猛砍，哇！砍大腿就跟剁排骨一样。上出租车时，满身是血，的士司机吓得钱都不敢要。

120比110来得早。都打好招呼了，那里今晚会出个事，人不会死，来晚点。结果，浙江佬失血过多，死了。

这个案子H市拖了很久，浙江佬家人不依不饶，他们通过浙江省厅，告到了中央。最后打发H市重新审理。

老大和他的兄弟一网打尽，老大和那匹狼及砍人的三小弟被判死刑。

我就是那年来到深圳的。

许国柱的故事讲到这里，他的一支烟早抽完了。这是另一种不同于他爷爷的喋血生涯。

“老大知道自己要出事了，他给了我3万块钱，让我到深圳避一避。等风头过了，再联系。

但他后来再没有联系，我也不能给他打电话。这是他给我定的规矩，一打电话，就暴露了自己。我是后来辗转通过别人打听到他的消息的，已经不在了。

3万块钱，我不到3个月就花光了。在H市，我们都过好日子过惯了的。

不得已，最后做了保安。这一做，就是10年……”

我听得有些呆，想不到平日里这个天天见面的温和保安，还曾有那么一段惊心动魄的喋血生涯。

他再次提起了爷爷。当年被国民党抓壮丁，后来被共产党俘虏，参加抗日战争、解放战争，戎马一生。他其实是希望像爷爷那样成为一名光荣的军人的。没想到，差点儿成为国家的罪人。

“那时候不懂事，就是羡慕老大有派头，钱来得快，来得多，刺激……”

是的，人在年轻的时候，常常是糊涂的。

“如果我妈不把我拽回来，我就是一名军人了，说不定还可以考军校，军烈属的后代，可以降分录取。”

那就是另一条人生道路了。

“人生就是偶然造就的。霞姐，你说是不是？”许国柱此时说话像个哲学家。

也许吧。

遇到的人，遇到的事，不经意间就改变一生。年龄越长，越有宿命感。

到了小泽放学的时间了，我该去接他。学校并不太远，出了小区，过一条马路就到了。校园外早已站满了守候的家长，多半是上了年纪的爷爷奶奶。有的很早就到了，赶集一般，愉快地守候着，聊着天。一到校园门打开，立即放下话头，热切地寻找自家的小宝贝。小家伙们蹦蹦跳跳地出现，本来经过训练的整齐队形，很快就解体了。爷爷奶奶们宠爱地接过孩子的书包，忙着递水递奶递零食，吃力地跟上孩子的脚步。不消片刻，校园门前又恢复了宁静。

我看到了小泽，他排在队伍的第三排，神气地牵着一个小女孩的手。每次看到他，我都有种久别重逢的喜悦。其实，我们不过才分开半天呢。

东子总说我太溺爱孩子。这有什么不好吗？孩子就是用来溺爱的，这个世界，唯有孩子才值得我们安全地去爱，可以不求回报，不问付出。

其实东子比我更溺爱。只不过他忙，没有更多时间陪孩子。有时，他下班晚了，小泽已经睡下，他也必定要去他床边，宠爱地嗅一嗅。

似乎只是对小泽的爱才把我们牢牢地联系在一起。

别人都说小泽像我，东子也说像。眉眼黑亮，鼻子小巧而挺拔。可是，我觉得小泽像东子，脸型、额头，特别是经常紧闭的小嘴，都像极了东子。

小泽出生的时候，做过亲子鉴定，是东子的血脉。我把结果给他，他没说什么，可是，我分明看见他松了一口气的隐藏笑容。

我记着他曾说过一句话，“不管孩子是谁的，我都对你们好。我都要！”这句话伤了我，让我一辈子抬不起头。

是的，我是欠了他的。

这个曾青梅竹马一起长大的人，我辜负了他。在H市的那些年，他去闯深圳，他说，你等我，等我稳定下来，就接你走。

然而，我却背叛了他，因为乔森。那是我生命中不堪回首的时光，激情，奢华，光怪陆离。

认识乔森后，我不再炒更，不再在酒吧弹唱。他不是娱乐场合的人，而是管那个片区的小官。我被乔森出手相救过。

乔森给我找了工作，租了房子，他把那儿布置得像个家，甚至亲自下厨做饭给我吃。

然而，只是像家，而不是真正的家。

他用钱来弥补他所不能给予的一切。他害怕我离开他，他知道我曾有个东子。他甚至许诺，他可以离婚，放弃仕途。

我知道他做不到。

我为他流掉一个孩子。

这种隐秘情人的生活，我不想过下去了。

来到了深圳，是东子收留了我。我在他的工厂里打工，他没有追问我消失的那三年生活。

结婚前，我跟他坦白了一切，那时我跟他已经有了身孕。东子抽了半条好日子香烟，他就是从那时起对抽烟上了瘾。他说了上面的那一番话。

这话伤了我，他竟然怀疑小泽不是他的。

他如此大度地包容我的肮脏和丑陋，让我抬不起头。

这么多年，我在他宽宏大量下，过着平稳的生活。

是的，我感谢东子。他勤勉地劳作，保证我的衣食无忧。小泽出生后，我就辞了工，安心地当起专职主妇。小泽是我一手带大的，除了月子里请过一段时间月嫂。我像那些广东女人一样，出门的时候，将小泽装在贴身的小背袋里，像袋鼠妈妈那样，买菜、做饭，打扫卫生。

东子让我请保姆，我没有听他的。我觉得只有亲自做，才能对得起他，才能赎罪。

我们没有吵过架，一次也没有。

只是某年的一个三十晚上，我们第一次留深过年，小泽睡了，他喝得有点多，把我拉到阳台上看燃放着烟花的夜空，说，那几年，我一个人在深圳，看烟花，想着什么时候能和你一起看……

“你是个捂不热的女人！”

他说。

他以为我还想着乔森。

其实，我早就将他忘记了。在我走后，曾听艺校的同学提起过他，说又升职了。

原来所有的情义，都是说断就能断的。没有人是谁的一生一世。

只是，我没料到的，他会出现在许国柱的故事里，在一批受案件牵连的警官名单里，就有他……

“你知道吗？许国柱原来在黑社会混过——”

“哪个许国柱？”东子问。这么多年，他只知道他叫小许。

“就是楼下的那个保安啊，我们老乡。”

我一五一十地把许国柱的故事从头至尾讲给他听。这个晚上，我说话的欲望那么强烈。东子本来有点困了，也被我的情绪感染。

“他爷爷还是抗日英雄呢，许国柱差点就成了国家罪人。”

“时势造英雄！个人往往被时代裹挟着走的，他爷爷当初也许只是为了一口饭吃，其实并没有多少选择的权利。许国柱生在那个时候，未必不也是一条好汉。”

我诧异地抬起头，重新打量他，“你这样说，岂不是没有是非标准？他抗日杀敌，一个人对付7个日本兵。这还不是英雄？”

“当然是的，他是一个尽责的好兵！但我的意思是，在大的时代面前，人身在其中，走的路是正确还是错误，其实，自己有时并不是很清楚的。他爷爷是，许国柱也是。只是再回过头来，才发现原来的路是对了，还是错了。”

“那你呢？你回过头来，觉得自己的路走对了，还是错了？”我停了半晌，方问道。

“我唯一后悔的是，当初没有带你一起来深圳……”他没有看我，目光直视着天花板，仿佛要把它看穿。

他依然计较我那醉生梦死的三年！

“你从来没有问过我，那几年，我在深圳的情况……”他语气变得沉痛。黑暗中，听到他的叹息。

“你比我坦诚，你不隐瞒你的过去——而我……”他又叹了口气。

我握住他的手。是的，我从未问过他，他从一个不名一文的大学毕业生，用了三年的时间，站稳了脚跟，其间，经历了怎样的磨砺？

每个人都有历史，辉煌的，卑微的，荒唐的……

“如果你不想说，就不要说，不管怎么样，在我心目中，你都是一位骑士！”

他把脸转向我，黑暗中，他的眼睛闪着亮光。

我将家里的一盆小茉莉拿到楼下，让许国柱种在花园里。

许国柱当夜班的时候，我就白天去照料他的植物园。

有一天，小泽不知在哪儿弄了一棵小芦荟，和几个小朋友一道，找许国柱申请，也要栽进去。许国柱愉快地答应了。

许国柱还弄来几根小竹条，在入口处围了矮矮的半截，然后牵了一根藤，竟成了小围墙。

过了几天，又看见植物园里，铺了一些鹅卵石。

每天人来人往，许多人都没有留意到这一块空间。

是的，你看到的和我看到的不一样。这些微不足道的曾被丢弃的植物，它们也在欣欣向荣地生长。

聚　会

1

柯中华是我初中同学，好些年没见了。人生忙忙碌碌就到了中年，经历的许多人和事都成了过眼云烟，当初以为刻骨铭心了不得的大事，在岁月的冲刷下，也大抵了无痕迹。我们就像坐上一辆费力启动之后刹不住的车，越开越快，是往下坡路走了。近些年，也不知中了什么邪，突然之间，怀旧之风大兴，同学聚会火热频繁起来。我们这一茬也不例外。先是大学，然后是高中，接着初中同学也凑起热闹来。

我跟各路同学都没有什么密切交往。半辈子，从北到南，一路落到深圳，这儿没有我一个大学、中学或小学同学，仿佛印证了毕业留言册上给自己的寄语——天涯一孤鸿。文字多么具有暗示性啊！

尽管如此，我竟还是一场不落地参加了各层次的同学聚会。大学的邀请函写得分外动人，组织者又打来令人五内俱热的电话。我不想成为别人议论缺席的那个人，也无法克服自己的好奇心、八卦心，想看看当年一起念书的亲们，现在混得如何。

大学同学中为官的不在少数，当年的班长已是副厅。他参加聚会时，副校长出席接待。班长带了下属，就像古时候官员出巡后面跟着个护卫。象征性地赏了一下面，就又忙于公务去了。大伙儿也都谅解，人在官场，身不由己！能亲自出场已是蓬荜生辉了。当初勾肩搭背平起平坐的同学，现在有了身份上的差异了，大家不自觉地露出见到官员的本能恭敬姿态。有位在航空公司任职的办公室主任提议，建一个同学群，关系就是生产力，大家要多联系，共发展。

同学群不久就建立起来了，但包括班长在内的各级官员贤达几乎从来不在线，经常露面吐泡泡的是若干闲杂妇女和少数不思进取的男同学。

高中同学的聚会在老家。十月黄金周，我们那一届高中有4个班，也天南海北了，人到的还算齐，有几个远在国外的也都赶回来了。再聚首，请了当年的任课老师，都还活着（有几个同学却已不在人世了），老师有的已经老态龙钟，颤颤巍巍出席，令人感动。各班都推选了一名成功人士上台发言，然后就是一场接一场的宿醉……背景音乐是“再过20年，我们来相会”。

经过这两次聚会，我有了免疫力了，对于同学相聚，不再血压升高，心跳加速，夜不能寐了。好奇心、八卦心、思念情得到了慰藉。聚会，不过如此。不聚还好，聚了徒增唏嘘。青春已逝。

相较女生，男生外形变化更显著，有的竟到了不敢相认的地步。问了姓名之后，才猛地恍然大悟。原来你就是某某某！不少人都胖得走了形。

女人比男人要注重保养，几乎没有被认错的。但是，细看之下，那眼角细密的皱纹、敷了脂粉的松弛面容、身体突出部位掩盖不住的膨胀和赘肉，刻意隐藏下露出的衰老更叫人惊心。一看就知道与岁月做着多么艰难的搏斗，而且，注定是败局已定的却又不肯认输的搏斗。

她们就是我的一面镜子。

人生做减法的时候到了。

我没料到的是，初中同学也搞起了聚会。对我来说，初中同学遥远得像彼岸。

我念的二中是一间不怎么样的学校，靠近郊区，城关里人家的孩子都不愿意来。小学毕业那年，二中来了新校长，他跟教育局要求，要保障生源，必须跟一中齐平招生，不能像往年那样总拣人家挑剩的。教育局应允了。……结果，我不幸落到了二中。

我的邻居红艳，学习不如我，却分在一中，妈妈猜她一定是开了后门的，红艳外公在教委当官。后来打听到许多好生都开后门走了。爸爸跑去教委要查分数，没人理。

我乖乖地去了二中。

报到的那天，我跟着爸爸，走过一个又一个十字路口，不时被扬起灰尘突兀而过的轰隆隆的拖拉机吓得小心脏猛然一跳，走到郊外，看着路边逐渐荒凉下去的田野和房屋，心中涌起一股莫名的委屈和不甘。

二中的差果然名不虚传。没有一栋像样的教学楼，没有图书馆、实验室，没有大操场，没有乒乓球台，甚至连体育用的单双杆都没有……最关键的是学生太差，没有一个考上大学的，初中升高中也淘汰率奇高，大部分人就是在初中混三年的。什么样的坏蛋都有。我一个初中女同学，一进校就跟男孩子搞到一起，初中还没毕业就怀孕回家生孩子了。男孩子也出奇地捣蛋，我们班有鼎鼎大名的“四大金刚”。

朱向群是金刚之一，班主任赐名“老鼠屎”，就是带坏“一锅粥”的意思。他父亲是木匠，他整天带些木条或锯木屑来在课堂上玩，撒女同学头发。“老鼠屎”和我同桌过，有一次地理老师课堂提问我，让在地图上找到一个小盆地，我一时发慌，找不着。“老鼠屎”在一旁居然快速帮我查到了，偷偷指给我看，解了我这个好学生的围。为此，不管班主任其他老师多讨厌他，我依然是把他立为“四大金刚”里最够朋友的一位。

金刚之二叫“姚老四”，我们班每个人都有外号，我外号“小妖”，不知谁起的，姚老四叫得最欢，让人恼火。他还喜欢打人，尤其爱欺负女生，放学后堵住女生的路。我是班长，经常管他，有一次，他说，别以为我不敢打你！我手放桌上，他真的一鞭子刷下来，痛得钻心。我恨死了他！

金刚之三叫“响当当”，更狠，个头不高，比我们同学年纪都要大，班主任说他思想意识不好，也到处打架，还玩阴的。

“山中无老虎猴子称大王”，我成了二中的宠儿，成绩甩第二名一大截。我被任命为班长、大队长、校广播站播音员等各种职务。班纪律不好，捣乱的学生多，为了让我们能安心上好课，班主任每节主科都带张凳子在后面坐镇。

虽然学校不怎么样，但在老师的栽培之下，三年之后，我还是如愿重新考进了春谷一中的高中。然后再顺利进了大学……

我二中的同学仅有两三个考了专科学校，大部分人初中毕业就远离学校，从此走上了社会（初中同学是他们最后的同学）。我和他们都失去了联系。

在中断音讯若干年之后，班主任不知怎么弄到了我深圳的电话，他说，李薇，大伙儿都在找你，要组织策划一场同学聚会呢。

听到久违的老师声音，我很激动。大学毕业之后，我和班主任也失去了联系。他从二中退休，发挥余热，去了另一个县城的民办学校。后又辗转跟着女儿或儿子，在上海或杭州栖居，再没见过。

一晃这么多年，班主任从哪儿打听到我的电话?

这年头，打听一个人还不容易？只要你想找，班主任笑道。“柯中华告诉我的，他有你手机号。”

我错愕，柯中华！我不记得和他有过联系，怎么会有我的号码?

“上次回春谷，遇到那几个金刚，请我吃饭，就说到聚会的事，初中毕业快30年了，今年刚好我70岁，他们起哄说要一起办。”

世界在走了7000多个日子之后，分散的粒子又被拉回到最初的那个轨道上来。原来都在那儿!

可是，柯中华怎么会有我的电话呢?

什啥奇怪的，柯中华过去不是喜欢你吗？他肯定有办法找到你的。

我更吃惊了。

和老师通过电话之后，我久久平静不下来。老师说，你看过那部电视剧《你是我兄弟》吗？你不觉得柯中华有点像里面的老二？长得像，故事也像。他找我谈过。我当时劝他，不要打扰人家。他也还好，也就没有采取行动。

对于一个憔悴的底气不足的中年妇女来说，这消息颇有些提神呢。

2

聚会安排在春节寒假档，也是方便远在外乡的人回家探亲，一举两得。

为了能参加这次聚会，我做了以下工作。

首先，说服丈夫放弃马尔代夫度假的计划，一起回老家。我们俩老家相距不太远，到时，我回家参加聚会也就顺理成章。

其次，收拾和打扮自己。

第一项工作并不太难。马尔代夫游，春节涨价涨得离谱。回他家过年正如他所愿。他原本就是因为我多次提到对热带游的向往，才决定满足一回的，现在我不想去了，正中下怀。

第二项工作有些费神。

近年来，我变得越来越懒于打理自己。“女为悦己者容”，这句话虽然被不少女权人士否定和批判，但我还是认为它说出了真理。我不大相信，女人只为了自己打扮，如果没有男人目光的话。当老公记不住我前一天秀给他看的衣服，无视我蕾丝边性感内衣，看不见我发型的变化，爱美之心就一天比一天消退。大学里一茬一茬的美丽女孩，她们围着导师转，家里的黄脸婆自然难入法眼。老公说，老夫老妻了，别唧唧歪歪的。我其实不是信不过老公，我是信不过时代。这是谁都想走捷径的年代。我们系里的老彭，去年就出了桩丑事，跟一个女助教闹出了绯闻。实话实说，我当时受到的震惊和打击比老公漠视我的性感内衣还要甚。因为老彭曾也是我的追慕者，我还曾把他视为我的白玫瑰。不要以为只有男人有白玫瑰和红玫瑰，女人也一样有。当我选择了老公，老彭就成了心中的白玫瑰。

打扮的动力锐减。确实，比起孩子的生长发育，报哪个培训班，读什么学校，在哪儿买到令人放心的健康食品，打扮自己简直要排到人生选项之末。中年了，一切尘埃落定，美给谁看呢？拉倒吧。

但实际上，中年才最要花心思打扮自己的，没有青春做本钱，不收拾自己更没出路。一旦垮了就彻底垮了。中年人的打扮要恰如其分，不着痕迹。太过了，就像是反季节蔬菜，看着就不对劲，又不能太保守，显得落伍时代。

而这些都是要花心思的。

跟前两次聚会一样，我去理发店做了头发，焗油、上色。35岁过后，白发就开始显山露水。通常我都是染那种跟头发相近的栗色，这次我很出挑地染了酒红色。架不住那个顶着时尚鸡冠花一样头发的理发师的甜言蜜语，他一口一个姐的赞美，在他的蛊惑下，我还做了个梨花烫。

冬天，女人臭美的余地其实很小，天气所限，无法花枝招展。厚厚的羽绒服一上身，人就是个球。但聚会一般都是在室内，打底的毛衣很重要。我选了件藏青蓝修身加长羊毛衫，薄且暖。里面穿了收腹内衣裤——冬天其实也蛮好的，可以把多余的赘肉藏起来。长靴细裤，一件绣着大红牡丹的吉祥斋黑色纯羊毛风衣外套，翻出玫红色的领，像围巾一样垂下来。这看似漫不经心的装扮谁能猜到是反复比较多次，试过多次的精心选择呢?

聚会安排在大年初三，场地在春谷芙蓉宾馆，原政府招待所。活动经费每个人自出，原则上一人300元，家庭条件差一点的，可以免。多者不限。我拿了1000元 。特区来的，不能寒碜。我们的纪念品，不锈钢保温杯是姚老四赞助的。他现在是南京一家私营化工厂的小负责人，另外还有几个发达的同学做了赞助商。

“四大金刚”都来了。当初最不愿意上学的，现在最积极，整个活动都是他们一手策划筹备的。

近三十年了，我们几乎都没有见过面。这么多年，我漂泊在外，每次回，匆匆而过。即便路上碰见，怕也认不出的。若不是聚会，恐怕也是一辈子不会见的。

由于年代更久远，不少初中同学我真的认不出了，甚至连名字也叫不上来。班主任拿着点名册，让大家一一做自我介绍，不时爆发出一阵“原来是你”的尖叫和哄笑。

聚会很热闹，和班主任的大寿一起办。大家喝酒、聊天、唱歌、叙旧，闹了一整天，彼此亲热得不行。最活跃的依然是那几大金刚，他们现在似乎混得都还不错，有两个当了老板，酒喝多了，举着酒瓶找人碰杯。柯中华有点例外，他话不多，跟过去念书时一样，是四大金刚里最深沉的一位。关于他的记忆，穿过岁月的迷雾渐渐清晰起来。是的，他仿佛喜欢过我，毕业的那一年，他还给我写了封“情书”，字迹潦草，整整三页纸。那封信我只瞥了一眼，看不清楚，也不想看，觉得是一种冒犯和干扰。信被我毫不犹豫地撕了。

柯中华曾被列为“四大金刚”之首，这缘于他和语文老师打的一场架。二中的学生再怎么调皮、淘气，敢跟老师交手的人还没有。柯中华被学校记大过。

我当时极富正义感，痛恨柯中华的犯上作乱。我们语文老师是师范刚毕业的大学生，教学很认真，有激情，长得也帅。

“他那时整天爱跑到你位子上，跟你说话，一转身，对我们就换了副嘴脸。而且，还不让我上他的课。”柯中华回忆道。

的确有这么回事，一上语文课，柯中华就被请出教室，因为他老和语文老师作对。

“后来，我想了想，我有权利上课，凭什么不给我上，就从外面进来了，他推我，然后，我们就打起来。我一下子把他抱了起来。”柯中华说到这儿，忍不住自嘲地笑了。

“你可真够混的！”我笑道，“才初二，力气倒不小啊！”我记得那个时候的他是个很精瘦的小男孩。

“练的。”柯中华笑道，那个时候，不学习，就练武功，想去少林寺。还跟“四大金刚”里最能打架的姚老四交过手，把他打败了。

“记得吧？有一次，你被他打哭了。我后来教训了他一顿。”

我们的这番对话，是在酒宴结束后，他送我回家的路上说的。隔了近30年的岁月，我和曾经忽略的柯中华再次走在一起。

他确实有点像那个电视剧里的老二，我是说长得像。在“四大金刚”里，他本就是长得最帅的一个，很周正的面相，双眼皮，眼睛不大不小，眉毛浓黑，笑起来还有两道酒窝，这使得他男子气里添了一丝妩媚。由于对他的嫌恶，导致我忽视了他的外貌，学生时代，我们以成绩划分一切。

现在的他，比过去胖了一点，个头也高一些，有很深的抬头纹，酒窝也成了两道沟，沧桑了许多。

同学相见，乍一看，都变了，再一看，又什么也没变。

柯中华，他还像过去那样？

在这样一个喝过酒的微醺的寒夜里，似乎很适合再做一做梦的。像所有犯傻的女子那样，我们只记住伤我们的，而不记得我们伤害的。我有理由为少不更事的过去补偿一下。

柯中华请我去路边的咖啡馆再喝杯茶。

直觉告诉我，今天的我，在他眼里，依然是有足够分量的。临来时的那一番精心打扮并没有浪费，他看着我的时候，眼里带着温和的仰慕。说实话，我很享受这样的注视。

“今天本想上去和你唱一首的，就唱那首‘心语’，倒被‘老鼠屎’抢了先。”

“我唱得不好，跑调了吧？”

“没有，很好。”他眯起眼，看了我一会儿，说，“我还记得你初一时，在班级联欢会上唱的歌。”

“是吗？我唱啥歌了？”成年之后，我总是很放不开的。

“你唱的是八三版射雕英雄传插曲，‘人海之中找到了你，一切变得有意义’……”

他记得这样清楚！我那时有一个歌词本，专门抄好听的电影电视歌曲。

“你穿着一件紫色花布衣衫，梳着学生头……”

他还有印象？我感动起来。

“抽根烟，不介意吧？”

“抽吧。没关系。”

“从那首歌开始，我就觉得自己有点不对劲了，开始跟老师作对，因为自己成绩差，又好不了。”

“你数学不错啊，班主任还夸过你。说你智商好，就是没用在正道上。”

“后来也不行了。那个时候忒不懂事，喜欢跟老师对着来，除了班主任，其他都不在话下。”

“是不是因为还比较喜欢数学，所以不跟班主任作对？”

“也不是，班主任太狠了，我量量自己，打不过他。”柯中华笑道，“班主任有一阵子天天把我关在他办公室后面的一间放自行车的黑屋子里，结果，我在里面学会了骑自行车。”

“哈哈，你可真有才。”

“然后，我就弄了辆自行车，每天骑车上学了。”

“原来是这么学会的！”

“你那时喜欢坐班主任的自行车回家。”

“姚老四经常堵我们，怕他！就蹭班主任的车。”

“我那时有个希望，你也能在我的车后面坐一坐。带着你一起飞的感觉一定很不错。”

“那时要是坐你的车，还得了？”

“毫无疑问一定轰动全校！全校第一，坐全校倒数第一的车上！”

我的学生时代从来没有疯狂过，是好学生无趣乏味的一生。

“你那时还喜欢走小路，就是从火车站翻过去。”

对的，二中原本离家蛮远，但我们很快找到了一条小道。过了城关，是火车站，我们不走大路，而是翻过火车铁轨，走进一大片田野，春天开着油菜花，紫云英，还有绿油油的蔬菜，像一幅美不胜收的油画。我们沿着田埂小道走，有小桥连着水塘，偶尔见到妇女在那儿浆洗衣物。我和几个女同学结伴而行的，边走边看，没有拖拉机刺耳的叫声，没有飞扬的灰尘，也没有多少行人。安静而充满花香草木气息。回想起来，那真是诗意的一段路程。

“你怎么知道我打那儿走的？你又不和我们同路。”

“盯梢呗！”

啊？我竟不知。

“我那时也是自不量力啊！”他又自嘲地笑了笑。“这一辈子只给一个女孩写过信。”

被我大义凛然撕掉的那封？！

我捧起杯子，低头吮了一小口，茶有些凉了，他给我重新兑水。“那封信是写在毕业考的那一天，我知道，过了这一天，就很难见着面了。我还巴望着晚上考完试，一起去看场电影。我在电影院门口等了很久。”

信我都没看，也自然不知道他还约我晚上去看电影。

“第一次体会到痛苦的滋味，从来没有过的。也不知该怎么办。无人可倾诉，就找班主任，他劝了我很久。”

他看着我，不作声了。

这一生，这样的痛苦以后不是没有找过我，这使我格外感同身受地体恤当年的他。

“时间真快啊！”我感叹道。

“想起来，就像在昨天。”

“都老了。”

“你看上去一点也不老。”

他的目光定格在我身上，依然是崇敬的充满无限内容的，我有轻微的不适，很久没有被一个男人这样注视了，脸上的妆容还好吧？

“这些年，你过得还好吧？还在钢铁厂上班？”我记得，他初中毕业在家混了两年，就顶了父亲的职，进了钢铁厂。那时我刚上大学，临走时，去看班主任，听他说的。

“钢铁厂早倒了，我现在跟别人合伙搞物流。”

“自己开公司？当老板了！”

“哪里，就是混口饭。”他摆动了一下坐姿，仿佛有些不自在。

“你小孩多大了？”

“18岁了，今年高三。”

哦，这么大了！也是，他们没有继续上学读书的，成家得子就要早很多。“老鼠屎”的儿子都参军去了，还生了个老二。

“学习还好吧？”

“唉，喜欢玩游戏。难管呐。”

“时代病，现在没有小孩不喜欢玩游戏的，这是家长共同的难题。”说到孩子教育，我们的谈话气氛松弛很多，也现实很多。

“我们现在给他单独弄了间房，没有电脑网线的，我老婆每天过去陪他。度过这一年，就好了。无论如何得考上大学，不能像我那样。”

“现在考大学比我们那会儿容易多了。”

“你在大学教书吧？”

“信息技术学院。”

“你先生……也在大学？”

“你怎么知道？”我很好奇，这么多年，我跟同学都没有来往，应该没人知道我的情况，就连班主任都不知道。

“上次和几个朋友吃饭，恰巧碰到你一个高中同学，说你们刚同学聚会过，就说到你了。”

难怪班主任说，打听一个人还不容易。

“听说，你先生是某学院院长，不知到时候能不能帮忙，我们小孩特别想去南方读书，去到开放发达的城市。”他热切而又带着一丝紧张看着我。我忽然有些醒悟过来，今晚他一定要主动送我的真正原因了。

杯中的茶又凉了。喝了太多的水，我去洗手间，对着镜子里妆容已经露出破绽的半老徐娘扮了个可笑的鬼脸。

莲 花

1

禾县隶属江城，离深圳有1000多公里。十几年前，我还在江城读书，曾和前夫来过一次，那时，他只是我同学。从江城到禾县坐公交大巴一个小时，沿路停靠几个小站。柏油马路在夏天被晒得沥青翻出，我们去禾县看荷花，都说禾县的荷塘最负盛名。我们在禾县寻了一天，到处问人，荷塘在哪儿，被当地人当成傻子。有人说，你们去南河看看。南河是禾县的护城河，横贯东西，一直通到长江。我们沿着南河走了很远，终于看到了一片碧绿。也许，那还并不是传说中的荷塘，但也足够让我们欢欣鼓舞了。

时隔13年，再次来到禾县。对这个只来过一次的小城，我一直怀有好感。正值夏天，荷花应该开了吧？

从深圳到江城，我坐的是普快，这条线还没通动车和高铁，火车很古老，哐当哐当，开了一天一夜。有睡眠障碍的我，居然在火车的颠簸中睡得很好，车厢里混杂的茶叶蛋、方便面、小孩子的尿骚味，竟也能让我安之若素，这仿佛才是生活的本来味道。醒了就看窗外的风景，好久没有这样一心一意地关注过自然风景了。火车穿梭的地方远离喧嚣城市，山峦，树木，农田，不断送到眼前，有时还能看到慢腾腾的水牛，和结伴在水里游玩的鹅鸭，一切让我感慨不已。

我在江城住了一个晚上。和十几年前相比，江城已变得快要认不出了。我没去母校，母校整合兼并早已迁了新址，也没去寻留在此地工作的同学。新街口的百货大楼还在，总算还留有过去的印痕，我住的快捷宾馆就在新街口。百货大楼对面的大桥下面，有一个“的士”停运点，专门是到禾县的。上车20元，凑够三四个人，司机就开，人一会儿就凑齐了。

我就是坐这种车到禾县的。

王小毛说，你坐贵了，有更便宜的，就在新街口对过等，客运站开出来的，半个小时一趟，中巴，只要11元。

王小毛是我在禾县认识的一个女人，没想到，在禾县，我会跟一个陌生的女人发生交集。

那天，我在禾县的东门口公交牌下车，一出来，一个瘦瘦的扎着一条马尾辫的中年女人就像见到熟人一样，攀上来，想跟我说话。

这年头骗子多，疯子多，怪人多，小心为妙。司机打开后备箱，我拿出拉杆箱径直走到马路对面的芙蓉宾馆，这是我在网上提前预订的，来之前做了功课，这儿离城中心不远，附近有超市餐饮网吧足浴休闲场所，许多公交车经停对面站牌。县城的好处就在这里，它拥有城市的大部分功能，同时，离乡村也近，你可以在一天之内，去周边的农村去逛个来回，人也不多。

过了马路，进到宾馆大门，一转身发现那个瘦瘦的中年女人还跟在身后，紧盯着我，那目光令人发毛。还好，她到底没有跟进宾馆里来。

这个小城，我没有熟人，十几年前来过，也没跟什么人结下友谊和冤仇而被人惦记。那女人莫不是个疯子？

在宾馆收拾了行李，冲了凉，将笔记本接上网线，一切安顿好，已经下午5点了，我出去准备找个小餐馆吃饭。

一出宾馆大门，我吓了一跳，那个瘦瘦的中年女人还在，她本来是坐在外面台阶上的，一见到我，立即弹起来，仿佛等了我好久。我不得不确认被这个女人盯住了。

“你是谁？我不认识你啊。干吗老跟着我？”

“你不是那个……你还记得吗？你上次在对面上车的……”她激动得有点语无伦次。

我不耐烦地打断她，“你认错人了吧！我从外地来的，刚到，并不认识你。”说毕，我加快了步子，忙不迭地躲开这个女人，走到斜对面的一家小饭店。

店面不大，几张木头桌椅，门外挂着塑料帘，灶案上放着几盆新鲜的蔬菜，一个围着白围腰的女人，问我要炒个什么菜。这种家庭作坊式的小餐馆很合我口味，干净、家常。我点了一盆腐皮鸡毛菜和青椒肉丝，还有一个西红柿鸡蛋汤。吧台上一个十几岁的小姑娘给我泡了杯茶，估计是老板的女儿。不一会儿，菜就香喷喷地上来了。小饭店里没有别的客人，吃到一半时才又来了一男二女。那男的直接跑到厨房，指挥着，烧什么菜，看样子是熟人。又听得那男的，对其中一个女人说，现在生意不好，野味都不搞了。

小餐馆大约是为了节约成本，空调也没开，只有墙壁上挂着的一台电风扇在摇着头吹。我吃得很慢，从现在开始，我的假期算是彻底开始了，我要慢慢地过。

吃完饭，出来，外面暮色四合，那个跟踪我的瘦女人终于不见了。我并不急于回宾馆，沿着街道慢慢走。

小城华灯初上，与白日的嘈杂相比，多了一份宁静和朦胧。这一条街叫沿河街，是禾县的主要街道，街道两旁增加了不少新建筑。在我住的宾馆旁边是一家小型超市，门口停着自行车、摩托车、三轮车，还有小轿车。十几年前，我和前夫来这儿，坐过人力车，当地人称“大野机”，车夫在前面蹬，客人坐在改装的车棚里，有点像二十世纪三四十年代电影里的黄包车。上车两块钱，从东到西能兜个来回。现在这种车不见了。小轿车倒是增加了很多，宝马奔驰也不鲜见。

宾馆对面很热闹，新建了一个街心花园，硕大的广场，中央有一台巨大的液晶电视，正播放着新闻，声音却被大妈们强健的广场舞音乐盖过了。街心花园的广场舞分了好几拨，我怀疑禾县的妇女们都来此集中了。

这个世界到处都是人，走到哪儿，都有欣欣向荣的人类。热闹的红尘，你不知道他们的悲喜，他们也不知道你。我远远地站着观望着。

天已黑了，有点累，南河在不远处，与这条街平行，从十字路口过桥就可以看到，或者就从街心花园绕过去，也可以到。我打算等白天再过去逛逛。

2

我又见到了那个妇人，在那个站牌下。她瘦瘦地坐在条凳上，像在等车，又像在接人。车来了，她站起来，盯着每个上下车的乘客。过一会儿，车走了，她样子沮丧地一屁股坐下，等着下一班车。

我看了她好一会儿，她终于离开站牌朝马路对面走来了，眼睛一瞬间落到我身上，立即又有了跟昨天一样的表情，很激动，但很快眼神就暗了下去，仿佛有些不好意思。

我猜想，她一定是把我认错为某个她要找的人了。

好奇心驱使我主动叫住了她。

“你在找人？”

她点点头，“对不起，昨天把你认错了。可是，真的很像啊！”

“像谁？你的……朋友？”

“不是。”她又盯牢我，喃喃地说，“像，真像，你是不是这儿有个姐姐？”

“我这里没有亲戚，我家在外地，从很远的地方过来的。”

她回过神来，有些羞赧。“对不起，我认错了，唉，我找了整整一个月了。”

“天天在这个站牌？”

她点点头。

“你可以贴寻人启事，或者找警察啊！”如果这个人对她那么重要的话。

她摇摇头，咬了咬嘴唇，很懊恼的样子。“我不晓得她名字。”

太不可思议了，我愈加好奇。

“妹子，我回头告诉你，行不行？我就在你宾馆旁边的燕子超市上班，等下午下班，我过去找你可好？”她眼巴巴地看着我。

我答应了，告诉了她我房间号。

她临走时告诉我，她叫王小毛。

王小毛称我妹子，事实上她比我还小一岁。这是我们后来在交谈中得知的。在王小毛眼里，我很年轻。其实不是我显年轻，而是，她与实际年纪太不符合了。在深圳，在我周围，35岁女人，正是风华正茂、妖娆妩媚的大好时期。而王小毛，比她的年纪看起来老了不下一二十岁。

黑，瘦，脸上毫无水色，若形容女人是花的话，她就是墙角边的灌木草，而且是那种干枯了的灌木草。她的穿着也要为她的相貌负很大责任，酱色的短袖棉T恤，黑裙子，瘦人再穿深色衣，更显憔悴，头发胡乱束在脑后，脖子细长，背略弓，总是前倾的样子，显得很急迫。其实，若仔细看，王小毛五官并不难看，细眉弯眼，尤其是眼珠很黑很深，这样的脸庞若好好打扮会年轻生动很多。

下午，王小毛来找我的时候，我刚从城隍庙逛了一圈回来，禾县的城隍庙历史悠久，有各种土特产和民俗工艺。但这次去，很是失望，全变成了一个一个卖衣服的铺面。

王小毛敲门的声音不重，一下停顿了又一下，我不知道她在外面敲了多久，我以为她会按门铃。

打开门，她局促地站着，看见我，立马松了口气，笑道，我还以为我记错了门号。

我将她请进屋，递给她一支矿泉水，让她坐下。她打量着房间，眼神有点恍惚。

“今天不去站牌了？”我问。

她不好意思挠了一下头发，“等会儿再过去。”又低下头，“不容易找得到。”

“你每天都那个时间去？”

“每天上下班之前之后，都会过去的。”

“什么样的人？”

她抬起头，出神地看了我一会儿。“一个多月前，我去江城办事，就在对面等公交大巴。那种巴士是从汽车站发出来的，大约40分钟一班车，比你打‘回头的’便宜，就是等车时间长一点，开得也慢些，站站都有停。我以前去江城不多，每次去跟我老公车……”

她老公还有车？可见并不穷吧。

“我老公过去是开出租车的，没牌照的那种，一般跑长途跑得多，都是熟客找。”她停顿了一会儿，接着说下去，“我第一次坐这公交车，上来才发现这车是自动投币的，上车10元，全程11元。我刚好有三个五块，只好全投了进去。我问不找钱吗？坐在投币口旁边座位上的一个老大爷告诉我，等下若有人上车，有零钞的话，你可以收下来。我等了半天，上来的人一般都是零钞准备好好的，不多不少。我心想，可能收不回来了。正懊恼着，上来一个大姐，手里捏着3枚硬币，说去横山——横山是离禾县最近的一个镇，投币口的那个老伯伯一见硬币，就好心地说，你把零钞给她（他指着我），她多投了钱币，需要找零钞。那位大姐就把零钞搁我手上。司机在前面说，上车10元，全程11元，司机好像后脑勺长了眼睛，看得到乘客的一举一动。那位大姐一听，停了脚步，说这么贵啊，我就到横山，坐别的车才3块，那我不上这车了。于是她从我手里把3个硬币收了回去，但是，奇怪的是，她竟然从钱夹里掏出一张10元纸币放我手上，然后下了车。”

王小毛说到这里声音不由自主高起来。“那位姐姐犯糊涂了，她听说上车10元，就顺手拿出10元给我，然后她下了车，车就开了。”

也就是说，王小毛占了10块钱的便宜。难道她就为这一点小事找了一个月吗？

“是我不好，我对不起人家。”

“这也不怪你啊。人犯糊涂，跟你没有关系。”

“怎么没有关系？我应该当即把钱还给她。这个钱我不能收的呀。”

“那种情况下，一时反应不过来，也是有的。”

她扭过头，“不，我不是没反应过来，我马上就反应过来了，可是，我当真是见钱眼开啊，3块钱被她拿走，又来了10块钱，我高兴昏头了。一直看着她走下车，一动也没动。但后来，我越想越后悔。我不该贪这个心，拿人家10元钱，你想想，她10块钱的车费都嫌贵了，要坐3块的，肯定很穷，我却贪了人家10元不吭声。”

“于是你就天天在这儿等她？”这么认真的女人还真是少见，这世界，被人伤害、被人亏欠、被人占便宜的事太多了，而她，仅仅因为多拿了别人10块钱，就如此坐立不安。我有些肃然起敬了。

“做人得讲良心，对不？人不能亏心。”王小毛道，“那个姐姐清醒过来肯定骂死我了。10块钱，可以给孩子买20个鸡蛋，一斤瘦肉，打两斤酱油了。我平时买菜，一毛两毛都要算，你想啊，人家那也是不舍得花的呀。”

因为这个10块钱，王小毛背负了沉重的良心债，天天在站牌那里守株待兔。

“禾县就这么大，她总会再坐车的吧。”王小毛仿佛在给自己打气。

那也不一定在这儿坐车，也不一定恰好就是她等的那个时辰，这简直就是大海捞针，很不靠谱。

“那天遇到你，我一下子高兴坏了，你俩真的很像。”

人群中确实可以找到相像的人，某一类人，像有什么祖传渊源似的，拥有一些共同特征。可是，我还是觉得王小毛大约是看岔了，走火入魔了。

“是不一样，我认错了。她比你土气，也比你老，不过，你们个头、身材、脸模样都很像，那个姐姐，我虽然只见过那一次，可是我不会忘记的。”

“说不定很快就能找到了，就像我老公以前买彩票，他说数字快接近了，越不能放弃，运气就要来了。”

这个比喻让我哭笑不得，我因为与她找的那个人相像，被当成接近中彩的边缘。

“我要去站牌了。”她站起身，去那里成了她每天必做的功课。“今天和你说了这番话，我从没跟人说过，一直压在心里。说了，我好像好受一些。”她对我的倾听表示感谢。

“也许可以想想别的办法。”

“什么办法？”她眼睛一亮。

“在网上找，利用网络。”

“我不会上网。”

“我帮你，你不介意我把这个事儿挂在网上吧？”

“没关系，不过，可不可以不把我名字写出来？”

“行，但你要留一个电话号码。”

“好的，谢谢你啊。”她充满感激。

“也不一定能找到，只是碰碰运气。”

3

我没想到，在禾县会跟一个陌生的女人发生联系，为一件常人看来十分荒唐的事忙活起来，仿佛这次来禾县的全部意义即在于此。

我把王小毛的这个故事挂在禾县第一门户网，“禾县论坛”栏目“天下事”板块里，用了一个醒目的名字“烫手的十元钱”，希望那个女事主或者她身边的人能够看到。

帖子贴出之后点击率很高，还有许多跟帖。点赞的很多，有说，这是传播社会正能量。挖苦讽刺的也有，说是炒作，故意吸引眼球，没事找事。

王小毛现在除了继续等站牌外，又多了件事，到我的宾馆看帖。有别人点赞，她就微笑，看到别人讥讽，就很难过。她的手机号码接过几个电话，都是教她参加什么爱心组织，或者问她搞不搞借贷。

帖子只热了一天，很快就给翻到后页去了。天下事太多，无关痛痒的10元钱很快不在话下。

“也许那个姐姐跟我一样，不上网。”王小毛叹口气。

“也许人家看见了，心领了，并不在乎那钱了。你想啊，如果那个姐姐家住得远，难道还特地为了10元钱再跑来一趟？”我安慰她。“把这件事忘了吧。”

在我的劝导之下，王小毛减少了每天去站牌等候的时间，却每天必来我房间报到一下，她似乎很愿意跟我攀谈，也对我产生了好奇。一个女人，大老远跑到一个没有任何亲戚朋友，也不是什么风景胜地的小县城，匪夷所思。或许，正如我看她的行为怪异，她同样认为我不可理喻。

她在我宾馆每天待的时间倒也不长，就是下班的时候过来一小会儿，看看那个早已被淹没的帖子，然后互相回答一些对方的问话，便告辞，说儿子还在家等她，要回去做饭。

失婚之后，我变得自闭起来，害怕人群和熟人。不过与王小毛在一起，我反倒很轻松，大约是因为陌生和遥远吧，我不用戒备。甚至还可以掏心窝子，说说自己从不对人诉说的隐私。

我告诉她，禾县我十几年前来过，是和我前夫一起来的。

“你也离婚了？”王小毛一个“也”字暴露了自己的状况。看来，我们还真有共同点。

仿佛看出了我误解，她又道，“我没有离，我老公跑了。”

“跑了？”

“躲债。他这个人好赌，除了开车，就去地下赌场，讲不信，去年赌赢了一辆奇瑞车。可是今年一直输，输惨了，我都不知道，去年他把车弄来，我就担心，不属于我们的东西，放在这里心不安。让他洗手不干，他不听。谁知道，他赌到后来赊账，已经欠下一百万了。人家上门要追杀他。”

“他跑哪儿你知道吗？”

王小毛摇摇头，“走的时候都没跟我说，因为他晚上经常不归家，我也习惯了，开始我以为五天八天会回来，却再也没回了。”

“走了多久了？”我惊问。

“两个多月了。”

“啊？”

“我找不到他，是死是活都不知道。”王小毛的眉头蹙在一起，脸显得越发憔悴凄苦。

“他不要你，也不要儿子吗？”

“今年过年的时候，他给儿子买了双耐克鞋，700多块钱，我儿子平时穿的鞋都是几十块，得到新鞋高兴坏了。我老公喝了酒，说，老婆，我以后会让你娘俩过好日子。什么好日子？一家人在一起，不分开，才是好日子。”她用手背擦了擦眼睛。

4

我在禾县的最后一天顺着南河走了很远很远的路，王小毛陪我一起走的。

与十几年前相比，南河的周边有了许多变化，道路拓宽了，沿街商铺林立，茶馆、棋牌室、发廊、足浴、饭店、药房不一而足，河对岸也竖起了一栋栋高层建筑，更远处是青山绵延。河堤两岸种着垂柳，还有让行人落脚歇息的水泥凉亭，总的来说变漂亮了。

南河水却还是一如既往平稳地流着，十几年前还能看到零星的妇女在那儿洗猪头肉洗菜，现如今大约仅仅是一条无用的观赏河了。王小毛说，你不知道，我小时候这河才热闹呢，一到傍晚，棒槌声此起彼伏，水清得不得了，妇女们都来这河里洗衣服，那时你要看的荷花成片都是。

我记得，一直走下去，在南河的西头就应该能看到荷塘了。当时前夫还脱了上衣，跳进水里，帮我摘了两个莲蓬。

莲子，怜子。

他曾说，地老天荒，我们在一起。

离婚是我提的，他不愿意。可是，我知道他的心，心已经变了，人就是个躯壳。我是跟随他去深圳的，在那个著名的通讯公司，他做到了主管，被外派到另一个地方。地位和金钱的确能给他带来许多意想不到的东西。在他心不在焉的探亲的日子里，在他出门笔挺的西装里，在他闪烁其词的话语里，我觉出了誓言的幻灭。

我们没有再联系过。没有小孩，也利于关系断得清清爽爽，就好像我们从来没有相爱相逢相识过。

西郊也没有荷花了，我们白来一遭。

王小毛说，再往前走一点，西塘边有一座大庵庙，要不，我们去拜一拜，可好？

果然，在路尽头处，看到一座小土庙，外面是黄土路，一个姑子在门口打扫卫生。“要不要请香？有5块10块的，保平安，还有100的，全家福。”我点点头，递给姑子5块钱，拿了一炷平安小香。王小毛也请了5块钱。

跨进门槛，里面竖着一尊观音像，坐在莲花之上。案头放着供果、香油，墙壁四周画着罗汉，还张贴有一块功德榜，黄色的布纹纸上写了不少捐善款人的名字。

我在蒲团上对着观音拜了三拜。菩萨低眉，宝相庄严。

王小毛也如此拜了拜然后起身，又掏出10元钱塞进功德箱。

西郊无人，抬眼处，大地辽阔，晚霞映满天空。世界寂静欢喜。

相关评价

俞莉的小说，写得松弛自然，也很节制。语言利落，故事好，基本功扎实，品位纯正。她的作品通常都具有饱满的感情和充沛的元气，善于在平缓的不动声色的叙述下，记录下或伤痛或温暖的细节，一步步抵达人心深处，引起人触动共鸣和思考。爱情婚姻是女作家热爱的主题，俞莉也不例外，她擅长描写情感，手法细腻独到。近年来，写作视野不断扩大，对社会问题投入更多关注和思考，尤其是作者自身所在的教育行业，表现出一个作家的担当意识。

——邱华栋

俞莉小说成熟自然，优美得体，她不缺少表达的才能，有些地方相当出色，我认为她已具备冲击好作品的实力，也许就是等待一个机缘而已。

——曹征路

俞莉的小说大都从身边生活出发，带着女性特有的细腻温婉，即便她所憎恶的人事，也必定有更平和的观照，这就使她的文学世界与中国传统文学的柔美之感接通。情感世界之外烛照出的世态炎凉，也是娓娓道来，真挚、诚悫，还有一份从容。

——南翔

俞莉的小说像流水一样自然，她从来不炫技，但每篇小说都呈现出不同的姿态。俞莉小说中的人物涵盖了当今社会的各个阶层：教师、老板、白领、保安、保姆、打工妹，等等。读俞莉小说里的深圳，会让我不断联想到巴尔扎克笔下的巴黎，那种“外省人”和“都市人”的微妙冲突，时隔百年却愈演愈烈。读俞莉的小说，不要指望她会给你一个舒舒服服的故事，你要准备好和她的人物一道纠结、彷徨、焦虑。不过，在我看来，俞莉写得最好的小说，还是她的教育小说，她的文学富矿还是校园，在那里生活着与众不同的少年，他们的苦恼、反叛、挣扎都令人心悸，每每让人掩卷之后辗转反侧。我一直认为，俞莉在创作上还有很大的上升空间，不确定性让我们对她有更多期待。

——胡野秋

俞莉的教育题材小说是深圳文学三十年来取得的重要成就。她在语言上有特殊的禀赋，文字很透气，语感如雨后溪水般轻灵滑畅。她的行文方式，正如南方的植物，自然而然生长着，向四面八方漫延流淌着绿色。她的作品，给人一种薄阴天气里才有的舒适感。俞莉的许多教育题材小说，袒露了教育的沉疴痼疾，具有强烈的忧患意识和问题意识，它让人觉得沉重，让人感慨万端。

——蔡东

后 记

深圳是个阳光和雨水都非常充沛的城市，在这里，植物长势汹涌，随便一个枝子便能成活。长得快，长得野，长得不甘寂寞，是这个城市生态给我最大的印象。不仅植物如此，深圳人也仿佛得此精髓，崇尚奋斗，竭力生长，敢于冒险，敢于成功。

二十年前，年轻的我初来这个城市，便不由分说被它俘获，这是一种异类的相吸，因为迥异于自己的气质，反显得格外迷人。

有很长时间，我不能适应这里的气候，漫长的一望无际的夏天，总令人生畏。那些比着长的不管不顾的嚣张植物都散发着咻咻的狠劲儿，靠近了要吓一跳。

在这欣欣向荣方兴未艾的热带土壤，我更像一株阴生的植物，适合在背光的地方安静缓慢地生长。

这或许也可以形容我的文学之路。

一晃二十年了，谈文学似乎是件令人不好意思的事。不是妄自菲薄，是真觉得没什么值得说出口的，不知从何说起。

这么多年下来，拉拉杂杂发表了一些文章，加起来的话也有厚厚一摞，可我知道，除了浪费国家的树木之外，没有啥实际意义。

悲哀在于，我居然还乐此不疲。在不为人知的角落里，自顾自埋头耕耘，辛勤地吸吮着一切可能的养分，努力让这株既不鲜艳又不靓丽的玩意儿存活下来……有时，从我的身上分离出另一个自己，站在高处，旁观着底下那个渺小笨拙又不自量力的人，在悲悯的同时不禁又有小小的感动。她可真带劲儿啊！

写作于我好像是一场自我的修行，自我的淬炼。如果说有意义，意义大概就在于此吧。

每每有作品发表出来，总有人夸我勤奋。“勤奋”是我得到的最多赞语。佩服那些才气滔滔的人，上天并没有给我这个天赋。先天不足，后天弥补。我乐于接受“勤奋”这个美誉，并以此来勉励自己。香港作家黄碧云似乎说过这样一句话，“哪里有什么天才，不过是热爱。”是的，不过是热爱。

我的职业是教师，但我其实并不擅长言说。教书之余，最大的乐趣是一卷在手，也并不喜欢喧闹。在人群之中，我会窘迫无措，口笨舌拙，反应迟钝。所以，写作是我最好的存在方式。从这个意义上来说，真是该感谢还能够写作。用一句流行的话来说，不是文学需要我，而是我需要文学。

尽管大一就发表过作品，真正的写作却是从深圳开始的，这个陌生的新城，粗粝、刚硬、缺少脉脉温情，同时又开阔、多元、包容，给予人充分的自由和实现梦想的可能。它总能带给我新鲜的经验和感受。当我第一次试教后，走在路上，听到稚嫩热情的“老师好”，那一刹那，竟然热泪盈眶，他城就这样变成我城。

这么多年，通过写作，不断丰盈生命，认识自我，也透视生活，人性的幽微和世界的广大，永远让人惊奇。

“生命不能没有信仰，信仰的对象也是生命的质量。”

“一般情况下，人做到什么样，文就写到什么样。”

这是我大学毕业纪念册上同学的留言，哲学系的同学总带点玄奥，我一直铭记在心。

希望写出好作品，这是立志写小说者应有的操守。也深知，一个人很难写出比他（她）本人更高的东西，这个期望可能永远也达不到。写作从来就不是一件轻松的事，但我还是愿意虔诚地前行，怀揣一颗圣徒般的心，一点一点地尽量接近心目中的美好。

感谢主编，感谢这套书的策划者工作者，感谢所有给我温暖和力量的人。